Rubem Fonseca

Mord im August

Rubem Fonseca

Mord im August

Roman

Aus dem brasilianischen Portugiesisch
von Karin von Schweder-Schreiner

Piper
München Zürich

Die Originalausgabe erschien 1990 unter dem Titel
»Agosto« bei Companhia das Letras in São Paulo.

ISBN 3-492-03514-0

Gesetzt aus der Janson-Antiqua
Gesamtherstellung: Offizin Andersen Nexö, Leipzig
Printed in Germany

Bisher haben wir von einem Indizien-Paradigma (und seinen Synonymen) im weiteren Sinn gesprochen. Jetzt ist der Moment gekommen, es zu zerlegen. Die Analyse von Fußspuren, Gestirnen, Kot (von Raubtieren oder von Menschen), Katarrhen, Corneae, Pulsschlägen, Schneefeldern oder Zigarettenasche ist eine Sache; eine ganz andere ist die Analyse von Texten, Gemälden oder Reden. Die Unterscheidung zwischen Natur (unbelebt oder lebend) und Kultur ist von fundamentaler Bedeutung – sicherlich wichtiger als die unendlich viel oberflächlichere und wandelbare Unterscheidung zwischen den einzelnen Disziplinen.

Carlo Ginzburg, *Miti emblemi spie: morfologia e storia*

History, Stephen said, is a nightmare from which I am trying to awake.

James Joyce, *Ulysses*

I

Der Nachtportier des Gebäudes Deauville hörte, daß jemand verstohlen die Treppe herunterkam. Es war ein Uhr nachts, und im Gebäude herrschte Stille.

»Wollen wir, Raimundo?«

»Laß uns noch etwas warten«, antwortete der Portier.

»Jetzt kommt keiner mehr. Die schlafen schon alle.«

»Noch eine Stunde.«

»Ich muß morgen früh aufstehen.«

Der Portier ging zur Glastür und sah hinaus auf die menschenleere stille Straße.

»Na gut. Aber ich kann nicht lange wegbleiben.«

Im achten Stock.

Der Tod vollzog sich in einer lustvollen und erleichternden Entladung mit der Absonderung von Exkrementen und Drüsensekreten – Sperma, Speichel, Urin, Stuhl. Als er spürte, daß sein eigener Körper von dem Unrat beschmutzt wurde, den der Leib des anderen in seinem Todeskampf von sich gab, zog er sich angeekelt von dem leblosen Körper auf dem Bett zurück.

Er ging ins Badezimmer und duschte sich sorgfältig. Ein Biß auf seiner Brust blutete etwas. Im Wandschrank waren Jod und Watte, womit er die Wunde schnell behandelte.

Er griff nach seinen Kleidern auf dem Stuhl und zog sich an, ohne zu dem Toten zu blicken, wobei ihm jedoch deutlich bewußt war, daß dieser auf dem Bett lag.

Als er das Gebäude verließ, war die Portiersloge nicht besetzt.

Der bei seinen Feinden als der Schwarze Engel bekannte Mann betrat den kleinen Fahrstuhl, den er mit seinem mächtigen Körper ganz ausfüllte, und stieg im dritten Stock des Palácio do Catete aus. Er ging etwa zehn Schritte durch den halbdunklen Flur und blieb vor einer Tür stehen. Drinnen, in dem bescheidenen Zimmer, saß in einem gestreiften Pyjama, die Schultern gebeugt, die Füße ein paar Zentimeter über dem Fußboden, der Mann auf dem Bett, den er beschützte, ein von Schlafstörungen geplagter, grübelnder, gebrechlicher Alter namens Getúlio Vargas.

Der Schwarze Engel horchte, ob ein Geräusch aus dem Zimmer drang, dann trat er zurück und lehnte sich mit dem Rücken an eine der symmetrisch angeordneten korinthischen Säulen des Schmiedeeisengeländers rings um den zentralen, viereckigen Lichtschacht in der Eingangshalle des um diese Zeit stillen und dunklen Palastes. Wahrscheinlich schläft er, dachte er.

Nachdem er sich vergewissert hatte, daß sich auf der Wohnetage des Palastes nichts Auffälliges tat, ging Gregório Fortunato, der Schwarze Engel, Chef der Leibwache des Staatspräsidenten Getúlio Vargas, die Treppe zur Militäradjutantur im Erdgeschoß hinunter und überprüfte unterwegs, ob die Wachen auf ihrem Posten standen, ob im »Adler-Palast« Ruhe herrschte.

Der Major Dornelles unterhielt sich mit einem anderen Adjutanten, dem Major Fitipaldi, als Gregório den Raum betrat.

Nachdem der Chef der Leibwache sich mit den beiden Militäradjutanten den Einsatzplan angesehen hatte, den die Sicherheitskräfte für die Fahrt des Präsidenten zum Jockey-Klub am Sonntag anläßlich des Grand Prix Brasil vorgesehen hatten, ging er in sein Zimmer.

Er legte den Revolver und den Dolch, die er immer bei sich trug, auf dem Nachttisch ab und setzte sich auf das Bett, auf dem diverse Zeitungen herumlagen.

Besorgt las er die Schlagzeilen. Das Jahr hatte schlecht angefangen. Schon im Februar hatten zweiundachtzig Obristen, unterstützt vom damaligen Kriegsminister Ciro do Espírito Santo Cardoso, ein reaktionäres, aufwieglerisches Manifest verbreitet, in dem sie die Arbeiterstreiks kritisierten und scheinheilig von den Lebenshaltungskosten sprachen. Der Präsident hatte den treulosen Minister entlassen, ohne über einen anderen General seines Vertrauens zu verfügen, den er an seiner Stelle hätte einsetzen können. Gregório wußte, daß der Präsident keinen einzigen in den Streitkräften mehr für loyal hielt, seit der General Cordeiro de Farias, der ihm immer wie ein Schoßhündchen aus der Hand gefressen hatte, ihm 1945 in den Rücken gefallen war. Schließlich hatte er mit dem General Zenóbio da Costa doch einen Mann ins Kriegsministerium berufen müssen, dem er auch nicht vertraute, den das Militär aber vorbehaltlos akzeptierte, da er einer der Befehlshaber des Brasilianischen Expeditions-Korps gewesen war, das im Krieg an der Seite der Amerikaner gekämpft hatte. Um die Militärs zu besänftigen, hatte er sich gezwungen gesehen, seinen Freund Jango Goulart aus dem Arbeitsministerium zu entlassen. Das alles hatte sich ereignet, noch ehe der Februar um war. Ja, das war ein böser Jahresanfang, dachte Gregório. Im Mai hatten die Putschisten versucht, den Präsidenten abzusetzen, und der Verräter João Neves hatte mitgeholfen, Unwahrheiten über ein geheimes Abkommen zwischen Perón und Getúlio Vargas zu verbreiten. Gregório hatte nicht vergessen, was João Neves, damals noch Außenminister, zu ihm gesagt hatte: »Stecken Sie Ihre Nase nicht in Dinge, die Sie nichts angehen, Sie dreckiger Schwarzer«, und das nur, weil er, Gregório, versucht hatte, einen direkten Kontakt zwischen dem Präsidenten und dem Gesandten des argentinischen Präsidenten Perón herzustellen. Ebenfalls noch im Mai war die Beerdigung eines Journalisten, den ein Polizist mit dem Spitznamen Muli-

Huftritt zu Tode geprügelt hatte, als Vorwand für einen Protestmarsch gegen die Regierung benutzt worden, und zwar von den fanatischen Gefolgsleuten des »Raben«, den *lanterneiros*, eine Putschistenbande, die sich im sogenannten Clube da Lanterna traf, unterstützt von den »Ungeliebten«, einer Vereinigung hysterischer Hausfrauen. Im Juli hatte das UDN-Pack, nach wie vor mit Putschabsichten, eine kommunistische Verschwörung erfunden. Hinter all dem stand die finstere Gestalt des »Raben«.

Auf dem Bett lag eine *Última Hora*, die einzige große Zeitung, die den Präsidenten verteidigte. Auf der ersten Seite eine Karikatur von Carlos Lacerda. Der Künstler hatte das dunkle Brillengestell und die Hakennase des Journalisten akzentuiert und ihn als auf einer Stange hockenden finsteren Raben gezeichnet. Der Schwarze Engel hob den Arm und stieß den Dolch mit Wucht in die Zeichnung. Die Klinge zerfetzte die Zeitung und die Laken, bohrte sich in die Matratze und schabte mit schaurigem Quietschen an einer Stahlfeder entlang.

Gregório steckte den Dolch wieder in die Lederscheide und den Revolver in den Gürtelhalfter. Er zog sein Jackett über und verließ das Zimmer.

Als jener 1. August 1954 anbrach, steckte sich der Kriminalkommissar Alberto Mattos müde und von Magenschmerzen geplagt zwei Tabletten gegen Sodbrennen in den Mund. Während er die Tabletten zerkaute, blätterte er in dem Buch über Zivilrecht, das auf dem Tisch lag. An der Universität war er in Zivilrecht immer miserabel gewesen. Wenn er im November die Zulassung zum Richteramt bestehen wollte, mußte er sich noch viel mit diesem Stoff beschäftigen. Er schaltete das kleine Radio ein, das er immer neben sich stehen hatte. Er drehte am Senderwahlknopf und hielt inne, als er eine Stimme hörte: »Auftritte im Fernsehen wurden mir von dem Senhor Assis Chateaubriand verweigert, mit dem die Regierung sich heute genauso nonchalant und zynisch verbündet, wie sie ihn gestern noch als Vaterlandsverräter beschimpfen ließ.«

Es klopfte an der Tür.

»Herein«, sagte der Kommissar.

Der Fahndungsbeamte Rosalvo, der mit Mattos in einer Schicht arbeitete, betrat das Büro. Der Kommissar glaubte, daß Rosalvo weder von der Lotteriemafia Bestechungsgelder erhielt noch von den Spaniern, die Zuhälterei betrieben. In Wirklichkeit jedoch war Rosalvo ein »stiller Mitesser«, wie im Polizeijargon einer hieß, der sich heimlich und ohne Wissen seiner Kollegen bestechen ließ.

»Sie hören sich Lacerda an, Doktor? Der Sumpf wird immer größer. Ein tolles Wort, das der erfunden hat: Khakistokratie – die Herrschaft der schlimmsten Teile der Gesellschaft. Aber die Khakistokraten werden die Wahlen verlieren. In Ceará gewinnt Sarazate, in Rio Grande do Sul Meneghetti, in Rio Pereira Pinto und in Pernambuco Cordeiro Farias. Das Volk hat das Vertrauen zu Getúlio verloren. Haben Sie gehört, was Etelvino für die Präsidentschaftswahlen geplant hat? Juarez und Juscelino als Gespann, das läuft wie geschmiert.«

»Was wollen Sie?«

»Das Frühstück für die Häftlinge ist da«, sagte Rosalvo, »ich sollte Ihnen Bescheid geben.«

In den beiden für acht Gefangene vorgesehenen Arrestzellen befanden sich dreißig Männer. In sämtlichen Revierwachen der Stadt waren die Zellen mit Gefangenen überbelegt, die auf freie Plätze in den Gefängnissen warteten, zum Teil Untersuchungshäftlinge, denen der Prozeß gemacht werden sollte, zum Teil auch schon Verurteilte.

Mattos hielt die Situation für gesetz- und sittenwidrig und hatte versucht, im DFSP, der Bundesabteilung Öffentliche Sicherheit, einen Streik in Gang zu bringen: die Polizisten sollten die Arbeit niederlegen, bis sämtliche Gefangenen in Haftanstalten verlegt worden waren. Aber seine Kollegen hatten ihm die Unterstützung versagt. Die Haftanstalten seien ebenfalls ausgelastet, der von Mattos angeregte Streik würde keinerlei praktische Folgen haben und nur auf ein negatives Echo stoßen. Mattos erwiderte, genau dies sei zunächst der Sinn, der Streik solle die Öffentlichkeit auf das Problem aufmerksam machen und die Behörden zwingen, nach einer Lösung zu suchen. »Eine hirnrissige Utopie«, hatte der Kommissar Pádua gesagt, »du hast den Beruf verfehlt.«

Die Justitiare des DFSP hatten Anweisung erhalten, nach einer legalen Möglichkeit zu suchen, Mattos aus dem Dienst zu entfernen, konnten aber als äußerste Maßnahme nur eine dreißigtägige Suspendierung durchsetzen. Der Delegado Ramos, Amtsleiter des Bezirks, in dem Mattos arbeitete, hatte mit Hilfe seiner guten Beziehungen zum Präsidium verhindert, daß Mattos zum Bezirk Brás de Pina versetzt wurde, wie es die Korrupten in der Dienststelle als Bestrafung forderten. Abgesehen davon, daß dieser Bezirk weit weg lag, war die dortige Wache mangelhaft ausgestattet und stand in der Statistik der polizeilich registrierten Vorfälle gleich hinter dem 2. Bezirk Copacabana an der Spitze.

Aber Ramos wollte den Kommissar nicht schützen; er benutzte Mattos' Namen als Drohung gegenüber den Lotteriemafiabossen. Der Fahnder Rosalvo hatte einmal zufällig gehört, wie Ramos einen Lotterieboß mit den Worten einschüchterte: »Ich lasse alle Ihre Zahlstellen vom Kommissar Alberto Mattos schließen, verstanden?!« Als der Mann gegangen war, hatte Rosalvo zum Delegado gesagt: »Wenn Doktor Alberto Mattos rauskriegt, daß Sie seinen Namen benutzen, bringt er Sie um.« Ramos war blaß geworden. »Wer soll ihm das erzählen? Die Lotteriebosse sind doch nicht so verrückt. Also höchstens Sie.«

Rosalvo hatte erwidert: »Ich? Ein intelligenter Affe greift nicht ins heiße Wasser, Doktor!«

Auf jeder Revierwache gab es einen Polizisten, der von den Lotteriebossen des Bezirks Geld entgegennahm und es unter seinen Kollegen verteilte. Dieser Polizist wurde »Kassierer« genannt. Der Betrag – die »Schmiere« – schwankte je nach Umsatz an den Lotteriezahlstellen und der Geldgier des Delegado. Als guter »stiller Mitesser« nahm Rosalvo nicht an der Umlage teil, denn er wurde gesondert direkt von den Lotteriebossen bezahlt, die sich damit das Wohlwollen des Assistenten vom Kommissar Mattos sichern wollten; die Ehrbarkeit des Kommissars war für die Lotteriebosse Ausdruck von bedrohlichem Stolz und Schwachsinn.

Auch dem Polizeichef direkt unterstellte Beamte waren an diesem Bestechungsgeschäft beteiligt. In regelmäßigen Abständen stürmte die Polizei eine »Festung«, wo die Gewinnzahlen der verbotenen Lotterie ermittelt wurden, woraufhin immer die gleiche Schlagzeile erschien:

POLIZEI SPRENGT GLÜCKSSPIELFESTUNG.

Auf diese Weise wurde den Skrupeln einiger weniger Gruppen der Öffentlichkeit Rechnung getragen; die Mehrheit der Bevölkerung praktizierte diese Art von Vergehen ganz offen. Journalisten, Richter, höhere Beamte des Justizministeriums, zu dem die Bundesabteilung Öffentliche Sicherheit gehörte, wurden von den Lotteriebossen genauso bestochen. Das Sonderkommissariat für Sittlichkeitsverbrechen, zu dessen wichtigsten Aufgaben die Bekämpfung des verbotenen Glücksspiels gehörte, erhielt die höchsten Bestechungsgelder.

Am frühen Morgen dieses 1. August sah Zaratini, der Majordomus des Palastes, der immer zeitig aufstand, beim Öffnen eines der Fenster zum Garten hin Gregório auf einer Bank neben dem kleinen Marmorbrunnen sitzen. Als der Chef der Leibwache das Geräusch des sich öffnenden Fensters hörte, schaute er nach oben und erblickte den Majordomus. Ohne Zaratinis zugenickten Gruß zu erwidern, stand Gregório auf und ging zum Quartier der Leibwache in einem Anbau des Palastes. Es war fünf Uhr morgens.

Gregório klopfte an die Tür des Zimmers, in dem der Koch Manuel schlief. Manuel machte mit verschlafenem Gesicht auf.

»Mach mir einen ordentlich heißen Matetee.«

Gregório setzte sich im leeren Speisesaal an einen Tisch. Manuel brachte den Matetee. In diesem Augenblick erschien Climério Euribes de Almeida, einer der Leibwächter des Präsidenten und ein Vertrauter von Gregório. Er wohnte in einem entlegenen Vorort und war mitten in der Nacht aus dem Haus gegangen, um pünktlich dazusein.

»Liegt was an, Chef?«

»Komm mit in mein Büro«, sagte Gregório, als er merkte, daß Manuel in der Nähe einen Tisch abräumte. Er wollte über das Thema nicht in Anwesenheit Dritter sprechen, der Lacerdismus war wie eine ansteckende Krankheit, schlimmer als Syphilis oder Gonorrhöe, es hätte ihn nicht gewundert, wenn Leute in der Leibwache infiziert waren.

Allein in Gregórios Büro hinter verschlossener Tür: »Was zum Teufel ist los? Wo bleibt der zuverlässige Kerl? Wir sollten die Sache im Juli erledigen, und jetzt haben wir schon August.«

Gregório war es leid, darauf zu warten, daß ein Opfer der Verleumdungen des Raben etwas unternahm. Alle bezeichneten sich als Freunde des Präsidenten, aber abgesehen von dem fruchtlosen Geschwätz, mit dem sie über den Raben schimpften, brachten sie höchstens solche Dummheiten zustande wie der Sohn des Finanzministers

Oswaldo Aranha, der mit einer Waffe in der Hand dem Verleumder nur ins Gesicht geschlagen hatte; er hätte den Raben umbringen können und hatte sich damit begnügt, ihm die Brille kaputtzumachen. Keiner von ihnen wollte das komfortable Leben aufgeben, das sie dem Präsidenten verdankten, auf Whisky in Nachtklubs und Vergnügungen mit Huren verzichten. Von diesen feigen Schmarotzern war wirklich nicht viel zu erwarten. Alle waren sie unter seiner Regierung reich geworden, aber nur wenige dankten es dem Präsidenten.

Climério, nervös: »Ich kümmere mich drum, Chef.«

In Wirklichkeit hatte Climério überhaupt keinen zuverlässigen Mann, der die Sache übernehmen konnte. Der Chef wollte keinen, der Verbindungen zum Palast hatte, und erst recht keinen von der Leibwache, und der einzige, den er gefunden hatte, ein gewisser Alcino, arbeitsloser Tischler und Freund des Polizeispitzels Soares, war mit Sicherheit nicht der geeignete Mann. Vor ein paar Tagen war Climério mit Soares und Alcino zu einer Kundgebung des Raben nach Barra Mansa gefahren. Soares' Auto hatte unterwegs eine Panne, und sie waren mit Verspätung zur Kundgebung gekommen. »Das ist der Mann«, hatte Climério gesagt und auf den Redner Lacerda gewiesen. Alcino hatte gezögert, als er feststellte, daß Lacerda nicht so ein Hallodri wie dieser Naval war, den er im Auftrag von Soares hatte umbringen sollen, weil Soares ihn verdächtigte, der Liebhaber seiner Frau Nelly zu sein. Naval hatte auf dem Bahnhof in Pavuna gestanden; Alcino hatte geschossen und einen Unbekannten getötet, der sich in der Nähe von Naval befand, und Naval war unversehrt geblieben. Climério war davon überzeugt, daß Alcino für das Unternehmen nicht geeignet war, aber um nicht das Vertrauen seines Chefs zu verlieren, berichtete er ihm nach der Rückkehr nach Rio nichts von dem Fiasko in Barra Mansa. Gregórios Vertrauen hatte er gewonnen, als er ihm die Namen von Lacerdas

Leibwächtern genannt hatte, sämtlich oder fast alle Majore der Luftwaffe: Fontenelle, Borges, Del Tedesco, Vaz. Dann gab es noch einen gewissen Carrera, vermutlich vom Heer, wie Climério annahm, und einen Balthazar von der Marine. Krankhafte Lacerdisten, die großkalibrige Waffen trugen. Daraufhin hatte der Schwarze Engel gesagt, wenn die Leibwächter des Raben 45er benutzten, dann sollte der von ihm, Climério, ausgesuchte Mann dasselbe Kaliber verwenden. »Keine Sorge, Chef. Ich kümmere mich drum«, hatte Climério geantwortet.

Während er seine Pockennarben auf dem Gesicht befingerte, was er immer tat, wenn er nervös war, sagte er wieder dasselbe: »Ich kümmere mich drum, Chef.«

»Aber halt dich ran«, sagte Gregório.

»Ich fahre sofort zu dem Mann.« Vielleicht machte Alcino, wenn man ihn gut instruierte, doch ordentliche Arbeit.

Im Zellentrakt sah Mattos den Häftlingen beim Frühstück zu und hörte sich ihre Beschwerden an. An diesem Tag wurde der Tag des Eingekerkerten begangen. Dank der Initiative der Brasilianischen Gefängnisvereinigung hatte man einen Schutzheiligen für die Inhaftierten auserkoren. Auf Vorschlag von Kardinal Dom Jaime de Barros Câmara war die Wahl auf den Apostel Petrus gefallen, der nach Aussage des Kirchenmannes die Grauen des Kerkers am eigenen Leibe erfahren hatte. Der Kommissar hatte eigentlich scherzhaft zu den Gefangenen sagen wollen, »ihr beschwert euch dauernd völlig grundlos, dabei habt ihr sogar einen Schutzheiligen bekommen, aber ihr verlangt immer noch mehr«, doch beim Betreten der Zellen wurde er so bedrückt, daß er seine Bemerkung hinunterschluckte. Wäre er nicht so angepaßt, ein so feiger Konformist, dann hätte er den Tag des Eingekerkerten dazu genutzt, all diese armen Schweine freizulassen. Statt dessen notierte er ihre Beschwerden und kehrte in sein Büro zurück.

Um elf sah er auf die Uhr und hoffte, daß die letzten sechzig Minuten seiner Schicht schnell vergingen. Aber in diesem Moment kam eine Funkstreife. Der Zentrale war ein Mord gemeldet worden. Alberto Mattos rief Rosalvo, er sollte ihn zum Tatort begleiten.

»Es ist schon nach elf, warum überlassen Sie das nicht Doktor Maia?«

»Noch ist es nicht zwölf.«

Sie nahmen den alten Kleinlaster ihres Reviers, der noch von dem Frühstückstransport für die Gefangenen schmutzig war. Als sie an einer Stehkneipe vorbeikamen, ließ Alberto Mattos halten, stieg aus und ging ein Glas Milch trinken. Sein Magen gab keine Ruhe.

Die Funkstreife erwartete sie vor dem Gebäude Deauville.

Die beiden Polizisten fuhren in den achten Stock. Im Vestibül stand ein Wachmann mit einem Fahnder, dem Chef der Funkstreife. Die Wohnungstür war offen. Mattos und Rosalvo betraten einen kleinen Salon, in dem sich zwei elegant und teuer gekleidete Männer befanden. In einem Wandspiegel sah der Kommissar sein seit einem ganzen Tag nicht rasiertes Gesicht, sein verknittertes Hemd, die verrutschte Krawatte, den billigen Anzug, den er trug. Ebenfalls im Spiegel erkannte er einen der beiden Männer, den kleineren, untersetzten: Galvão, der berühmte Kriminalist. Nach Abschluß seines Jurastudiums hatte Mattos, bevor er in den Polizeidienst eintrat, als Assistent des Pflichtverteidigers gearbeitet und einen armen Schlucker vertreten, der in eine Fälscherbande geraten war. Galvão war der Anwalt des Bandenchefs. Mattos' Mandant war als einziger freigesprochen worden.

Galvão und der andere sprachen Rosalvo an, der besser gekleidet war als der Kommissar.

»Ich bin Fahnder, mein Name ist Rosalvo«, sagte der Fahnder, als er den Irrtum bemerkte. »Das hier ist der Kommissar, Doktor Alberto Mattos.«

»Galvão«, sagte der Anwalt und reichte ihm die Hand. Er zeigte nicht, ob er Mattos wiedererkannt hatte. Eine tiefe, freundliche Stimme, aber gleichzeitig sehr bestimmt. »Ich bin als Freund der Familie hier. Dies ist Doktor Claudio Aguiar, ein Cousin des Opfers.«

»Wer hat Sie benachrichtigt?«

Mattos' Schroffheit schien Galvão nicht zu stören. Nach wie vor in der Pose eines großen Anwalts antwortete er, das habe das Hausmädchen getan. Sie habe die Polizei angerufen und anschließend Claudio Aguiar.

»Ich dachte, die Polizei würde vor uns hier eintreffen.«

»Wie ist der Name des Toten?«

»Paulo Machado Gomes Aguiar.«

»Beruf?«

»Unternehmer ...«

»Ledig? Verheiratet?«

»Verheiratet.«

»Wo ist seine Frau?«

»Im Landhaus, in Petrópolis. Sie ist noch nicht benachrichtigt worden ...«

»Sie ist nicht benachrichtigt?«

»Wir wollten ihr den grauenhaften Anblick ihres ermordeten Mannes ersparen, die Brutalität der Spurensicherung ... Sie ist sehr sensibel ... Sie standen sich sehr nahe ...«, antwortete Galvão.

»Wo ist die Leiche? Ich hoffe, Sie haben nichts angefaßt.«

»Wir haben das Schlafzimmer gar nicht betreten.«

»Ich glaube, es gibt für Sie hier nichts mehr zu tun, Doktor Galvão. Und auch nicht für Sie, Senhor ...«

»Aguiar«, sagte der Cousin des Toten, der bis dahin geschwiegen hatte.

Der Anwalt und der Cousin rührten sich jedoch nicht

vom Fleck. Mattos lockerte seinen Kragen noch mehr. Er schluckte. Mußte aufstoßen.

Galvão griff in die Innentasche seines Jacketts. Aus einer Lederbrieftasche nahm er eine Visitenkarte.

»Falls Sie etwas benötigen …«

Der Kommissar steckte die Karte in die Tasche. »Sagen Sie der Frau des Opfers, daß ich sie am Montag sehen möchte. Auf der Wache.«

»Wäre es nicht besser …«, setzte Galvão an.

»Am Montag«, wiederholte Mattos.

»Montag ist morgen.«

»Ganz richtig.«

Galvão tickte Aguiar an den Ellbogen, worauf dieser seinen Arm wegzog. »Gehen wir«, sagte der Anwalt mit seiner Grabesstimme.

»Noch etwas«, sagte Mattos. »Schicken Sie das Hausmädchen, das den Toten gefunden hat, zu mir, ehe Sie gehen.«

Eine schwarzgekleidete Frau um die Vierzig mit weißer Schürze und einer Art Haube auf dem Kopf erschien im Salon.

»Wie heißen Sie?«

»Nilda.«

»Wo befindet sich die Leiche?«

Mattos und Rosalvo folgten dem Hausmädchen.

»Sie warten hier draußen, Nilda.«

Der Tote, ein etwa vierzigjähriger großer, muskulöser, schlanker Mann, lag vollkommen nackt auf dem Bett. Im Gesicht mehrere Hämatome, Druckstellen am Hals. Die Laken waren mit Blut, Kot und Urin verschmutzt. Die beiden Beamten bewegten sich vorsichtig, um eventuelle Spuren oder Fingerabdrücke im Schlafzimmer nicht zu verwischen. Mattos stieß die halboffene Badezimmertür mit dem Ellbogen auf. Ein großer Spiegel bedeckte die ganze Wand über einer Marmorplatte, auf der Parfümflakons, Bürsten, Seifenstücke und andere Gegenstände aufgereiht waren. Ebenfalls mit dem Ellbogen schob der Kommissar den Vorhang vor der Duschkabine beiseite. Als er ein Seifenstück mit ein paar kurzen Haaren darauf genauer ansah, ohne es zu berühren, fiel ihm etwas Glitzerndes auf. Er ging in die Knie. Es war ein breiter Goldring. Er steckte ihn, von Rosalvo ungesehen, in die Jackentasche. Der Ring stieß leise klirrend an den Goldzahn, den Mattos immer bei sich trug. Als ihm klar wurde, daß der Ring den Zahn berührt hatte, überkam den Kommissar ein Ekelgefühl; impulsiv steckte er den Goldzahn in die andere Tasche, wobei er ihn fast auf den Boden fallen ließ.

»Rufen Sie bei der Spurensicherung an, die sollen herkommen«, sagte Mattos und versuchte, seine momentane Verwirrung zu überspielen.

»Beim Gerichtsmedizinischen Institut auch?« fragte Rosalvo.

»Ja, ja, da auch.«

Rosalvo ging zu dem Nachttisch, auf dem ein Telefon stand.

»Nicht von dem. Da können Fingerabdrücke drauf sein.«

Nilda wartete vor dem Schlafzimmer.

»Ist noch anderes Personal im Haus?«

»Die Köchin und der Butler. Sie sind in der Anrichte.«

Der Kommissar ging mit Nilda in die Anrichte. Eine dicke Frau mit Schürze und ein mit gestreifter Hose und schwarzer Weste bekleideter Mann saßen am Tisch und standen verängstigt auf.

»Warten Sie draußen. Ich will mich mit Nilda unterhalten. Anschließend rufe ich Sie«, sagte der Kommissar und schloß die Tür zwischen Anrichte und Küche.

»Haben Sie die Polizei angerufen?«

»Ja.« Zitternde Stimme. Noch eine unangenehme Seite des Polizistendaseins: Entweder reagierten die Leute mit Haß, oder sie hatten Angst.

»Wie war das, als Sie die Leiche Ihres Herrn gefunden haben? Lassen Sie sich Zeit.«

»Ich wollte ihnen das Frühstück bringen und habe angeklopft, und es kam keine Antwort ...«

»Wem, ihnen?«

»Doktor Paulo und Dona Luciana.«

»War seine Frau nicht weggefahren?«

»Das wußte ich nicht. Sie war am Abend weggefahren, aber das wußte ich nicht.«

»Wer hat Ihnen das gesagt?«

»Der Cousin des Herrn, der Doktor Claudio.«

»Und dann?«

»Doktor Paulo steht immer früh auf, und ich dachte, er wäre schon aus dem Haus und Dona Luciana wäre im Badezimmer. Da habe ich die Tür aufgemacht und ... es gesehen ... und bin weggelaufen ...«

»Und dann?«

»Dann habe ich bei der Polizei angerufen ... und danach beim Doktor Claudio ...«

»Um wieviel Uhr war das?«

Schweigen. Rosalvo betrat die Anrichte.

»Um elf?«

»Elf? Ich ... ich weiß es nicht mehr ...«

»Sie lügen, Nilda.«

Das Hausmädchen fing an zu weinen.

»Sie brauchen nicht zu weinen. Ganz ruhig. Ich werde Ihnen nichts tun. Sie dürfen nur nicht weiter lügen. Wenn Sie nicht mehr lügen, bekommen Sie auch keinen Ärger mit mir. Sie haben gesagt, daß Ihr Herr immer früh aufsteht. Angenommen, Sie haben das Frühstück um acht gebracht. Sie haben Ihren Herrn tot vorgefunden. Sie wußten nicht, was Sie machen sollten, da fiel Ihnen der Cousin des Herrn ein, Sie haben ihn angerufen, er hat gesagt, Sie sollen warten und nichts unternehmen, er käme sofort. Dann ist der Cousin Ihres Herrn mit dem Anwalt, dem Kleinen mit der tiefen Stimme, gekommen, und der

Kleine hat gesagt, Sie sollten noch etwas warten, bevor Sie die Polizei rufen, und Sie haben getan, was er gesagt hat. So war's doch, oder?«

»Ja.«

»Sie können aufhören zu weinen. Ich bin Ihnen nicht böse.«

»Der Doktor ist ein feiner Mensch, nicht so ein Khakistokrat«, sagte Rosalvo.

»Zwischen dem Augenblick, als Sie Ihren toten Herrn vorgefunden haben, und Ihrem Anruf bei der Polizei sind etwa drei Stunden vergangen.«

»Das ist der Knackpunkt«, sagte Rosalvo.

»Und jetzt sagen Sie mir, was der Cousin Ihres Herrn und der Anwalt in dieser Zeit gemacht haben.«

Endlich gelang es Mattos, Ordnung in Nildas Gedanken zu bringen und zu erfahren, was geschehen war. Es hatte eine Weile gedauert, bis Galvão und Aguiar kamen. Unterdessen erzählte Nilda der Köchin und dem Butler von ihrer Entdeckung, aber die beiden trauten sich nicht, sich ihren toten Herrn anzusehen. Als die Männer kamen, gingen sie sofort ins Schlafzimmer, blieben aber nur kurze Zeit darin. Nilda ging nicht mit ihnen hinein. Aguiar kam sehr nervös aus dem Schlafzimmer heraus, und Galvão sagte mehrmals, er solle sich beruhigen, und bestellte bei Nilda einen starken Kaffee. Als sie den Kaffee brachte, saß Aguiar mit dem Kopf zwischen den Händen auf dem Sofa, als ob er weinte. Galvão führte mehrere Telefongespräche, bei denen er ein paarmal Dona Lucianas Namen erwähnte.

»Werde ich nicht verhaftet?« fragte Nilda, als sie sah, daß der Kommissar ihren Namen auf einem Block notierte.

»Nein. Vielleicht brauche ich Sie gar nicht mehr. Machen Sie sich keine Sorgen. Und jetzt schicken Sie die Köchin herein.«

Weder die Köchin noch der Butler wußten etwas Verwertbares.

»Bringen Sie mir bitte ein Glas Milch«, sagte Alberto Mattos zu der Köchin.

»Möchten Sie auch ein paar Kekse?«

»Nein, danke. Nur die Milch.«

Mattos hatte gerade sein Gespräch mit dem Butler beendet, als die Männer von der Spurensicherung kamen. Der Sachverständige war Antonio Carlos, ein Mann, vor dessen Fachkenntnissen Mattos Hochachtung hatte. Er informierte Antonio Carlos, daß Galvão und ein Cousin des Opfers das Schlafzimmer betreten hatten, und bat ihn festzustellen, ob möglicherweise ein Indiz vernichtet worden war.

»Ich glaube nicht, daß Galvão so etwas tun würde«, sagte der Sachverständige.

»Auch nicht, um einen Mandanten zu schützen?«

»So gesehen, weiß ich nicht … Anwalt ist Anwalt …«

Die Männer von der Spurensicherung fotografierten und nahmen von der Statuette, den Türen, dem Telefon und dem Nachttisch Finger- und Papilloskopabdrücke. Zusammen mit dem Kommissar öffneten sie Schubladen und Schränke und stellten eine Liste der Dinge auf, die mitgenommen werden sollten, die Bettwäsche, die Kleidung des Toten, die auf einem Stuhl lag, ein kleines, in glänzendes Leder gebundenes Adreßbuch und das Seifenstück mit Haaren.

»Das behalte ich vorläufig«, sagte Mattos und steckte das Adreßbuch ein.

Die Männer, die mit dem Leichenwagen gekommen waren, transportierten den Toten in einem zerbeulten und schmutzigen Blechkasten ab. Die Sachverständigen verließen mit ihnen die Wohnung.

»Kann ich gehen?« fragte Rosalvo. »Meine Gnädigste hat heute Geburtstag.«

»Ja, gehen Sie.«

Der Butler räusperte sich am Ende des Salons.

»Können wir auch gehen?«

»Ich finde, Sie sollten warten, bis die Hausherrin aus Petrópolis zurück ist.«

Als Mattos ging, sprach er mit dem Portier, der tagsüber im Gebäude arbeitete. Er hatte seinen Dienst um sechs Uhr beendet und war von Raimundo Noronha abgelöst worden. Aber Raimundo war weggegangen.

»Sagen Sie ihm, er soll so bald wie möglich auf die Wache kommen, ich will ihn sprechen.«

Nach der Rückkehr zur Wache trug Mattos den Fall ins polizeiliche Tagebuch ein und übergab an Kommissar Maia, der ihn ablösen sollte. In diesem Augenblick betrat der Delegado Ramos, der sonntags nur selten auf die Wache kam, den Raum.

»Alles okay in Ihrer Schicht, Doktor Mattos? Irgend etwas Besonderes?« fragte Ramos.

»Steht alles im Tagebuch«, antwortete Mattos trocken.

Ramos griff nach dem Tagebuch. »Ein Tötungsdelikt ... Oh, ein wichtiger Mann ... Ein hohes Tier ... Weiß die Presse schon davon?«

Bestimmt hat Galvão ihn angerufen, dachte Mattos.

»Der oder die Täter unbekannt ...«, fuhr Ramos fort. Er legte das Buch auf den Tisch. Wie immer, wenn er unschlüssig und nervös war, drehte er seinen Examensring um den Finger – Gold, in der Mitte ein Rubin, zu beiden Seiten plastische Figuren, eine Waage und eine Gesetzestafel.

»Haben Sie irgendeine Spur?«

»Ich gehe nach Hause. Wenn ich etwas herausfinde, gebe ich Ihnen Bescheid.«

Er nahm seinen Revolver, den er immer in der Schublade ließ, wenn er Dienst hatte, steckte ihn ins Gürtelhalfter und ging.

Gregório wurde mehrmals zum Telefon gerufen, nahm aber nur drei Anrufe nach dem Mittagessen entgegen.

Der erste Anruf: »Es geht um die Lizenz von der Cexim. Ich muß dich noch heute sprechen.«

»Heute kann ich nicht«, antwortete Gregório.

»Es ist sehr wichtig, Gregório. Wir sollten uns doch treffen. Es geht nicht nur um meine Interessen. Auch um deine.«

»Mach keinen Druck, Magalhães. Ich bin heute nicht in Stimmung.«

»Ich mache keinen Druck, versteh mich nicht falsch, es ist nur etwas Schlimmes passiert, der Präsident der Cemtex ...«

»Heute ist Sonntag, da kann ich nichts machen. Ich fahre gleich mit dem Präsidenten zum Jockey-Klub. Ruf mich morgen wieder an«, sagte Gregório trocken und legte auf.

Der zweite Anruf: »Wann wird die Sache erledigt?«

»In den nächsten Tagen«, antwortete Gregório. »Wir müssen das ruhig angehen, ich will keine unnötigen Risiken.«

»Für den Fall, daß mit Ihnen was passiert – was ich nicht glaube, denn ich weiß, daß Sie die notwendige Vorsicht walten lassen –, hinterlege ich die Dollar auf Ihren Namen im Ausland. Dann sind Sie ein reicher Mann. Sehr reich. Sie können sich auf mich verlassen, so wie ich mich auf Sie verlasse.«

Der dritte Anruf: »Wann jagen Sie den Mann in die Luft?«

»In den nächsten Tagen, Doktor Lodi.«

Euvaldo Lodi war Bundesabgeordneter und ein einflußreicher Vertreter des Industrieverbandes.

Um drei Uhr nachmittags kam der Chef des Militärrats im Präsidialamt General Caiado de Castro in den Catete-Palast. Kurz danach traf der Finanzminister Oswaldo Aranha ein. Beide wurden in das Amtszimmer des Präsidenten geführt. Kurz vor vier stieg das Gefolge des Präsidenten, dem unter anderen der General und der Minister angehörten, in die Autos, die in den Grünanlagen des Palastes warteten. Der Major Dornelles nahm neben dem Fahrer des Wagens Platz, in dem der Präsident und seine Frau Dona Darcy saßen.

Gregório instruierte die Eskorte der Spezialpolizei und gab Dornelles ein Zeichen, der Konvoi könne abfahren. Sein Wagen, in dem weitere drei Mitglieder der Leibwache saßen, stand direkt hinter dem Präsidentenwagen. Angeführt von der rotbemützten Motorradeskorte, fuhr die Kolonne aus dem Tor in die Rua do Catete und weiter zur Pferderennbahn nach Gávea.

Wie Gregório befürchtet hatte, wurde der Präsident ausgebuht, als der Sprecher des Jockey-Klubs über Lautsprecher seine Ankunft mitteilte. Der Präsident tat, als nähme er die Schmährufe, die von den Sondertribünen ertönten, gar nicht wahr. Von den einfachen Rängen kam keinerlei Applaus, keinerlei Unterstützung. So behandelt das Volk also unseren Doktor Getúlio? dachte Gregório. Und das, nachdem er sich so für die Armen und einfachen Leute aufgeopfert hatte und noch immer aufopferte?

Während des Umtrunks, zu dem die Direktion des Jockey-Klubs nach dem Rennen einlud, stellte sich der Schwarze Engel mit finsterer Miene hinter den Präsidenten und befingerte unter seinem Jackett den Dolch, den er im Hosenbund trug.

Mattos wohnte im achten Stock eines Wohnblocks in der Rua Marquês de Abrantes im Stadtteil Flamengo. Ein kleines, nach hinten gelegenes Apartment, bestehend aus Wohnzimmer, Schlafzimmer, Küche und Bad. Der beste Raum der Wohnung war das großzügige Badezimmer mit einer riesigen alten Badewanne auf tatzenförmigen Eisenfüßen. Im Wohnzimmer war gerade genug Platz für einen Tisch mit zwei Stühlen, ein Regal voller Bücher und ein Schränkchen mit einem Plattenspieler und Fächern für Schallplatten. Auf dem Schränkchen ein Album der Oper *La Traviata* auf Schallplatten mit 78 Umdrehungen, ein weiteres von *La Bohème* auf Langspielplatten und die Partituren der beiden Opern in italienischer Sprache. Das Schlafzimmer war ebenfalls klein; darin standen ein Drago-Bettsofa und ein Tischchen mit einer Leselampe.

In der Wohnung herrschte an diesem Tag stickige Wärme, obwohl es August war. Das Schlafzimmerfenster ging auf einen kleinen Innenhof. Der Nachbar gegenüber stritt mit seiner Frau. Mattos konnte die beiden gestikulieren sehen und schreien hören. Er schloß das Fenster, machte das Licht an, schaltete das Radio ein, zog Jackett und Krawatte aus, legte den Revolver auf den Tisch, klappte das Schlafsofa auf und legte sich in Hosen und Schuhen hin. In letzter Zeit hatte er sich angewöhnt, in Kleidern zu schlafen.

Das Klingeln des Telefons weckte ihn. Der Sprecher im Radio sagte gerade: »Der Präsident der Republik Doktor Getúlio Vargas ist soeben auf der Rennbahn in Gávea eingetroffen.« Er nahm den Hörer ab.

»Willst du mich heute sehen?«

Es war Salete. Er verspürte ein flüchtiges Verlangen, das gleich wieder verging. Es war kein guter Tag. Vor allem hatte er Sodbrennen.

»Ich bin müde.«

»Denkst du gar nicht an mich?«

»Ich denke an überhaupt nichts.«

»Ihr von der Polizei denkt immer an irgend etwas. Sei nicht so grob.«

»Ich bin sehr müde.«

»Ich komme gleich vorbei, dann geht's dir wieder gut ...«

Mattos hörte weiter Radio. El Aragonês, geritten von L. Rigoni, hatte den Grand Prix Brasil gewonnen. Er hätte auf Joiosa gesetzt, wegen des geheimnisvollen Namens: *joio*, *jóia*, *joyeuse*? Oder das Schwert von Cid El Campeador und anderen berühmten Rittern? Aber die Stute war als zweite ins Ziel gegangen. Er mußte in einem Mordfall nach dem Täter suchen und hörte eine Reportage über Pferderennen ... Er griff zu dem Buch über Zivilrecht. Als Kriminalpolizist brachte er die Leute hinter Gitter; als Richter würde er sie in einer dreckigen Revierwachenzelle vergammeln lassen. Großartige Aussichten. Am liebsten hätte er das Buch an die Wand geworfen. Wenn es so weit kam, daß er jetzt Bücher an die Wand warf, war er wirklich nicht ganz richtig im Kopf. Wieder als Anwalt arbeiten? Sein letzter Mandant hatte ihm zur Begleichung des Honorars ein Huhn gegeben. Das heißt, die Mutter seines Mandanten, denn der saß in Haft. Eine unglückliche Frau, wie alle Mütter von Delinquenten, die erwischt wurden. Die arme Frau hatte beschlossen, daß sie ihn irgendwie bezahlen mußte. Er sah noch das zufriedene Gesicht der Frau vor sich, als sie ihm das Huhn gebracht hatte, lebendig, in Zeitungspapier eingewickelt, die Beine mit Schnur zusammengebunden.

Er hatte die Geschichte Alice erzählt. Seine Ex-Freundin war fassungslos gewesen. Sie lebte in einer anderen Welt, da gab es keine in Zeitungspapier eingewickelten Hühner mit zusammengebundenen Beinen. Alice.

Alice.

Er zog sein Hemd aus und schlief weiter.

Er wachte von der Türklingel auf.

»Ich mag dich so, ohne Hemd«, sagte Salete und umarmte ihn.

Mattos befreite sich aus der Umarmung, ging, mit Salete im Schlepptau, ins Schlafzimmer und zog das vom Dienst schmutzige Hemd an.

»Willst du lieber ins Kino gehen, ins São Luiz?«

»Ich habe keine Lust, Jackett und Krawatte anzuziehen.«

»Dann gehen wir ins Polyteama. Das ist so verstaubt, da brauchst du kein Jackett und keine Krawatte.«

»Ich gehe nicht gern ins Kino.«

»Das ist ja ganz neu.« Salete nahm das Halfter mit dem Revolver vom Nachttisch. »Da läuft *Der Teufel lacht als letzter*. Und du hast ihn im Leib.« Ein unsicheres Lächeln.

»Leg bitte die Waffe weg.«

»Du weißt doch, daß ich es liebe, deinen Revolver in der Hand zu halten.«

»Würdest du ihn bitte weglegen?«

Salete legte den Revolver auf den Nachttisch.

»Heute bin ich keine angenehme Gesellschaft«, sagte Mattos.

»So bist du immer, wenn du aus dem Dienst kommst. Komm, wir gehen ins Bett, dann sorge ich dafür, daß es dir wieder gutgeht.«

»Ich muß in die Badewanne.«

»Hast du Wasser?«

»Heute ja. Jetzt kommt es alle zwei Tage.«

»Warte, ich mache dir die Wanne fertig.«

Während Salete das Wasser einlaufen ließ, las Mattos in dem Buch über Zivilrecht.

»Fertig, du kannst kommen«, rief Salete.

»Warum bist du ganz in Schwarz?«

»Weißt du nicht, was jetzt Mode ist? Noch nie von Juliette Greco gehört, der Muse des Existentialismus?«

»Ich bade allein.« Mattos nahm Salete am Arm und schob sie sanft aus dem Badezimmer.

Der Kommissar lag im warmen Wasser, als Salete an die Tür klopfte.

»Darf ich reinkommen?«

»Nein.«

Salete öffnete die Tür. Sie sah Mattos' Sachen auf dem Fußboden liegen.

»Das einzig Gute an dieser scheußlichen alten Wohnung ist die Badewanne. Ich glaube, ich bade auch. In der Wanne ist spielend Platz für zwei, und bei mir im Haus gibt es heute kein Wasser«, sagte Salete. »Aber vorher räume ich noch dieses Durcheinander hier weg.«

Salete hob die Kleider vom Fußboden auf, trug sie ins Schlafzimmer und legte sie über einen Stuhl. Die Unterhose steckte sie in ihre Handtasche. Anschließend zog sie ihr Kleid und den Unterrock aus und ging nur im Höschen – sie trug keinen Büstenhalter – ins Badezimmer.

Sie stellte sich so vor Mattos, daß er ihre Bewegungen sehen konnte, zog ihr Höschen aus und stieg in die Badewanne. Sie legte dem Kommissar ihre Beine um die Hüften und die Arme um die Schultern. Mattos spürte die festen Brüste der jungen Frau an seinem Rücken.

»Komm, ich will dich einseifen.«

»Ich bin sehr müde.«

Salete rieb Mattos den Rücken ein. Die Brust, den Bauch, die Scham. »Dreh dich zu mir herum«, sagte Salete.

Sie wirkte jetzt noch hübscher. Sie hatte ihren Dutt gelöst, und ihre Haare waren an den Spitzen naß.

»Wie alt bist du eigentlich wirklich?«

»Du weißt genau, wie alt ich bin«, sagte Salete, hob eines seiner Beine an und ließ ihn rückwärts in die Badewanne rutschen. »Du mußt dir die Zehennägel schneiden.«

»Du hast gesagt, du bist einundzwanzig, aber ich glaube, du bist erst achtzehn.«

»Du hältst mich für jünger, weil du meinst, daß ich dumm bin.«

»Du bist schlau und intelligent.«

»Neulich hast du gesagt, daß ich blöd bin.«

»Eine Analphabetin, das wollte ich damit sagen.«

»Ich kann sehr gut lesen. Wenn wir aus der Wanne steigen, zeige ich's dir.«

»Warum zeigst du mir nicht deinen Personalausweis?«

»Damit du das Bild nicht siehst, es ist zu häßlich.«

Aus der Wanne gingen sie ins Bett. Eine Weile dachte er nicht mehr an die verdammten elendigen Verbrecher und die verdammten Opfer und die verdammten korrupten Polizisten und die verdammten ehrlichen Polizisten.

»Soll ich dir jetzt was vorlesen? Aus dem Buch hier, in dem du ständig liest?«

»Ja.«

»Artikel 544. Die von dem in öffentlichem oder Privatbesitz befindlichen Wasserlauf verlassene Rinne gehört den Anliegereigentümern zu beiden Seiten, wobei den Besitzern der Grundstücke, durch die das Wasser seinen neuen Lauf sucht, keinerlei Anspruch auf Entschädigung zusteht. Insoweit gilt, daß ...«

»Ist gut. Du kannst wie eine Erwachsene lesen.«

»Ihr Juristen habt eine sehr merkwürdige Sprache. Mir ist schleierhaft, wie du das aushältst, dieses Buch zu lesen.«

»Ich hasse diesen Scheiß.«

»Rinne. Was heißt das eigentlich?«

»Verlassene Rinne. Das ist die Mulde im Gelände, die vormals einem Fluß als Flußbett diente.«

Salete lachte: »Können Flüsse etwa umziehen?«

»Fragen ist ein Zeichen von Intelligenz. Keine Antworten finden ist ein Zeichen von Dummheit. So bist du.«

»Ich bin zwar dumm, aber ich schlafe nicht auf einem Drago-Bettsofa.«

Als sie merkte, daß sie den Kommissar verärgert hatte, sagte Salete, er müsse sich ein anständiges Bett kaufen. »So teuer ist das gar nicht. Weißt du was? Ich schenke dir ein Bett.«

»Hat dein Geldbaron dich heute versetzt? Bist du deshalb hergekommen?«

»Er ist nicht mein Geldbaron.«

»Was denn?«

»Ich mag dieses Wort nicht.«

»Was ist er denn?«

»Jemand, der mir hilft.«

»Wohnung, Essen, Kleider, Geld für den Friseur, für Boutiquen, für Nachtklubs.«

»Wenn du willst, laß ich ihn sausen und ziehe zu dir.«

»Und die Nächte im Night and Day, im Béguin, im Le Gourmet, im Vogue, im Ciro's? Du willst mit einem ehrlichen Polizisten statt mit einem reichen Ganoven zusammenleben?«

»Magalhães ist kein Ganove.«

»Kein Ganove? Wo hat denn ein Regierungsbeamter sonst dieses viele Geld her? Er hat dir ein Apartment am Strand, ein Auto geschenkt, ist mit dir durch Europa gereist, hat dir einen teuren Zahnarzt besorgt, der deine Zähne in Ordnung bringt.«

»Ich kann nichts dafür, wenn deine Zähne so schlecht sind, daß da nichts mehr zu machen ist.«

»Der Kerl ist eine Ratte.«

»Ich möchte nicht, daß du so von ihm sprichst. Luiz ist ein guter Mensch.«

»Dann geh. Du bist aus freien Stücken hier.«

Salete stieg aus dem Bett. Sie blieb nackt neben dem Bett stehen und wußte nicht, was sie sagen sollte. Sie behauptete immer, sie hätte auf ihren Hüften nicht »die zwei Zoll zuviel, die Marta Rocha bei der Wahl zur Miss Universum um den Titel gebracht hatten«. Die Schönheit von Saletes nacktem Körper unterstrich noch den kummervollen Ausdruck, den Alberto Mattos auf ihrem Gesicht sah.

Der Kommissar schloß die Augen. Er hörte Salete »ich gehe« sagen; er hörte, wie sie sich anzog; hörte sie sagen, »warum tust du mir das an?«; hörte die Wohnungstür zuschlagen.

Er öffnete die Augen.

An der Zimmerdecke war ein dunkler Fleck, wahrscheinlich leckte im Stockwerk darüber ein Rohr. Der

Fleck war schon lange da, aber er bemerkte ihn zum ersten Mal.

Mattos stand vom Bettsofa auf. Er holte sich das Adreßbüchlein, das er in der Wohnung von Gomes Aguiar eingesteckt hatte. Einige Namen waren ihm bekannt. Unter Buchstabe G Gregório Fortunato. Unter Buchstabe V Vitor Freitas, dahinter in Klammern das Wort Senator. Mattos hatte schon von dem einflußreichen Senator der PSD gehört. Aber der Name, der ihn am meisten interessierte, stand unter L: Luiz Magalhães. Der Name des Mannes, der mit Salete liiert war.

Er holte den goldenen Ring heraus, den er im Badezimmer des Toten im Deauville gefunden hatte. Zum ersten Mal sah er ihn sich genauer an. Auf der Innenseite war ein F eingraviert.

2

Die Zeitungen brachten auf den ersten Seiten Schlagzeilen über die Ermordung des Industriellen Gomes Aguiar. Nach Aussage des Delegado Ramos hatte die Polizei einen Verdacht, wer den »Raubüberfall« begangen hatte, wollte sich aber nicht dazu äußern, um die Ermittlungen nicht zu beeinträchtigen. Mehrere Fotos von Gomes Aguiar und eins von Alberto Mattos mit der Unterschrift »Kommissar leitet die Ermittlungen«.

Der Kommissar kam morgens um acht Uhr dreißig auf die Revierwache. Er wollte früh da sein, um noch vor der Vernehmung von Luciana Gomes Aguiar kurz zu den Zellen gehen zu können, verspätete sich aber, weil er einem Mann half, einen schwarzen Citroën anzuschieben, der auf der Straße stehengeblieben war. Er sagte dem Mann, er solle sich ans Steuer setzen, und schob den Citroën allein mitten im Verkehr ein ganzes Stück die Straße entlang, doch der Motor sprang nicht an. Sie stellten den Wagen an den Mittelstreifen, und Mattos fummelte zusammen mit dem Fahrer am Motor herum, einzig mit dem Erfolg, daß er sich die Hände und den Hemdkragen mit Wagenschmiere verdreckte.

Der Kommissar Maia, der laut Dienstplan Mattos ablöste, hatte nichts dagegen, daß dieser an den Tagen, wenn er Dienst hatte, zu den Zellen ging. Maia verabscheute die Zellen. »Ich kann den Geruch da nicht ertragen«, sagte er immer.

Das Frühstück für die Häftlinge war auch verspätet gekommen, und der Gefangenenwärter verteilte gerade die ersten Aluminiumbecher mit Kaffee und Brot. Die Häftlinge unterhielten sich angeregt; manche lachten. Der Mensch gewöhnt sich an alles, dachte Mattos.

»Doktor, Doktor, kriege ich eine Spritze?« sagte ein unter dem Spitznamen Marder bekannter Betrüger und versuchte, das Gesicht zwischen den Gitterstäben hindurchzuzwängen.

»Habe ich dir nicht gestern eine gegeben?«

»Doch, Doktor, aber es ist noch nicht gut, wollen Sie's sehen? Wenn ich drücke, kommt noch ein Tropfen.« Der Marder machte Anstalten, seinen Hosenschlitz aufzuknöpfen.

»Nicht nötig«, sagte Mattos. Er schickte den Wärter los, die Blechdose mit der Spritze und den Nadeln, die Alkoholflasche und die beiden Gläschen mit Penicillin, in dem einen in Pulverform, im anderen flüssig, zu holen, die er immer in den Dienst mitnahm. Wenn er einen Arzt bestellte, um einem Häftling mit Gonorrhöe eine Spritze zu geben, kam nie jemand. Der Wärter brachte die Sachen und stellte sie auf einem kleinen Tisch im Gang ab. Mattos nahm den Metallständer aus der Dose, füllte sie mit Wasser, bis die Spritze und die Nadeln bedeckt waren, setzte die Dose auf dem Ständer über den Deckel, goß Alkohol in den Deckel, zündete ihn an und wartete, bis das Wasser kochte. Er stach die Nadel in den Gummiverschluß des Gläschens mit Flüssigkeit, saugte die Flüssigkeit an, zog die Nadel heraus, steckte sie in das andere Gläschen, drückte die Flüssigkeit aus der Spritze, nahm die Spritze ab, so daß die Nadel im Deckel blieb, schüttelte das Gläschen kräftig, um das Pulver mit der Flüssigkeit zu vermischen, setzte die Glasspitze der Spritze wieder auf die Nadel und saugte die Flüssigkeit an. Von drinnen sah der Marder diesen langwierigen Vorbereitungen zu. Er streckte einen nackten Arm nach draußen und schloß die Augen, als die Nadel hineingestochen wurde.

»Noch jemand krank?« fragte Mattos.

»Ja, ich, Doktor.« Ein Häftling kam ans Gitter.

»Der hat nichts, Doktor, der markiert nur«, sagte Odorico, der Zellenkalfaktor, ein kräftiger Mann mit einem tätowierten roten Herzen mit der Inschrift »Mutterliebe« auf dem Arm, wegen Raub und Mord zu mehr als dreihundert Jahren Gefängnis verurteilt.

»Schon gut, das entscheide ich«, sagte der Kommissar.

Odorico verstummte. Eine Anweisung von Mattos zu befolgen war keine Erniedrigung.

Der Markierer war ein dicker Kerl, einschlägig vorbestraft, wegen Betrügerei zu fünf Jahren Haft verurteilt.

»Was für Beschwerden hast du?«

»Stechen in der Brust. Hier drinnen ist es so stickig.« Er hustete zweimal.

»Ja, es ist wirklich unerträglich«, sagte Mattos, »eigentlich gehörst du gar nicht hierher, keiner von euch gehört hierher. Aber da kann ich absolut nichts machen.« Die Gesellschaft wollte mit diesen Ganoven nichts zu tun haben, sollten sie doch wie dreckiges Gewürm einer über dem andern verrecken. Die Polizei war dazu da, diesen Unrat von den empfindsamen Augen und Nasen der feinen Leute fernzuhalten.

»Wäre es nicht besser, wenn mich ein Arzt untersucht?« Schlau, dieser Betrüger. Vielleicht ließ sich der Arzt täuschen. Die Krankenstation der Polizei war weit komfortabler als die Zellen.

»Versuch nicht, den Kommissar aufs Kreuz zu legen«, drohte Odorico.

Der Häftling sah den Kalfaktor an. »Eigentlich fühle ich mich schon besser«, sagte er.

»Dann frühstücke jetzt«, sagte Mattos.

Rosalvo erschien mit den Zeitungen *O Cruzeiro* und *Tribuna da Imprensa*. »Hier, Doktor, wollen Sie die infamen Lügen von Lutero Vargas, diesem Schmarotzer der Oligarchie, lesen?«

»Nein.«

»Und die komplette Geschichte über die elftausend Dollar, die sie Lutero Vargas in Venedig gestohlen haben?«

»Nein.«

»Und das hier: Armando Falcão denunziert Schmuggelgeschäfte von Jereissati im Bundesstaat Ceará. Der Präsident der PTB in Ceará gehört auch zu der Diebesbande, die sich in der Regierung breitgemacht hat. Wissen Sie, was die hauptsächlich schmuggeln? Irisches Leinen S-120. Die da im Nordosten tragen mit Vorliebe Sachen aus irischem Leinen S-120.«

»Interessiert mich nicht.«

»Oder noch was: Auf Anregung von Brandão Filho, den sie auf Vorschlag von Jango Goulart zum Delegado für Politische und Soziale Ordnung ernannt haben, hat General Ancora, Chef der Polizei des DFSP, beschlossen, die Polizeispitzel auf die Gehaltsliste zu setzen. Das ist die Schweinerei: Früher wollten die Behörden nur widerwillig mit Denunzianten zu tun haben; heutzutage ist auch von dem Widerwillen nichts mehr übrig.« Pause. »Der Lacerda ist wirklich ein harter Brocken.«

Der Kommissar schwieg.

»Darf ich Sie was fragen?«

»Ja«, antwortete der Kommissar.

»Sind Sie eigentlich für Lacerda oder für Getúlio?«

»Muß man überhaupt für einen von diesen Scheißtypen sein?«

»Nein«, sagte Rosalvo, als er den unwilligen Ausdruck des Kommissars sah. »Wer einen Buckel hat, muß sehen, wie er sich bettet.«

Luciana Gomes Aguiar erschien, begleitet vom Anwalt Galvão, um zehn Uhr auf der Wache. Der Kommissar empfand instinktiv Feindseligkeit gegenüber der Frau, weil ihr Gesicht so gefaßt, ihr schwarzes Kostüm so elegant war. Auch nur eine Plutokratin mit guten Manieren, dachte er. Wie Alice.

»Ich brauche Ihnen nicht zu sagen«, sagte der Anwalt, »daß Dona Luciana bereit ist, mit der Polizei bei der Suche nach dem Mörder oder den Mördern ihres Mannes zusammenzuarbeiten. Allerdings legt sie Wert darauf, möglichst unverzüglich gehört zu werden.«

»Ehe ich Dona Lucianas Aussage offiziell aufnehme, würde ich ihr gern ein paar Fragen stellen.«

Luciana äußerte ihre Zustimmung mit einer Handbewegung.

»Hatte Ihr Mann Feinde?«

»Nein.«

»Hatte Ihr Mann die Angewohnheit, nackt zu schlafen?«

Luciana antwortete nicht. Sie sah Galvão an, als wollte sie sagen: Muß ich mir das gefallen lassen?

»Doktor Gomes Aguiar wurde nicht von einem Feind getötet. Er ist einem schweren Einbruch zum Opfer gefallen, den Laien als Raubüberfall bezeichnen«, sagte Galvão beschwörend.

»Hatte er die Angewohnheit, nackt zu schlafen? Der Tote wurde nackt auf dem Bett vorgefunden.«

»Paulo war kein Mann mit strengen Prinzipien«, sagte Luciana.

»Doktor Mattos, es gibt Tage, da schlafe ich mit Pyjama, und andere Tage, da schlafe ich ohne. Ich glaube, das ist bei den meisten Menschen so«, sagte Galvão.

»Dona Luciana, haben Sie festgestellt, daß etwas fehlt?«

»Das weiß ich noch nicht.«

»Das wissen Sie nicht?«

»Nein.«

»Ich habe keine Damenbekleidung in dem Zimmer gesehen, in dem …«

»Wir hatten getrennte Schlafzimmer. Meine Suite befindet sich in der oberen Etage.«

»Die Wohnung ist zweigeschossig, wie Sie sicherlich festgestellt haben«, sagte Galvão.

Lucianas schlanke Finger schmückte einzig ein brillantenbesetzter Ehering. Der in der Duschkabine im Badezimmer des Toten gefundene Goldring war viel zu groß, um zu diesen Fingern zu gehören. Mattos griff in die Tasche, seine Finger tasteten den Goldzahn. Der Ring steckte in der anderen Tasche.

»Haben Sie diesen Ring schon einmal gesehen, Senhora?«

»Nein.«

»Er lag im Badezimmer in der Duschkabine.«

»Er gehört nicht meinem Mann. Mein Mann hat nie einen Ring getragen.«

»Darf ich?« fragte Galvão. Er setzte den Ring auf. »Ein Mann mit dicken Fingern.«

»Hatte Ihr Mann mit einem Kompagnon Schwierigkeiten? Oder mit einem Angestellten der Firma ... Wie heißt die Firma doch gleich?«

»Cemtex«, antwortete Galvão. »Nein, er hatte keine Probleme mit Kompagnons oder Angestellten.«

»War Senator Vitor Freitas mit Ihrem Mann befreundet?«

»Mein Mann hatte viele Freunde. Senator Vitor Freitas war einer von ihnen.«

»Und Luiz Magalhães?«

»Den Namen kenne ich nicht.«

»Hatten Sie ein gutes Verhältnis zu Ihrem Mann?«

»Sie lebten in einer harmonischen, von Liebe und Achtung geprägten Ehe«, sagte Galvão in dem Tonfall, in dem er vor Gericht sprach.

Der Kommissar mußte an einen Satz denken, den Seu Emílio, der Maestro der Claqueure, immer gesagt hatte: Das Beste an der Ehe ist die Verwitwung. Lucianas blasses Antlitz verriet keinerlei Schmerz, nur Bedachtsamkeit und Würde. Was für ein Mensch steckte hinter diesem Antlitz?

Mattos ließ den Protokollanten Oliveira kommen und begann mit der Aufnahme von Lucianas Aussage.

Luciana Gomes Aguiar und der Anwalt Galvão waren gegangen. Mattos' Magen fing an zu schmerzen. Der Arzt hatte ihm gesagt, daß er im Zwölffingerdarm ein Geschwür habe und daß jederzeit eine Blutung eintreten könne. Er müsse alle drei Stunden etwas essen und sich dabei an die vorgeschriebene Diät halten, Milch, weichgekochter Reis, Salzkartoffeln und gekochtes Hühnerfleisch. Kaffee, Alkohol, Erfrischungsgetränke, Zigaretten und scharf gewürzte Speisen müsse er meiden. Er müsse alle Sorgen von sich fernhalten. Er solle seinen Stuhl beobachten. Wenn er dunkel wie Kaffeesatz würde, sei das ein Hinweis auf eine Blutung und dann müsse er eventuell ins Krankenhaus und notoperiert werden.

Jetzt führte Mattos die Aufsicht beim Ausstellen eines Inflagranti-Festnahme-Protokolls wegen Körperverletzung, bei der Täter und Opfer ein Mann beziehungsweise eine Frau waren. Von Amts wegen zuständig, das Protokoll ausstellen zu lassen, dabei die Aufsicht zu führen und dieses sowie den Haftbefehl zu unterschreiben, war der Delegado, und der Kommissar war dazu nur in Abwesenheit des Dienststellenleiters befugt.

Mitten während der Erstellung des Schriftstücks erschien der Delegado.

»Einen Augenblick, ich bin gleich wieder da«, sagte Mattos zum Anwalt des Aggressors, der mitgekommen war. Er zog Ramos am Arm in den Flur.

»Tun Sie so, als wären Sie noch nicht hier. Lassen Sie mich die Sache zu Ende führen.«

»Der Anwalt hat mich gesehen.«

»Das ist ein windiger Typ, der vor Zellentüren herumlungert. Kein Grund zur Sorge.«

»Welcher Paragraph?«

»129. Ehepartner.«

»Ehepartner? Sie wollen den Kerl verhaften, nur weil der seiner Frau Prügel verpaßt hat?«

»Gerade deswegen. Die Tatsache, daß es sich um seine Frau handelt, ist für mich ein erschwerender Umstand.«

»Aber nicht nach dem Gesetz«, sagte Ramos und schluckte seine Verärgerung hinunter. »Ich habe die Frau angesehen und keinerlei Verletzungsspuren festgestellt.«

»Die sind unterm Kleid. Ich schicke sie nachher zur Beweissicherung.«

»Sie sind päpstlicher als der Papst. Ich garantiere Ihnen, daß die Frau sich gegen uns stellt. Die stellen sich immer gegen uns.«

»Alle sind immer gegen uns.«

»Und bei der Verhandlung erwirkt selbst so ein Winkeladvokat einen Freispruch für den Mann. Wissen Sie, was in der Verhandlung passieren wird?«

»Ja. Die Frau wird zum Richter sagen, die Prellungen, die sie bei der Beweissicherung hatte, hätte ich ihr zugefügt.«

»So ungefähr. Lassen Sie es sein. Wenn Mann und Frau sich streiten, so bleibe du im Weiten.«

Rosalvo hatte einmal, als er kurz nach Abschluß seines Jurastudiums an der Polizeiakademie forensische Psychologie studierte, inspiriert von den Theorien Bertillons, Kraeplins und Kretschmers folgende Beschreibung von Ramos abgegeben: trapezförmiges Gesicht, flaches Profil, fliehende Scheitelbeine, kielförmiger Schädel, gedrungener Körperbau, träges Temperament. Träge, gedrungen, flach.

Mattos lachte verächtlich.

»Sie lachen? Sagen Sie nachher nicht, ich hätte Sie nicht gewarnt.«

»Ich weiß, was ich tue«, sagte der Kommissar, nun wieder ernst. »Und jetzt mache ich den Haftbefehl fertig.«

Täter, Opfer, Anwalt und Protokollant warteten auf den Kommissar.

»Nun, Doktor, alles klar?« fragte der Anwalt.

»Ja. Wir machen weiter.«

»Doktor, mein Mandant hat aufgrund gewichtiger moralischer Bedenken sofort auf die ungerechtfertigte Provokation seitens des Opfers reagiert.«

»Erzählen Sie das dem Richter.«

»Doktor, selbst Sie als gebildeter Mann – im Gegensatz zu meinem Mandanten, der ein schlichter Analphabet ist und als Schauermann im Hafen arbeitet –, selbst Sie würden die Beherrschung verlieren, wenn Ihre Frau das zu Ihnen sagen würde, was die Frau meines Mandanten zu ihm gesagt hat.«

»Ich habe mich schon entschuldigt«, flüsterte demütig die Frau hinten im Raum.

»Sie bereut, sie weiß, daß sie einen Fehler gemacht hat, sie hat sich entschuldigt, haben Sie das nicht gehört?« sagte der Anwalt.

»Hier handelt es sich um ein strafrechtliches Vergehen, die Meinung des Opfers interessiert mich nicht. Wir machen weiter.«

»Doktor, sie hat meinen Mandanten als Schlappschwanz bezeichnet. Welcher Mann hält das aus, daß seine eigene Frau ihn als Schlappschwanz bezeichnet, ohne daß er den Kopf verliert? He?! Ich bitte Sie!«

»Wenn überhaupt jemand befugt ist, einen Mann als Schlappschwanz zu bezeichnen, dann die eigene Frau«, erwiderte der Kommissar.

Der Haftbefehl wurde ausgestellt, unterschrieben und die Frau zur Beweissicherung geschickt. Der Mann bezahlte eine kleine Kaution, wie vom Gesetz vorgeschrieben, und wurde auf freien Fuß gesetzt.

Mattos nahm eine Pepsamar-Tablette aus der Tasche,

steckte sie in den Mund, zerkaute sie, vermischte sie mit Speichel und schluckte sie hinunter. Er hatte dem Gesetz Genüge getan. War die Welt dadurch besser geworden?

Unterdessen betrat Salete Rodrigues in einem Wolljerseykomplet, das nach Aussage der Zeitschrift *A Cigarra* durch die Existentialistinnen in Mode gekommen war, im Stadtzentrum den Fahrstuhl eines Hochhauses in der Avenida Treze de Maio und stieg im zwölften Stock, dem Sitz der Getúlio-Vargas-Stiftung, aus.

»Kann ich Ihnen behilflich sein?« fragte eine Empfangsdame hinter einem Tresen.

Salete sagte, sie wolle sich zum Sekretärinnenkurs anmelden. Ihr wurde mitgeteilt, daß sich der Kurs aus den Fächern Portugiesisch, Stenografie, Mathematik und Maschineschreiben zusammensetzte. Es gebe einen Abendkurs und einen Tageskurs. Wer sich einschreiben wolle, müsse das Abschlußzeugnis des Gymnasiums besitzen.

Saletes Gesicht lief rot an, als sie das hörte. Sie bedankte sich und ging schnell hinaus.

Nervös wartete sie im Flur auf den Fahrstuhl. Sie war sicher, daß die Empfangsdame sie beim Anblick der Schamesröte auf ihrem Gesicht durchschaut hatte, ihr angesehen hatte, daß sie nur die Grundschule besucht hatte und gar kein Abschlußzeugnis des Gymnasialzweiges vorlegen konnte. Im Juli hätte sie eine Stelle beim Senat bekommen können. Sie war mit Magalhães im Nachtklub Béguin, wo gerade der existentialistische Sänger Serge Singer auftrat, als Magalhães zu ihr sagte, »ich bringe dich im Senat unter, das ist ein Glückstreffer«. Magalhães stand sich mit vielen Senatoren bestens, es wäre ein leichtes, ihr eine Stelle zu beschaffen, »du mußt nicht mal hingehen, nur am Monatsende das Geld abholen«. Sie hatte zu Magalhães gesagt, sie habe »wenig Schulbildung«, und er hatte geantwortet, der Senat sei voll von Leuten, die »durch die Hintertür hineingekommen« seien. Sie hatte Angst bekommen und Magalhães gebeten, nichts zu unternehmen. Wenn sie jetzt im Radio Nacional ihre Lieblingssendung mit Iara Sales und Heber de Boscoli hörte, die »Glückstreffer« hieß, bereute sie jedesmal, daß sie die Stelle nicht angenommen hatte. Immerhin hätte sie Maschineschreiben lernen können, sie war sogar zu einer Schule für Maschineschreiben in einem zweistöckigen Haus in der Rua da Carioca gegangen und hatte dort gesehen, wie eine ganze Reihe rachitischer kleiner Mulatinnen die Tasten anschlugen. Wenn diese armseligen Mädchen auf der Maschine schreiben lernen konnten, dann konnte sie das auch.

Draußen auf der Straße merkte sie, daß die Männer sich nach ihr umdrehten, und empfand das als großen Trost. Sie bummelte durch das Stadtzentrum, um die Zeit bis zur Zwei-Uhr-Vorstellung des Films *Das Gewand* mit Victor Mature im Palácio zu überbrücken. Während der Vorführung weinte sie.

Es war noch zu früh, um zum Spiritistischen Zentrum der Mãe Ingrácia in Rocha zu fahren. In einer Apotheke kaufte sie ein Gläschen Vanadiol, sie hatte im Radio gehört, das sei gut für die Nerven. Sie ging durch die Straßen Gonçalves Dias, Ouvidor und Uruguaiana und sah sich die Schaufenster an. Dann betrat sie das Konfektionsgeschäft A Moda und probierte ein Kleid an, das sie in der Auslage gesehen hatte.

»Das Geschäft wird seinem Namen aber nicht gerecht«, sagte sie zu der Verkäuferin, »es ist sehr altmodisch.«

Da im Laden wenig los war, sprachen Salete und die Verkäuferin schon bald in gedämpftem Ton über Persönliches. Die Verkäuferin vertraute ihr an, sie halte die Arbeit dort nicht mehr aus, die Geschäftsführerin sei ein

Biest. Salete sagte, ihr gehe es auch nicht sehr gut, sie liebe einen Mann, lebe aber mit einem anderen zusammen, das einzig Gute dabei sei, daß sie genug Geld für Kleider habe. Wenn sie sehr unglücklich sei, erklärte sie, kaufe sie sich ein neues Kleid, etwas Besonderes, in dem sie den Leuten auf der Straße auffiel. Sie finde es schön, wenn die Leute sich nach ihr umsahen, weil sie gut angezogen war. Das gebe ihr das Gefühl, etwas, etwas, äh, etwas freier zu sein.

»Weil ich mich elegant kleide, habe ich es zu etwas gebracht.«

Da das Mädchen Verständnis zeigte, erzählte Salete von ihrer Vergangenheit, wohl wissend, daß es gemein war, so einer grauen Maus, die weder aus ihrem Gesicht noch aus ihrem Körper Kapital schlagen konnte, Flausen in den Kopf zu setzen.

Wenn sie sich nicht immer elegant gekleidet hätte, dann würde sie noch heute in Dona Floripes Haus in der Rua Mem de Sá, dicht beim Roten Kreuz, mit Bankangestellten und Verkäufern bumsen. Sie erzählte, daß sie stark genug gewesen war, schlechte Ratschläge und Einflüsse zu mißachten, zum Beispiel von Dona Floripes persönlich, die immer sagte, sie sollte ihr Geld für die Zeit der mageren Kühe auf die hohe Kante legen: »Huren haben ein kurzes Leben, von heute auf morgen sind die Brüste schlaff. Und dann kommt noch die Zellulitis. Gib nicht dein ganzes Geld für Kleider und Schmuck aus.« Ohne ihre Kleider und ihren Schmuck wäre sie nicht den einflußreichen Männern aufgefallen, mit denen sie dann gegangen war, Politiker, Leute aus der High-Society, hohe Tiere von der Regierung, und würde heute noch billiges Kölnisch Wasser benutzen statt französisches Parfüm.

»Aber man muß auch eine gute Figur haben, damit die Kleider gut sitzen.«

Gegen halb eins aß sie im Colombo zu Mittag. Magalhães sagte zwar, im Colombo verkehrten nicht mehr die feinen Leute, so wie früher, aber sie ging für ihr Leben gern in diesen großen Saal mit den hohen spiegelverkleideten Wänden, das kleine Orchester, das Walzer von Strauss spielte, machte sie sentimental. So etwas Schönes hatte sie nur erlebt, als sie mit Magalhães durch Europa gereist war.

Nach dem Kino nahm sie ein Taxi und fuhr zum Spiritistischen Zentrum. Dort übergab sie der Mãe Ingrácia die Unterhose, die sie Mattos stibitzt hatte, damit die alte Frau ihre Beschwörung machen konnte.

Als sie in ihre Wohnung kam, rief sie Magalhães an und sagte, sie würde am Abend gern in einen Nachtklub gehen. Sie wollte ins Béguin, aber Magalhães sagte, er müsse jemanden im Night and Day treffen.

Der Nachtklub befand sich im ersten Stock des Hotels Serrador, am Platz Cinelândia, Ecke Rua Senador Dantas, zwischen zwei Kinos, links das Odeon und rechts das Palácio. Von den Fenstern des Nachtklubs blickte man auf die Ostseite des um diese Zeit stillen Monroe-Palasts. Weiter rechts hob sich der dunkle Fleck der Grünanlagen des Passeio Público gegen die Fassadenlichter des Kinos ab.

»Kannst du dafür sorgen, daß ich sonntags zum Tee ins Vogue gehen kann? Gestern wollte ich dahin, sie haben mich aber nicht reingelassen.«

»Was willst du auf dem Tanztee?« Magalhães wußte, daß im Vogue am Sonntagnachmittag nur reiche junge Mädchen und Männer verkehrten. Eine kleine Nutte würden sie niemals einlassen.

»Ich wollte die Combo von Fats Elpídio hören.«

»Es gibt tausend andere Lokale, wo du die Combo von Fats Elpídio hören kannst. Das muß ja nicht unter diesen Schnöseln aus der Scheißbourgeoisie sein.«

Kurz vor Beginn der Mitternachtsshow führte der Maître einen Mann zu Magalhães, dessen dunkler Buchhalteranzug von den Anzügen aus Naturseide oder Leinen und den weißen Panamahüten der anderen anwesenden Männer abstach.

»Nehmen Sie Platz«, sagte Magalhães.

Nach einer knappen höflichen Kopfbewegung zu Salete hin setzte der Mann sich.

»Hat der Japse die bestellte Ware mitgeschickt?«

»Senhor Matsubara hat mich gebeten, Ihnen dies zu überreichen«, sagte der Mann trocken und zog einen Umschlag aus der Tasche. Da erst erkannte Magalhães im Schummerlicht des Nachtklubs, daß der Mann ein Japaner war.

»Sie kommen direkt aus Marília?« fragte Magalhães, während er den Umschlag einsteckte. »Hatten Sie eine angenehme Reise?« fügte er hinzu, um Liebenswürdigkeit bemüht.

Der Japaner antwortete nicht. Er stand auf. »Soll ich Senhor Matsubara etwas ausrichten?«

»Sagen Sie ihm, man wird sich für seinen Beitrag erkenntlich zeigen.«

Der Mann drehte sich um, jetzt ohne jeden Gruß, und ging.

Im Umschlag steckte ein Scheck über fünfhunderttausend Cruzeiros, eine Spende für den Wahlkampf des Abgeordneten Roberto Alves, Privatsekretär des Präsidenten. Matsubara hatte vor kurzem von der Banco do Brasil ein Darlehen von sechzehn Millionen erhalten.

Magalhães winkte dem Maître, woraufhin dieser herbeieilte.

»Champagner«, sagte Magalhães.

»Wünschen Sie eine bestimmte Marke? Wir führen Veuve Cliquot, Taittinger, René Lamotte, Moët et Chandon, Krug, Pol Roger«, zählte der Maître stolz auf.

Gregório Fortunato wunderte sich, daß nur einige wenige Politiker wie Gustavo Capanema bemerkten, wie sich das Wesen des Präsidenten in letzter Zeit veränderte. Er hatte gehört, wie Capanema, während der Diktatur unter Doktor Getúlio Erziehungsminister und jetzt Fraktionsvorsitzender der Regierungspartei im Abgeordnetenhaus, in einer Runde leise sagte: »In diesen zwanzig Jahren, seit ich Getúlio kenne, ist aus einem heiteren und überschwenglichen Mann ein trauriger, reservierter Mensch geworden.« Alle meinten, das läge am Alter, da würden die Menschen unglücklich, aber der Präsident war kein alter Mann, er war Getúlio Vargas, Männer wie er hatten kein Alter. Er wußte, warum der Präsident unglücklich war: Er war verletzt, weil man ihn so oft verraten hatte, tief betroffen über die Feigheit seiner Verbündeten. Der Major Fitipaldi von der Militäradjutantur sagte, die Freunde des Präsidenten, denen Ehrungen und Gunst zuteil geworden waren, seien nur lauter Heuchler und Verräter. Wenn es einen Mann auf der Welt gab, der es verdiente, aufgrund all dessen, was er für die armen und einfachen Leute getan hatte, glücklich zu sein, dann hieß dieser Mann Getúlio.

Gregório wurde in seinen Gedanken von einem Anruf seiner Frau Juracy unterbrochen. Sie führten ein schroffes Gespräch. Dem Chef der Leibwache gefiel nicht, daß sie sich beschwerte, er würde in seinem eigenen Haus zu einem seltenen Gast, und legte den Hörer auf.

Gleich darauf kam der Anruf von Magalhães.

»Ich habe das Geld vom Japaner.«

»Sag Roberto nichts davon. Bring den Scheck zu mir.«

»Nimmt er das nicht krumm, wenn er davon hört?«

»Ich kenne Roberto aus der Zeit, als er den Abort vom Doktor Getúlio auf der Fazenda Itú geputzt hat, damals im Exil. Kein Grund zur Sorge.«

»Der Abgeordnete Doktor Lodi möchte sich mit dir treffen.«

»Er war schon bei mir in meinem Zimmer im Palast, ich weiß, was er will.«

»Und die Lizenz für die Cemtex ...«

»Die ist durch. War nicht so einfach. Fünfzig Millionen Dollar ist eine Menge Geld.«

»Großer Gott! Kann man die Lizenz auf eine andere Firma umschreiben? Darüber wollte ich nämlich gestern mit dir sprechen. Die andere Firma heißt ...«

»Glaubst du vielleicht, die Regierung tanzt nach jeder Pfeife? Wie's gerade so paßt? Nach all dem Ärger, den ich gehabt habe, bis sie die Lizenz erteilt haben, kommst du mir mit so was?«

»Der Präsident der Cemtex ist ermordet worden. Das ändert alles. Könntest du nicht bei Souza Dantas ein Wörtchen einlegen ...«

»Jetzt ist es zu spät.«

»Bitte, Gregório. Im Namen der Heiligen Jungfrau, die Lizenz muß auf die andere Firma übertragen werden, auf die Brasfesa.«

»Zu spät.«

»Dein Anteil steht auf dem Spiel.«

»Dem einen das Fleisch, dem andern die Knochen. Das kannst du deinen Freunden sagen.«

Nachdem er aufgelegt hatte, machte sich Gregório auf einem Zettel eine Notiz über das Gespräch mit Magalhães. Zu Hause hatte er eine Kartei mit den vertraulichen Informationen, die festzuhalten er für wichtig erachtete; er nahm sich vor, auf eine Karteikarte zu schreiben, was er mit Magalhães über die Cemtex und die Brasfesa besprochen hatte. Er mußte sich einen sicheren Platz für seine Kartei suchen, sein Verhältnis zu Juracy wurde von Tag zu Tag schlechter, nur wegen der idiotischen Eifersucht seiner Frau. »Irgendwann drehe ich noch durch«, hatte sie in einem Streit gesagt. Eine eifersüchtige Frau war zu allem fähig.

3

Es war sechs Uhr früh, als bei Mattos das Telefon klingelte.

»Ich bin es.«

Schweigen.

»Erinnerst du dich an mich?« Alice.

Es war erst drei Jahre her.

»Ich weiß, daß du gern früh aufstehst, deshalb rufe ich um diese Zeit an ...«

Es war, als stünde er am Rande eines Abgrunds, kurz vor dem Absturz. Vor drei Jahren hatte er bei Alice angerufen, ihre Mutter war ans Telefon gekommen und hatte gesagt, Alice wolle nicht mit ihm sprechen, er solle nicht mehr anrufen.

Alice war ins Ausland gereist, für sechs Monate nach Europa. Nach der Rückkehr hatte sie einen Mann aus der feinen Gesellschaft geheiratet, dessen Namen er vergessen hatte. Drei Jahre.

Am Rande des Abgrunds.

»Ich würde mich gern mit dir treffen. Auf einen Tee. Vielleicht im Cavé? Das hat ja wohl noch nicht zugemacht, oder?«

»Nein. Ich bin neulich dran vorbeigegangen.«

»Kannst du? Heute? Um fünf?«

»Ist gut.«

Nachdem er aufgelegt hatte, fiel dem Kommissar ein, daß er um halb sechs mit Seu Emílio, dem Maestro, verabredet war. Da er Zeit hatte, denn es war noch sehr früh, beschloß er, Seu Emílio zu Ehren *La Traviata* zu hören. Die Aufnahme, die er besaß, ein Mitschnitt aus der Mailänder Scala von 1935, war nicht komplett, sie dauerte nur hundertelf Minuten, es fehlte die Arie *No, non udrai rimproveri*, Germonts Cabaletta am Ende der ersten Szene des zweiten Akts. Es waren dreizehn 78er Schallplatten, die nicht auf dem Plattenspieler übereinandergelegt werden konnten. Alle achteinhalb Minuten mußte der Kommissar die Platte wechseln. Nach einer Weile machte ihn das nervös. Deshalb schaltete Mattos, noch ehe er alle Platten gehört hatte, den Plattenspieler im zweiten Akt aus, steckte die Platten zurück in die Hülle und ging aus dem Haus.

Mattos hatte Rosalvo beauftragt, Erkundigungen über das Vorleben von Paulo Gomes Aguiar, Claudio Aguiar und Vitor Freitas einzuholen. Luiz Magalhães hatte er nicht genannt.

»Paulo Machado Gomes Aguiar«, sagte Rosalvo mit einem Blick auf einen Notizblock, den er in der Hand hielt, »Brasilianer, weiß, geboren am 12. Januar 1914 hier im Distrito Federal. Der Vater Arzt, die Mutter Hausfrau, beide verstorben. Besuch des Colégio São Joaquim und Studium an der Staatlichen Rechtsfakultät, wo er 1937 sein Examen ablegte. Nie als Anwalt tätig gewesen. Heiratete 1940 Luciana Borges, die Tochter eines Bankiers. Es heißt, weil sie eine gute Partie war. 1951 gründete er die Import-Exportfirma Cemtex, die binnen kurzer Zeit zu einer der größten des Landes wurde. Hat Kontakte zu hohen Regierungsstellen. Soll Strohmann für ausländische Gruppen gewesen sein. In der *Tribuna da Imprensa* stand …«

»Lassen Sie die politischen Intrigen für den Schluß. Zuerst die Fakten.«

»Die krummen Geschäfte der Cemtex sind Fakten. Zum Beispiel: Dem Unternehmen wurde von der Cexim eine Einfuhrlizenz in Höhe von fünfzig Millionen Dollar erteilt. So viel Geld hat die Banco do Brasil noch keinem bewilligt, mal wieder so eine Sauerei, hinter der irgendein hohes Tier steht, das liegt auf der Hand. Gomes Aguiar war mit dem Senator Vitor Freitas befreundet, der vermutlich als einer der Drahtzieher für ihn tätig war.«

»Weiter.«

»Gomes Aguiar hatte sehr regen gesellschaftlichen Umgang. Ich habe einige Stapel alter Zeitungen durchgeblättert und in den Klatschspalten Fotos von ihm mit Vitor Freitas gesehen. Und auch mit seinem Cousin und anderen Leuten aus der High-Society, vor allem mit Pedro Lomagno, dem Sohn des verstorbenen Kaffeekönigs Lomagno.«

»Weiter.«

»Claudio, der Cousin, hat auch das Colégio São Joaquim besucht. Danach ist er ins Ausland gegangen und lange weggeblieben, sein Vater war Diplomat oder so was. Hat in London Volkswirtschaft studiert. Und der Senator Freitas, der verkehrt möglicherweise im ›kleinen Senat‹. Wenn die fidelen Senatoren keine Lust mehr haben, Reden zu halten, gehen sie über die Straße, um sich bei einer schnellen Nummer zu entspannen. Die Mädchen im kleinen Senat sollen phantastisch sein.«

»Wo befindet sich dieser kleine Senat?«

»Das wissen Sie nicht?« Rosalvo war überrascht, tat aber so, als sei er sehr überrascht. »Im Gebäude São Borja, Avenida Rio Branco 227, genau gegenüber vom Senat. Sehr günstig. Am liebsten würde ich da hingehen, aber die Puffmutter soll Haare auf den Zähnen haben, und bei der Protektion von oben läßt sie bestimmt nicht so ohne weiteres die Katze aus dem Sack. Man müßte eine von den Huren kennen, die der Senator da vernascht.«

»Das Sexualleben des Senators interessiert mich nicht.«

»Ich wühle auch nicht gern in der schmutzigen Wäsche anderer Leute. Aber der Senator dürfte zu der Sorte Freier gehören, die den Mädchen im Bett bei einem Glas

Champagner gern etwas vorprahlen. Auf diese Weise bekommen wir oft nützliche Informationen.«

»Sie scheinen kein Quentchen Anstand zu haben, Rosalvo.«

»Entschuldigen Sie, Doktor.«

»Mich interessiert, ob Gomes Aguiar Feinde hatte, Probleme mit Geschäftspartnern und dergleichen. An Klatsch und Tratsch bin ich nicht interessiert und an Ihren ironischen Bemerkungen erst recht nicht.«

»Mit Ihnen streite ich mich nicht. Sie sind mein Chef, und ich habe vor Ihnen die größte Hochachtung.«

In Wirklichkeit hatte Rosalvo Angst vor dem Kommissar. Er war davon überzeugt, daß Mattos nicht richtig tickte, die Grimassen, die er zog, der blödsinnige Streik, den er anzuzetteln versucht hatte, seine Angewohnheit, zu den Einsätzen keine Waffe mitzunehmen, und vor allem die fixe Idee, kein Geld von der Lotteriemafia anzunehmen – verdammt, der Kerl fuhr Bus, nicht mal ein Auto besaß er, aber die Schmiere von den Lotteriebossen verschmähte er! Bei dem Mann mußte man auf der Hut sein.

»Sie sind neu bei der Polizei – nicht, daß ich mich als Lehrer aufspielen will, wer bin ich denn? Ich bin bloß älter als Sie, fast schon ein Greis von fünfundfünfzig Jahren, davon dreißig bei der Polizei ... Das einzige, was ich in all diesen Jahren gelernt habe, ist: Bei Mord gibt es nur zwei Motive. Sex oder Macht. Genau das ist der Knackpunkt. Getötet wird nur wegen Geld oder wegen einer Fotze, wenn Sie mir den Ausdruck gestatten, oder wegen beidem zusammen. So ist die Welt.« Pause. »Ich habe einiges zu erledigen. Brauchen Sie mich noch?«

»Die Sache mit der Autowerkstatt. War der Vater von dem jungen Mann schon hier?«

»Nein. Der Junge sagt, daß der Alte niemanden hat, der sich um die Apfelsinenbäume kümmern kann.«

In einer kleinen Autoreparaturwerkstatt hatte der Mechaniker Cosme einem Mann, der seinen Wagen zur Reparatur gebracht hatte, im Streit mit einem Kreuzschlüssel auf den Kopf geschlagen und ihn getötet. Der Mechaniker, ein schmächtiger junger Bursche von zweiundzwanzig Jahren, hatte unter dem linken Auge einen schweren Bluterguß davongetragen. Die Werkstatt gehörte ihm und seinem Vater, einem Portugiesen, der sich während des Streits auf der kleinen Apfelsinenplantage befand, die seine Familie in Nova Iguaçu besaß. Eine als Zeugin aufgeführte Frau hatte die Sache durch ihre Aussage kompliziert, sie habe gesehen, wie einer in einem grauen Hemd dem Opfer mit einem Gegenstand auf den Kopf geschlagen habe. Cosme trug bei seiner Festnahme ein rotes Hemd.

»Ist die Frau von ihrer Reise zurück?«

»Nein. Ich war am Freitag bei ihrer Wohnung, aber keiner weiß, wann sie zurückkommt. Wahrscheinlich trifft auf sie zu, was Sie gesagt haben, daß sie alles grau in grau sieht.«

»Die Frau muß beim GEP untersucht werden, erst dann haben wir Gewißheit, ob sie farbenblind ist oder nicht.«

»Doktor, der Junge hat gestanden. Die Frau ist verschwunden. Die Ermittlungsfrist läuft ab.«

»Sie fahren nach Nova Iguaçu und laden den Alten zu einer Unterhaltung mit mir auf die Wache vor. Die Mutter kommt jeden Tag ihren Sohn besuchen, die Frau genauso, nur der Vater läßt sich nicht blicken.«

»Der kümmert sich um seine Apfelsinen.«

»Die Portugiesen haben einen starken Familienzusammenhalt. Selbst wenn es um alle Apfelsinen der Welt ginge, wäre ihnen ein Sohn immer noch wichtiger.«

»Die Apfelsinenplantage liegt, wenn Sie mir den Ausdruck gestatten, am Arsch der Welt.«

»Ich will den Alten übermorgen hier sehen.«

»Ich muß zum Senat und mit dem Senator Freitas sprechen.«

»Das mache ich. Sie fahren von hier direkt nach Nova Iguaçu. Jetzt.«

Cosme war aus der Zelle geholt und in den Raum gebracht worden, in dem er seine Frau traf, wenn sie zu Besuch kam. Die beiden saßen schweigend Hand in Hand, als der Kommissar hereinkam. Die Frau wischte sich ihr vom Weinen und durch ihre Schwangerschaft im achten Monat aufgequollenes Gesicht ab. Neben der Bank stand ein Eßgeschirr, in dem sie ihrem Mann jeden Tag Essen brachte. Die Frau wußte, daß sie diese Besuche dem Kommissar zu verdanken hatte, und versuchte zu lächeln, was ihr aber nicht gelang.

»Haben Sie ihm was Gutes zu essen gebracht?« sagte der Kommissar. »Irgendwann probiere ich die Köstlichkeiten auch mal.«

»Wann Sie möchten, Doktor. Heute sind es Käsetaschen«, sagte der junge Mann und nahm eine aus dem Eßgeschirr. Die Frau schwieg weiterhin. Die beiden waren jung und häßlich. Cosmes Häßlichkeit hatte Rosalvo die Gelegenheit geboten, dem Kommissar weitere Lehren vorzutragen, die er auf der Akademie gelernt hatte: Cosme sei ein lombrosianischer Typ mit physischen Merkmalen krimineller Veranlagung wie fliehende Stirn, hervorstehende Jochbeine, scharfer Wangenwinkel, Prognathie und Plagiozephalie. »Lachen Sie mich nicht aus, Doktor, das bedeutet, ein schiefer, ovaler und asymmetrischer Schädel, bei dem sich die beiden Hälften so ausgleichen, daß der stärker entwickelten rechten Vorderseite eine stärkere Entwicklung der linken Seite hinten entspricht.«

Wenn der Kommissar Cosme anschaute, sah er nichts davon. Nur einen verängstigten jungen Mann.

»Ich habe Ihren Vater zu einem Gespräch mit mir vorladen lassen«, sagte Mattos.

Cosme sprang von der Bank auf.

»Tun Sie das nicht, Doktor, bitte nicht, mein Vater ist ein kranker Mann.«

»Ich muß mit ihm sprechen.«

»Bitte nicht! Es ist doch alles klar! Oder? Bitte nicht«, sagte Cosme mit der Käsetasche in der Hand.

Kann es sein, daß die Beziehung zwischen Ursache und Wirkung ein wesentlicher Bestandteil jeder logischen Überlegung im Zusammenhang mit Tatsachen ist? dachte Mattos. Wieviel sind Folgerungen wert, die aus einer Kette von Vermutungen resultieren? Er wußte, daß Aussagen in bezug auf Tatsachen durchaus zufällig sein konnten. Die Schlußfolgerungen, die er jetzt zog, während er das zitternde Paar vor sich betrachtete, waren allein das Ergebnis seiner Sinneswahrnehmungen, der Eindrücke dieses Augenblicks, die auch falsch sein konnten. Alles konnte falsch sein. Mein Gott, ich fange schon an, in genauso beschränkten Kategorien zu denken wie Rosalvo.

»Tut mir sehr leid, aber ich muß Ihren Vater vernehmen.«

Nach diesen Worten verließ der Kommissar den Raum, die weiteren Reaktionen des Paares wollte er nicht mehr sehen. Er wollte seine Gedanken und Wahrnehmungen nicht mehr miteinander vermischen. Er wollte mehr Tatsachen zur Verfügung haben, um besser verstehen zu können – und mehr Wahrnehmungen, mehr Gedanken. Bei dem Bemühen um Verstehen geriet er immer in einen frustrierenden Teufelskreis.

Mattos blieb neben einem der Löwen stehen, die sich zu beiden Seiten der Freitreppe des Monroe-Palasts befanden. Er drehte sich um und betrachtete das imposante Gebäude São Borja genau gegenüber, auf der anderen Seite der Avenida Rio Branco. Die Senatoren hatten sich einen sehr günstigen Ort für ihre Erholungsvergnügen ausgesucht.

Der Senat tagte gerade, aber der Senator Freitas befand sich nicht im Plenum. Sein Assistent Clemente Mello Telles Neto, ein elegant gekleideter junger Mann in weißem Leinenanzug, sagte, der Senator sei in einer Besprechung des Auswärtigen Ausschusses.

»Um welche Angelegenheit handelt es sich, Kommissar?«

»Das möchte ich dem Senator lieber selbst sagen.«

»Es wird nicht so einfach sein, ihn zu sprechen. Der Senator ist ein vielbeschäftigter Mann. Ist es eine private Angelegenheit?«

»Nein, nichts Privates.«

»Dann können Sie mit mir sprechen.«

»Ich möchte mit ihm sprechen.«

»Dann werden Sie eine passende Gelegenheit abwarten müssen.« Pause. »Hören Sie, wir können folgendes vereinbaren: Sie lassen mir Ihre Telefonnummer hier, und wenn sich eine Möglichkeit für ein Gespräch ergibt, gebe ich Ihnen Bescheid.«

Mattos gab dem Assistenten die Telefonnummer der Wache. »Sagen Sie dem Senator, es ist in seinem Interesse, mit mir zu sprechen.«

»Ich werde es ausrichten«, antwortete der Assistent formell.

Der Kommissar zog einen kleinen Notizblock aus der Tasche.

»Wie ist bitte die Telefonnummer des Senators?«

Nach kurzem Zögern gab Clemente dem Kommissar die Nummer des Büros des Senators.

Mattos verließ den Senatspalast und ging zu Fuß die Avenida Rio Branco bis zur Rua Sete de Setembro hinunter. Dann bog er links ab und ging bis zur Rua Uruguaiana. Das Cavé lag an der Ecke.

Er betrat das Lokal und setzte sich mit dem Gesicht zur Tür. Es war zehn Minuten vor fünf. Ein paar Sekunden dachte er daran, wieder zu gehen. Wozu hier sitzen bleiben und die Frau wiedersehen, die ihn verschmäht hatte? Was wollte Alice von ihm? Hilfe? Er wollte es ihr nicht heimzahlen, indem er ihr Hilfe versagte, aber sich auch nicht rächen, indem er ihr half, was noch kleingeistiger wäre. Er besah sich die Jugendstil-Grafiken an der Wand.

Als Alice hereinkam, stand er auf und zog einen Stuhl vor, damit sie sich setzen konnte. Eine Weile saßen sie sich stumm gegenüber und sahen sich nicht an.

Der Kellner kam.

»Tee mit Buttertoast?« fragte Mattos.

Alice nickte zustimmend.

»Bist du noch immer bei der ... in der Behörde?«

Sie will das Wort Polizei nicht aussprechen, dachte er. Bundesbehörde für Öffentliche Sicherheit klingt etwas weniger unwürdig.

»Ja.«

Alice öffnete ihre Handtasche und nahm eine Schachtel Zigaretten und ein Feuerzeug heraus, das sie auf den Tisch legte. Sie versuchte zu lächeln. »Ich rauche inzwischen.«

Mattos griff nach dem Feuerzeug und gab ihr Feuer.

Der Kellner brachte den Tee. Alice drückte die Zigarette im Aschenbecher aus.

»Ich habe um halb sechs eine Verabredung. Mit dem Maestro. Erinnerst du dich noch an den Maestro?

»Maestro?«

»Der Alte, der die Claqueure dirigierte, Seu Emílio. Weißt du noch?«

Sie konnte sich vage erinnern, daß Mattos erzählt hatte, als Student habe er zu den Claqueuren des Teatro Municipal gehört, um gratis in die Oper gehen zu können und dabei noch ein bißchen Geld zu verdienen.

»Ich habe ihn lange nicht mehr gesehen ... Das letzte

Mal habe ich die Vorlesung geschwänzt und mich mit ihm vor dem Chopin-Denkmal getroffen ... Das war der Treffpunkt der Claqueure ... Wir wollten an dem Tag den Beifall im *Parsifal* absprechen ...«

Alice steckte sich wieder eine Zigarette zwischen die Lippen. Mattos nahm das Feuerzeug und zündete sie an.

»Die Wagner-Opern machten den Claqueuren einige Mühe. Im *Parsifal* darf auf keinen Fall am Ende des ersten Akts applaudiert werden, und das Publikum still zu halten war schwieriger, als sie zum Applaudieren zu bringen. Ich weiß noch, wie Seu Emílio sagte, ›das können wir nicht einfach so aus dem Handgelenk schütteln ...‹«

Er schwieg. Der Tee war kalt geworden.

»Ich habe *Parsifal* einmal gesehen, in ...« Alice verstummte. In London.

»Ich gar nicht. Er wurde dann doch nicht inszeniert. Und die Claqueure wurden kurz danach abgeschafft. Aus und vorbei. Sie kamen aus der Mode. Das gehört jetzt der Vergangenheit an.«

Alice wünschte sich, sie könnte etwas sagen. Sie hatte nicht mehr den Mut, über das Thema zu sprechen, weswegen sie dieses Treffen vorgeschlagen hatte. Warum hatte Mattos diese Geschichte erzählt? Weil er auch nicht wußte, was er sagen sollte? Oder dachte er vielleicht, sie wolle zu ihm zurückkehren, und gab ihr damit zu verstehen, daß sie genau wie die Claqueure der Vergangenheit angehörte? Er war schon immer sehr eigenartig gewesen.

»Gehst du manchmal in die Oper?«

Einige Zeit nach dem Bruch mit Alice hatte er im Teatro Municipal *La Bohème* mit Di Stefano und der Tebaldi gehört. Normalerweise nahm er den letzten Rang, weil es billiger war, und außerdem hatten die Claqueure immer da oben gesessen, und er hatte sich an den Platz gewöhnt. Aber für diese Vorführung hatte er sich eine Karte fürs Parkett gekauft, in der Nähe einer Loge, in der ein Mann und eine Frau saßen und die ganze Zeit schlummerten. Auch andere Leute schliefen, wie er feststellte, selbst dann in ihren Logen weiter, als Di Stefano in der Arie *Che gelida manina* ein phantastisches hohes C sang. Er reagierte zutiefst gereizt, zu der Zeit spürte er bereits die ersten Symptome seines Zwölffingerdarmgeschwürs und seines Hasses auf die Reichen. In die Oper, ins Konzert, ins Museum gehen, so tun, als läsen sie die Klassiker, das alles war Teil einer großen verlogenen Inszenierung der Reichen, mit der sie – womit er hauptsächlich Alice und ihre Familie meinte – zeigen wollten, daß sie zu einer besonderen Klasse höherwertiger Menschen zählten, die, im Gegensatz zum unwissenden Pöbel, auf elegante und einfühlsame Weise sehen, hören und essen konnten, was wiederum rechtfertigte, daß sie Geld besaßen und Privilegien jeder Art genossen.

»Opern interessieren mich nicht mehr«, antwortete Mattos. Er nahm das Messer in die Hand und las das auf der Klinge eingravierte Wort Inox.

Alice starrte auf den Henkel der vor ihr stehenden Tasse.

»Meine Mutter ist gestorben.«

»Das tut mir leid.«

»Warum? Sie mochte dich nicht.«

Inox.

»Ich habe geheiratet.«

»Ich weiß.«

»Pedro hat einen guten Charakter. Er weiß über uns Bescheid.«

»Was weiß er? Da gibt es nichts zu wissen.«

»Er weiß, daß es nichts zu wissen gibt.« Pause. »Und du? Hast du inzwischen geheiratet?«

»Nein.«

Ihre Blicke begegneten sich sekundenlang.

»Willst du mir nicht sagen, was du von mir wolltest?«

»Ich glaube, das verschiebe ich auf ein andermal ... Ich weiß im Moment nicht, wie ich das, was ich dir sagen will, ausdrücken soll ... Können wir uns noch einmal treffen? Morgen? Morgen schaffe ich es eher ...«

»Morgen ist ... der vierte ... Da kann ich nicht. Mein Dienst fängt um zwölf an. Vierundzwanzig Stunden Dienst. Bis zum fünften, zwölf Uhr mittags.«

»Dann also übermorgen. Am Donnerstag.«

Der alte Mann wartete schon neben dem Chopin-Denkmal. Er trug wie immer einen Panama und eine Fliege, aber der Hut war verbeult und der Anzug aus Jute. Am Kragen schmutzig. Der Spazierstock mit silbernem Knauf, den er in der Hand hielt, verlieh ihm nicht wie früher Eleganz, sondern ließ ihn jetzt gebrechlich und krank erscheinen.

»Junger Freund«, sagte Emílio, während er, auf seinem Gebiß kauend, Mattos umarmte, »ich bin sehr glücklich über Ihren Erfolg.«

Erfolg. Mattos mußte an die Zellen auf der Wache voller stinkender, kranker Männer denken.

»Und wie geht es Ihnen, Senhor?«

»Sagen Sie nicht Senhor zu mir. Sie sind nicht mehr der Junge, der von mir alles über Opern lernen wollte.«

»Und wie steht's?«

»Es geht so ... Als ich Ihr Bild sah, habe ich gesagt, das ist er, das ist der Junge, der mit mir bei den Claqueuren gearbeitet hat ... Er hat es zu was gebracht, habe ich gedacht, jetzt verkehrt er in der feinen Gesellschaft ... Da habe ich im stillen zu mir gesagt, jetzt rufst du ihn an. Ich hätte nicht geglaubt, daß Sie kommen ... Ich dachte, der Erfolg wäre Ihnen zu Kopf gestiegen ...«

Emílio zog ein Taschentuch heraus und wischte sich die feuchten Augen ab.

»Möchten Sie etwas trinken? Ein Bier?« fragte Mattos.

»Gehen wir in das Lokal in der Rua Álvaro Alvim Ecke Alcindo Guanabara.«

Der Mann hinter der Theke begrüßte Emílio.

»Guten Tag, Maestro.«

»Das hier ist Doktor Mattos, Polizeikommissar, ein alter Freund.«

Der Mann wischte sich die Hände an einem schmutzigen Tuch ab. »Freut mich, Sie kennenzulernen, Doktor.« Mattos drückte die nasse Hand des Mannes.

»Zwei Bier. Möchten Sie etwas essen, Senhor Emílio?« fragte Mattos.

»Vielleicht ein Sandwich mit Schinkenbraten. Hier gibt's das beste Schinkenbratensandwich der ganzen Stadt. Stimmt's, Robledo?«

»Ich will ja nicht unbescheiden sein, aber das stimmt wirklich. Für den Herrn Doktor auch eins?«

»Nein, danke. Ich habe keinen Hunger.«

»Ein gepflegtes Helles mit Blume und einen Steinhäger zum Anspitzen«, sagte Emílio. Er war plötzlich fröhlich und kaute weniger auf seinen Zähnen.

Das Sandwich wurde auf den Tresen gestellt. Emílio nahm den Hut ab, hängte den Spazierstock an den Tresen und widmete sich der schwierigen Aufgabe, die enorme Menge Bratenfleisch zu zerkauen, die Robledo zwischen zwei Scheiben Toastbrot gelegt hatte. Dazu trank er mehrere Bier und etliche Steinhäger.

Endlich war Emílio mit dem Essen fertig. Er nahm das Bierglas in die Hand und rieb das kalte Glas an seiner Schläfe. »Alle sind tot«, sagte er. »Es steht schlecht um dieses Land. Heutzutage würde Gigli keinen Fuß hierhersetzen. Erinnern Sie sich noch an Gigli? Damals, 1945, Sie waren bei den Claqueuren ...«

»Ja.«

»Gigli setzt keinen Fuß mehr her und Scotti auch nicht ... Ach nein, mein Kopf funktioniert nicht so richtig, Scotti ist ja schon lange tot, Sie haben ihn gar nicht mehr erlebt, aber ich habe ihn mit meinen eigenen Augen leibhaftig gesehen, wie er den *Falstaff* gesungen hat, im Teatro Lírico, das sie abgerissen haben, ein wunderschönes Haus, die Akustik da war besser als in der Mailänder Scala. Es war am 29. Juli 1893, das weiß ich noch wie heute, ich war neunzehn Jahre alt und überglücklich ... So einen *Sir John* wie an dem Abend, der war und bleibt einzigartig ... Merken Sie sich genau, was ich Ihnen sage, Scotti war nicht nur ein großer Sänger, er war ein großer Künstler! Noch ein Bier, Robledo, und einen Steinhäger. Wissen Sie, wie alt Verdi war, als er dieses Meisterwerk schuf, als er die Geschichte der Oper mit dem *Falstaff* auf den Kopf stellte oder auf die Füße? Achtzig war er, so alt wie ich, mein Junge. Aber in Brasilien wird alles, was achtzig Jahre alt ist, kaputtgemacht, auf den Müll geworfen. Deshalb kamen früher alle großen Sänger nach Brasilien, und heute kommt keiner mehr, kein Del Monaco, nicht mal ein Pinza, der keine einzige Note lesen kann, keiner kommt mehr!«

Emílio wischte sich die feuchten Augen ab. »Ich habe keinen einzigen Freund mehr. Alle sind tot.« Pause. »Tutto nel mondo è burla.« Pause. »Aber wir wollen nicht schwermütig werden.«

Der Alte fing an zu singen, ohne sich um die anderen Leute im Lokal zu kümmern. »Tutto nel mondo è burla, l'uom è nato burlone, nel suo cervello ciurla sempre la sua ragione. Tutti gabbati! Irride l'un l'altro ogni mortal. Ma ride ben chi ride la risata final.«

Mattos gewahrte etwas von der Schläue des *Sir John* in dem tränenfeuchten Blick, den der Alte ihm zuwarf, während er sang.

»Brauchen Sie Hilfe?« fragte er, als Emílio zu singen aufhörte.

»Nur eine Kleinigkeit, mein lieber, guter junger Freund, mein Sohn, nur so viel, daß ich die Miete für mein Zimmer bezahlen kann, die war jetzt fällig.«

»Wieviel?« fragte Mattos und zog sein Scheckheft heraus.

»Zweihundertachtzig Cruzeiros«, sagte Emílio schnell.

Mattos schrieb den Scheck aus. Dann bat er um die Rechnung. Er sah, wie Emílio Robledo unauffällig ein Zeichen gab.

»Seu Emílio hat noch was angeschrieben. Kann ich das mit auf die Rechnung setzen?« fragte Robledo.

»Ja«, sagte Mattos.

4

»Das Geld ist mir sicher? Und das Häuschen auch?« fragte Alcino.

»Ja, ja, das habe ich dir doch gesagt«, antwortete Climério. »Und die Stelle auch. Als Fahnder. Und außerdem, wenn ich zur Sitte gehe, wie sie mir versprochen haben, nehme ich dich mit. Eine Versetzung zur Sitte ist besser, als das große Los zu ziehen.«

»Ich hab Frau und fünf Kinder zu versorgen«, sagte Alcino.

Sie waren zu Hause bei Climério in der Rua Sicupira 32, im Stadtteil Cachambi, Alcino war zu ihm gekommen, um die Einzelheiten seines Auftrags abzusprechen. Climério ergriff eine lederne Aktentasche, dann verließen sie das Haus.

Sie gingen die staubige, ungepflasterte Straße entlang. Auf der Straße spielten ein paar Bengel mit Murmeln. Climério war dick; Alcino klein und schmächtig.

»Als Kind war ich darin Meister«, sagte Climério mit einem Blick zu den Jungen. »Und du? Konntest du auch gut Murmeln spielen?«

»Ich hab lieber Seifenkisten gebaut. Schon von klein auf hab ich gern getischlert. Keine Ahnung, warum mir ausgerechnet der Beruf gefallen mußte«, beklagte Alcino sich.

»Die Zeiten als arbeitsloser Tischler sind jetzt vorbei«, sagte Climério und gab Alcino einen freundschaftlichen Klaps auf den Rücken.

Climérios Worte konnten Alcino nicht beruhigen. Daß er sich verpflichtet hatte, diesen Journalisten umzubringen, war für ihn zu einer endlosen Tortur geworden. Aber es war der Weg gewesen, den er gefunden hatte, um seinen großen Traum vom eigenen Häuschen zu verwirklichen, denn mit der monatlichen Miete von fünfhundertfünfzig Cruzeiros für das Haus, in dem er wohnte, war er ständig im Verzug. Seit Mai schon schoß Climério ihm die Miete vor. Und Geld für den Gemüsehändler und den Krämer. Einmal hatte sich seine Frau Abigail bei Climério tausend Cruzeiros abgeholt; ein paarmal hatte sie zweihundert bekommen.

Sie fuhren im Bus zum Stadtteil Méier. In Méier nahmen sie ein Taxi.

»Rua Barão de Mesquita«, sagte Climério zum Taxifahrer. Ihr endgültiges Ziel war das Colégio São José, wo der Journalist Lacerda eine Rede halten sollte.

In der Rua Barão de Mesquita stiegen sie an einer Bushaltestelle aus.

»Warte hier«, sagte Climério.

Er ging in eine Kneipe und fragte, ob er telefonieren könne. Er wählte eine Nummer.

»Ist Nelson da?«

Er war nicht da. Er führte mehrere Telefonate auf der Suche nach Nelson Raimundo de Souza, dem Fahrer des Taxis, in dem sie fliehen wollten, nachdem Alcino Lacerda umgebracht hatte. Schließlich hinterließ er die Nachricht, Nelson solle sich mit ihm in der Kneipe in der Rua Barão Mesquita treffen, und nannte der Person, die den Anruf entgegennahm, die Anschrift.

Dann holte Climério Alcino von der Bushaltestelle ab. Während sie gemeinsam in der Kneipe auf den Taxifahrer warteten, tranken sie Bier.

»Dieser Nelson, ist auf den Verlaß?« fragte Alcino.

»Ich kenne ihn schon lange. Er stellt sein Taxi in der Silveira Martins ab, das ist die Straße neben dem Regierungspalast. Ich sehe ihn fast täglich.«

Es war dunkel geworden.

»Es kommt noch so weit, daß der Rabe wegfährt und

der verfluchte Nelson ist nicht da«, sagte Climério. Wenn's wieder schiefging, würde Gregório ihm das Fell über die Ohren ziehen.

Nelson erschien kurz nach zehn Uhr abends.

»Verdammte Scheiße! Wo hast du dich rumgetrieben?«

»Ich habe deine Nachricht vor einer Stunde erhalten«, sagte der Taxifahrer.

Alle drei stiegen in Nelsons Taxi, einen Studebaker. Vorher sah Alcino sich das Nummernschild 5-60-21 an und sagte: »Die Zahlen bringen mir Glück. Morgen riskier ich mal was.«

Sie hielten in einer Querstraße zur Barão de Mesquita in der Nähe des Colégio São José. Climério öffnete seine Ledermappe, nahm einen 45er Revolver heraus und reichte ihn Alcino. Die Waffe, eine Smith & Wesson, war 1949 im 2. Infanterieregiment in der Vila Militar von dem Sargento gestohlen worden, der die Waffenkammer des Regiments leitete. Der Sargento hatte sie an einen anderen Sargento verkauft. Danach wurde sie noch mehrmals weiterverkauft, bis José Antonio Soares sie erwarb.

Alcino zitterten die Hände, als er die Waffe entgegennahm. Er hatte noch nie eine 45er in Händen gehalten. Der Stahl war kalt, und die Waffe schien enorm schwer zu sein.

»Du brauchst nur abzudrücken, den Rest erledigt die Kanone für dich.«

Climério gab Alcino noch sechs weitere Patronen, die Alcino in die Tasche steckte, nachdem er den Revolver in den Gürtel geschoben hatte.

Sie stiegen aus dem Auto. Alcino blieb in der Nähe des Eingangs zum Colégio, Climério stellte sich davor. Geplant war, Lacerda zu erschießen, sobald er auftauchte. Dann wollten sie das allgemeine Durcheinander zur Flucht nutzen.

Kommissar Pádua zog seinen Rock aus; unter dem kurzärmeligen Hemd kamen seine muskulösen weißen Arme zum Vorschein. In einem Halfter unter der Achsel ein 38er Revolver, mit einem Zwei-Zoll-Lauf. Er hatte gerade die Vorfälle während seines Dienstes eingetragen. Mattos, der ihn ablösen sollte, setzte sich neben ihn.

»Läßt du die Halunken, die ich während meiner Schicht eingesperrt habe, wieder frei?«

»Wenn du meinst, daß ich das soll, dann tue ich es.«

Pádua hatte den Tick, seine mächtigen Armmuskeln spielen zu lassen, wenn er nervös wurde. Seine Muskeln fingen an zu zittern und zu hüpfen. Als Mattos zum ersten Mal die von Pádua eingesperrten Verbrecher freigelassen hatte, hätte Pádua ihn am liebsten umgebracht, sich aber beherrscht, als er hörte, daß der Kerl von keiner Seite Geld annahm, die große Ausnahme im ganzen Amt, ein echter Saubermann.

»Nehmen wir doch mal folgende Situation an, Mattos. Du gehst nachts um zwei hier in unserem Bezirk durch eine Straße und siehst an einer Ecke einen Typen, der sich verdächtig verhält.«

»Was heißt das, sich verdächtig verhält?«

»Verdammt, Mattos, ein Typ, der nachts an einer dunklen Ecke steht, der ist immer verdächtig.«

»Vor allem, wenn's ein Schwarzer ist.«

»Genau das, verdammt noch mal. Du gehst nachts um zwei durch eine Straße unseres Distrikts und siehst einen Schwarzen an einer Ecke stehen. Was kann schon ein Schwarzer um diese Zeit an einer Ecke wollen? Meinetwegen auch ein dreckiger Weißer? Ich sage dir, was der da will: Der wartet auf einen, den er überfallen kann, oder sucht nach einer Wohnung, die er ausrauben kann. Also sperre ich das Schwein ein. Zur Vorbeugung, schlicht und einfach. Dann lasse ich sein Register überprüfen. Wenn's sauber ist, lasse ich ihn laufen.«

Über das Thema hatte es schon früher zwischen ihnen Diskussionen gegeben. Immer wenn Mattos Pádua ablöste, kam es zu einer solchen Diskussion. Pádua glaubte, irgendwann würde er Mattos davon überzeugen können, daß sein Standpunkt in jeder Hinsicht richtig sei.

»Dieser blöde Spruch vom heiligen Thomas von Aquin, daß es besser sei, hundert Schuldige freizusprechen, als einen Unschuldigen zu verurteilen, das ist doch nichts als faules Geschwätz. Das interessiert kein Schwein. Mit solchen Ansichten schützen wir die anständigen Leute auch nicht. Wovor hast du eigentlich Angst? Vor dieser korrupten, geistig beschränkten Scheißpresse? Vor unserem Delegado, diesem großkotzigen alten Sack? Die Stadt wird von Banditen beherrscht, mit solchen feigen Philosophien rechtfertigen sich doch nur bequeme Polizisten, die sich ihrer Verantwortung entziehen wollen.«

Früher hatte Mattos sich über Pádua geärgert, und beide hatten erregt diskutiert. Jetzt ödete ihn das nur noch an.

»Eine andere Sache. Kennst du die Puffmutter vom kleinen Senat?«

»Warum?«

»Ich muß in Erfahrung bringen, ob ein bestimmter Mensch in ihrem Haus verkehrt.«

»Ein Senator?«

»Ja.«

»Ein paar Typen, die ich gestern eingesperrt habe, hatten was auf dem Kerbholz, darauf kannst du dich verlassen«, sagte Pádua hinterlistig.

»Tut mir sehr leid, wenn du mir helfen willst, bin ich dankbar, aber auf einen Handel lasse ich mich nicht ein. Alle, die zur Überprüfung sitzen, schicke ich weg. Verdammt noch mal, Pádua, die Zellen sind schon voll von armen Teufeln, und du willst da noch mehr vom Schicksal Geschlagene reinstecken.«

»Vom Schicksal Geschlagene! Verflucht noch mal, was bist du für ein Dickschädel!«

»Du auch.«

Páduas Muskeln hüpften und zuckten, als gingen Stromstöße durch sie hindurch. Er zog sein Jackett an.

»Himmelarsch, Mattos, du treibst mich zum Wahnsinn. Irgendwann werde ich noch genauso verrückt wie du.« Pause. »Wir gehen heute nachmittag zum kleinen Senat.«

Cosmes Vater, der Portugiese Adelino, ein kleiner stämmiger Mann mit grauen Haaren, kam gegen drei Uhr nachmittags auf die Wache. Er wurde zu Mattos geführt.

Die beiden befanden sich allein im Büro des Kommissars.

»Nehmen Sie Platz.«

Adelino setzte sich auf die Stuhlkante. Er vermied, den Kommissar anzusehen, der neben ihm stand.

»Ihr Sohn ist übel dran ... Er wurde in flagranti verhaftet ... Als die Polizei kam, lag der Mann im Sterben ... Sie waren da, stimmt's? In der Werkstatt.«

»Ja.«

»Ich höre nichts. Lauter.«

»Ja.«

»Sie haben alles gesehen, nicht wahr?«

»Ja.«

»Was? Ich höre nichts.«

»Ja.«

»Wie ist die Sache passiert?«

»Der Kerl war grob und brutal, er hat meinen Sohn beleidigt und geschlagen ... Da hat der Junge den Kopf verloren ...«

»Sprechen Sie lauter. Was hat der Junge getan?«

»Mein Sohn war viel schwächer ... Und der andere hat erbarmungslos auf ihn eingeschlagen, immer wieder ... Da hat er sich einen Kreuzschlüssel genommen und sich damit verteidigt ... Er hat nur einmal zugeschlagen, da ist der Mann schon umgefallen ...«

»Cosme und seine Frau erwarten ein Kind, nicht wahr?«

»Ja.«

»Sprechen Sie lauter.«

»Ja.«

»Ihr erstes Enkelkind?«

»Ja.«

»Lauter.«

»Ja.«

»Noch lauter.«

»Ja. Ja. Ja.«

»Das erste Enkelkind ...«, sagte Mattos.

Adelino senkte den Blick.

»Worüber weinen Sie?«

»Ich weine nicht«, sagte Adelino und wischte sich über die Augen.

Sie schwiegen eine kurze Weile.

»Von wo stammen Sie?«

»Aus Sabrosa.«

»Sabrosa ... Wo liegt das?«

»Bei Vila Real.«

»In Trás-os-Montes?«

Adelino nickte bejahend.

»Die Heimat von Camilo Castelo Branco.«

Adelino reagierte nicht auf den Namen.

»Ihr Sohn wird etwa zwanzig Jahre im Gefängnis sitzen.«

Wieder wischte Adelino sich über die Augen.

»Ich weiß, warum Sie weinen.«

Adelinos Körper zitterte.

»Weil Sie sich schämen, daß Sie Ihrem eigenen Sohn eine Tat anlasten, die Sie selbst begangen haben.«

Adelino schüttelte seinen hängenden Kopf, als wollte er etwas sagen. Wieder zitterte sein Körper.

Der Kommissar wartete ab.

»Erzählen Sie, wie es passiert ist. Die Wahrheit.« Mattos legte Adelino eine Hand locker auf die Schulter.

»Nein, ich war's nicht. Ich hätte meinem Sohn beistehen müssen, aber ich war's nicht.«

»Sagen Sie die Wahrheit. Wir wissen, daß Sie es waren. Sie bekommen eine geringere Strafe als Ihr Sohn ... Sie sind ein alter Mann ...«

Adelino wischte sich über die Augen. Er überlegte lange, dann sprach er.

»Sie haben recht«, gestand er schließlich. »Als ich gesehen habe, wie der brutale Kerl auf den Jungen eingeprügelt hat, hab ich den Kopf verloren. Ich hab den Kreuzschlüssel genommen und ...«

Der Portugiese erzählte, wie er dem Mann auf den Kopf geschlagen hatte, worauf dieser umgefallen und mit offenen Augen reglos liegengeblieben war. Mit Entsetzen hatten er und sein Sohn begriffen, daß der Mann tot war. Die Familie hatte gemeinsam beschlossen, daß Cosme die Schuld auf sich nehmen sollte, denn der Alte war herzkrank und würde die Haft nicht überstehen.

»Sind Sie bereit, das alles noch einmal vor dem Protokollanten zu wiederholen und ein Papier mit Ihrem Geständnis zu unterschreiben?«

»Ich kann nicht lesen und schreiben«, sagte Adelino; er wirkte erleichtert.

»Das macht nichts. Wir lassen zwei Zeugen holen.«

Mattos ging mit Adelino in das Büro des Protokollanten. Unterwegs traf er Biriba, den Vertrauenshäftling, und bat ihn, eine Schachtel Pepsamar aus der Apotheke zu besorgen.

Adelinos Geständnis wurde von den beiden Zeugen unterschrieben, die man aus der Nachbarschaft geholt hatte, einen Laufburschen aus einer Schule und einen Verkäufer aus einem Eisenwarengeschäft.

»Sie können zu Ihren Apfelsinen zurück. Fürs erste jedenfalls.«

»Ich kann gehen?«

»Ja. Sie sind nicht in flagranti verhaftet worden. Wir werden auch keine Untersuchungshaft beantragen. Sie können Ihren Prozeß als freier Mann abwarten. Ein guter Anwalt kann für Sie Freispruch erwirken.«

»Und mein Sohn?«

»Der wird nach ein paar Formalitäten auf freien Fuß gesetzt.«

»Jesus hat meine Gebete erhört!«

Der Kommissar ging zu den Zellen. Cosme aß gerade eine Stockfischkrokette aus einem Eßgeschirr.

»Möchten Sie eine Krokette, Doktor?«

Mattos nahm eine. »Kommen Sie mit«, sagte er zu Cosme.

Der junge Mann ging bleich hinter dem Kommissar her, als wüßte er, was ihn erwartete. Sie gingen in den Raum, in dem Cosme sich immer mit seiner Frau traf.

»Ihr Vater hat gestanden, daß er den Mann in der Werkstatt getötet hat.«

»Nein, ich hab's getan! Mein Vater weiß nicht, was er sagt!«

»Er hat das Geständnis vor zwei Zeugen abgelegt.«

»Das dürfen Sie nicht mit meinem Vater machen. Er ist krank. Sehen Sie nicht, daß er sich für mich opfert?«

»Tut mir leid.«

»Mein Vater weiß nicht, was er sagt. Er ist doch krank. Ich habe den Mann umgebracht, nicht er.«

»Nein, es war Ihr Vater.«

»Ich schwöre, ich habe es getan. Er ist krank.«

»Beschaffen Sie ihm einen guten Anwalt.«

Es klopfte an der Tür. »Kann der Vater von dem jungen Mann hereinkommen?« fragte ein Polizist.

Als der Alte den Raum betrat, ging Mattos hinaus. Er lief im Flur auf und ab. Sein Magen schmerzte. Ihm wurde bewußt, daß er noch immer die Stockfischkrokette in der Hand hielt. Er zerquetschte die Krokette an der Wand, bis sie in Bröseln auf den Boden fiel. Er wischte sich die Hand an der Hose ab. Dann rammte er zweimal laut fluchend den Kopf gegen die Wand.

Am Nachmittag desselben Mittwochs kam Pádua wieder auf die Wache, um Mattos abzuholen. Rosalvo war beim Kommissar im Raum.

»Was hast du mit deinem Kopf gemacht?« fragte Pádua.

»Gegen die Wand geschlagen. Ich überlege, ob wir nicht Rosalvo mitnehmen sollten.«

»Nein, lieber nicht«, antwortete Pádua.

Im Taxi auf dem Weg ins Stadtzentrum: »Dieser Rosalvo ist nicht nur Lacerdist und frömmlerisch, sondern auch unredlich. Der will noch die Puffmutter vom kleinen Senat erpressen. Damit würde er nichts erreichen, nur einen schönen Scheiß anrichten.«

»Nein, er ist nicht unredlich. Möglicherweise kassiert er nicht mal bei der Lotterie ab«, widersprach Mattos.

»Die Unredlichkeit fängt mit dem Abkassieren bei der Lotteriemafia an, und dann wird überall kassiert. Mit der Redlichkeit ist das so, wenn einer erst mal die Unschuld verloren hat, gibt's kein Halten mehr. Sei vorsichtig, irgendwann kassiert der Halunke auch noch in deinem Namen.«

»Das traut er sich nicht«, sagte Mattos und steckte sich eine Magentablette in den Mund.

»Hast du die Kerle, die ich eingesperrt habe, wieder freigelassen?«

»Ja. Die Register waren sauber.«

»Hast du sie schon erhalten?«

»Nein, noch nicht. Aber ich habe den bürokratischen Weg abgekürzt und bei der Zentrale angerufen, und die haben mir die Auskunft per Telefon gegeben.«

»Verdammte Scheiße! Das ist gegen das Gesetz, weißt du das nicht? Du gehst wegen ein paar Strolchen so ein Risiko ein. Glaubst du vielleicht, dafür kriegst du einen Orden? Eines Tages bist du geliefert, die eröffnen ein Verfahren gegen dich und geben dir einen Tritt in den Hintern. Zum Wohl des Staatsdienstes entlassen. Seit dem idiotischen Streik, den du damals anzetteln wolltest, hat das Präsidium dich auf dem Kieker.«

Sie stiegen in der Avenida Rio Branco vor dem Gebäude São Borja aus. Das achtzehnstöckige Hochhaus war relativ neu, denn es war während des Krieges gebaut worden. Gegenüber lag der Senatspalast.

»Was willst du eigentlich ganz genau? Nicht, daß wir Laura unnütz belästigen.«

»Ich will Informationen über den Senator Vitor Freitas. Meinst du, die macht das?«

»Für mich, ja.« Pause. »Wohlgemerkt, ich habe nie was mit ihr gehabt.« Pause. »Und auch mit keiner Nutte.«

»Aber sie ist deine Freundin.«

»Meine Freundin? Scheiß drauf. Sie ist meine Informantin.«

Das São Borja hatte einen breiten Eingang und eine lange Geschäftspassage mit einem Tabakladen, einem Café, einem Herrenfriseur und einem Schallplattengeschäft, Casa Carlos Wehrs. Jetzt fiel Mattos ein, daß er vor ein paar Monaten in diesem Geschäft die Partituren von *La Traviata* und *La Bohème* gekauft hatte. Wäre er allein, hätte er die Gelegenheit genutzt und sich erkundigt, was *La Traviata* auf Langspielplatte kostete.

Die beiden Kriminalbeamten gingen die Passage entlang zu den Fahrstühlen, drei auf jeder Seite. Das São Borja wurde gemischt genutzt, teils Wohnungen, teils gewerbliche Räume. Mattos las auf einer großen verglasten Tafel ein paar Namen und dahinter die Raumnummern: Partido Trabalhista Brasileiro, Radiobrás, Odeon Schallplatten, Rádio Copacabana. Auf einem Plakat der PTB stand: »Wählen Sie die Kandidaten der PTB und helfen Sie mit bei dem gigantischen Kampf, damit Brasilien eine große Nation wird. Soziale Gerechtigkeit. Wirtschaftliche Unabhängigkeit. Nationalistische Politik. Verteidigung des Erdöls. Einhaltung des gesetzlichen Mindestlohns. Demokratische Rechte. Gewerkschaftsfreiheit. Agrarreform. In einer Regierung, die sich für die Arbeiter einsetzt, regiert das Volk.«

»Demagogen sind das«, sagte Pádua.

Hinten, bei den Fahrstühlen, gab es einen zweiten Eingang. Er führte zu einem Hof, in dem ein paar Autos standen, mit einer Durchfahrt zur Rua México.

»Da kommen die Senatoren herein, damit es nicht auffällt«, sagte Pádua.

Sie gingen ins Foyer des São Borja zurück und warteten auf den Fahrstuhl. Im fünfzehnten Stock stand nur zu einem Raum die Tür offen. Sie hörten das Klappern einer Schreibmaschine. Eine Frau, die vor einer Underwood saß, nahm die leise vorbeigehenden Polizisten nicht wahr. LOTUFFO REPRESENTAÇÕES stand auf einem kleinen Schild. Pádua bog nach rechts in den Gang ab. Das Geräusch der Schreibmaschinentasten war nicht mehr zu hören. Sämtliche Türen waren geschlossen.

»Hier ist es«, sagte Pádua, während er auf eine Klingel drückte.

Eine Frau mittleren Alters in Dienstmädchenlivree öffnete.

»Kommissar Pádua. Ich möchte mit Dona Laura sprechen.«

Die Frau forderte sie mit einer Handbewegung zum Eintreten auf. Pádua ging in dem kleinen Vestibül auf und ab. Aus den Bewegungen seiner Arme schloß Mattos, daß die Bizepse und Trizepse seines Kollegen in wildem Aufruhr sein mußten.

Ein schlanker Mann mit pomadiertem Oberlippenbärtchen und Haar betrat das Vestibül.

»Oh, Kommissar Pádua … Wie schön! Welch eine Freude!«

»Ich bin nicht zum Plaudern hier, Almeidinha. Ich will mit Dona Laura sprechen.«

»Sie ist im Moment sehr beschäftigt. Ich kann Ihnen nicht behilflich sein?«

»Nein, das kannst du nicht. Zisch ab und hol Dona Laura.«

»Ich lasse Ihnen einen kleinen Whisky bringen.«

»Wir wollen keinen kleinen Whisky. Hol die Chefin.«

»Sie ist im anderen Apartment, einen Stock höher. Wir können die Treppe nehmen. Bitte mir nach.«

Laura erwartete sie in einem großen Raum voller roter Samtpolstermöbel. Die Vorhänge vor den Fenstern waren ebenfalls rot. Der Raum war in sanftes Licht getaucht, das zwei Stehlampen mit bunten Glasmosaikschirmen verbreiteten.

Laura war diskret gekleidet. Ihr rotgefärbtes Haar gab ihrem Gesicht etwas Freches. An einer schwarzen Seidenkordel baumelte ein goldenes Lorgnon auf ihrem Busen.

»Du kannst gehen, Almeidinha«, sagte sie. Ihre Stimme ist so dunkel wie der Raum, dachte Mattos.

»Das hier ist mein Kollege, Kommissar Mattos.«

»Möchten Sie etwas trinken? Einen Whisky? Champagner?«

»Er hat ein Magengeschwür und darf nicht trinken.«

»Aber Sie dürfen.«

»Heute nicht.«

Laura hob das Lorgnon und sah Mattos an.

»Sie sind ein nervöser Mensch.«

»Mehr oder weniger.«

»Was haben Sie da an Ihrem Kopf?«

»Ich bin gegen eine Wand geschlagen.«

»Kommissar Mattos hätte gern eine Auskunft über einen Ihrer Gäste.«

»Wir geben keine Auskünfte über unsere Gäste, das wissen Sie doch.«

»Vertraulich. Alles, was Sie uns sagen, bleibt unter uns.«

»Die Polizei kann Ihren Betrieb schließen«, sagte Mattos.

»Ja. Will sie aber nicht.« Pause. »Nehmen Sie doch einen kleinen Whisky, Pádua.«

»Mattos, du entschuldigst uns einen Augenblick? Ich möchte mit Laura kurz unter vier Augen sprechen ...«

Die beiden verließen den Raum.

Ich kann diesen Puff schließen, dachte Mattos. Auf eigene Rechnung einen Prostitutionsbetrieb oder ein Etablissement für Zusammenkünfte zu unzüchtigen Zwecken zu betreiben, war strafbare Kuppelei, unabhängig davon, ob der Besitzer oder Geschäftsführer damit Gewinn erzielen wollte oder als direkter Vermittler auftrat. Aber was schadete eigentlich ein Bordell? Selbst wenn dort solche Kanaillen wie korrupte Senatoren und hohe Regierungsbeamte verkehrten? Im Athen unter Solon war die Prostitution straffrei, die Freudenhäuser galten als gemeinnützige Einrichtungen und unterlagen als Einnahmequelle für den Fiskus staatlicher Besteuerung, wohingegen die gewerbsmäßige Vermittlung durch Kuppler oder die Beihilfe durch Zuhälter streng bestraft wurden. Pádua, der gern die Kirchenväter zitierte, kannte vermutlich den Satz des heiligen Augustinus: »Aufer meretrices de rebus humanis, turbaveris omnia libidinus.«

Alberto Mattos mußte an die Diskussionen über idiotische Aussagen zur Prostitution in den Strafrechtsvorlesungen denken, in denen sich die Studenten ereiferten. Von klein auf hatte er sich zu Prostituierten hingezogen gefühlt, obwohl er nie ein Bordell besucht hatte. Zitate fielen ihm ein wie das von Weininger: »Die Frau als Prostituierte beschützt die Frau als Mutter«; von Lecky: »Die Prostituierte ist die Hüterin der Tugend, die ewige Priesterin der Menschheit«; von Jeannel: »Prostituierte sind für eine Stadt genauso notwendig wie Gullys und Gossen.« Ein unausrottbares, aber notwendiges Übel – wer hatte das gesagt? Eine Gedankenassoziation rief ihm die Melodie der Arie *Ah, Fors' è lui* in Erinnerung, aber dann wurde sein gedanklicher Ausflug in Claqueurzeiten von Laura und Pádua unterbrochen, die wieder hereinkamen.

Pádua ließ sich in einem Sessel nieder. Laura hob ihr Lorgnon und sah Mattos lange an. Dann: »Was möchten Sie wissen?«

»Senator Vitor Freitas.«

»Aber was?«

»Kommt er regelmäßig her?«

Eine lange Pause, ehe sie antwortete: »Gelegentlich.«

»Hat er immer dasselbe Mädchen?«

»Nein.«

Pádua lachte laut auf.

»Sparen Sie sich die Ausflüchte, Laura. Der Senator ist schwul, lieber Kollege.«

»Doktor, ich habe gute Neuigkeiten«, sagte Rosalvo, als er zu Mattos ins Zimmer kam.

Nach dem Besuch bei Dona Laura hatte der Kommissar sich von Pádua verabschiedet, war in eine Milchbar in der Galeria Cruzeiro gegangen und hatte einen halben Liter Magermilch getrunken. Anschließend war er vom Taboleiro da Baiana mit der Straßenbahn zur Revierwache gefahren.

»Man muß alles über das Leben des Opfers in Erfahrung bringen, um den Mörder zu finden, stimmt's?« sagte Rosalvo.

»Weiter.«

»Ich war im Colégio São Joaquim, um mir die Schülerakte dieses Gomes Aguiar anzusehen. Natürlich haben mir die Padres nichts gezeigt, die kriegt man kaum rum, diese Padres. Aber ich habe einen Schwager, der ist im São Joaquim Pedell, und der hat was aufgespürt ... Dieser Schwager, der möchte übrigens die Fahnderausbildung in der Polizeischule machen.«

»Und? Wo ist das Problem? Er soll sich bewerben und die Prüfungen machen.«

»Aber wenn er eine Empfehlung von Ihnen bekommt, geht's leichter.«

»Ich kann niemanden empfehlen, den ich nicht kenne.«

Dann kannst du mich mal, dachte Rosalvo. Er verstummte unschlüssig.

»Und was sind nun die guten Neuigkeiten?«

»Mein Schwager hat im Archiv der Schule gewühlt, sich ins Zeug gelegt, seine Stelle riskiert, ist zwar miserabel, aber immerhin eine Stelle ...«

Mattos spürte den Milchgeschmack im Mund, aber das Sodbrennen hatte nicht ganz aufgehört. Er sammelte Speichel im Mund und schluckte ihn herunter.

Jetzt zieht er schon Grimassen, dachte Rosalvo. Der kann mich mal. Mit mir nicht. Helfen will er meinem Schwager nicht, aber ihn ausquetschen. Der kann mich mal. Ich habe keine Angst vor Grimassen.

»Wenn das, was Sie mir zu erzählen haben, nicht dringend ist, machen wir das später. Ich rufe Sie dann.«

»Wie Sie wollen.«

Rosalvo öffnete die Tür.

Mattos fing an, in den Papieren zu lesen, die der Protokollant ihm auf den Tisch gelegt hatte.

»Aber es ist wichtig«, sagte Rosalvo, die Hand auf dem Türgriff.

Der Kommissar las weiter.

Meine Polizistenseele, die macht mich fertig, dachte Rosalvo. »Sehr wichtig.«

»Wenn es so wichtig ist, dann raus mit der Sprache.«

Rosalvo schloß die Tür und setzte sich auf den Stuhl neben dem Schreibtisch des Kommissars. Er beugte sich verschwörerisch vor.

»Paulo Gomes Aguiar wurde vom São Joaquim rausgeworfen, als er in der zweiten Gymnasialklasse war. Das heißt, er wurde nicht rausgeworfen, die Padres haben Schiß, sich mit den Mächtigen anzulegen, und die Familie von Gomes Aguiar war sehr einflußreich, und deshalb haben die Padres ihm nur nahegelegt, die Schule zu verlassen. Wissen Sie, was passiert war?«

»Weiter.«

»Paulo Aguiar und noch zwei Schüler hatten sich einen Kleinen aus der Grundschule in einem leeren Raum geschnappt und ihn vergewaltigt. Ein Pedell hörte das Wimmern des Jungen und erwischte die Luder in flagranti. Wissen Sie, wer der Pedell war?«

»Ihr Schwager. Weiter.«

»Der Junge war schwul angehaucht, aber in der Geschichte war er das Schlitzauge. Die Familie erfuhr davon und hängte es an die große Glocke, und deshalb klappte es nicht, Paulo Aguiar ganz reinzuwaschen.«

»Schlitzauge?«

»Einer sitzt seit Monaten in einem Lager mitten im Busch und geht zum Vorarbeiter und fragt, wie er sich eine Frau beschaffen kann, um seinen Druck abzulassen. Der Vorarbeiter antwortet, eine Frau hätte er nicht, aber ein Schlitzauge. Der Kerl will nicht, er will eine Frau. Monate später kommt er wieder zum Vorarbeiter und sagt: Besorg mir das Schlitzauge, aber keiner darf es wissen. Er will nicht als Aufspießer in Verruf kommen. Das ist nicht so einfach, antwortete der Vorarbeiter, denn ich werde es wissen, das Schlitzauge wird es wissen, und die vier, die das Schlitzauge festhalten, damit du rankannst, die werden es auch wissen. Kannten Sie den Witz nicht?«

»Jetzt erinnere ich mich wieder. Wenn der Junge das Schlitzauge war, muß ihn jemand festgehalten haben.«

»Ja, und das waren Claudio Aguiar, der Cousin von dem ermordeten Paulo, und ein gewisser Pedro Lomagno. Die drei haben sich den Jungen der Reihe nach vorgenommen.«

»Und wie hieß der Junge?«

»Sie werden es nicht glauben, aber er hieß José Silva, davon gibt es seitenweise im Telefonbuch. Wo der abgeblieben ist, wird nicht so einfach rauszufinden sein.«

Nachdem Rosalvo gegangen war, griff Mattos zum Adreßbüchlein von Gomes Aguiar, das er in der Tasche hatte. Er fand den Namen Pedro Lomagno und seine Telefonnummer.

Eine weibliche Stimme antwortete. Mattos sagte nichts.

»Hallo?« sagte die Frau noch einmal.

Der Kommissar legte auf. Dieses eine kurze Wort hatte ihm genügt, um die Person zu identifizieren, die abgenommen hatte.

Es war Alice.

5

Menschen kamen in dichten Trauben aus dem Colégio São José heraus. Climério und Alcino sahen sich sorgfältig jedes einzelne Gesicht an, doch keiner konnte den Journalisten Lacerda ausmachen. Schließlich wurden die Türen der Schule geschlossen.

Climério gab Alcino ein Zeichen und ging mit ihm zu Nelsons Taxi zurück.

»Verdammter Scheiß! Der Kerl war schon weg. Da siehst du mal, was du angerichtet hast!«

»Ich habe deine Nachricht erst um neun bekommen.«

»Wir fahren nach Copacabana in die Rua Tonelero. Da wohnt der Rabe. Vielleicht haben wir ja Glück und erwischen den Saukerl da«, sagte Climério. Er konnte nicht zu Gregório zurückkommen und noch einen Fehlschlag gestehen; er hatte Angst vor der Reaktion seines Chefs.

»Da drüben in dem Haus wohnt er«, sagte Climério, als sie in der Rua Tonelero waren.

Alcino stieg aus. Climério gab Nelson Anweisung, ein Stück weiter gleich um die Ecke in der Rua Paula Freitas zu halten. »Warte hier. Paß gut auf.« Er stieg aus und ging zu Alcino.

»Womöglich ist das Aas schon zu Hause«, sagte Climério, »aber wir warten auf alle Fälle noch etwas.«

Climério und Alcino unterhielten sich etwa eine Viertelstunde. Sie wollten gerade aufgeben, als ein Wagen vor dem Haus des Journalisten hielt; inzwischen war es zwanzig vor eins. Drei Personen stiegen aus. Lacerda, sein fünfzehnjähriger Sohn Sérgio und der Major Vaz von der Luftwaffe.

»Das ist er, siehst du ihn?« sagte Climério.

»Der mit der Brille?«

»Ja, natürlich der, verdammt. Der andere ist sein Gorilla vom Militär.«

Lacerda verabschiedete sich vom Major und ging mit seinem Sohn zum Garagentor des Hochhauses. Vaz ging in Richtung Auto. Alcino überquerte die Straße und schoß auf Lacerda, worauf dieser in die Garage hineinlief. Der Knall beim Abdrücken des Revolvers erschreckte Alcino, er blieb ein paar Sekunden hilflos stehen. Dann erst merkte er, daß der Major auf ihn zugekommen war und nach seiner Waffe gegriffen hatte. Wieder drückte Alcino auf den Abzug. Der Major hielt noch immer den Revolverlauf fest, bis Alcino mit einem Ruck die Waffe den Fingern, die sie umklammerten, entriß und von der eigenen Kraftanstrengung stürzte. Er sah, daß der Major ebenfalls stürzte, nur zur anderen Seite. Alcino stand auf und schoß noch einmal, ohne zu zielen. Er hörte das Knallen von Schußwaffen und floh zu Nelsons Taxi. Von irgendwo kam ein schießender und »Stehenbleiben! Polizei!« rufender Polizist angelaufen. Alcino streckte den Polizisten mit einem Schuß nieder. Er stieg in den Wagen, der mit laufendem Motor wartete.

»Und Climério? Wo ist Climério?« fragte Nelson.

»Ich dachte, der wäre hier. Gib Gas!«

Nelson fuhr los. Sie hörten noch einen Schuß und das Geräusch der Kugel, die das Karosserieblech zerfetzte. Der Polizist hatte, obwohl er verletzt am Boden lag, geschossen.

In Nelsons Taxi, das durch die Avenida Copacabana raste, wickelte Alcino den Revolver und die sechs Patronen in ein gelbes Staubtuch. Im Stadtteil Flamengo sagte Alcino zu Nelson, er solle über die Avenida Beira Mar fahren, denn er hatte Anweisung von Climério, die Waffe ins Meer zu werfen. Und das wollte er tun, ohne auszusteigen.

In Höhe der Rua Mexico streckte Alcino die Hand mit dem eingepackten Revolver aus dem Fenster und machte sich bereit, ihn unter der Brüstung des Fußgängerwegs ins Meer zu schleudern. Er wollte die Waffe schnell loswerden. Plötzlich scherte Nelson aus, um einem auf seiner Fahrbahn entgegenkommenden Auto auszuweichen, und Alcino ließ vor Schreck das Staubtuchbündel mit dem Revolver fallen.

»Ich hab den Revolver fallen lassen«, schrie Alcino.

Nelson hielt an. »Steig aus und hol ihn.«

Alcino hielt den Kopf aus dem Fenster und blickte auf den dunklen Asphalt der Avenida. Von weitem leuchteten die Scheinwerfer eines Wagens.

»Wer das Scheißding findet, gibt's bestimmt nicht bei der Polizei ab. Ein 45er ist 'ne Menge wert.«

Angespannt warteten sie, bis der Wagen vorbeifuhr.

»Steig lieber aus. Der Polizist in der Rua Tonelero hat das Nummernschild gesehen. Falls sie mich schnappen, sage ich, ich hätte einen Unbekannten gefahren und der wäre in Botafogo ausgestiegen.«

»Willst du dich stellen?«

»Natürlich nicht. Die Geschichte erzähle ich nur, falls sie mich schnappen. Keine Sorge.«

»Die schlagen dich auf der Polizei zusammen und dann erzählst du alles.«

»Vergiß nicht, daß ich auch bei der Polizei bin.«

»Du bist Ersatzfahnder im Bundesstaat Rio. Das ist doch der letzte Dreck.«

»Ich habe mit Coronel Agenor Feio zusammengearbeitet. Er hat mich ernannt.«

»Im Bundesstaat Rio ist jeder Hanswurst Polizist. Beim DFSP, da ist man ein richtiger Polizist.«

Alcino stieg aus. Er befand sich in der Nähe der amerikanischen Botschaft. Unschlüssig ging er hin und her. Dann stellte er sich an einen Baum und urinierte. Unterdessen hob, von Alcino unbemerkt, ein Bettler, der Altpapier sammelte, das Bündel mit der Waffe von der Straße auf und verschwand in der Dunkelheit.

Alcino fuhr mit einem kleinen Bus zur Praça da Bandeira. Vor dem Restaurant der Armenküche stieg er aus. Von dort fuhr er im Taxi zur Rua Sicupira. Abgesehen von der Stelle als Fahnder bei der Bundespolizei hatte Climério ihm auch noch zehntausend Cruzeiros versprochen. Je schneller er das Geld hatte, um so besser. Er klopfte an.

Climérios Frau Elvira öffnete. Neben ihr stand Adão, das eine ihrer beiden Kinder. Sie hörten gerade Radio.

»Wo ist Seu Climério?«

»Ich dachte, der wäre mit Ihnen zusammen«, antwortete Elvira und wandte sich wieder dem Radio zu. »Jemand hat Carlos Lacerda und einen Luftwaffenoffizier angeschossen. Da ist der Teufel los.«

Kurz darauf hörte Alcino das Motorengeräusch eines Autos und sah vom Fenster aus, daß es Nelsons Studebaker war. Dieser und Climério stiegen aus und besahen sich den Einschuß im Karosserieblech. Als Climério Alcino am Fenster bemerkte, forderte er ihn mit einem Zeichen auf, zur Terrasse zu kommen.

»Das Geld gebe ich dir übermorgen, Freitag. Keine Sorge, wir haben Deckung von oben.«

Nachdem man Carlos Lacerda im Miguel-Couto-Krankenhaus am linken Fuß, der bei dem Attentat verletzt worden war, behandelt hatte, wurde er in seine Wohnung in der Rua Tonelero 180 gebracht. Kurz danach war der Journalist von Menschen umringt, die zu Solidaritätsbekundungen gekommen waren, darunter der stellvertretende Bischof von Rio de Janeiro Dom José Távora, der Ex-Staatspräsident Marschall Eurico Gaspar Dutra und Dutzende von Offizieren der Luftwaffe.

»Ich mache den Staatspräsidenten für das Attentat verantwortlich«, sagte Lacerda zu den Luftwaffenoffizieren, die ihm schweigend zuhörten. »Die ungestraften Verbrechen der Regierung haben diese Tat ermöglicht.«

Bei der Schilderung des Attentats sagte Lacerda, es seien drei Schützen gewesen. Sie hätten ihn perfekt in die Falle laufen lassen.

»Nur durch ein Wunder bin ich noch am Leben, denn ich war ein paar Stunden vor dem Attentat zur Kommunion gegangen.«

Die Rundfunksender berichteten pausenlos über das Attentat in der Rua Tonelero, aber Mattos hörte nicht hin. Er dachte an den Schmerz und die Hoffnung, die er bei dem Wiedersehen mit Alice in der Konditorei Cavé empfunden hatte; und auch an den grausamen Schock, ihre Stimme zu hören, als er bei Pedro Lomagno angerufen hatte.

Mattos erhielt einen Anruf vom Delegado Pastor, dem Chef des 2. Polizeibezirks, zu dessen Zuständigkeitsbereich die Rua Tonelero gehörte.

Pastor sprach über das Attentat. Der Polizist Sávio, der an dem Schußwechsel mit Alcino beteiligt gewesen war, hatte sich trotz seiner Verletzung das Taxikennzeichen notiert. Der Fahrer Nelson Raimundo de Souza hatte sich im 4. Bezirk gemeldet und eine unglaubhafte Geschichte erzählt. Laut Aussage des Journalisten Armando Nogueira vom *Diário Carioca*, der sich als Augenzeuge ausgab, war der Mann, der auf den Major geschossen hatte, schlank, dunkelhäutig, mittelgroß und mit einem grauen Anzug bekleidet.

»Der Journalist sagt, der Attentäter habe aus der Hocke auf den Major geschossen. Sollte sich in Ihrem Bezirk etwas ereignen, das in irgendeiner Weise mit dem Attentat in Verbindung steht, informieren Sie mich bitte unverzüglich. Sprechen Sie mit Ihrem Delegado und den übrigen Beamten des Bezirks, sie möchten darauf achten. Ich bitte sämtliche Bezirke um Mithilfe. Wir wollen den Fall schnell lösen. General Ancora ist beunruhigt. Offiziere der Luftwaffe wollen sich in die Ermittlungen einschalten. Luftwaffenminister Nero Moura hat einen Oberst abgestellt, der die polizeilichen Ermittlungen beobachten soll. Ich habe dem General gesagt, das fände ich seltsam, aber Ancora sagte, Tancredo habe ihn überredet zu akzeptieren, daß dieser Oberst dazukommt.«

Ancora war der Chef der DFSP. Mattos war ihm kurz nach seiner Ernennung im Präsidium vorgestellt worden. Er hatte ihn nur dieses eine Mal gesehen: ein schlanker Mann mit Brille im dunklen Anzug, ein entschlußloses, besorgtes Gesicht.

Auf der Revierwache befanden sich nur der Kommissar, ein Polizist und ein für die Zellen verantwortlicher Fahnder. Mattos gab die Bitte des Delegado Pastor an beide weiter und ging in sein Büro zurück.

Als sie allein waren, bemerkte der Polizist dem Zellenwärter gegenüber, der kürzlich auf das Revier versetzt worden war und zum ersten Mal mit Mattos in einer Schicht arbeitete: »Der Doktor tickt nicht ganz richtig«, sagte er, »die Sache mit dem Tritt in den Hintern gibt noch Scherereien. Der Ilídio ist von der Lotteriemafia hier im Bezirk und arbeitet mit Aniceto Moscoso in Madureira zusammen ...«

»Ich war gerade da drin und habe nicht gesehen, was passiert ist. Warum hat der Doktor das gemacht?« fragte der Zellenwärter schockiert. Schließlich besserte Seu Ilídio mit dem Geld, das er jeden Monat auf dem Revier verteilte, ihr niedriges Polizistengehalt auf.

»Ein Kassierer von Seu Ilídio war geschnappt worden, und Seu Ilídio war hier, um den Mann rauszuholen. Aber er wollte dem Doktor Mattos Befehle erteilen, ich glaube, der wußte nicht, mit wem er da redete. Der Doktor ist sauber, der steht nicht auf der Schmierliste. Pech für Seu

Ilídio. Mattos hat ihm in den Hintern getreten und ihn eingesperrt.«

»Mir war das peinlich, Seu Ilídio einzusperren, aber was sollte ich machen? Dieser Mattos ist knallhart«, sagte der Zellenwärter.

»Wie eine arme Büßerseele rennt er die ganze Nacht hin und her und zieht Grimassen«, fügte der Polizist hinzu.

Die Morgenzeitungen berichteten in großen Schlagzeilen über das Attentat. Die Studenten waren in Streik getreten, »aus Protest gegen das Gangstertum. Wir empfinden tiefe Schmach. Hier hat sich ein Abgrund aufgetan, das wird das Volk nie vergessen.« Im Kongreß war das Attentat auf enormen Widerhall gestoßen. Die Zuschauerränge waren vollbesetzt, als die Arbeit in den beiden Häusern der Legislative aufgenommen wurde. Der Opposition im Kongreß zufolge »floß Blut in den Straßen der Hauptstadt, und die Ruhe in den Familien war dahin«. Vertreter aller politischer Parteien hatten Reden gehalten und das Attentat verurteilt. Der Abgeordnete Armando Falcão hatte einen Plan zur Unterstützung der Witwe des Majors Vaz vorgelegt. Zur Erwiderung auf die in den Zeitungen veröffentlichte Behauptung Lacerdas, daß »die Urheber des Verbrechens im Catete-Palast sitzen, Lutero Vargas ist einer der Drahtzieher des Verbrechens«, war Gustavo Capanema, Fraktionschef der Regierungspartei im Abgeordnetenhaus, ans Rednerpult getreten und hatte die Anschuldigungen gegenüber dem Sohn des Staatspräsidenten als unbegründet bezeichnet. Die Menge auf den Zuschauerrängen hatte Capanema tosend ausgepfiffen.

Nachdem Mattos die Gefangenen in der Zelle besucht hatte – diejenigen, die er bei seinem Dienstantritt nicht hatte freilassen können, weil sie sich zur Verfügung der Justizbehörden dort befanden –, machte er Eintragungen im Tagebuch, unterschrieb Wohnsitz- und Armutsbescheinigungen und stellte das Formular für die Überführung einer auf der Straße aufgefundenen Leiche ins Leichenschauhaus aus.

Rosalvo kam herein.

»Stimmt es, daß Sie Seu Ilídio tätlich angegriffen haben?«

»Sie meinen, den Lotterieboß Ilídio?«

»Und ihn dann eingebuchtet haben?«

»Mir geht es heute nicht gut, Rosalvo, reizen Sie mich lieber nicht.«

»Entschuldigung. Der Delegado möchte mit Ihnen darüber sprechen.«

Mattos betrat das Büro des Delegado, ohne anzuklopfen.

»Sie wollen mich sprechen?«

»Nehmen Sie Platz, Doktor Mattos. Es geht um diesen Zwischenfall mit Seu Ilídio.«

Der Kommissar setzte sich mit Unbehagen. Irgend jemand hatte dem Delegado mitgeteilt, was passiert war. Aber wer, das interessierte ihn nicht. Fest stand, daß es sich herumgesprochen hatte.

»Also, dieser Lotterieboß kam her, um die Freilassung eines Angestellten von ihm zu beantragen, der wegen Beteiligung an einer Prügelei in flagranti verhaftet worden war. Ich wußte nicht, daß er ein Lotterieboß ist. Ich ließ mir per Telefon die Strafregister des Verhafteten und der beiden anderen an der Prügelei Beteiligten geben. Da sie alle Ersttäter waren und eine Prügelei ein Kinderkram ist, der überhaupt nicht ins Strafgesetzbuch gehört, und da außerdem die Zellen voll waren, beschloß ich, alle freizulassen. Kurz nachdem ich den Angestellten dieses Mannes, von dem ich bis dahin, ich wiederhole, nicht wußte, daß er zur Lotteriemafia gehört, freigelassen hatte, fuchtelte er mir mit dem Finger unter der Nase herum und sagte: ›So etwas kommt mir nicht noch einmal vor, verstanden?‹ Darauf fragte ich den Wärter: ›Kennen Sie diesen Herrn?‹ Der Wärter antwortete in respektvollem Ton:

›Das ist Seu Ilídio.‹ Da wurde mir klar, daß der Kerl Lotterieboß war. In diesem Augenblick drehte sich der Kerl zu dem Wärter um, wies auf mich und sagte: ›Der junge Mann muß noch viel lernen.‹ Ich gab ihm verärgert einen Fußtritt und steckte ihn in die Zelle. Aber er war nur kurz eingesperrt. Ich habe ihn in der Nacht wieder entlassen. Seinen Kassierer hatte ich schon vorher freigelassen.«

»Sie geben also zu, daß Sie Senhor Ilídio tätlich angegriffen haben?«

»Ja. Es war ein Fehler. Ich hätte ihn wegen Paragraph 231, Mißachtung der Staatsgewalt, belangen können. Ich habe den Kopf verloren.«

»Sie wissen also, daß Sie sich willkürlicher Gewaltanwendung strafbar gemacht haben. Paragraph 322. Anwendung von Gewalt in Ausübung eines Amtes oder unter dem Vorwand der Ausübung.«

»Ja.«

»Das Präsidium hat bestimmt, daß die Bekämpfung der illegalen Lotterie durch das Sittendezernat erfolgen soll. Das wissen Sie doch, oder?«

Zum ersten Mal stand Ramos dem Kommissar in der Position des Überlegenen gegenüber. Seine Freude darüber war ihm vom Gesicht abzulesen.

»Sie haben auch gegen Paragraph 319 verstoßen: eine Amtshandlung aus persönlichen Interessen oder Gefühlen unbilligerweise unterlassen. So etwas nennt sich Amtsmißbrauch. Da dies Ihre erste Gesetzesübertretung ist«, fuhr der Delegado fort, »bin ich bereit, darüber hinwegzusehen. Aber ich verlange mehr Pflichtgehorsam Ihrerseits.«

»Amtsmißbrauch? Willkürliche Gewaltanwendung? Hören Sie, Ramos, machen Sie, was Sie wollen. Aber kommen Sie mir nicht mit Predigten. Dazu haben Sie moralisch nicht das Recht.«

»Ich bin Ihr Vorgesetzter. Ich verbitte mir, so mit mir zu sprechen.«

»Ich spreche, wie ich will. Sie schützen die Lotteriemafia, Sie machen mit denen gemeinsame Sache.«

»Ich habe Anweisung aus dem Präsidium, die Bekämpfung der Lotteriemafia der Sitte zu überlassen«, schrie Ramos.

»Alle sind von der Mafia gekauft. Nicht nur Sie. Die Sitte ist ein einziges Diebesnest«, sagte der Kommissar.

»Sie können nicht ...«, setzte Ramos an. Der Kommissar drehte sich um und ließ ihn allein weiterreden.

Später kam Rosalvo wieder zum Kommissar ins Zimmer.

»Doktor Ramos ist verärgert. Er hat gesagt, früher oder später erwischt es Sie doch.«

»Was dieser Mensch sagt, interessiert mich nicht. Das können Sie ihm erzählen.«

»Aber Doktor!«

»Erzählen Sie es ihm bei der nächsten Versammlung der Marianischen Kongregation.«

»Doktor, ich bin noch nicht eingetreten. Ich überlege noch. Letzten Dienstag war ich auf einer Versammlung im Liceu Literário Português, ich wollte mir das mal ansehen. Über vierhundert Mitglieder waren da. Eurípedes Cardoso de Meneses, der Präsident der Erzbischöflichen Katholischen Vereinigung, hat eine Rede gegen die Illustrierte *Flan* von diesem Samuel Wainer gehalten.«

»Rosalvo, ich habe noch anderes zu tun.«

»Diese Juden von der *Flan* haben eine Reportage veröffentlicht, mit der sie unsere katholische Ehre beleidigen. Eurípedes war von einer Besprechung mit Kardinal Dom Jaime de Barros Câmara im Palácio São Joaquim gekommen, wo sie vereinbart hatten, daß die Priester in ihren Predigten sagen sollen, daß Katholiken keine Zeitungen der Korrupten lesen dürfen. Die Kongregationsmitglieder waren stinksauer über die Reportage. Eurípedes sagte, man solle aus Protest Telegramme und Briefe an die *Flan* und die *Última Hora* schicken, nur zwei Sätze:

›Es lebe der Papst!‹ und ›Den Tod für *Última Hora* und *Flan*!‹«

»Es lebe der Papst … Jetzt was anderes: Was haben Sie über Pedro Lomagno herausgefunden?«

»Lassen Sie mich nur diese Geschichte zu Ende erzählen. Plötzlich riefen alle im Liceu Literário Português: ›Es lebe der Papst!‹ und ›Den Tod für *Última Hora* und *Flan*!‹ Doktor Ramos hat gesagt, daß sie die Versammlung normalerweise mit einem ›Gegrüßet seist du, Königin‹ beenden, aber am Dienstag war nur von Leben und Tod die Rede. Gleich nach Versammlungsschluß gingen wir alle auf die Straße und riefen: ›Es lebe der Papst!‹ und ›Den Tod für *Última Hora* und *Flan*!‹ Und auf einmal legten alle los und zerrissen die *Última Hora* an den Zeitungskiosken ringsum. Sie wissen, daß ich Katholik und Lacerda-Anhänger bin, aber so fanatisch wie die bin ich nicht. Ich glaube, ich sage Doktor Ramos, daß ich nicht in die Kongregation eintrete.«

»Das interessiert mich nicht. Erzählen Sie von Pedro Lomagno.«

Rosalvo zog einen kleinen Block aus der Tasche.

»Der Vater von Lomagno war ein bekannter Integralist, der die faschistische Ação Integralista Brasileira bis 1938 finanziert hat, als die ›grünen Hühner‹ mit ihrem Putsch gescheitert sind. Da sprang Lomagno ab und schloß sich Getúlio Vargas an, dem Henker seiner Partei. Sein Sohn wollte nie etwas von den Heil-Rufen der Grünen wissen, aber er war ja auch noch ziemlich klein, als Plínio Salgado bei den Integralisten den Ton angab. Dem Junior geht es jedenfalls ums Geldverdienen. Er war Gomes Aguiars Kompagnon in der Cemtex, hatte aber keine Funktion in der Firma. Die Cemtex hat laut *Tribuna da Imprensa* durch Vermittlung eines Geschäftemachers namens Luiz Magalhães, der da ein und aus geht, eine skandalöse Einfuhrlizenz von der Banco do Brasil erhalten.«

Wieder Luiz Magalhães. Mattos schmerzte der Magen.

»Claudio ist auch Mitinhaber der Cemtex, allem Anschein nach stecken unsere Freunde schon von zartem Kindesalter an unter einer Decke. Ich glaube, das ist der Knackpunkt.«

»Es reicht mit Knackpunkten. Weiter.«

»Lomagno spielt im Itanhangá Polo. Vornehme Leute. Ein Polospieler braucht für ein Spiel vier Vollblutpferde.« Pause. »Eins hat es für sich, bei der Polizei zu sein: Man lernt ständig dazu.«

»Und dieser José Silva?«

»Nicht so einfach, den Jungen zu finden, das heißt, heute dürfte er eine Tunte um die vierzig sein. Ich habe seine alte Adresse bekommen, mein Schwager, der Pedell, hat sie mir besorgt, ich tue zwar nichts für ihn, aber trotzdem ...«

»Weiter«, unterbrach ihn Mattos.

»Er wohnte in einem Einfamilienhaus an der Avenida Atlântica. Ich war da, und wissen Sie, was da stand? Ein riesiger Wolkenkratzer statt des kleinen Häuschens. Und die Häuser daneben haben sie auch abgerissen. Es dauert nicht mehr lange, dann stehen an der Avenida Atlântica nur noch Hochhäuser.«

»Weiter.«

»Nachbarn, die ich fragen könnte, gibt's nicht mehr. Ich muß wieder bei Null anfangen.«

»Hören Sie sich in den Bäckereien, bei den Handwerkern, den Geschäften in den umliegenden Straßen um.«

»Gute Idee.« Pause. »Hat die Puffmutter ausgepackt?«

»Nein.«

»Hat sie nichts gesagt?«

»Nein. Machen Sie weiter.«

Rosalvo ging. Mattos rief bei Antonio Carlos im GEP an.

»Hast du etwas für mich?«

»Wir sind dabei, alles, was wir am Tatort gefunden haben, gründlich zu untersuchen. Das dauert, wie du weißt.

Und wir haben viel gefunden, Papilloskopabdrücke, Blut, Schleim, Schweiß, Speichel, Sperma, Stuhl, Urin, Haare. Ich kann dir nur ein paar Vorabinformationen geben.«

»Fang mit dem Blut an.«

»Das Blut auf dem Laken stammt nicht vom Opfer. Das Opfer hat AB, Rh negativ. Das auf dem Laken ist A, Rh positiv. Vermutlich vom Täter. Das Opfer hatte Blut im Mund, das nicht von ihm stammt. Er muß den Mörder kräftig gebissen haben.«

»Haare?«

»Auf der Seife, die wir in der Duschkabine sichergestellt haben, befanden sich zwei Haare. Die Analyse des Haarmarks und der Pigmentierung der Rinde läßt den Schluß zu, daß sie nicht vom Toten stammen.«

»Sind sie von einem Mann oder einer Frau?«

»Wir wissen noch nicht mal genau, von welchem Körperteil. Wir wissen, daß es keine Kopfhaare von einem Mann oder einer Frau sind. Auch nicht aus der Achsel, vom Bein oder aus der Nase. Es sind auch keine Wimpern oder Augenbrauen.«

»Bleiben noch Bart und Schnurrbart übrig.«

»Und der Hodensack, der Anus und die Vagina. Der liebe Gott hat den Menschen als Tier voller spezifischer Haare geschaffen, und das nur, um den Sachverständigen das Leben schwerzumachen.« Pause. »Manchmal auch, um ihnen zu helfen. Aber ich arbeite bei meinen jetzigen Analysen mit einer neuen Technik. Vielleicht finde ich etwas heraus.«

»Und das Sperma?«

»Ich glaube, das ist vom Opfer. In ein paar Tagen erfährst du alles. Ich rufe dich an.«

Anschließend rief Mattos im Gerichtsmedizinischen Institut an und sprach mit dem Mediziner, der die Autopsie durchgeführt hatte.

»Die blauen Flecken und Hämatome der Weichteile am Hals, die Muskelrisse, die Verletzungen der Halsschlagadern und die Brüche des Zungenbeins beweisen, daß der Mann erwürgt wurde. Aber das Gutachten schicke ich dir erst in der nächsten Woche.«

Kurz bevor Mattos den Dienst verließ, rief Salete an und sagte, sie käme bei ihm vorbei. Sie war sehr gespannt, ob der Zauber der Mãe Ingrácia gewirkt hatte. Sobald sie seine Wohnung betreten hatte, hoffte sie, würde Mattos sie dank der Schwarzen Magie der alten Macumba-Priesterin in die Arme nehmen und ihr nach einem heißen Kuß einen Heiratsantrag machen.

»Meine Magenübersäuerung bringt mich noch um«, sagte Mattos, als er Salete die Tür öffnete.

»Trink ein Glas Milch«, antwortete sie frustriert, nachdem sie ein paar Sekunden mit offenen Armen auf eine Zärtlichkeit des Kommissars gewartet hatte.

»Habe ich schon.«

»Dann trink noch eins.«

Salete öffnete den Kühlschrank. Auf den Rosten befanden sich nur ein paar Flaschen Milch und viele Eier, manche hohl. Salete, die in ihrem ganzen Leben noch kein Ei gegessen hatte und sich vor Eiern schüttelte, hatte schon angeekelt zugesehen, wie Mattos bei einem Ei oben und unten kleine Löcher gebohrt und es ausgetrunken hatte, »wie eine Beutelratte«. Irgend jemand hatte ihr erzählt, daß Beutelratten Eier auf diese Weise aussaugten.

»Ich will keine Milch.«

»Dann trink ein Ei aus. Es macht mir nichts. Ich will es nur nicht sehen.«

»Ich kaue noch eine Pepsamar.«

Salete sah Mattos beim Kauen der Tablette zu.

»Du bist … bist nicht in Stimmung?«

»Noch nicht. Aber bald.«

»Ich nerve dich doch nicht, oder?«

»Du nervst mich nie.«

»Ich war in der Getúlio-Vargas-Stiftung und habe mich für den Sekretärinnenkurs angemeldet.«

»Herzlichen Glückwunsch. Das ... das bringt mich in Stimmung.« Es war gelogen.

»Laß mal sehen.« Salete streckte die Hand aus und wollte ihm in den Schritt greifen, er wich zurück.

»Bald. Ein Talmud-Kommentator, Raba genannt, hat gesagt, die Erektion des männlichen Gliedes kann nur ›mit Hilfe des Verstandes‹ erfolgen.«

»Hast du das in dem Buch da gelesen?« Salete wies auf das Buch, das der Kommissar gerade in die Hand genommen hatte.

»Nein, in einem anderen.«

»Ich glaube, du liest zuviel. Dona Floripes hat erzählt, daß ein Mann, der bei ihr verkehrte, vom vielen Lesen verrückt geworden ist. Er wollte immer, daß die Mädchen auf ihn pinkeln.«

»Sollte ich je verrückt werden, verspreche ich dir, nicht von dir zu verlangen, daß du auf mich pinkelst.«

»Du solltest andere Sachen machen. Tanzen zum Beispiel. Tanzen ist gut für den Kopf.«

»Abgesehen davon, der Hauswart hat gesagt, daß es erst ab sechs wieder Wasser gibt. Laß uns so lange warten.«

Es klingelte.

»Wer kann das sein?« fragte Salete.

Mattos öffnete die Tür.

»Habe ich dir meine Adresse gegeben?« fragte er überrascht, als er Alice im Flur stehen sah.

»Ich habe im Telefonbuch nachgesehen.« Pause. »Colette ist gestorben, wußtest du das? Am dritten. Übermorgen wird sie auf dem Friedhof Père Lachaise beerdigt.«

»Nein, das wußte ich nicht.«

»Du hast immer gesagt, daß du ihre Bücher magst.«

Alice versuchte vergeblich, das Buch zu identifizieren, das der Kommissar in der Hand hielt.

»Ich habe jetzt meine eigenen Leichen, um die ich mich kümmern muß. Ich bin bei der Kripo, hast du das vergessen?«

»Willst du mich nicht hereinbitten?«

»Ich habe Besuch.«

Alice sah Mattos über die Schulter und erblickte Salete.

»Entschuldige ... Ich wollte ... Ich rufe dich später an ... Darf ich später anrufen?«

»Ja. Wenn du willst.«

Der Kommissar schloß die Tür.

»Wer war das?«

»Eine Freundin.«

»Hübsch.« Pause. »Ich seh mal nach, ob es schon Wasser gibt«, sagte Salete, rührte sich aber nicht. »Bist du böse, weil sie gegangen ist, als sie mich gesehen hat?«

»Nein.«

»Die ist vornehm ... das habe ich gesehen. Ist das deine andere Freundin? Deine richtige?«

»Ach, Unsinn. Laß uns das Thema wechseln.«

»Du bist doch böse.« Pause. »Ich wußte gar nicht, daß du Blondinen magst ...« Pause. »Hättest du was gesagt, wäre ich gegangen und hätte dich mit ihr allein gelassen, das hätte mir nichts ausgemacht.«

Bei Dona Floripes hatte man ihr beigebracht, daß Männer dazu da wären, zufriedengestellt zu werden, getäuscht und ausgenutzt zu werden, und folglich mußte man sich verstellen können.

Aber sie wollte diesen Mann nicht täuschen oder ausnutzen.

»Es stimmt gar nicht. Ich bin eifersüchtig geworden. Ich wäre sehr traurig gewesen, wenn du mich weggeschickt hättest.«

Mattos küßte Salete auf die Wange.

»Ich seh mal nach, ob das Wasser schon da ist«, sagte Salete.

Beim Betreten des Badezimmers sah sie sofort ihr Gesicht im Spiegel des Wandschranks. Jeder Spiegel zog ihren Blick an, und wenn er noch so klein war.

Sie ging näher an den Spiegel heran. Wie sehr wünschte sie sich, sie hätte blonde Haare und blaue Augen, so wie diese Frau, und könnte andere Menschen so direkt ansehen, wie die Blondine sie von der Tür aus angesehen hatte. Jetzt betrachtete sie das Spiegelbild ihres Gesichts ganz aus der Nähe. Ihre Augen waren zu rund, alle sagten, schön seien nur mandelförmige Augen; ihre Augenbrauen waren zu dick und schwarz, ihre Nase zu lang, ihr Mund zu groß. Warum hatte Gott sie so häßlich geschaffen? Zum Glück hatte sie diesen Körper.

Sie zog sich aus und versuchte, ihren Körper in dem kleinen Spiegel zu sehen. Gern hätte sie sich jetzt in einem großen Spiegel betrachtet, um die Blondine vergessen zu können. Zu Hause tanzte sie oft nackt vor einem riesigen Wandspiegel, und der Anblick ihres nackten Körpers weckte in ihr immer ein großes Glücksgefühl. Aber in Mattos' Wohnung gab es bloß diesen mickrigen Spiegel, in dem sie nur ihr abstoßendes Gesicht sehen konnte.

In den Hähnen an der Badewanne gluckerte es. Das Wasser kam. Salete prüfte, ob die Temperatur richtig war und ließ die Wanne vollaufen. Dann stellte sie sich neben die Wanne. Sie hatte keine Posen nötig, sie war nicht wie viele der Mädchen, die sie bei Dona Floripes kennengelernt hatte, die, um den Freiern einen appetitlichen Anblick zu bieten, ihre Brüste und Pobacken hinter Tüchern versteckten, den Bauch einzogen und unter Verrenkungen die Beine aneinander preßten, damit nicht der gerundete Spalt zwischen den Oberschenkeln zu sehen war. Sie rief: »Du kannst kommen!«

Mattos betrat das Badezimmer.

»Leg das Buch weg.«

Salete beobachtete den Kommissar, während er das

Buch auf den Wäschekorb in der Ecke legte. Wo blieb sein überraschter Blick angesichts ihrer Nacktheit oder sein anderer Blick, der Blick der Begierde? Sie ergriff seine Hand und legte sie auf ihre Brust.

»Spürst du mein Herz?«

Das hatte sie in einem Film gesehen. Das war keiner der schlauen Hurentricks, die sie bei Dona Floripes gelernt hatte, wenn sie nackt vor Mattos stand, klopfte ihr Herz immer ganz wild, und das konnte er bestimmt mit den Fingern fühlen. Ihr Körper zitterte.

»Ja, ich merke, wie dein Herz klopft.« Er drehte ihr den Rücken zu, griff nach dem Buch und verließ das Badezimmer.

Salete hob ihre Sachen vom Fußboden auf und zog sich traurig an. Sie kehrte ins Wohnzimmer zurück. Mattos saß mit aufgestützten Ellbogen am Tisch und las aufmerksam in dem vor ihm aufgeschlagenen Buch. Salete ging leise und von ihm unbemerkt aus der Tür.

Der Senator Vitor Freitas stieg mit seinem Assistenten Clemente in der Senatsgarage in den Dienstwagen, der ihm zur Verfügung stand, und gab als Fahrtziel den Klub der Luftwaffe an. Der Klub lag nicht weit vom Senat an der Praça Marechal Ancora, normalerweise wäre der Wagen in zehn Minuten dort gewesen; aber an diesem Tag stieg der Senator nach einer halben Stunde im Stau in der Avenida Presidente Carlos aus und legte den Rest der Strecke mit seinem Assistenten zu Fuß zurück.

Eine Menschenmenge drängelte sich vor dem Klub, und Vitor Freitas mußte sich mehrmals auf seinen Senatorenstatus berufen, bis er endlich den Klub betreten konnte.

Der Sarg mit dem Leichnam des Majors Vaz war gerade geschlossen worden und wurde jetzt mit einer brasilianischen Flagge zugedeckt.

»Wir sind zu spät gekommen«, sagte Clemente.

»Wo ist Brigadeiro Eduardo Gomes? Er muß sehen, daß ich hier bin«, sagte Vitor Freitas. Der Brigadeiro war 1946 und 1950 der Kandidat der UDN für das Amt des Staatspräsidenten gewesen. Bei der ersten Wahl war er dem General Gaspar Dutra unterlegen, der während der Diktatur unter Vargas Kriegsminister gewesen war. Bei der zweiten Wahl war er Vargas persönlich unterlegen, ein Überraschungssieg des Ex-Diktators, der sich damit an einem der führenden Militärs der Bewegung rächte, die ihn 1945 abgesetzt hatte. Trotz seiner zweifachen Niederlage haftete dem Brigadeiro bei der Mittelschicht weiterhin die romantische Aura des Revolutionshelden an, die er während der Episode »Die Achtzehn vom Fort« am 5. Juli 1922 erworben hatte: Siebzehn Offiziere und Soldaten sowie ein Zivilist hatten sich vom Fort Copacabana auf den Weg zum Catete-Palast gemacht, wo der Fort-Kommandant wegen Befehlsverweigerung verhaftet worden war. Zum ungleichen Kampf fest entschlossen, marschierten sie die Avenida Atlântica entlang, wo sie von regierungstreuen Truppen des Präsidenten Epitácio Pessoa angegriffen wurden. Der Zivilist und ein Tenente kamen ums Leben. Drei Offiziere, darunter Eduardo Gomes, wurden schwer verwundet.

Clemente ortete den Brigadeiro in einer Gruppe von Offizieren der Luftwaffe und Zivilisten. Aber Freitas konnte dem Brigadeiro Eduardo Gomes sein Mitgefühl nicht so aussprechen, wie er es gern getan hätte. Es gelang ihm zu sagen: »Brigadeiro, der Märtyrertod des Majors Vaz wird nicht vergeblich gewesen sein.« Doch der Brigadeiro, der, obgleich in der Reserve, bei den jungen Offizieren der Luftwaffe unbestritten als Führerfigur galt, hörte nicht, was Freitas sagte, denn im selben Augenblick rief er verärgert in eine Gruppe: »Ich habe gesagt, der Trauerzug zieht nicht am Catete-Palast vorbei. Er geht am Wasser entlang. Provokationen sind jetzt fehl am Platz.«

Clemente flüsterte Freitas ins Ohr: »Nutz die Gelegenheit und sprich mit Generall Caiado. Man muß sich mit Griechen und Trojanern gleich gut stellen.«

Der Chef des Militärrats im Präsidialamt hielt sich mit sichtlichem Unbehagen abseits, neben ihm ein Ordonnanzoffizier. Caiado de Castro war als persönlicher Vertreter des Präsidenten Vargas anwesend. Der General war direkt vom Catete-Palast gekommen, in dem sich die Familie Vargas versammelt hatte.

Freitas begrüßte Caiado, der ihn wiedererkannte.

»Der Präsident ist tief bestürzt über dieses barbarische Verbrechen. Er hat ausdrücklich Anweisung gegeben, die Verantwortlichen zu ermitteln, ohne Rücksicht auf Verluste«, sagte Caiado.

»Vargas begegnet der Situation ganz als der große Staatsmann, der er ist«, antwortete Freitas und verabschiedete sich schnell vom General. Am besten war, sich niemandem zu verpflichten. Die Lage war sehr unübersichtlich.

Eine fünftausendköpfige Menge gab dem Sarg zu Fuß das Geleit zum Friedhof São João Batista in Botafogo. Dem Senator Vitor Freitas und seinem Assistenten war es endlich gelungen, sich den Militärs und Zivilisten um Eduardo Gomes anzuschließen. Als die Zuschauer, an denen der Trauerzug vorbeizog, den Brigadeiro erkannten, riefen sie ihm zu: »Brigadeiro, die Demokratie darf nicht untergehen!« »Wir jagen diese Verbrecher aus dem Präsidentenpalast!« Der Brigadeiro blieb ernst und ließ sich nicht beirren.

Es war halb sieben, als sie endlich den Friedhof erreichten. Ein Baldachin, obenauf eine brennende Laterne, überdachte das Grab, in dem der Major Vaz bestattet werden sollte. Als der Leichnam herabgelassen wurde, hatte Vitor Freitas es geschafft, sich zwischen den Justizminister Tancredo Neves und den Kardinal Dom Jaime de Barros Câmara zu stellen. »Die Polizei wird alles tun, um die für dieses Verbrechen Verantwortlichen vor Gericht zu stellen«, sagte der Minister mit müder Stimme, als er den Senator neben sich gewahrte. Tancredo Neves hatte diesen Satz in den letzten vierundzwanzig Stunden schon dutzendfach ausgesprochen.

Bevor er den Friedhof verließ, fand Vitor Freitas sich plötzlich neben Eduardo Gomes. Sekundenlang wußte er nicht, was er zu ihm sagen sollte, aber sein Zögern währte nicht lange. »Der Tod dieses Helden wird die Geburtsstunde der Anständigkeit in Brasilien sein«, sagte er, womit er einen Satz wiederholte, den er im Klub der Luftwaffe auf einem Kranz gelesen hatte. Er stellte fest, daß der Satz auf den Brigadeiro gewirkt hatte. »Ich bin Senator Vitor Freitas von der PSD«, fügte er hinzu. »Danke, Herr Senator«, antwortete Eduardo Gomes mit bewegter Stimme.

Vom Friedhof fuhren Freitas und Clemente zur Wohnung des Journalisten Carlos Lacerda. Das Apartment war gestopft voll, viele Militärs in Uniform. Lacerda saß auf einem Sofa, das eingegipste Bein hochgelegt. Freitas ging zum Journalisten. »Eine Ungeheuerlichkeit«, sagte er. »Diese Regierung besteht aus Verbrechern und Wahnsinnigen«, antwortete Lacerda. Um seine Anwesenheit kundzutun, sprach der Senator mit ein paar Leuten, darunter die Generäle Canrobert und Etchgoyen, der Brigadeiro Trompowski, der Rechtsanwalt Sobral Pinto und der Abgeordnete Prado Kelly. Er sprach sogar mit Dona Olga, der Mutter des Journalisten.

Von Lacerdas Wohnung fuhren der Senator und Clemente zum Nachtklub Ciro's.

»Was für ein Tag!« sagte Freitas, nachdem der Kellner ihnen einen doppelten Whisky gebracht hatte.

»Glaubst du, der Cruzeiro wird abgewertet? Nach amtlichem Kurs steht der Dollar bei 18,82 und auf dem Schwarzmarkt bei 64,30«, sagte Clemente.

»Machst du Dollar-Geschäfte?«

»Ich muß sehen, wie ich zurechtkomme. Was ihr mir im Senat zahlt, ist zuwenig. Ich habe einen teuren Lebensstil. Also antworte mir, Vitor.«

»Souza Dantas hat gesagt, der Cruzeiro wird nicht abgewertet. Man will am amtlichen Kurs von 18,82 festhalten.«

»Ich glaube keinem Aas von der Regierung. Wenn du irgend etwas erfährst, sagst du mir dann Bescheid?«

»Ja, mein Engel, das tue ich. Was für ein Tag! Ich glaube, ich habe etwas Erholung verdient.«

»Ich weiß schon, was du willst«, sagte Clemente und grinste maliziös.

»Besorg mir diesmal einen hübschen Jungen.«

»Mal sehen, was ich machen kann. Aber vergiß nicht, daß ich auch etwas Erholung verdient habe.«

Es war schon dunkel, als Salete zur Kultstätte der Mãe Ingrácia kam.

Sie erzählte, was geschehen war. Mãe Ingrácia hörte mit schräg geneigtem Kopf, weil sie etwas schwerhörig war, aufmerksam zu und rauchte ihre Pfeife.

»Wie klang die Stimme der Blondine? So ähnlich wie zersplittertes Schilfrohr?«

»Ich habe sie nicht gehört. Aber sie hat bestimmt eine schöne Stimme. Sie ist bildhübsch, die Elendige.«

»Wenn die Unterhose vom Mann nichts bewirkt, dann gibt's nur noch eins, womit man etwas erreicht«, sagte Mãe Ingrácia, nachdem sie mehrere Rauchwolken ausgestoßen hatte.

»Und was ist das, Mãe?«

»Eine Schorfkruste. Du mußt mir eine Schorfkruste von dem Mann bringen.«

»Eine Schorfkruste? Wie soll ich eine Schorfkruste von ihm beschaffen?«

»Wer hat nicht mal eine kleine Verletzung? Jeder Mensch verletzt sich hin und wieder. Und jede Wunde bildet Schorf. Sieh her.«

Mãe Ingrácia zeigte ihr einen verschorften Kratzer auf ihrem Arm.

»Was anderes geht nicht?«

»Nein. Es muß Schorf von einer Wunde sein. Bräunlicher Schorf.«

Mãe Ingrácia löste vorsichtig den Schorf von der Wunde, legte ihn auf ihre Handfläche und zeigte ihn Salete.

6

Am Freitag morgen gegen sieben Uhr erschien Climério mit einem leeren Koffer wieder bei dem Revolverhelden Alcino.

»Die Sache wird brenzlig«, sagte Climério, »dieser verfluchte Nelson hat sich gestern nacht der Polizei gestellt. Heute haben sie ihn in die Kaserne der Militärpolizei gebracht, und der Hund hat gesungen. Ich hätte mich auf diesen verdammten Kerl nicht verlassen dürfen. Es ist besser, du tauchst unter.«

Er reichte Alcino den Koffer. »Pack ein paar Sachen ein. Am besten haust du jetzt gleich ab.«

»Und mein Geld? Du hast es mir für heute versprochen.«

Climério zog ein Päckchen Geldscheine aus der Tasche und reichte es Alcino. Zehn Tausenderscheine.

Alcino packte einen Pullover, zwei Unterhosen, zwei Hemden, eine gestrickte Wollmütze, einen Rosenkranz mit einem Blechkreuz und ein Paar Holzpantinen in den Koffer.

Der erste, der das Restaurant A Minhota in der Rua São José im Stadtzentrum, nicht weit vom Parlamentsgebäude, betrat, war Lomagno. Es war fast ein Uhr mittags. Das Restaurant, das normalerweise von vielen Senatoren und Abgeordneten besucht wurde, war leer.

Lomagno setzte sich still und bedrückt. Er bestellte einen Whisky on the rocks. Der Kellner bediente Lomagno, dann stellte er einen Kübel Eis auf den Tisch und daneben eine halbvolle Flasche White Horse, an der senkrecht ein Papierstreifen mit den Verzehrmarkierungen klebte.

Kurz danach kam Claudio Aguiar. Sie hatten mehrmals miteinander telefoniert, aber jetzt trafen sie sich zum erstenmal nach Gomes Aguiars Tod. Claudio gab dem Kellner mit Lomagnos Whisky in der Hand ein Zeichen.

»Claudio, du bist ein verdammtes Schwein. Magalhães hat mir erzählt, du wolltest den Kredit von der Cemtex auf die Brasfesa umschreiben lassen.«

Claudio stotterte. »Das ... das hat er erzählt?«

»Warum hast du das gemacht?«

»Weil jetzt Luciana die Cemtex kontrollieren wird. Ich traue ihr nicht. Luciana wird uns hintergehen.«

In diesem Augenblick traf Vitor Freitas mit seinem Assistenten Clemente und dem Abgeordneten Orestes Cravalheira von der PSD ein. Claudio begrüßte die drei trocken, erhob sich vom Tisch und ging zur Toilette. Lomagno ging hinterher.

»Beruhige dich«, sagte Lomagno in der Toilette.

»Mußte der unbedingt seine Schwuchtel mitbringen?«

»Jetzt beruhige dich«, sagte Lomagno noch einmal.

»Das lasse ich mir nicht gefallen. Ich werde ihm sagen, daß ich diese Tunte nicht am Tisch haben will. Ordinärer Kerl!«

Lomagno gab Claudio eine schallende Ohrfeige. Dieser zuckte erschrocken zurück.

»Warum hast du das getan?«

»Du wirst überhaupt nichts sagen. Wenn dein hysterischer Anfall vorbei ist, kommst du an den Tisch zurück und hältst den Mund.«

»Was ist mit Claudio?« fragte Freitas, als Lomagno von der Toilette zurückkam.

»Er fühlt sich nicht gut.«

»Etwas schwache Nerven?« fragte Clemente ironisch lächelnd.

Lomagno überhörte die Frage.

»Cravalheira wartet auf Freunde, die mit ihm essen wollen, und solange trinkt er einen kleinen Whisky mit uns«, sagte Freitas.

Der Kellner brachte Gläser und noch eine Flasche Whisky. Sie tranken. Dann sprachen sie über das Attentat, dem der Major Vaz zum Opfer gefallen war, und unterhielten sich über allgemeine Dinge. Cravalheira ließ sich über die Bestellung des Richters Murta Ribeiro zum Berufungsrichter für den wegen Tötung des Bankiers Afrânio Arsênio de Lemos zu fünfzehn Jahren Haft verurteilten Tenente Bandeira aus – ein Verbrechen aus Leidenschaft, das die Stadt noch immer beschäftigte. Der ewige Wassermangel wurde angesprochen, aber nur kurz. Freitas sprach über die Geldmenge, die von der Regierung in Umlauf gebracht wurde. »Wißt ihr, wieviel Oswaldo Aranha in den letzten zwölf Monaten, vom 1. August 53 bis zum 1. August 54, in Umlauf gebracht hat? Über acht Milliarden Cruzeiros. Die Beamten kommen gar nicht nach, die Scheine abzuzeichnen, die von den Pressen der Casa da Moeda, der American Bank Note und der Thomas de la Rue ausgespuckt werden.«

Lomagno blieb stumm. Claudio kehrte an den Tisch zurück.

»Geht's besser, mein Schatz?« fragte Clemente. »Sie sehen aus, als hätten sie etwas Fieber.«

Cravalheira sprach noch einmal das Attentat an.

»Bis gestern«, sagte Freitas, »oder vielmehr bis vorgestern abend, dem vierten, oder bis zu den Morgenstunden des fünften, als das Attentat in der Rua Tonelero stattfand, herrschte in diesem Land ein Klima wie im Jahre 1937. Aber jetzt kann Getúlio keinen Putsch mehr landen.«

»Er wollte auch gar nicht putschen«, entgegnete Cravalheira.

»Warum, meinen Sie wohl, hat Getúlio die Reise nach Bolivien zur Einweihung der Straße Santa Cruz de la

Sierra-Corumbá abgesagt?« fragte Freitas und schenkte sich einen neuen Whisky ein. Die Antwort gab er selbst mit der Behauptung, die Begründung, der Flughafen von Santa Cruz in Bolivien biete nicht genügend Sicherheit, sei vorgeschoben. In Wirklichkeit wolle Getúlio nicht, daß der Vizepräsident Café Filho das Amt des Staatspräsidenten übernehme.

»Der denkt wie alle Putschisten die ganze Zeit, daß andere gegen ihn putschen wollen«, bemerkte Clemente.

Cravalheira zog einen Zeitungsausschnitt aus der Tasche.

»Jetzt will ich Ihnen mal zeigen, wer dieser Café Filho ist. Hören Sie sich an, was er gesagt hat.«

Der Abgeordnete las laut vor: »Mein Leben ist eine lange Kette von Revolutionen und Verschwörungen, an denen ich teilgenommen habe. Ich habe viel durchgemacht, in meinem Körper stecken mehrere Kugeln.«

»Ach Gottchen«, sagte Clemente.

»Hören Sie weiter. Er sagt, der dramatischste Augenblick, den er erlebt habe, sei noch gar nicht lange her. Er war auf dem Weg nach Chile, und das Flugzeug der Luftwaffe, in dem er saß, mußte zwischen den Gipfeln der Anden notlanden. Sofort schickten die Regierungen von Chile und Argentinien Flugzeuge, damit er weiterfliegen konnte. Aber Café dachte patriotisch und überlegte, daß er in einem Flugzeug der brasilianischen Luftwaffe saß und daß ein Umsteigen in dieser Situation einem Mißtrauensbeweis gegenüber den technischen Fähigkeiten der tüchtigen Offiziere der brasilianischen Luftwaffe gleichkäme. Während er diese Entscheidung traf, habe er das ganze Ausmaß seiner Verantwortung als Vizestaatspräsident empfunden. Nachdem das Flugzeug repariert war, sagt der tapfere Café, habe er seine gesamte Begleitung entlassen und sei, zum Sterben bereit, in die Maschine gestiegen, denn er habe die Pflicht erfüllt, das Ansehen unserer Luftfahrt und unserer Piloten hochzuhalten.«

Clemente trällerte den Refrain eines bekannten Karnevalsliedes: »Und der Troß der Liebediener wächst von Tag zu Tag.«

»Café beendete das Interview mit folgenden Worten: ›So habe ich kraft meines Auftrags als Vizestaatspräsident meine dramatische Stunde erlebt. Niemals, nicht einmal während der härtesten Kämpfe und der erbittertsten Revolutionen, habe ich für möglich gehalten, daß mir so etwas widerfahren könnte.‹ Nicht auszudenken, daß dieser Heuchler Staatspräsident werden kann.«

»Das letzte Wort haben die Blauröcke … Café weiß, woher der Wind weht.«

»Waren Sie bei der Beerdigung des Majors?«

»Ja. Wer da nicht hingegangen ist, muß verrückt sein«, antwortete Freitas.

»Ein Staatsanwalt und ein Offizier der Luftwaffe sind zu Beobachtern der Ermittlungen bestellt worden. Angeblich ist der Delegado Pastor, der die polizeilichen Ermittlungen leitet, ein Getúlio-Anhänger.«

»A propos Polizei, ich muß mit dir über einen Kommissar sprechen, der …« Clemente brach mitten im Satz ab.

»Was für ein Kommissar?« fragte Freitas.

»Schon gut. Wir unterhalten uns später.«

»Getúlios Tage sind gezählt«, sagte Freitas.

»Meistens hat Getúlio noch einen Trumpf im Ärmel«, sagte Cravalheira.

»Der Mann ist verkalkt. Haben Sie nicht das Foto gesehen, wo er in aller Öffentlichkeit von Gregório gekämmt wird? Als ob da ein Pfleger im Armenhaus einen Greis versorgt, der sich in die Hose pinkelt.«

Cravalheira erwiderte, man müsse sich hüten, Getúlio zu unterschätzen. »Erinnern Sie sich noch an die *campanha dos marmiteiros*, die der Alte gesteuert hat?«

»Geplant hatte die ganze Sache Borghi.«

Cravalheira erging sich in einem langen Vortrag über den Opportunismus und die Feigheit der brasilianischen

Politiker. »Pila ist eine Ausnahme, der war Manns genug auszusprechen, daß auf einen groben Klotz ein grober Keil gehört. Bei dem Impeachment-Versuch hatten nur fünfunddreißig Abgeordnete die Courage, sich gegen den Präsidentenpalast zu stellen. Den Kongreß hat Getúlio nur deshalb nicht aufgelöst, weil er es nicht wollte.«

»Und warum wollte er es nicht?«

»Er wollte lieber erst die Opposition zerschlagen und damit den Weg für den Staatsstreich ebnen. Im Vorzimmer vom Finanzminister Oswaldo Aranha drängelten sich bis gestern noch die UDN-Leute. Aber nach dem Attentat sieht alles anders aus, das stimmt. Getúlio ist jetzt in die Defensive gedrängt.«

»Diese kleinkarierte Scheißpolitik ödet mich an«, bemerkte Clemente.

»Er hat zum ersten Mal in seinem Leben einen Fehler gemacht. Er hätte es nicht nötig gehabt, seine Zeit mit dem Zerschlagen einer Partei wie der UDN zu verlieren. Vor dem Attentat hätte das Heer den Putsch mitgemacht. Jetzt, nachdem sie den Flieger umgebracht haben, ist es nicht mehr so einfach.«

Lomagno und Claudio beteiligten sich nicht am Gespräch und verharrten in aggressivem Schweigen, das Cravalheira schließlich unbehaglich wurde. Er verabschiedete sich, noch bevor seine Essenspartner da waren, und setzte sich an einen anderen Tisch.

»Ein Vollidiot«, sagte Clemente. »Wieso du mit so einem Kretin deine Zeit vergeudest, ist mir unbegreiflich.«

»Was ist das dringende Problem, über das du mit mir sprechen wolltest?« fragte Freitas.

»Eine private Angelegenheit«, antwortete Claudio mit boshaftem Blick zu Clemente.

»Clemente ist über alles informiert.«

»Ich traue dem Kerl nicht«, sagte Lomagno.

»Mein Schatz, wie Vitor bereits sagte – ich bin über

alles informiert. Ob Sie mir trauen oder nicht, ist im Endeffekt völlig unerheblich.«

»Wenn Sie noch einmal ›mein Schatz‹ zu mir sagen, kriegen Sie hier, an Ort und Stelle, eins an die Birne«, sagte Lomagno.

»Sei still, Clemente«, sagte Vitor seufzend. »Also, worum geht es?«

»Worum geht es? Worum geht es? Um den Mord an Paulo!« platzte Claudio heraus. »Mehrheitsaktionär der Cemtex ist jetzt Luciana.«

»Diese mannstolle Harpyie?« fragte Freitas.

»Red keinen Quatsch«, erwiderte Lomagno so scharf, daß Freitas überrascht war. »Du kennst Luciana nicht«, fügte Lomagno hinzu und schluckte seinen plötzlichen Zorn herunter.

»Das mag vielleicht sein ... Ich habe nur wiedergegeben ...«

»Laß uns das Thema wechseln«, unterbrach ihn Lomagno barsch.

»Ich habe Magalhães gebeten, mit Gregório zu sprechen, ob er vielleicht dafür sorgen kann, daß die Einfuhrlizenz auf die Brasfesa umgeschrieben wird«, sagte Claudio mit einem scheuen Blick zu Lomagno. »Aber der Kerl hat nicht mit sich reden lassen. Und Magalhães hat fürchterliche Angst vor ihm.«

»Seit sie ihm den Maria-Quitéria-Orden verliehen haben, ist Gregório noch arroganter geworden. Die höchste Auszeichnung des Heeres so einem Typen zu geben, das ist doch absurd.«

»Du könntest mit Souza Dantas direkt sprechen«, sagte Claudio. »Als Präsident der Banco do Brasil kann er der Cexim Weisung erteilen.«

»Die Lage ist sehr ernst«, sagte der Senator, trank einen Schluck Whisky und wählte seine Worte mit Bedacht. »Das Land ist in eine Krise geraten, die schwerwiegende Folgen haben kann.«

»Weil dieser Flieger umgekommen ist? Das ist bald wieder vergessen.«

»Lacerda wird dafür sorgen, daß es keiner vergißt.«

»Du weichst vom Thema ab«, sagte Claudio gereizt. »Ich habe gefragt, ob du nicht mit dem Präsidenten der Banco do Brasil sprechen kannst. Ja oder nein?«

»Nach dem Attentat sieht alles anders aus«, sagte Freitas. »Das Militär schäumt vor Wut über den Tod des Majors Vaz. Heute findet im Klub der Luftwaffe eine Versammlung mit eindeutigen Putschabsichten statt. Und in beiden Häusern des Kongresses werden ebenfalls heute Reden gehalten, mit denen das Attentat verurteilt wird. Der Abgeordnete Aliomar Baleeiro, der die gemeinsame Aktion koordiniert und neben anderen Abgeordneten sprechen wird, hat mich auch dazu aufgefordert.«

»Er wird nicht mit Souza Dantas sprechen. Laß es gut sein, Claudio«, sagte Lomagno. Seine Verärgerung schien sich gelegt zu haben.

»Mein lieber Freund«, sagte Freitas, »ich stamme aus dem Nordosten. Weißt du, was das bedeutet? Daß ich ein Überlebender bin. Ich kann jedes kommende Unheil voraussehen. Der Luftfahrtsminister Nero Moura und der Kriegsminister Zenóbio da Costa haben gesagt, heute fände keine Versammlung von Militärs im Klub der Luftwaffe statt. Aber Zenóbio hat Eliteeinheiten wie das Gardebataillon und das Feldjägerbataillon in Alarmbereitschaft versetzt. In Wirklichkeit ist es so, daß die Militärminister das junge Offizierskorps nicht mehr unter Kontrolle haben. Wenn die Generäle nur noch über andere Generäle befehligen können, steht es schlecht. Sehr schlecht.«

»Wirst du nun mit Souza Dantas sprechen oder nicht?«

»Nein, das wird er nicht. Schluß mit dem Thema«, sagte Lomagno brüsk.

»Die Opposition wird die Situation nutzen. Souza Dantas stand ja schon vorher unter Beschuß, wie dann jetzt erst … Ich sage euch ganz offen, ich will mich in dieser Sache nicht mehr engagieren. Ich kann nicht. Ich muß mich zurückziehen und abwarten, worauf das jetzt alles hinausläuft«, sagte Freitas.

»Du steckst bis zum Hals in der Sache drin«, erwiderte Claudio.

»Laß dich nicht unter Druck setzen, mein Schatz«, sagte Clemente.

Freitas stand auf.

»Claudio«, sagte er in herablassendem Ton, »in dreißig Jahren Politik habe ich noch keinen Fehler gemacht. Auch dir, der du in erster Linie mein Freund bist und es, wie ich hoffe, trotz dieser unerfreulichen Geschichte noch lange bleibst, wird es nicht gelingen, mich zu erpressen. Ihr werdet den Karren allein aus dem Dreck ziehen müssen.«

»Du bist und bleibst ein korruptes Schwein«, sagte Lomagno.

»Das sind wir alle hier an diesem Tisch. In diesem Land. Komm, Clemente.«

Freitas und Clemente gingen zu Fuß durch die Rua São José Richtung Avenida Rio Branco.

»Lomagno und Claudio taugen nichts. Du solltest den Kontakt zu ihnen abbrechen.«

»Bei Gelegenheit. Die Sache mit dem Kommissar, was war da?«

»Er war im Senat und wollte dich sprechen. Was er wollte, hat er nicht gesagt.«

»Das hättest du mir sagen müssen.«

»Habe ich vergessen. Der Kerl ist ein unbedeutender Wicht, das sieht man schon an seiner Kleidung.«

»Aber du hättest es mir sagen müssen.«

»Ich muß immer alles im Kopf haben, ja?! Und wo hast du am Donnerstag nachmittag gesteckt?«

»Wie heißt dieser Polizist?«

»Glaubst du, ich merke mir, wie einer von der Kripo heißt, der seine Sachen auf der Esplanada kauft?« Clemente lachte. »Es gibt zweierlei, was ich ums Verrecken nicht anziehen würde: Sachen aus Jute und Sachen von der Stange aus solchen Läden.« In anderem Ton: »Ich habe mir seinen Namen irgendwo notiert.«

»Sprich mit Teodoro vom Sicherheitsdienst im Senat. Der möchte seiner Frau eine Stelle beschaffen. Du kannst sie ihm versprechen. Sag ihm, er soll herausfinden, wer der Kripomann ist und was er von mir will. Komplette Auskunft. Wir dürfen keine halben Sachen machen.«

Sie betraten gemeinsam das Senatsgebäude. Clemente machte sich auf die Suche nach Teodoro. Vitor Freitas gab in seinem Büro der Rede, mit der er das Attentat in der Rua Tonelero verurteilen wollte, noch den letzten Schliff.

An diesem Nachmittag erhielt Kommissar Mattos – genau zu dem Zeitpunkt, als Vitor Freitas im Senat seine Rede hielt: »Die Nation darf diese infame Tat nicht vergessen und nicht verzeihen!« – einen Anruf von dem Sachverständigen Antonio Carlos.

»Die Haare auf der Seife stammen nicht vom Opfer.«

»Von seiner Frau?«

»Nein, von einem Mann. Einem Schwarzen.«

»Einem Schwarzen? Kann man das feststellen? Ich habe eine neue Soderman-Ausgabe von 1952, aber davon steht da nichts drin.«

»Soderman ist überholt. Die Untersuchungen, die ich vorgenommen habe, basieren auf einer Studie, die in der letzten Nummer des *New England Journal of Medicine* veröffentlicht worden ist. Ich habe sämtliche Tests durchgeführt. Die Seife wurde von einem Schwarzen benutzt, vermutlich hat er in dem Badezimmer geduscht.«

Ein Schwarzer. Aguiars' Butler war ein Weißer.

»Danke, Antonio Carlos«, sagte der Kommissar. Er zog den Goldring, den er im Badezimmer in der Duschkabine gefunden hatte, aus der Tasche. Ein Schwarzer mit dicken Fingern.

Als Mattos weggehen wollte, fragte Rosalvo, ob er zu sprechen sei. »Nur, falls es dringend ist«, antwortete der Kommissar. Er hatte es eilig, zum Gebäude Deauville zu kommen, wo Gomes Aguiar ermordet worden war.

»Ich bin am Sonntag hier gewesen«, sagte der Kommissar zum Portier.

»Richtig. Ich erinnere mich.«

»Sie wollten dem Nachtportier Bescheid sagen, daß er zu mir auf die Wache kommen soll.«

»Ich hab's dem Raimundo gesagt, Doktor. War er nicht bei Ihnen?«

»Sie sagten, er wohnt hinten in einem Zimmer. Gehen Sie zu ihm und schicken ihn her.«

Raimundo erschien mit verschlafenem Gesicht. Er war ein dünner Pernambukaner mit niedriger Stirn; als ob sein Haar gleich über der Nase ansetzte.

»Wir gehen in Ihr Zimmer.«

Sie betraten eine fensterlose Kammer mit einem schmalen Bett und einem kleinen Schrank ohne Tür, in dem sich billige, verwaschene Kleidung türmte.

»Ich möchte Ihnen ein paar Fragen zu dem Mord an Senhor Gomes stellen.«

»Ich weiß nichts. Ich hab nichts gesehen, Doktor.«

»Waren Sie am Samstag die ganze Nacht in der Portiersloge?«

Raimundo kratzte sich nervös am Kopf. »Samstag, Samstag ...«

»Samstag nacht.«

»Ja.«

»Warum sind Sie so nervös?«

»Wegen der Polizei, Doktor. Das bin ich nicht gewöhnt.«

»Ich bin sicher, daß Sie nicht die ganze Nacht in der Loge waren. Entweder sind Sie weggegangen oder ins Bett. Was von beidem?«

»Ich verstehe nicht, Doktor.«

»Lügen hat keinen Sinn, Raimundo. Ich finde es doch raus, und dann kommen Sie vor Gericht.«

»Was möchten Sie wissen?«

»Reden Sie.«

»Ich bin kurz aus der Loge weggegangen.«

»Wozu?«

»Ein Mädchen, eine Freundin, war hier ... Ein Dienstmädchen hier aus dem Haus ... Na ja ... Wir sind in mein Zimmer gegangen ...«

»Um wieviel Uhr?«

»Ein Uhr nachts.«

»Wie lange sind Sie dort geblieben?«

»Zwei Stunden. Doktor, wenn der Verwalter das erfährt, schmeißt er mich raus ...«

»Sie haben gesagt, die Leute aus dem achten Stock haben am Samstag keinen Besuch bekommen.«

»Haben sie doch. Einen Schwarzen.«

»Wissen Sie, wie er heißt?«

»Nein.«

»Haben Sie ihn gesehen, als er wieder gegangen ist?«

»Nein.«

»Beschreiben Sie ihn.«

»Ein großer, herrischer Schwarzer. Übler Typ.«

»Herrisch?«

»Er ist reingekommen und hat mich böse angesehen.«

»Beschreiben Sie ihn.«

»Er trug Anzug und Krawatte.«

»Sein Gesicht.«

»Ein breites, grimmiges Gesicht.«

»Warum haben Sie mir nicht schon vorher von diesem Schwarzen erzählt?«

»Dona Luciana hat gesagt, ich soll mit keinem darüber reden.«

»War sonst noch jemand an dem Abend in der Wohnung zu Besuch?«

»Vielleicht ist jemand gekommen oder gegangen, als ich … ich …«

»Wie hat Dona Luciana gesagt, daß Sie über den Schwarzen nicht reden sollen?«

»Sie hat gesagt, daß der Mann einen Zauber in der Wohnung gemacht hat und daß sie nicht möchte, daß jemand davon erfährt.«

»Einen Zauber?«

»Ich glaube, irgendwas mit Macumba, eine Beschwörung, so was in der Art. Ich versteh davon nichts und glaub auch nicht an solche Sachen. Doktor, wenn Dona Luciana …«

»Sie erfährt nichts von unserem Gespräch. Zumindest vorläufig nicht.«

»Sonst bin ich geliefert, Doktor, ich verlier meine Arbeit. Die Kette reißt immer beim schwächsten Glied.«

»Halten Sie den Mund. Erzählen Sie niemandem von unserem Gespräch.«

»Ja, Doktor.«

»Falls Sie umziehen oder aus Rio weggehen, geben Sie mir vorher Bescheid. Ich werde mich noch einmal mit Ihnen unterhalten müssen. Verstanden?«

»Mehr weiß ich nicht, Doktor.«

»Noch einmal: Ich will wissen, wohin Sie gehen, wo Sie sind. Immer. Versuchen Sie nicht, mir zu entkommen.«

»Ja, Doktor.«

Mattos kehrte in die Eingangshalle zurück. Der Fahrstuhl stand im Erdgeschoß. Mattos ging hinein und drückte auf den achten Stock.

Nilda öffnete die Tür.

»Ist Dona Luciana da?«

Nilda zögerte. »Nein, Senhor.«

Der Kommissar schob Nilda beiseite und trat ein.

»Sagen Sie Ihrer Herrin, daß ich sie sprechen möchte.«

Nilda kam mit dem Butler im Gefolge zurück.

»Dona Luciana läßt sagen, daß sie Sie nicht empfangen kann. Sie ist krank und liegt im Bett.«

»Können Sie ihr etwas ausrichten?«

»Ja, Senhor.«

»Sagen Sie Dona Luciana, ich käme ein andermal wieder, um mich mit ihr über den Schwarzen zu unterhalten.«

An diesem Abend versammelten sich um acht Uhr, wie Vitor Freitas vorausgesagt hatte, mehr als vierhundert Offiziere der Luftwaffe, des Heeres und der Kriegsmarine im Klub der Luftwaffe, um »das Klima der Empörung über den Tod des Majors Vaz weiter anzuheizen und zu demonstrieren, daß sie beschlossen hätten, bei den Ermittlungen über den Meuchelmord an Major Vaz weiter zu gehen, als die Polizei sich traut«. Nur wenige höhere Offiziere waren anwesend. Einer von ihnen, der Brigadeiro Fontenelle, erklärte: »Trotz der Ungeheuerlichkeiten bin ich stolz auf Brasilien.« Während der Versammlung sagte der Luftwaffenmajor Gustavo Borges im Namen der »Kommission der Luftwaffenoffiziere, die den Mord an Major Vaz untersucht«, er und seine Kameraden seien entschlossen, den Spuren, die von der Polizei nicht untersucht würden, weil sie zu hohen Regierungsstellen führten, bis zum Ende nachzugehen. »Wir selbst werden das tun, wozu die Polizei keinen Mut hat!« rief Borges. Die Zuhörerschaft applaudierte im Stehen. Anschließend übermittelte der Major Helder eine Solidaritätserklärung des jungen Offizierskorps des Heeres an die Kameraden von der Luftwaffe: »Dieses abscheuliche Verbrechen, das unser Land, eine zivilisierte Nation, zur Spielwiese von Missetätern gemacht hat, muß restlos aufgeklärt werden!« Nach der Versammlung gaben die Militärs eine Pressemitteilung mit der Information heraus, daß sie beim Vorstand des Klubs der Luftwaffe die Einberufung einer außerordentlichen Vollversammlung beantragt hätten, um über posthume Ehrungen des Majors und Unterstützung seiner Familie zu beraten.

Salete und Mattos trafen sich zum Abendessen in der Churrascaria Recreio, einem Lokal in der Straße, in der der Kommissar wohnte. Salete hatte es vorgeschlagen. Luiz Magalhães ging nicht in solche Grillrestaurants.

»Was hast du da an der Stirn?« fragte Salete.

»Ich bin mit dem Kopf gegen eine Wand gerannt.«

»Bildet sich da Schorf?«

»Nein, das ist nur eine Beule.«

»Ach so ...«

Salete bestellte einen gemischten Grillteller mit geröstetem Maniokmehl und ein Guaraná. Der Kommissar wollte gekochte Nudeln und ein Glas Milch, aber in der Churrascaria gab es keine Milch.

Während des Essens sagte Salete, sie »komme um vor Sehnsucht«.

»Wir haben uns gestern gesehen«, sagte der Kommissar.

»Aber da haben wir nichts gemacht ... Du hattest Magenschmerzen ...«

»Die habe ich noch immer.«

Salete krampfte sich das Herz zusammen. Sie stand unvermittelt auf und wischte sich über die Augen. »Ich gehe zur Toilette«, sagte sie.

In der Toilette hing ein Spiegel. Beim Anblick ihres

Spiegelbilds brach Salete in Tränen aus. Eine Frau kam herein und legte ihr eine Hand auf die Schulter.

»Nicht weinen, Mädchen, die Männer sind es nicht wert, daß wir ihretwegen verzweifeln«, sagte die Unbekannte.

Die Frau war dick und häßlich und schlecht gekleidet. Trotzdem warf Salete sich ihr in die Arme, um sich auszuweinen.

7

»Heute können wir uns nicht sehen. Ich muß verreisen«, sagte Luiz Magalhães.

»Wohin?«

»Nach Uruguay. Geschäftlich. Aber Dienstag bin ich zurück. Was machst du am Wochenende?«

»Ich weiß noch nicht.«

»Du weißt es noch nicht? Daß du mir ja keine Dummheiten machst.«

Hat er womöglich einen Verdacht? überlegte Salete. Luiz war sehr eifersüchtig. Einmal hatte er gesagt, wenn sie ihn mit einem anderen Mann betröge, würde er sie umbringen.

»Ich glaube, ich gehe mir die schwarze amerikanische Tänzerin ansehen, die Katherine Dunhan. Oder Carmélia Alves. Die Königin des *baião*.«

»Du läßt dich viel zu sehr von diesen blöden Illustrierten beeinflussen, die du liest. *Baião* ist was für Leute vom Land.«

»Aber schön zu tanzen.«

»Wie bitte?!«

»Keine Sorge, ich tanze mit niemandem *baião*.«

»Brauchst du Geld?«

»Ich habe noch nicht alles ausgegeben, was du mir im letzten Monat gegeben hast.«

»Schön brav sein, ja?« sagte Luiz und legte auf.

Salete zog sich aus, legte eine Platte von Carmélia Alves auf und tanzte vor dem Spiegel *baião*, beide Arme erhoben, den rechten etwas höher, als tanzte sie in den Armen eines Partners. Mitten im Tanz fing sie an zu weinen; sie fand ihr tränennasses Gesicht im Spiegel nicht mehr ganz so gewöhnlich, eher romantisch – aber immer noch häßlich. Nachdenklich seufzte sie – in letzter Zeit weinte sie nur noch.

Das Klopfen des Hausmädchens an der Tür unterbrach sie. Die Pediküre war gekommen. Sie wickelte sich in ein Badetuch und öffnete die Tür.

»Wir machen die Füße hier im Schlafzimmer, Cida. Komm herein. Maria de Lurdes, hol den Puff.«

Das Hausmädchen brachte einen kleinen gepolsterten Sitz und setzte ihn vor einen Sessel am Fenster.

Cida pflegte Saletes Füße jede Woche. Es gab nicht viel zu tun, die Pediküre war schnell mit ihrer Arbeit fertig. Cida hatte keinen Nagellack in der Farbe dabei, in der Saletes Fingernägel lackiert waren; dies war ein Problem, die Pediküre und die Maniküre waren nicht ein und dieselbe, und sie hatten nicht immer den gleichen Nagellack in ihrem Arbeitsköfferchen. Cida entfernte den Lack von Saletes Fingernägeln und lackierte alle Nägel, sowohl an den Händen als an den Füßen, in exakt derselben Farbe, einem leuchtenden Rot.

Danach tranken sie einen Kaffee, den Maria de Lurdes gemacht hatte.

»Und wie geht's Malvino?«

»Vor drei Tagen ist er mit einer Korbflasche Wein nach Hause gekommen und hat gesagt, er trinkt keinen Schnaps mehr. Jetzt trinkt er Wein, hat er gesagt, das ist Christi Blut. Aber das hat auch nichts geändert, ich finde sogar, von Christi Blut betrunken sein ist noch schlimmer.«

»Er ist zwar ein Trinker, aber dein Mann, oder? Er wohnt bei dir, ist immer da, wenn du ihn brauchst. Und ich, mit zwei Männern, einer verheiratet und einer, der nichts von mir wissen will? Nachts kommt immer irgendwann der Moment, daß ich mich umsehe, und da liegt keiner neben mir im Bett; ich stehe auf, und die Wohnung ist leer. In meiner Wohnung habe ich, wie du siehst, die schönsten Möbel, die es gibt, Wohnzimmer und Schlafzimmer, alles ist da, Kühlschrank, Bohnermaschine, Staubsauger, Mixer, Kaffeeservice, Eßservice, sogar Bilder an der Wand habe ich, Plastiken, Silbersachen, aber einen Mann, der was taugt? Pustekuchen.«

»Ich würde mich freuen, wenn ich solche Sachen hätte. Den alten Schwarzen mit der Pfeife, der im Wohnzimmer an der Wand hängt, den finde ich zu schön.«

»Das Bild ist von einem bekannten Maler, wie er heißt, hab ich vergessen. Die Tänzerin aus Biskuit-Porzellan ist französisch, ein echtes Stück. Luiz hat mir die geschenkt. Aber was hab ich davon?«

»Vielleicht trennt er sich ja irgendwann von seiner Frau?«

»Aber ich will gar nicht Luiz, ich will den anderen. Er ist krank, hat ein Magengeschwür, wenn er zu mir ziehen würde, könnte ich ihn gesund pflegen.«

»Trinkt er?«

»Nein. Er hat nur das Geschwür.«

»Eigentlich wollen kranke Männer doch, daß eine Frau sich um sie kümmert.«

»Alberto nicht. Wenn er krank ist, verzieht er sich und will mich nicht sehen.«

»Komisch ...«

»Er ist bei der Polizei.«

»Ja, dann ist alles klar. Aber hör mal, laß dich nicht mit einem Polizisten ein. Halt dich an den mit Geld, der dir alles schenkt.«

»Ich glaube, Alberto mag eine andere, eine feine Mieze.«

»Um so besser für dich. Dann soll er doch bei der bleiben.«

»Was ich dir jetzt sage, habe ich noch keinem Menschen erzählt. Ich bin in der Favela Tuiuti, nicht weit von São Cristóvão, geboren und aufgewachsen. Meine Mutter ging arbeiten, und ich versorgte meine beiden jüngeren

Brüder. Wir haben gehungert. Manchmal bin ich mit ihnen zur Quinta da Boa Vista gegangen, meine Mutter wußte nichts davon. Da haben wir im See gebadet und auf dem Rasen getobt. Das ist meine einzige schöne Erinnerung an damals. Ich war bis dreizehn in der Favela, dann starb meine Mutter, und ich ging als Kindermädchen in eine Familie in Botafogo.«

»Woran ist deine Mutter gestorben?«

»Alkohol. Sie trank viel.«

»Und deine Brüder?«

»Die kamen zu einer Tante. Ich habe sie nie wiedergesehen.«

In Wirklichkeit wußte sie nicht genau, ob ihre Mutter noch lebte. Salete war mit dreizehn von zu Hause ausgerissen. Sie hatte keine Ahnung, was aus ihrer Mutter und den beiden Brüdern geworden war. Aber sie wünschte sich, ihre Mutter wäre tot. Ihre Mutter war eine dunkle, fast schwarze Mulattin, dick, häßlich und ungebildet. Salete hatte Angst, sie könnte noch am Leben sein und eines Tages wie ein Gespenst auftauchen.

»Und dein Vater? Hast du keinen Vater?«

»Meinen Vater habe ich nie gekannt. Ich weiß nur, daß er Portugiese und ein Halunke war.«

Sie arbeitete bereits zwei Jahre als Kindermädchen in einem Haushalt in Copacabana, als sie Dona Floripes begegnete. Sie schob gerade den Kinderwagen die Straße entlang, als eine Frau sie ansprach und, nachdem sie sich eine Weile unterhalten hatten, sagte, wenn Salete in ihrem Haus arbeitete, könnte sie viel mehr verdienen. Aber das erzählte Salete ihrer Pediküre nicht.

»Die Zeit in der Favela war grauenhaft. Ich habe viel durchgemacht, bis ich mich hochgearbeitet hatte und das geworden bin, was ich heute bin: Mannequin.«

»Schön, wenn man aus dem Gröbsten raus ist, stimmt's? Nachdem man so am Hungertuch genagt hat wie du.«

»Magalhães hat viel Einfluß und gibt mir, was ich will. Und trotzdem würde ich alles, was ich habe, dafür hergeben, um mit Alberto zusammenzuleben. Aber wie gesagt, er liebt mich nicht.«

Die Pediküre bekam Mitleid mit ihrer Kundin.

»Du darfst nicht so schnell aufgeben. Wenn wir einen Mann lieben, müssen wir um ihn kämpfen. Auch wenn er bei der Polizei ist.«

»Was ist dabei, daß er bei der Polizei ist?«

»Die haben immer viele Frauen und können ganz plötzlich tot sein.«

Ehe die Pediküre ging, gab Salete ihr wie immer die Illustrierten *Cinelândia*, *Grande Hotel* und *Revista do Rádio*, die sie schon gelesen hatte.

Salete setzte sich nachdenklich im Wohnzimmer aufs Sofa und blätterte so achtlos in der neuen *Cigarra*, daß sie nicht einmal die Modezeichnungen von Alceu wahrnahm. Sie dachte daran, was die Pediküre zu ihr gesagt hatte. Wenn wir einen Mann lieben, müssen wir um ihn kämpfen.

Zu diesem Zeitpunkt lag Mattos auf seinem Drago-Bettsofa und hörte *La Bohème*. Er hatte gerade auf der ersten Seite der *Tribuna da Imprensa* ein Foto entdeckt, das ihn sehr verwirrt hatte. Rudolfs und Mimis Liebesschmerz war, obwohl Di Stefano und die Tibaldi ihn weiterhin gefühlvoll ausdrückten, von Überlegungen über das Verbrechen im Gebäude Deauville verdrängt worden.

Auch wenn Mattos sich eingestand, allzu emotional und impulsiv zu sein, glaubte er doch, über genügend Scharfsinn und Durchblick zu verfügen, um den klassischen Fallen der kriminalistischen Ermittlung zu entgehen, vor allem der »Falle Logik«. Die Logik war für ihn eine Verbündete des Kriminalisten, ein kritisches Instrument, das ihm beim Analysieren widersprüchlicher Umstände erlaubte, zur Erkenntnis der Wahrheit zu gelangen. Allerdings, so wie es eine passende Logik für die Mathematik und eine andere für die Metaphysik gab, eine passende Logik für die spekulative Philosophie und eine andere für die empirische Forschung, so gab es auch eine passende Logik für die Kriminologie, die jedoch nichts mit Prämissen und syllogistischen Folgerungen à la Conan Doyle zu tun hatte. Nach dieser Logik konnte man zur Erkenntnis der Wahrheit und Wahrnehmung der Wirklichkeit nur dadurch gelangen, daß man ebendiese Logik und sogar die Wirklichkeit in Frage stellte. Er bewunderte Humes Skeptizismus und bedauerte, daß er sich während des Studiums nicht nur mit diesem schottischen Philosophen, sondern auch mit Berkeley und Hegel nur so oberflächlich beschäftigt hatte.

Noch einmal betrachtete er das große Foto von Gregório Fortunato auf der ersten Seite mit der Unterschrift: »Gregório ist das augenfällige Symbol des Revolverheldensystems, mit dem Getúlio Vargas sich aus Angst vor dem Volk zu umgeben sucht. Er verkörpert die Vorherrschaft der Methoden, mit denen jene Stimmen zum Schweigen gebracht werden, die den Schlaf des großen Oligarchen stören, denn er möchte trotz seiner Verbrechen keine Alpträume haben.«

Gregório – in Hut, Anzug und Krawatte, ein weißes Taschentuch in der Brusttasche des Jacketts – hielt auf dem Foto seine Hände um Vargas' Kopf, als striche er dem Präsidenten die Haare glatt. Was jedoch den Blick des Kommissars auf sich zog, war nicht diese öffentliche Demonstration von Fürsorge eines Leibwächters gegenüber seinem Schützling. Es war die linke Hand des Leibwächters.

Der Kommissar holte den Ring, den er im Badezimmer von Gomes Aguiar gefunden hatte, zusammen mit dem Goldzahn aus der Tasche. Aus unerklärlichem Grund steckten beide in derselben Tasche. Den Goldzahn legte er schnell neben dem Bettsofa auf den Fußboden. Den Ring in der Hand, sah er sich wieder das Zeitungsfoto an, das, was ihn wirklich interessierte – Gregórios rechten Ringfinger, an dem ein ähnlicher Ring steckte wie jener, den er in diesem Augenblick in der Hand hielt. Er ging noch einmal das Gespräch mit dem Portier Raimundo über den Besuch eines Schwarzen am Mordtag in der Wohnung von Gomes Aguiar durch. Diese Information verband er mit der Mitteilung des Sachverständigen Antonio Carlos, derzufolge die auf der Seife aus dem Badezimmer des Toten gefundenen Haare von einem Schwarzen stammten. Der Kommissar kämpfte gegen das Jagdfieber an, das sich seiner sowohl wegen der zufälligen Entdeckung und möglichen Ergreifung des Täters als auch wegen der Identität des Verdächtigen bemächtigte. Er mußte klaren Kopf bewahren und diese Indizien emotionslos betrachten; sie waren nur ein Hinweis, eine Spur, der wie jeder anderen nachgegangen werden mußte.

Er ging mit dem Goldzahn ins Badezimmer. Vor dem Spiegel spannte er die Lippen und hielt den Goldzahn an die Stelle, wo er sich früher befunden hatte und wo jetzt ein Porzellanschneidezahn saß. Kein Mensch konnte sich mehr erinnern, vielleicht wußte sogar niemand mehr, daß er einmal einen Goldzahn im Mund gehabt hatte, denn der Zahnarzt, der die Arbeit ausgeführt hatte, war schon tot. Aber er hatte es nicht vergessen.

Die Musik war verstummt. Mattos drehte die Langspielplatte auf dem Plattenteller um. Sein Magen schmerzte. Er mußte etwas essen. Als er den Kühlschrank öffnete, klingelte es an der Tür.

»Darf ich hereinkommen?« fragte Alice.

»Ja.«

Sie standen im Wohnzimmer.

»Welche Oper ist das?«

»*La Bohème*.«

Alice ging im kleinen Wohnzimmer hin und her.

»Sag schon, was du mir sagen willst.«

»Mein Mann ist der Geliebte von Luciana Gomes Aguiar.«

Alice sprach hastig, blieb aber nicht stehen.

»Das war's, was ich dir neulich sagen wollte, als wir im Cavé Tee getrunken haben. Ich hatte in der Zeitung gelesen, daß du den Mord an ihrem Mann untersuchst.«

»Weiß dein Mann, daß du hier bist?«

»Nein. Er ist in São Paulo und sieht sich da einen Boxkampf an.«

Lomagno war am Tag zuvor weggefahren, um sich an diesem Samstag im Ginásio do Pacaembu die Kämpfe zwischen den beiden brasilianischen Boxern Ralph Zumbano und Pedro Galasso und ihren argentinischen Gegnern anzusehen.

»Setz dich bitte. Warum erzählst du mir diese Geschichte von deinem Mann mit Luciana Aguiar?«

»Ich mußte mich bei jemandem aussprechen.«

Mattos antwortete nichts und vermied, seiner ehemaligen Freundin ins Gesicht zu sehen.

»Magst du mich noch?« fragte Alice.

»Ich weiß nicht.« Pause. »Worüber aussprechen?« Jetzt sah Mattos ihr direkt ins Gesicht und suchte nach Hinweisen auf einen Hintergedanken oder eine List.

Wieder klingelte es.

»Laß es klingeln«, sagte Alice.

Der Kommissar machte auf.

Es war Emílio, der Maestro. Er zog seinen Panama, nahm ihn in die linke Hand, in der er schon den Spazierstock hielt, und streckte die rechte dem Kommissar entgegen.

»Entschuldigung, daß ich Sie zu Hause störe, aber ...«

Als er Alice bemerkte, stockte er. »Guten Tag, Senhorita, ich bin ein alter, unbedeutender Freund des Herrn Doktor.«

»Kommen Sie herein«, sagte der Kommissar.
»Kann ich Sie kurz allein sprechen?«
Mattos führte Emílio ins Schlafzimmer.
»Ja, Seu Emílio …«
Vor Überraschung und Enttäuschung über die bescheidene Wohnung des Kommissars wußte der Alte nicht, was er sagen sollte. Er kaute nervös auf seinem Gebiß.
»Es ist mir richtig peinlich, Sie noch mal zu bitten … Ist ja auch noch nicht mal eine Woche her … Aber ich zahle Ihnen alles zurück … Da ist was dazwischengekommen …«
»Ich bin blank, Seu Emílio. Ich habe mir gerade die Enzyclopaedia Britannica und eine Klassikerreihe gekauft … Über fünfzig Bände …«
»Warum haben Sie nicht auf Abzahlung gekauft?«
»Ich habe sie im Antiquariat gekauft. Antiquariate verkaufen nicht auf Abzahlung.« Das Knirschen von Emílios Gebiß ging dem Kommissar nahe.
»Und Ihre Freundin … ob die vielleicht …?«
»Die junge Dame ist nicht meine Freundin.«
»Ach nein? Na, na, Herr Doktor, solange meine Augen noch sehen, können sie auch Liebe im Gesicht einer Frau erkennen …«
»Ich kann sie nicht um Geld bitten.«
Emílio zog ein riesiges schmutziges Taschentuch aus der Tasche und wischte sich über die Augen.
»Entschuldigen Sie. Wir Alten weinen so leicht.«
Der Kommissar legte Emílio die Arme um die Schultern. Der schmächtige, magere Körper des alten Mannes weckte in ihm Mitleid, und der Geruch nach billigem Lavendel, der von ihm ausging, stieß ihn ab.
»Warten Sie.«
Der Kommissar ging ins Wohnzimmer zurück.
»Kannst du mir Geld leihen?«
»Wieviel möchtest du?« fragte Alice.
»Fünfhundert Cruzeiros.«

»Zweihundert tun's auch, zweihundert«, rief Emílio aus dem Schlafzimmer.

Alice nahm ein Scheckheft aus der Handtasche und schrieb. Der Kommissar nahm den Scheck und ging zurück ins Schlafzimmer. Emílio stand mit offenem Mund dicht hinter der Tür und horchte angestrengt. Neuerdings hörte er nicht mehr so gut.

Der Alte nahm den Scheck. Er blickte auf den Betrag.

»Ich bin Ihnen ewig dankbar und ich vergesse auch nicht ...«

»Ja, ja. Und jetzt ist es Zeit, daß Sie gehen«, fiel Mattos ihm ins Wort, nahm Emílio am Arm und führte ihn ins Wohnzimmer.

Im Wohnzimmer blieb der Alte stehen. In weitem Bogen schwenkte er vor Alice den Hut wie ein Edelmann zum Gruß einer Königin. Dann blickte er von der Tür zu dem Mann und der Frau, die ernst im Wohnzimmer standen, und sagte hochtrabend: »Der Trunk, den Brangäne ihnen zu trinken gegeben hat, ist nicht tödlich.« Nach diesen Worten ging er dramatisch hinaus.

»Was meinte er damit?«

»Er hat die fünfhundert Cruzeiros gewürdigt, die du ihm gegeben hast.« Mattos drehte die Platte wieder um. *La Bohème* im Hintergrund gab ihm eine gewisse Sicherheit.

»Wer ist Brangäne? Hast du Streichhölzer?«

»Eine Opernfigur. Isolde bittet ihre Dienerin Brangäne, ein tödliches Gift für Tristan und sie zu mischen. Aber ihre Dienerin mischt einen anderen Trunk. Als sie ihn trinken, wird ihnen wieder klar, daß sie sich lieben.«

»Gib mir Feuer.«

Mattos gab Alice Feuer.

Alice ging näher zum Kommissar.

»Du sagtest, es *wird ihnen wieder klar*. Haben sie sich schon vorher geliebt?«

»Ja.«

»Und was haben sie, die Liebenden, dann, nachdem sie ihre Liebe wiederentdeckt haben, gemacht?«

»Nichts.«

Alice betrachtete forschend das Gesicht des Kommissars. Sie hatte schon immer Mühe gehabt, ihn zu verstehen. Anfangs hatte Alice geglaubt, alle Probleme rührten daher, daß ihr Freund sich seiner Armut bewußt war und einen übersteigerten Stolz hatte. Später kam sie zu der gleichen Ansicht wie ihre Mutter, daß er psychisch gewissermaßen morbide war. Aber wer war das nicht?

»Warum nicht?«

»Weil, wie ein Wagnerkenner sagen würde, das Pathos an der Geschichte ist, daß Tristans Ehre eine Erfüllung ihrer Liebe nicht zuläßt.«

Sie schwiegen.

»Ist dein Mann ein Schwarzer?«

»Ein Schwarzer? Mein Mann?«

»Derjenige, der Paulo Machado Gomes Aguiar umgebracht hat, ist ein Schwarzer. Wenn dein Mann kein Schwarzer ist, ist er auch nicht der Mörder.«

»Ich habe nicht gesagt, daß mein Mann Paulo umgebracht hat.«

»Aber du hast den Verdacht, daß dein Mann Gomes Aguiar umgebracht haben könnte.«

»Ach, ich weiß nicht, du machst mich nervös!«

»Verkehrt ein Schwarzer in euerm Haus?«

»Natürlich nicht!«

»Es gibt Millionen Schwarze in dieser Stadt. Einer davon könnte in euerm Haus verkehren.« Pause. »Du kommst her und sagst mir, daß dein Mann der Geliebte von Luciana Gomes Aguiar ist. Und was noch?«

»Warum sprichst du so mit mir?« Die Härte in der Stimme des Kommissars und der Wasserfleck, den sie gerade an der Decke bemerkt hatte, machten ihr plötzlich angst. Ihre Hände zitterten.

»Du machst mich nervös, wenn du so mit mir sprichst.« Alice griff nach ihrer Handtasche, holte ein Gläschen heraus und ging ins Badezimmer.

Mattos öffnete den Kühlschrank, nahm eine Flasche Milch heraus und trank direkt aus der Flasche. Die Musik war verstummt, aber jetzt war ihm die Stille lieber. Er mußte seinen Stuhl beobachten, ständig vergaß er das. Er griff nach dem Buch über Zivilrecht und schleuderte es an die Wand.

»Was war das für ein Krach?« fragte Alice erschrocken, als sie aus dem Badezimmer kam.

»Nichts weiter. Ich habe ein Buch an die Wand geworfen.«

»Ach so ...«, sagte Alice. »Ich muß gehen, ich bin schon zu spät dran.«

»War es das, was du wolltest? Daß ich deinen Mann verdächtige?«

»Ich bin sehr nervös.«

»Du willst, daß ich deinen Mann verdächtige.«

Alice riß die Wohnungstür auf und lief hinaus.

Als der Kommissar hinterherging, war Alice schon die Treppe hinuntergehastet und verschwunden.

Vor dem Gebäude in der Rua Marquês de Abrantes ging Salete, eine Tüte mit Nudeln, Tomaten, Knoblauch und Zwiebeln unter dem Arm, nervös auf und ab und wartete darauf, daß Alice herauskam. Salete hatte den Kommissar besuchen wollen und war im gleichen Moment vor dem Haus angekommen, als Alice aus einem Taxi stieg. Sie hatte noch überlegt, auch hineinzugehen, sich aber nicht getraut. Außerdem hätte Alices Anwesenheit ihre Pläne durchkreuzt. Salete hatte sich eine Sonnenbrille aufgesetzt und mehrmals angefangen zu schluchzen, während sie auf der Straße wartete und sich in allen Einzelheiten ausmalte, was Alice und der Kommissar im Bett machten. Allerdings zerstreute der Kummer über ihr verletztes

Selbstwertgefühl die Skrupel, die ihr beim Planen dieses Besuchs beim Kommissar gekommen waren. Jetzt wollte sie die Sache durchstehen.

Als Alice in der Haustür erschien, versteckte Salete sich in der Bäckerei im Erdgeschoß und sah von dort aus, daß die andere in ein Taxi stieg.

Salete fuhr mit wehem Herzen im Fahrstuhl nach oben. Sie klingelte mehrmals an der Wohnungstür des Kommissars. Mattos machte auf.

»Bist du in Eile?«

Die Beule auf der Stirn des Kommissars war, wie sie befürchtet hatte, fast verschwunden und hatte keinerlei Schorf hinterlassen. Er hielt ein Ei in der Hand.

Salete ging hinein und versuchte, dem Kommissar das Ei aus der Hand zu nehmen, zerbrach es jedoch nur.

»Was ist mit dir?« fragte Mattos, während er sich bemühte, mit der anderen Hand zu verhindern, daß der Eiinhalt auf den Fußboden kleckerte.

»Du wirst jetzt kein Ei essen. Ich koche dir ein Nudelgericht. Nudeln sind gut für dein Magengeschwür.«

Mattos warf im Badezimmer die Eireste in die Toilette. Er wusch sich die Hände und ging zu Salete in die Küche.

»Hast du einen Kochtopf?«

Der Kommissar besaß als einzigen Topf einen Aluminiumstieltopf.

»Der geht«, sagte Salete mit ängstlichem Herzklopfen.

Sie füllte Wasser in den Topf, setzte ihn auf den Herd und drehte das Gas auf die höchste Stufe.

»Ich hab sie gesehen, als sie aus dem Haus gekommen ist. Die Blonde von neulich.«

Mattos sagte nichts.

»Hast du sie vernascht?«

»Nein.«

Es dauerte, bis das Wasser kochte, was Salete noch nervöser machte. Sie legte die Tomaten, die Knoblauchzehen und die beiden Zwiebeln auf der Arbeitsplatte neben dem Herd zurecht.

»Wieso nicht? Sie war eine ganze Weile hier bei dir.«

»Nerv mich nicht, Salete«, sagte Mattos und verließ die Küche.

Endlich stiegen die ersten Dampfblasen im Topf an die Wasseroberfläche.

»Alberto, komm doch mal bitte!« rief Salete.

Der Kommissar kam in die Küche und sah den kochenden Topf auf dem Herd.

»Tust du mir einen Gefallen, Schätzchen? Schälst du die Tomaten? Ich kann das nicht, sieh mal hier, meine Hand.«

Mehrere Finger von Saletes linker Hand waren mit Pflaster beklebt.

»Wie macht man das, Tomaten schälen?«

Salete wußte auch nicht, wie man Tomaten oder anderes Gemüse schält. Und genausowenig, wie man ein Nudelgericht kocht.

»Äh ... mit dem Messer ... die Haut abziehen ...«

Der Kommissar hatte große Schwierigkeiten, Saletes Bitte nachzukommen. Er bekleckerte sich das Hemd; die Arbeitsplatte der Spüle war schließlich voller Tomatenstücke.

»So, fertig.«

»Jetzt nimm alles zusammen ... einfach mit der Hand ... und wirf es hier hinein«, sagte Salete und hielt ihm den dampfenden Kochtopf am Stiel hin.

Der Kommissar nahm eine Handvoll Tomatenstücke auf. Als er sie in den Topf werfen wollte, ging alles ganz schnell. Der Topf kippte, und das kochende Wasser ergoß sich über seine Hand.

»O, mein Gott!« schrie Salete. »Tut es sehr weh?«

»Reg dich nicht auf«, sagte der Kommissar.

»O, mein Gott, mein Gott!«

»Ist überhaupt nicht schlimm.«

»Tut es sehr weh? Sag die Wahrheit.«

»Im ersten Moment hat es geschmerzt. Jetzt brennt es nur.«

»Gibt das eine Wunde? Mit Schorf?«

»Da muß nur ein Mullverband drüber.«

»Ich habe Mull in meiner Handtasche«, sagte Salete.

Sie holte eine Rolle Mull, Pflaster und eine Schere aus der Handtasche. Dann wickelte sie den Mull um die Hand des Kommissars und befestigte den Verband mit einem Stück Pflaster. Währenddessen beherrschte sie sich, nicht loszuweinen.

»Du hast mich absichtlich verbrüht, stimmt's?«

»Ich ...?« Sie brach in Tränen aus.

»Ich will keinen Streit mit dir. Ich will nur wissen, warum. Für so eine Dummheit muß es einen Grund geben.«

»Ich bete dich an.« Schluchzend.

»Antworte mir.«

»Ich würde mein Leben für dich hergeben.«

»Verbrühst mich aber mit kochendem Wasser. Warum?«

»Töte mich, ich hab's verdient«, sagte Salete.

»Red keinen Quatsch. Und jetzt sag, warum du mir kochendes Wasser über die Hand gegossen hast.«

Salete kniete sich hin und umklammerte die Beine des Kommissars.

»Dann schlag mich wenigstens.«

Der Kommissar zog Salete hoch.

»Raus mit der Sprache, verdammt.«

»Verzeihst du mir?«

»Schon gut. So. Warum hast du mich verbrüht?«

»Ich brauche Schorf von einer Wunde von dir.«

»Schorf von einer Wunde?«

Salete erzählte die Geschichte mit Mãe Ingrácia.

»Ich habe dich gern, dafür brauchst du keine Macumba. Und wie kannst du nur an so einen Schwachsinn glauben?«

»Das tun doch alle. Professoren, Anwälte, Ärzte, Politiker, Großindustrielle, alle gehen sie bei Mãe Ingrácia ein und aus. Wenn du zu ihr gehst, findet sie etwas, womit sie dich von deinem Magengeschwür heilt.« Pause. »Tut sie sehr weh, deine Hand?«

Salete sah ihn mit einem Gesicht wie ein Häftling an, der eine ganze Nacht lang verhört worden ist.

»Falls sich Schorf bildet, gebe ich ihn dir. Aber du mußt mir versprechen, daß du nie wieder zu dieser Mãe Ingrácia gehst und auch zu keiner anderen Macumbeira.«

»Ich verspreche es. Ich schwöre es beim Allerheiligsten.«

Mattos' Magen schmerzte. Er ging an den Kühlschrank und holte ein Ei.

»Du mußt etwas essen, nichts im Magen zu haben, ist nicht gut für dich. Ich mache die Nudeln.«

»Mir ist der Appetit auf Nudeln vergangen.«

Sie liebte diesen Mann. Das mußte sie ihm zeigen: »Dann iß das Ei.«

Salete sah zu, wie der Kommissar das Ei austrank, nachdem er oben und unten ein Loch gebohrt hatte. Sie hatte sich immer davor geekelt. Tapfer und ohne den Blick abzuwenden, sah sie zu, wie der Kommissar noch ein zweites Ei austrank. Als Mattos fertig war, umarmte Salete ihn und küßte ihn, schob die Zunge in seinen Mund und spürte den Eigeschmack.

Sie gingen zum Drago-Bettsofa und bumsten, bis der Mull völlig von der Hand des Kommissars heruntergerissen war.

»Das gibt einen schönen Schorf«, sagte Mattos, als er sich den Zustand seiner verbrühten Hand ansah.

Der Staatspräsident Vargas empfing in seinem Arbeitszimmer im zweiten Stock den Abgeordneten Lutero Vargas.

Als der Abgeordnete den Raum betrat, sagte Vargas zu seinem Ordonnanzoffizier Major Dornelles, er wolle nicht gestört werden, solange der Abgeordnete bei ihm sei.

Lutero war überrascht, wie niedergeschlagen und sorgenvoll sein Vater aussah.

»Dieser Schuß, der den Major Vaz getötet hat, hat auch mich in den Rücken getroffen«, sagte Vargas.

Lutero, der sich im Gegensatz zu seiner Schwester Alzira in Gegenwart seines Vaters nie wohl gefühlt hatte, antwortete nichts. Ihre letzten Unterredungen waren nicht sehr angenehm gewesen. Anläßlich des von der Opposition breit ausgeschlachteten Vorfalls, bei dem man ihm vor kurzem auf einer Europareise in Venedig elftausend Dollar gestohlen hatte, hatte sein Vater hart reagiert und ihn beschuldigt, den Feinden ihrer Familie Angriffsfläche für ihre Attacken zu bieten.

Beim Anblick des geschwächten Vaters erschrak er zutiefst. Daran gewöhnt, in ihm einen sehr starken, mächtigen Mann zu sehen, war er verblüfft, seinen Vater so mutlos zu erleben. Das war nicht derselbe Mann, der erst vor zwei Monaten aus Wut darüber, daß Lacerda seinen Sohn als unverschämt, dreist, abartig, als Gauner und Dieb beschimpft hatte, ihn, Lutero, gezwungen hatte, gegen den Verleumder eine Klage anzustrengen. Wo waren jetzt seine Wut, seine Empörung, sein Kampfgeist?

»Du wirst beschuldigt, dieses Verbrechen in Auftrag gegeben zu haben«, sagte Vargas. »Ich will von dir die Bestätigung hören, daß du unschuldig bist.«

»Ich schwöre, daß ich unschuldig bin«, sagte Lutero.

Vargas betrachtete lange den Gesichtsausdruck seines Sohnes. Lutero hatte nie die Erwartungen erfüllt, die Getúlio in ihn gesetzt hatte. Darcy, die Mutter, hatte ihrem Sohn Abscheu gegen Politik eingeimpft, ihm geholfen, sich dem Arztberuf zu widmen, und ihn damit noch mehr dem Vater entfremdet, weshalb dieser, da sein

Sohn die Familientradition nicht fortführte, auf seinen Schwiegersohn Hernani do Amaral Peixoto, einen Offizier der Kriegsmarine, sein politisches Vermächtnis übertragen hatte. Erst bei Vargas' Rückkehr an die Regierung im Jahre 1950 – nicht als Diktator, sondern in einer Mehrheitswahl gewählt – hatte Lutero sich entschlossen, »in die Politik zu gehen«. Aber für ihn und für alle in der Familie wäre besser gewesen, er hätte sich weiterhin nur als Mediziner betätigt. Als Politiker hatte Lutero seinem Vater keinen Anlaß gegeben, stolz zu sein, und im Grunde war Getúlio auch mehr an der politischen Zukunft seines Schwiegersohnes gelegen, des damaligen Gouverneurs des Bundesstaates Rio de Janeiro.

Ohne zu wissen, ob der Vater ihm seinen Schwur glaubte, verabschiedete Lutero sich förmlich und verließ den Regierungspalast.

8

Ilídio, der vom Kommissar tätlich angegriffene Lotteriemafiaboß, war ein stolzer Mann. Zu Beginn seiner Karriere in der Lotteriemafia hatte er für Seu Aniceto Moscoso, einen großen Boß in Madureira, gearbeitet. Er sicherte Seu Anicetos Reviere mit größtem Erfolg. Gewalt anzuwenden vermied er, aber wenn es nötig war, hatte er nie gezögert, den Eindringling oder einen anderen, der Seu Anicetos Geschäfte ernstlich störte, umzubringen. Seine Tüchtigkeit verhalf ihm zu mehrfacher Beförderung innerhalb der strengen Hierarchie der Lotteriemafia. Schließlich übernahm Ilídio mit Hilfe und Protektion seines Chefs und Zustimmung der anderen großen Bosse ein paar Reviere in der Stadt. Er wurde ein kleiner Lotterieboß. Seine Geschäfte blühten und gediehen wie die Geschäfte aller Lotteriebosse, ob klein oder groß. Ilídio hatte den Ehrgeiz, eines Tages ein so einflußreicher Lotterieboß zu werden wie Seu Aniceto.

Die Demütigung, die ihm die Hände – oder besser gesagt, die Füße – dieses Kommissars zugefügt hatten, war für den Lotterieboß unerträglich geworden. Er war überzeugt, in der ganzen Lotteriewelt und speziell unter seinen Leuten gäbe es keinen, der nicht von dem Vorfall wußte und darüber redete. Die einzige Möglichkeit, seine Schande aus der Welt zu schaffen und das Ansehen, das er zu verlieren meinte, wiederherzustellen, bestand darin, den Kommissar zu beseitigen. Was er nicht persönlich machen konnte – einen Menschen eigenhändig umzubringen verstieß gegen die von den Lotteriebossen aufgestellten und respektierten Regeln, und daran wollte er sich halten. Deshalb ließ er einen vertrauenswürdigen Killer holen, allgemein bekannt unter dem Namen Turco Velho, »Alter Araber«.

Turco Velho verdankte seinen Spitznamen seinem weißen Haar. Er war erst zweiundvierzig und damit jünger als ein anderer, Turco Novo, »Junger Araber«, genannter Killer, ein Subjekt, dem man nicht trauen konnte, nicht nur, weil er sich Haare und Schnurrbart färbte, sondern vor allem, weil er feige und verlogen war. Turco Velho hingegen, ein zurückhaltender, geheimnisvoller, seiner Familie und seiner Arbeit zugetaner Mann, wurde wegen seiner Verschwiegenheit geachtet und wegen seiner Tüchtigkeit gefürchtet. Kein Mensch hatte ihn je beim Prahlen erlebt, und dabei hatte er während seiner Berufstätigkeit schon über zwanzig Menschen umgebracht – allesamt Männer.

»Ich will den Alten, verstanden?« Die Botschaft wurde unter Ilídios Kassierern und sonstigen Helfern verbreitet.

Turco Velho wurde in Caxambu in Minas Gerais ausfindig gemacht, wohin er übers Wochenende zu seiner Mutter gefahren war.

»Seu Ilídio, übermorgen bin ich in Rio, dann erledige ich das«, antwortete er dem Lotterieboß auf seine Anfrage.

Auch Aniceto Moscoso erfuhr von der Suche nach Turco Velho. Beunruhigt verabredete er sich mit Ilídio in einer Churrascaria an der Praça Saenz Pena.

»Polizisten bringen wir nicht um«, sagte Aniceto, »die kaufen wir.«

»Das Schwein ist nicht käuflich.«

»Jeder hat seinen Preis. Ich spreche aus Erfahrung, ich bin schon länger im Geschäft als du.«

»Der Hund hat mich gedemütigt, die ganze Stadt lacht über mich. Der muß sterben, sonst kann ich meinen Kindern nicht mehr in die Augen sehen.«

»Wenn du ihn kaufst, ist deine Rache größer.«

»Dieses verdammte Schwein läßt sich nicht kaufen; der tickt nicht richtig. Alle wissen das.«

Aniceto Moscoso versuchte, Ilídio davon zu überzeugen, daß es ein Fehler wäre, sein Vorhaben in die Tat umzusetzen, aber Ilídio gab nicht nach und verabschiedete sich, ohne etwas zu versprechen. Zum ersten Mal in ihrer Beziehung war Ilídio einem Ansuchen seines Ex-Chefs nicht sofort nachgekommen.

Noch am selben Tag suchte Moscoso seinen Freund Eusébio de Andrade auf, den großen Lotterieboß im Westen der Stadt und Mentor der Gemeinde, den die anderen Lotteriebosse im allgemeinen um Rat angingen. Die beiden Männer hatten eine gemeinsame Leidenschaft: Fußball. Andrade betätigte sich als Gönner des Bangu Atlético Clube, und Aniceto Moscoso unterstützte den Madureira Atlético Clube, dessen Fußballstadion von seinem Geld gebaut worden war. Im allgemeinen galten Lotteriebosse als nicht gesellschaftsfähig, aber ihr Engagement für den Sport brachte Aniceto und Moscoso positive Publizität in den Medien und der Gesellschaft ein, obwohl diese Fußballklubs nur kleine Vorstadtvereine waren. Sowohl Andrade als auch Moscoso drängten die anderen Lotteriebosse, gleichfalls Aktivitäten von öffentlichem Interesse zu unterstützen, stießen aber auf wenig Gegenliebe. »Das Problem ist, daß unsere Kollegen zu beschränkt sind«, sagte Andrade immer, »die sehen nie über den eigenen Tellerrand hinaus.«

Nachdem Eusébio de Andrade Aniceto zugehört hatte, vereinbarten sie, gemeinsam mit Ilídio zu sprechen und ihn zu überreden, von seinem Vorhaben Abstand zu nehmen.

»Was hättest du gemacht, wenn dir ein Polyp in den Hintern getreten hätte?« fragte Ilídio.

»Weiß ich nicht, ehrlich gesagt«, antwortete Eusébio de Andrade. »Wie du weißt, bin ich ein Mensch, der sich vor jeder Entscheidung gründlich zu informieren bemüht, auch wenn es nur eine einfache Sache ist. Ich habe mich über diesen Kommissar informiert. Seine Kollegen mögen ihn nicht, seine Chefs mögen ihn nicht.«

»Und wir mögen ihn nicht«, sagte Aniceto scherzhaft.

»Niemand mag ihn. Aber wenn wir den Kerl umbringen, wird er zum Helden. Du hast doch gesehen, was mit diesem Major Vaz passiert ist. Den haben sie umgelegt, und dabei rausgekommen ist der Scheiß, den man jetzt täglich in der Zeitung liest. Den Major umzubringen war idiotisch. Und genauso wird der Kommissar bei seinen Kollegen nicht mehr als Sauhund gelten, wenn Turco Velho ihn umbringt. Und die Bullen werden dich schnappen.«

»Wie denn? Turco Velho schweigt wie ein Grab. Aus dem kriegen sie nichts raus, das weißt du genau«, sagte Ilídio.

»Klar, daß Turco Velho nie den Mund aufmachen würde. Aber die Bullen hätten leicht raus, daß du ihm den Auftrag gegeben hast.«

»Das stört mich nicht.«

»Aber uns stört das. Aniceto und ich sitzen hier auch als Vertreter der anderen Kollegen. Und wir wollen dir etwas zum Ausgleich anbieten. Zé do Carmo hat keine Erben hinterlassen, seine Reviere werden neu verteilt. Alle, die an dein Gebiet angrenzen, sollst du bekommen.«

Ilídio antwortete nicht gleich. Aniceto hatte recht, jeder hatte seinen Preis, und seiner waren Zé do Carmos Reviere.

»Gut, ich tue, was ihr wollt. Aber dieser verdammte Bulle, den behalte ich auf dem Korn. Irgendwann erwischt es ihn«, sagte Ilídio, wohl wissend, daß die anderen wußten, daß er sich mit diesen Drohungen nur aufplusterte.

»Sag sofort Turco Velho Bescheid, bevor er was unternimmt«, sagte Eusébio de Andrade warnend beim Abschied.

Nach fast zwei Stunden gelang es Ilídio, über das Fräulein vom Amt die Verbindung nach Caxambu herzustellen.

»Er ist nach Rio de Janeiro gefahren«, sagte Turco Velhos Mutter.

Ilídio schickte einen Boten zu einem Haus, in dem Turco Velho normalerweise abstieg – ein zweistöckiges Wohnhaus in der Rua Salvador de Sá. Der Bote kam mit der Nachricht zurück, Turco Velho sei schon seit einiger Zeit nicht mehr dort gewesen.

Der Lotterieboß dachte an die Kassierstellen, die er aus Zé do Carmos Nachlaß erben sollte, und daran, was das für seine täglichen Einnahmen bedeuten würde. Damit würde er ein richtiger Lotterieboß werden. Er schrie seine rechte Hand Maneco an: »Ich muß den Mann finden!«

Maneco erinnerte Ilídio daran, daß es Sonntag war und die Kassierstellen nicht in Betrieb waren. Aber am nächsten Tag, wenn sämtliche Kassierstellen in der Stadt Bescheid wüßten, wäre es »ein Kinderspiel, Turco Velho zu finden«.

An diesem Sonntag trat Kommissar Mattos mittags um zwölf seinen Dienst an. Er mußte die tumultartigen Gedanken in seinem Kopf ordnen. Er wickelte sich die Mullbinde fest um die Hand. Dann dachte er an Alices Besuch, an das Foto des Tenente Gregório mit dem Ring. Alice und Gregório waren in seinen Gedanken immer miteinander verknüpft. Zwischen diesen beiden Problemen bestand eine Verbindung.

Er las die vom General Ancora unterschriebene Erklärung aus dem Polizeipräsidium, die auf seinem Tisch lag. Anlaß für die Erklärung war natürlich die Versammlung der Militärs im Klub der Luftwaffe am vergangenen Freitag und ihr Zweck, die auf der Versammlung von den Militärs bekundete Empörung einigermaßen zu dämpfen.

»Die Bundesbehörde für Öffentliche Sicherheit«, hieß es in der Erklärung, »hat sich unmittelbar nach Kenntnisnahme der bedauerlichen Ereignisse vom 5. dieses Monats um Aufklärung der Straftat bemüht und Maßnahmen mit dem Ziel eingeleitet, den Urheber des traurigen Vorfalls festzunehmen, bei dem Major Rubens Florentino Vaz, einer der namhaftesten Offiziere der Luftwaffe, ums Leben gekommen ist und der Journalist Carlos Lacerda, Herausgeber der *Tribuna da Imprensa*, verletzt wurde. Im 2. Polizeibezirk ist unverzüglich eine Arbeitsgruppe eingesetzt und gleichzeitig die Abteilung Technische Polizei um Mitarbeit ihrer Sektion Kriminalermittlung ersucht worden.«

Die Erklärung war lang, Mattos überflog sie, richtete sein Augenmerk auf die wesentlichen Punkte und übersprang die offensichtlich beschwichtigenden, an die Adresse des Militärs gerichteten Passagen. Der Polizei war es binnen kurzem gelungen, die Personalien des Taxifahrers Nelson Raimundo de Souza festzustellen. Der Delegado Pastor war sofort zum Krankenhaus Miguel Couto gefahren und hatte dort den Journalisten Carlos Lacerda aufgesucht, der das Attentat überlebt hatte, um sich den Hergang in knapper Form berichten zu lassen. (Und Lacerdas Sohn Sérgio, der ebenfalls das Attentat überlebt hatte, warum hatte Pastor den Jungen nicht befragt? Pastor war doch ein guter Polizist.) Etwa um drei Uhr nachts hatte der Fahrer Nelson Raimundo de Souza sich auf der Wache des 4. Bezirks in Catete der Polizei gestellt, war von dort zum 2. Bezirk gebracht und den ersten Vernehmungen unterzogen worden. Raimundo hatte gesagt, er könne die Person, die er in seinem Wagen befördert hatte, wiedererkennen und er habe während der Fahrt auf der Avenida Beira Mar in Höhe der Avenida Calógeras ein eigenartiges Geräusch vernommen, das ein von seinem Fahrgast hinausgeworfener Gegenstand verursacht haben könnte. Ein Flughafenangestellter hatte einen Bettler diesen Gegenstand aufheben sehen. Am Freitag, dem 6., war Raimundo der Militärpolizei übergeben worden. Dort, beim Verhör durch Oberst Adyl, den vom Luftwaffenminister zum Beobachter der Ermittlungen bestellten Offizier, wie Pastor ihm bei seinem Anruf in der Nacht zum 5. mitgeteilt hatte, war Raimundo bei seiner der Kripo gegenüber gemachten Aussage geblieben. Am Samstag, während er, Mattos, mit Salete im Bett lag, war Nelson vom Hauptmann der Militärpolizei João Ferreira Neves verhört worden, mit Zustimmung des Delegado Pastor, der mit ihm zusammen einen Lehrgang auf der Polizeischule besucht hatte. (Sie wollten Pastors Ehre wahren, der Mann war stolz, die ganze Sache setzte ihm bestimmt sehr zu.) Da war Nelson von seiner Aussage abgewichen (sollten sie Gewalt angewendet haben?) und hatte gestanden, daß er zwei Personen zum Tatort gefahren hatte, der eine sei Climério Euribes de Almeida, der Erklärung zufolge ein Polizeifahnder. Anschließend hatte Nelson diese Aussage vor dem Obersten Adyl, dem Staatsanwalt Cordeiro Guerra und dem Delegado Pastor bestätigt. Zum Beweis dafür, daß man sich an höchster staatlicher Stelle tatsächlich um Aufklärung des Attentats bemühte, waren, wie es in der Erklärung hieß, sowohl der Polizeichef General Ancora als auch der Luftwaffenminister Nero Moura und der Justizminister Tancredo Neves in der Kaserne der Militärpolizei erschienen, um Nelsons Geständnis anzuhören. Anschließend hatten sich die beiden Minister zum Regierungspalast begeben, wo der Chef des Militärrats General Caiado de Castro sie erwartete. Laut dessen Aussage hatte der Staatspräsident angeordnet, die Sache restlos aufzuklären, und der Sonder-Delegado Hermes Machado von der Abteilung Überwachungen und Festnahmen hatte Order erhalten, Climério zu verhaften. Hermes Machado war ein fähiger und angesehener Delegado. Ein eitler Mann, der auf elegante Kleidung und gut artikulierte Sprache achtete. Mattos, der angestrengt nach einer Erklärung dafür suchte, warum Menschen, er selbst eingeschlossen, bei der Polizei arbeiteten, hatte einmal Hermes nach dessen Gründen gefragt. »Ich bin aus Eitelkeit bei der Polizei«, hatte Hermes geantwortet, »Eitelkeit ist die große Triebfeder des Menschen.« Bei Hermes war es die Eitelkeit der Macht. »Ich kann verhaften, und das kann kein Richter, kein Staatsanwalt, nicht mal der Staatspräsident.« Allerdings gebrauchte Hermes seine Macht als Polizist maßvoll und geschickt. Daß Hermes eingeschaltet wurde, hatte Pastor mit Verstimmung quittiert, obwohl er doch mit dem Delegado der Abteilung Überwachungen und Verhaftungen befreundet war, seit er als Kommissar mit ihm als Leiter des 2. Bezirks zusammengearbeitet hatte. Die Erklärung des Polizeipräsidiums schloß mit der Mitteilung, daß Hermes Machado, unterstützt durch von Oberst Adyl dazu abgeordnete Offiziere, Maßnahmen zur Ergreifung von Climério eingeleitet hatte.

Mattos überlegte, ob er Pastor anrufen und ihm raten sollte, »schick sie doch allesamt zum Teufel, diese Militärs, den Staatsanwalt, den Polizeichef, den Tancredo«. Pastor war von Leuten umgeben, die Schiß hatten oder ratlos waren oder beides. Der Fall war ihm praktisch entzogen. Was hatte er zu verlieren? Einen lächerlichen Mistjob als Delegado? Tatsächlich hatte an diesem Tag der Polizeichef Oberst Paulo Torres eine geheime Besprechung mit seinen engsten Mitarbeitern gehabt, um eine Maßnahme zu diskutieren, mit der Pastor endgültig ausgeschaltet werden sollte: Er wollte das Ermittlungsverfahren an sich ziehen und den Direktor der Technischen Polizei, Delegado Silvio Terra, zum Leiter der Ermittlungen ernennen. Da ein solcher Schritt jedoch selbst in Regierungskreisen als Kapitulation vor den Pressionen

Lacerdas und seiner Gruppe ausgelegt werden konnte, war Silvio Terras Ernennung noch nicht erfolgt.

Während Mattos die Erklärung des Polizeipräsidiums las, war Rosalvo hereingekommen. Aus der Miene des Kommissars schloß der Fahnder, daß es ein schwieriger Tag werden würde.

Wenn Turco Velho seine Mutter in Caxambu besuchte, das für seine Heilquellen berühmt war, machte er bei der Gelegenheit auch immer eine Einundzwanzig-Tage-Kur. Dreimal täglich trank er streng nach Zeitplan Wasser aus verschiedenen Brunnen, »um die Leber zu entschlacken«, wie von dem alten Arzt der Stadt angeraten. Da nun der Lotterieboß nach ihm verlangte, mußte Turco Velho seine Kur gegen seinen Willen abbrechen.

Nach Beendigung seines kurzen Telefongesprächs mit dem Lotterieboß war Turco Velho zum Bahnhof der Rede Mineira de Viação in Caxambu gegangen und hatte eine Fahrkarte nach Rio gekauft. In Cruzeiro mußte er in einen Zug der Estrada de Ferro Central do Brasil umsteigen. Während der Zugfahrt entwarf er seinen Plan. Normalerweise betrachtete er gern die Landschaft, vor allem auf der Strecke aus dem Gebirge hinunter. Doch an diesem Tag dachte er an Ilídios Auftrag und schaute nicht aus dem Fenster auf die Bäume und Berge und Täler und Flüsse, deren Anblick er sonst genoß. »Ich will einen von der Kripo aus dem Weg räumen«, hatte der Lotterieboß gesagt. »Kein Problem«, hatte Turco Velho geantwortet, »das wäre nicht der erste.« »Aber der ist zäh, der Kommissar.« »Kein Problem«, hatte Turco Velho wieder geantwortet. Jetzt, im Zug, versuchte er sich zu erinnern, ob schon jemals ein Kommissar unter ähnlichen Umständen beseitigt worden war. Ein Mord an einem Kommissar fiel ihm ein und die Aufregung, die es gegeben hatte, aber der

Mann war vom Liebhaber seiner Frau umgebracht worden, nur ein Verbrechen aus Leidenschaft. Die Sache mußte sehr sorgfältig angegangen werden.

Turco Velho arbeitete am liebsten allein. Ehe er tätig wurde, konzentrierte er sich gern in der Einsamkeit. Nach der Ankunft in Rio fuhr er nicht zu sich nach Hause, sondern suchte sich ein Zimmer weit weg von den Stadtteilen, in denen er sonst verkehrte. Also mied er Santo Cristo, Saúde, Estácio. Er fand ein Zimmer in der Rua das Marrecas im Stadtzentrum bei einer alten Puffmutter im Ruhestand. Sein unmittelbares Problem hieß, die Privatanschrift des Kommissars herauszufinden. Welche Waffe er benutzen würde, stand bereits fest. Eine belgische FN-Pistole 7.65, die er sorgfältig hütete und noch nie benutzt hatte. Mit ihrem Jungfernschuß wollte er einen wichtigen Mann töten. Das hatte die FN verdient.

»Gibt's ein Problem?« fragte Rosalvo.

»Haben Sie den Mann, der zur Überprüfung einsaß, freigelassen?«

»Gleich nachdem Sie es angeordnet hatten. Doktor Pádua hatte sein Strafregister von der Zentrale angefordert ...«

»Unwichtig. Irgendein Hinweis auf José Silva? Der als Junge von Lomagno und den anderen in der Schule mißhandelt wurde?«

»Ich glaube, ich bin ihm auf der Spur. Der Geschäftsführer einer Bäckerei in der Rua Santa Clara sagt, er kann sich an die Leute erinnern, die in dem Haus an der Avenida Atlântica wohnten. Er hat sie immer beliefert.«

»Weiter.«

»Ich habe mir die Schuhsohlen abgelaufen, bis ich diesen Bäcker gefunden habe.«

»Sie kriegen noch einen Verdienstorden. Weiter.«

»Die Bäcker in Copacabana tragen kein Brot mehr aus. Wo die Leute, die in dem Haus an der Avenida Atlântica wohnten, jetzt sind, weiß er nicht. Aber eine Frau, die auch in dem Haus gewohnt hat, kauft manchmal in der Bäckerei ein. Es ist nur eine Frage der Zeit, bis wir José Silva gefunden haben.«

»Was heißt hier ›nur‹ eine Frage der Zeit? Sie bleiben den ganzen Tag, wenn es sein muß, die ganze Woche in der Bäckerei, bis Sie die Frau gefunden haben.«

»Jawohl.«

Nachdem Rosalvo gegangen war, suchte Mattos aus seinem Notizblock die Telefonnummer von Senator Vitor Freitas heraus, die dessen Assistent Clemente ihm gegeben hatte, als er im Senat gewesen war.

»Wen darf ich anmelden?«

»Polizeikommissar Mattos.«

Er wartete.

»Kommissar Mattos? Hier spricht Clemente, der Assistent. Ich habe mit Ihnen im Senat gesprochen, Sie erinnern sich?«

»Ja.«

»Der Senator ist jetzt nicht abkömmlich.«

»Ich möchte, daß er mir einen Termin nennt, wann es ihm paßt, mich zu empfangen.«

»Zur Zeit herrscht in der Politik große Unruhe, wie Sie ja wissen, und der Senator ist mit äußerst wichtigen Angelegenheiten beschäftigt, sehr beschäftigt. Ich glaube nicht, daß er Zeit finden wird, Sie zu empfangen.«

»Früher oder später wird er aber mit mir sprechen müssen. Ich rate ihm, bald.«

»Soll das eine Drohung sein?«

»Verstehen Sie es, wie Sie wollen.«

»Ich verstehe das als eine Drohung. Vergessen Sie nicht, Kommissar, daß wir nicht mehr in einer Diktatur leben, kein Polizeibüttel kann mehr einen von der Verfassung durch Immunität geschützten Senator der Republik bedrohen, ohne die schwerwiegenden Konsequenzen einer solchen bösartigen Straftat tragen zu müssen. Ihre Vorgesetzten werden erfahren, was hier vorgeht und ...«

Mattos legte auf. Er suchte seine Taschen nach einer Pepsamar-Tablette ab. Schwarze Galle, Übersäuerung, Nerven zum Zerreißen gespannt.

Das Telefon auf seinem Tisch klingelte.

»Kommissar Mattos, bitte.«

»Am Apparat.«

»Ich möchte eine Anzeige erstatten. Wann kann ich das tun?«

»Wann Sie wollen. Die Polizei macht nie zu, mein Herr. Ich bin bis morgen mittag im Dienst.«

Um sieben Uhr abends kehrte Rosalvo auf die Wache mit der Nachricht zurück, daß er José Silva ausfindig gemacht hatte.

»Avenida Rainha Elizabeth, 60. Soll ich hingehen und mit ihm sprechen?«

»Nein, das mache ich.«

»Telefon für dich, Rosalvo«, sagte der Polizist, der in das Zimmer des Kommissars kam. »In der Überwachung.«

Im Büro der Abteilung Überwachung ging Rosalvo ans Telefon.

»Hallo?«

»Hier ist Teodoro. Wir haben zusammen bei der Einbruch und Diebstahl gearbeitet. Erinnerst du dich an mich?«

»Ich vergesse nichts, Teodoro, schon gar nicht ...«

»Sag nicht meinen Namen, verdammt.«

9

Die Gutachten des Gerichtsmedizinischen Instituts über die Leichenbesichtigung von Paulo Gomes Aguiar und des GEP über die sachverständige Auswertung der Spuren des Verbrechens im Gebäude Deauville wurden Kommissar Mattos am Vormittag gebracht, als er gerade zum Catete-Palast fahren wollte. Er las die beiden Schriftstücke rasch durch. Keine weiteren Erkenntnisse als das, was die Sachverständigen ihm schon vorab inoffiziell am Telefon mitgeteilt hatten. Er legte sie in die Schublade. Später wollte er sie mit mehr Muße lesen.

Am Eingang zum Catete-Palast zeigte Mattos seinen Ausweis beim Pförtner und füllte ein Formular aus, in dem er als Zweck seines Besuchs eine offizielle Unterredung mit dem Tenente Gregório angab. Ein alter Mann, gekleidet wie ein Bürodiener – dunkelblaue Hose und Jackett, weißes Hemd und schwarze Krawatte – nahm das Formular und verschwand damit durch eine Tür hinten rechts in der Eingangshalle.

Während der Kommissar wartete, betrachtete er die Bronzestatue hinter dem Empfangstresen, ein lebensgroßer Indianer mit einer Lanze in der Hand und zornig verzerrtem Gesicht.

»Von wem ist diese Statue?«

»Das weiß ich nicht. Ich arbeite seit über zwanzig Jahren hier im Palast, der Ubirajara stand da schon, als ich anfing«, antwortete der Pförtner.

»Darf ich mal nachsehen?« Mattos ging näher heran, um die Inschrift auf dem Sockel zu lesen: Chaves Pinheiro, 1920.

Auf der anderen Seite der Pförtnerloge stand noch eine

Bronzestatue, ebenfalls in Lebensgröße, vom selben Bildhauer. Perseus, der Andromeda befreit, in der einen Hand ein Schwert, in der anderen Medusas schlangenbehangenen Kopf.

Mattos wurde schon über die Warterei ärgerlich, da kehrte der Bürodiener zurück, begleitet von einem Mann in weißem Leinenanzug, zweifarbigen Schuhen und perlenbesetzter Krawattennadel auf dem roten Schlips. Der Mann wirkte nervös und beunruhigt.

»Ich bin Inspektor Valente, stellvertretender Chef der Leibwache des Staatspräsidenten. Womit kann ich Ihnen dienen?«

»Ich wollte nicht mit Ihnen sprechen, sondern mit Ihrem Chef.«

»Leider kann er Sie im Augenblick nicht empfangen. Worum geht es bitte?«

»Das ist nur für ihn bestimmt.«

»Dann wird's schwierig.«

»Ich glaube, Sie haben mich nicht verstanden. Ich führe eine polizeiliche Ermittlung, und jegliche Verweigerung von Zusammenarbeit wird als Behinderung der Justiz ausgelegt.«

Angesichts der Verärgerung in der Stimme des Kommissars, der damit andere Leute an der Pförtnerloge auf sich aufmerksam gemacht hatte, erklärte der stellvertretende Chef Valente, Gregório sei zum General Caiado de Castro gerufen worden und befinde sich derzeit im Militärkabinett des Präsidialamtes. Er forderte den Kommissar auf, ihm zu folgen.

Sie gingen in die Kantine des Gebäudes der Leibwache.

»Alle, die hier arbeiten, gehören zum DFSP ... Wir sind Kollegen, natürlich wollen wir helfen ...«, sagte Valente.

»Ja, ja.«

»Der Delegado Pastor war auch schon hier.«

»Ich ermittele in anderer Sache. Das Attentat in der Rua Tonelero interessiert mich nicht. Ich brauche eine Auskunft vom Tenente Gregório.«

»Der Chef hat sich hier in letzter Zeit gar nicht aufgehalten«, sagte Valente vertraulich.

Mattos bemerkte, daß ein Mann mit weißer Schürze ihm unauffällig ein Zeichen gab.

»Die Sache sieht nicht gut aus«, fuhr Valente fort, »wir wissen nicht, was dabei rauskommt.«

»Gibt es hier einen Raum, wo ich ein Verhör führen kann?«

»Hier?«

»Sie sagten, Sie wollten helfen.«

»Tja, Sie können mein Büro benutzen.«

Mattos sah sich um und senkte die Stimme, als wollte er ein Geheimnis erzählen. »Eine Frau aus der Nachbarschaft hat gesagt, ein Angehöriger der Leibwache hätte ihre Tochter verführt. Die Beschreibung, die sie mir von dem Mann gegeben hat, trifft auf den da drüben zu.«

»Manuel? Der gehört nicht zur Leibwache«, protestierte Valente. »Der ist Koch.«

»Um so besser. Ich will den Mann vernehmen. Sagen Sie ihm, er soll mit in Ihr Büro kommen.«

»Manuel«, rief Valente.

Der Koch kam näher.

»Das hier ist Doktor Mattos, Polizeikommissar. Er will sich mit dir unterhalten. Komm mit.«

»Was hab ich denn getan?« fragte Manuel verwirrt.

»Keine Ahnung. Klär das mit dem Kommissar.«

Als sie Valentes Büro betraten, sagte der Kommissar, er wolle mit Manuel allein bleiben. Bevor Valente den Raum verließ, hörte er Mattos' erste Frage: »Kennen Sie ein junges Mädchen namens Ernestina, das in der Rua Silveira Martins wohnt?«

Kommissar und Koch waren jetzt allein.

»Ernestina?«

»Die Mutter hat gesagt, Sie hätten das Mädchen verführt«, schrie Mattos fast, während er zur Tür ging, dort stehenblieb und auf die Geräusche draußen horchte.

»Ich kenne keine, die so heißt.« Manuel war noch verwirrter geworden.

»Lügen Sie mich nicht an, das macht's nur schlimmer«, schrie Mattos mit dem Gesicht zur Tür. »Setzen Sie sich.«

Mattos drückte das Ohr an die Tür. Anschließend ging er zu Manuel, der sich gesetzt hatte.

»Das war alles nur ein Vorwand, damit keiner erfährt, worüber wir sprechen«, sagte Mattos leise.

»Sie haben mir einen Schrecken eingejagt«, sagte Manuel.

»Sie haben mir ein Zeichen gegeben, daß Sie mit mir sprechen wollten.«

»Das wollte ich auch«, flüsterte Manuel. »Die dürfen auf keinen Fall erfahren, was ich jetzt sage, sonst bringen sie mich um.«

»Keine Sorge, für alle Fälle werden Sie der Straftat Verführung verdächtigt, und ich habe Sie dazu befragt. Das Mädchen heißt Ernestina.«

»Ich bin im Clube da Lanterna, aber das weiß hier keiner. Gregório ist in den Mord am Major Vaz verwickelt. Ich habe mehrmals gesehen, wie er mit Climério die Tat geplant hat.«

»Warum vertrauen Sie mir das an?«

»Der Valente war hier in der Kantine, als Sie gekommen sind. Ich habe gehört, wie er gesagt hat, daß Sie vermutlich ein Lacerda-Spion wären. Daß die Polizei von Lacerda-Anhängern durchsetzt wäre.«

»Und was wollten Sie mir nun eigentlich sagen?« Mattos verbarg seine Enttäuschung.

»Die beiden, Gregório und Climério, haben nur geflüstert, aber die Worte *der Rabe*, *ihn beseitigen* und noch was konnte ich trotzdem verstehen. Gregório, Getúlio, allesamt hassen sie Lacerda, weil Lacerda mit dem Sumpf aufräumen will. Anscheinend sitzt Gregório auf dem Galeão in Haft.«

»Haben Sie Gregório am Abend des 31. Juli gesehen?«
»Was für ein Wochentag war das noch mal?«
»Samstag.«
»Am Sonntag habe ich ihn gesehen, wie er mit Climério getuschelt hat. Ganz früh. Ungefähr um sechs Uhr morgens. Der ist früh aufgestanden an dem Tag. Der Majordomus Seu Zaratini hat gesagt, daß er Gregório morgens um fünf im Garten gesehen hat.«
»Vielleicht hatte er überhaupt nicht geschlafen. Hatte Gregório irgendwo eine Verletzung?«
»Verletzung?«
»An der Hand oder woanders.«
»Nein, eine Verletzung habe ich nicht gesehen.«
»Er trägt auf der rechten Hand einen breiten Ring. Haben Sie gesehen, ob er an diesem Sonntag morgen den Ring trug?«
Manuel war der Ring zwar schon aufgefallen, aber ob Gregório ihn an diesem Tag getragen hatte, konnte er nicht sagen.
»Sie können gehen, aber ich werde Sie noch einmal vernehmen, ich werde eine Gegenüberstellung mit der Mutter des Mädchens veranlassen«, schrie Mattos und öffnete die Tür.
Valente stand im Flur nicht weit von der Tür. Er zuckte zurück.
»Danke für die Hilfe«, sagte Mattos. Auf dem Weg zu der Tür, die zum Palastgarten führte, hörte er Valente zynisch bemerken: »Kleine Mädchen vernaschen, was, Manuel? Und dafür Gefängnis riskieren?«

Als Mattos zur Revierwache zurückkehrte, sprach ihn der Polizist an der Pförtnerloge an.
»Hier ist eine telefonische Warnung eingegangen, daß man Sie erschießen will.«

»Danke.«

Es kam oft vor, daß Leute im Revier anriefen und solche Mitteilungen machten. Weder der Polizist noch der Kommissar maßen dem Anruf Bedeutung bei. Vielleicht hätte der Kommissar ihn mehr beachtet, wenn er gewußt hätte, daß er von Ilídio kam. Da der Mafiaboß Turco Velho nicht hatte auftreiben können, um das Unternehmen abzublasen, und wußte, daß der Tod des Kommissars ihm nicht nur Ärger mit der Spitze der Lotteriemafia einbringen, sondern auch verhindern würde, daß er die Kassierstellen von Zé do Carmo erhielt, hatte er beschlossen, den Kripomann, den er vorher hatte umbringen wollen, nun zu schützen.

Aber der Kommissar war mit seinen Gedanken woanders. Er rief bei Luciana Gomes Aguiar an. Sie ging nicht selbst ans Telefon.

»Madame hat gesagt, Sie möchten sich mit ihrem Anwalt Doktor Galvão in Verbindung setzen.«

Mattos rief Galvão an.

»Ich lege meine Karten auf den Tisch, Doktor Galvão.«

Mattos berichtete Galvão, was Raimundo ihm mitgeteilt hatte, daß nämlich in der Mordnacht ein Schwarzer in der Wohnung von Gomes Aguiar gewesen sei.

»Vermutlich der Einbrecher, der Dieb …«

»Lassen Sie mich ausreden, Doktor. Dona Luciana hat den Portier beauftragt, mit keinem Menschen über diesen Schwarzen zu sprechen.«

»Vielleicht lügt der Portier ja …«

»Ich habe noch mehr Beweise dafür, daß in dieser Nacht ein Schwarzer in der Wohnung war. Ich möchte, daß Ihre Mandantin mich empfängt oder zu einem Gespräch mit mir hierher auf die Wache kommt.«

»Ich weiß nicht, ob sie dazu bereit sein wird …«

»Doktor Galvão, ich möchte ihr damit eine unangenehme Gegenüberstellung ersparen.«

»Ich werde mit ihr sprechen.«

»Lange kann ich nicht warten, hören Sie? Ich möchte sie spätestens morgen sehen.«

Der Dienst des Kommissars endete um zwölf. Wie immer hatte er alle Armuts- und Wohnsitzbescheinigungen unterschrieben, die von den anderen Kommissaren nicht erledigt wurden.

Nachdem er an Kommissar Maia übergeben hatte, der ihn ablöste, nahm Mattos seinen Smith & Wesson aus der Schublade, steckte ihn in den Hüfthalter und ging.

Ein großer braunhäutiger Typ, dem die Schnurrbartspitzen über die Mundwinkel hingen, folgte dem Kommissar zur Straßenbahnhaltestelle. Als Mattos in die Bahn stieg, tat er das gleiche und setzte sich zwei Reihen hinter ihn.

Mattos wurde bis zur Haustür verfolgt, ohne zu merken, daß der Mann ihm auf den Fersen war. Allerdings war es nicht sonderlich schwierig, einen Polizisten wie Mattos zu beschatten. Als er damals zum Streik gegen die Überbelegung der Arrestzellen aufrufen wollte, hatten ihn Beamte des Geheimen Kommandos des Polizeipräsidiums einen Monat lang unbemerkt bespitzelt.

Als er seine Wohnung betrat, klingelte das Telefon.

Ein Mann sprach abgehackt mit heiserer, vielleicht durch ein Tuch verzerrter Stimme: »Hören Sie zu, Doktor, das hier ist kein Scherz. Da ist einer, der will Sie umbringen. Halten Sie die Augen offen. Der Mann ist groß, braunhäutig, mit Schnurrbart. Ein gefährlicher Killer.«

Mattos hörte, wie aufgelegt wurde. Gleich darauf klingelte es an seiner Tür.

Der Kommissar öffnete das Guckfenster. Dahinter erschien ein Männergesicht, braunhäutig, mit Schnurrbart.

»Doktor, ich möchte eine Anzeige erstatten.«

»Kommen Sie zu mir auf die Wache.«

»Es geht um Straftaten, die von Polizisten Ihres Bezirks

begangen werden. Ich traue mich nicht dahin. Ich habe Sie schon gestern angerufen.«

»Einen kleinen Moment.«

Der Kommissar schloß das Guckfenster. Dann öffnete er die Tür.

»Was ist das denn, Doktor? Sie verwechseln mich wohl«, sagte der Mann, als er den Revolver in Mattos' Hand sah.

»Kommen Sie rein«, sagte Mattos.

»Da muß ein Irrtum vorliegen.«

Mattos stieß die Tür mit dem Fuß zu.

»Ich verstehe nicht«, sagte der Besucher. »Mein Name ist Ibrahim Assad. Ich bin Handelsvertreter.«

»Araber?«

»Aus dem Libanon. Meine Eltern. Ich bin in Minas Gerais geboren. Wollen Sie meinen Ausweis sehen?« Der Mann machte Anstalten, mit der linken Hand in die Innentasche seiner Jacke zu greifen.

»Noch nicht.«

Auf dem Regal lag ein Paar Handschellen. Ohne Assad aus den Augen zu lassen, griff Mattos nach den Handschellen. Er hatte sie noch nie benutzt, der Schlüssel war ihm abhanden gekommen. Aber dieses Problem hatte bis später Zeit.

»Hinsetzen, auf den Fußboden.«

Assad setzte sich.

»Nehmen Sie die Handschellen.« Mattos warf Assad die Handschellen zu. Dieser fing sie mit der linken Hand auf.

»Legen Sie sich die eine Klammer um das linke Handgelenk.«

»Das können Sie doch nicht mit mir machen. Ich bin kein Verbrecher«, protestierte Assad.

»Sollte dies eine Willkür meinerseits sein, bitte ich Sie schon jetzt um Entschuldigung. Legen Sie die Handschelle an, wie ich gesagt habe. Drücken Sie zu. Jetzt legen Sie die andere Klammer um das rechte Fußgelenk. Ich sagte, das rechte. Zudrücken. Schlagen Sie die Beine übereinander, dann sitzen Sie bequemer.«

Assad schlug die Beine übereinander.

Mattos legte den Revolver auf den Tisch. Er nahm eine Pepsamar-Tablette aus der Tasche, und während er kaute, beobachtete er den Mann, der in Handschellen auf dem Boden saß. Der Mann war ruhig und auf der Hut; auch er beobachtete den Kommissar.

Mattos suchte Assad ab. Er fand seinen Ausweis. Außen auf dem grünen Ausweis waren eine silberne Zeichnung des Wappens der Republik und die ebenfalls silbernen Worte eingeprägt: *Vereinigte Staaten von Brasilien. Polizei des Bundesdistrikts. Institut Felix Pacheco. Personalausweis.*

Mattos schlug den Ausweis auf. Auf der einen Seite: *Nr. 749468. Dieser Ausweis gehört Ibrahim Assad junior, geboren am 12. August 1912 im Bundesstaat Minas, Sohn des Ibrahim Assad und der Farida Assad, brasilianische Staatsangehörigkeit, Rio de Janeiro, 21. Dezember 1943.* Über zwei Wertmarken, eine grüne zu dreihundert Réis und eine rote zu zweihundert Réis, verlief die Unterschrift von *José M. Carvalho, Direktor*. Auf der anderen Seite des Ausweises: das Foto von Ibrahim Assad, daneben der Satz: *Ein nicht vom Institut abgestempeltes Foto ist ungültig*; der Abdruck des rechten Daumens in schwarzer Farbe, daneben die AN (Abdrucknummer): Serie V. 4333, Sektion V. 2222; Assads Unterschrift.

Die FN-Pistole aus schwarzem poliertem Stahl steckte unter Assads rechtem Arm in einem weißen Lederhalfter. Mattos untersuchte die Waffe. Er warf das Geschoß aus, das sich in der Patronenkammer befand.

»Sie wollten mich also umbringen?«

»Fehlanzeige, Doktor. Das ist doch abwegig.«

»Wozu sind Sie sonst in meine Wohnung eingedrungen?«

»Ich in Ihre Wohnung eingedrungen? Ich eingedrungen? Doktor, Sie haben mir einen Revolver vors Gesicht gehalten und mir befohlen hereinzukommen. Ich wollte eine Anzeige erstatten.«

»Und die lautet?«

»Jetzt traue ich mich nicht, meine Aussage zu machen. Nachdem Sie mich so empfangen haben.«

»Ihre Pistole war geladen.«

»Das sollte eine Pistole auch immer sein, oder nicht, Doktor?«

»Das stimmt.« Noch eine Pepsamar.

»Wieso sind Sie bewaffnet? Muß ein Handelsvertreter bewaffnet sein?«

»In dieser Stadt laufen reichlich viele Gangster herum. Und ich bin viel unterwegs. Diese FN ist ein Schmuckstück, finden Sie nicht?«

»Wer hat Sie beauftragt, mich umzubringen?«

»So ein Unsinn. Ich wollte Sie nicht umbringen.«

»Wer hat Sie beauftragt, mich … zu besuchen?«

»Niemand. Das ist auf meinem eigenen Mist gewachsen, Doktor. Ich wollte eine Anzeige erstatten gegen die korrupten Polizisten Ihres Bezirks, die von der Lotteriemafia Geld annehmen.«

»Die Bevölkerung ist nicht grundsätzlich gegen die Lotterie. Warum wollten Sie die Anzeige erstatten?«

»Doktor, Sie haben mich nicht verstanden. Ich bin nicht gegen die Lotterie. Ich bin gegen korrupte Polizisten. Da man mir gesagt hat, daß Sie ein ehrlicher Mann sind, wollte ich die Anzeige bei Ihnen erstatten.«

»Und Sie meinen, das glaube ich Ihnen?«

»Der Richter wird mir glauben.«

Mattos' Magen fing an zu schmerzen. Er hielt Turco Velho die Pistole an den Kopf.

»Ich kann Ihnen eine Kugel in den Kopf jagen und Ihre Leiche auf die Müllkippe von Sapucaia werfen.«

»Sie sind nicht der Mann, der so was Gemeines macht.«

Mattos setzte sich auf den Wohnzimmerstuhl.

»Könnten Sie mir bitte ein Glas Wasser bringen?«

Mattos telefonierte mit der Wache und forderte eine Funkstreife an.

Er füllte ein Glas mit gefiltertem Wasser und gab es dem Mann in Handschellen.

Rosalvo hatte sich mit seinem ehemaligen Kollegen von der Abteilung Einbruch und Diebstahl im Dancing Avenida im Zentrum verabredet.

Rosalvo, der gern mit den Taxi-Girls tanzte, war vor der Zeit da. Er kaufte die Karte, auf der die Tänze abgelocht wurden, bestellte einen Gin Tonic und sah sich die Mädchen an, die in einer Reihe auf der anderen Seite des Saals saßen. Besonders interessierte er sich für eine schlanke, aber nicht dünne Mulattin, deren ausladendes Hinterteil verriet, daß sie an der richtigen Stelle gut gepolstert war. Rosalvo schwärmte für Mulattinnen und rechtfertigte diese Vorliebe mit der Erklärung, er sei »Enkel eines Portugiesen«.

Er forderte das Mädchen zu einem Bolero auf.

»Nachher würde ich dich gern nach Hause bringen«, sagte Rosalvo. Er war ein Mann der Tat, der keine Lust hatte, seine Zeit mit Geschwätz zu vergeuden.

»Mal sehen«, antwortete Cleyde, die Tänzerin. Sie dachte auch praktisch und hatte erkannt, daß sie einen alten Trottel erwischt hatte, der ihr an diesem Abend mehrere Ablochungen ihrer Karte einbringen würde. Je häufiger die Karte gelocht wurde, um so mehr verdiente sie.

Als Teodoro kam, war Cleydes Karte schon sechsmal gelocht, drei Boleros, zwei Sambas, ein Foxtrott. »Ich komme gleich wieder«, sagte Rosalvo zu der Tänzerin, als der Tanz endete.

Rosalvo und Teodoro setzten sich an den Tisch an der

Tanzfläche, den Rosalvo ausgesucht hatte. Teodoro entschuldigte sich für seine Verspätung.

Cleyde im Blick, die jetzt mit einem dicken Glatzkopf tanzte, der auf einem Finger einen Ring mit einem Solitär trug, sagte Rosalvo: »Laß uns gleich zur Sache kommen.«

»Dieser Kommissar Alberto Mattos, was ist das für einer?«

»Ein Spinner, der ständig Ärger sucht. Intelligent, aber naiv. Ein Saubermann, du weißt schon.«

»Wie stehst du dich mit ihm?«

»Er frißt mir aus der Hand.«

»Inwiefern?«

»Er traut keinem auf der Wache außer mir.«

»Wieso interessiert er sich für den Senator Vitor Freitas?«

»Was bekomme ich, wenn ich das sage?«

»Eine Versetzung zur Sitte.«

»Er untersucht die krummen Geschäfte des Senators.«

»Der Senator macht keine krummen Geschäfte.«

»Stell dich nicht blöd, Teodoro. Jetzt wollen wir uns mal nichts vormachen. Wir kennen uns doch nicht erst seit gestern.«

»Welche krummen Geschäfte?«

»Die Einfuhrlizenz der Cemtex.«

»Das allein reicht nicht für eine Versetzung zur Sitte.«

»Mattos ermittelt auch noch in schlimmeren Sachen.«

»Das wäre?«

»Paragraph 121.«

»Paragraph 121?« Teodoro war verblüfft. »Der Senator ist keiner, der andere umbringt. Bist du sicher? Um welchen Fall geht es?«

Rosalvo zögerte. Es war besser, noch nichts von dem Mord an Paulo Gomes Aguiar zu sagen, sich noch ein paar Trümpfe aufzubewahren.

»Um welchen genau, weiß ich noch nicht. Aber ich bin

absolut sicher, daß der Mann in einem Mordfall ermittelt, in den der Senator verwickelt ist.«

»Hast du nicht eben gesagt, er frißt dir aus der Hand? Wieso weißt du dann nicht Bescheid?«

»Ich sage dir ganz ehrlich, ich weiß es noch nicht. Aber irgendwann muß ich ihm bei den Ermittlungen helfen. Wie gesagt, Mattos traut sonst keinem. Sag dem Senator, falls ihm daran gelegen ist, was ich annehme, dann kann ich so ein Kuddelmuddel anrichten, daß die Akte nach Abschluß der Ermittlungen keine Bohne wert ist.«

»Aber du hast nicht gesagt, welcher Fall das ist.«

»Ich weiß es noch nicht. *Noch* nicht. Aber der Senator dürfte es wissen, oder? Schon vergessen, was du beim Sonderkommissariat gelernt hast, Sherlock?«

Der Dicke mit dem Brillantring hatte sich mit Cleyde an einen Tisch gesetzt. Sie tranken Champagner. Sie hatte einen besseren Trottel gefunden.

Rosalvo sah auf die Uhr.

»Sprich mit deinem Senator. Ich will Sicherheiten. Die Versetzung zur Sitte muß vorher im Tagesanzeiger des Präsidiums veröffentlicht werden. Ich habe einen Monat Versetzungsfrist. Das reicht, um die Ermittlungen zu versauen.« Bei diesen Worten bereute er in Gedanken, daß er die Dummheit begangen hatte, Kommissar Mattos sofort zu erzählen, daß er José Silva ausfindig gemacht hatte. Aber man konnte alles immer noch hinbiegen.

»Jetzt geh, ich muß mich um was anderes kümmern.«

Teodoro verließ das Lokal. Rosalvo ging zu dem Tisch, an dem Cleyde mit dem Dicken saß.

»Zieh Leine«, sagte Rosalvo, setzte sich neben den Dicken und zeigte ihm seinen Ausweis, auf dem in roten Lettern POLIZEI stand.

Der Dicke erhob sich erschrocken.

»Schon viel zu spät für dich, noch unterwegs zu sein … Bezahl die Rechnung und geh nach Hause. Deine Alte wartet auf dich …«

Rosalvo nahm Cleyde am Arm. Die Kapelle spielte einen Bolero; er liebte Boleros.

Während sie tanzten: »Ist der Dicke Schlachter?«

»Er hat gesagt, er ist Buchhalter.«

»Wahrscheinlich auf dem Schlachthof.«

»Ich wußte gar nicht, daß du bei der Polizei bist.«

»Dann weißt du's jetzt. Der Schein kann trügen. Das ist der Knackpunkt.«

»Mein Freund holt mich am späten Abend ab.«

»Dann gibst du deinem Kerl einen Korb. Als guter Zuhälter weiß er, daß einer das Fleisch kriegt und der andere die Knochen, der wird schon den Schwanz einziehen.«

In den frühen Abendstunden dieses Tages war General Zenóbio da Costa zum Catete-Palast gekommen, um an einer Besprechung mit dem Präsidenten Vargas in seinem Arbeitszimmer im zweiten Stock teilzunehmen. Außer ihnen war der General Caiado de Castro anwesend. Zenóbio wollte den Präsidenten über die außerordentliche Sitzung der Obersten Heeresführung informieren.

»Die Oberste Heeresführung hat mich beauftragt, Eure Exzellenz der festen Entschlossenheit des Heeres zu versichern, die Staatsorgane zu schützen und zu verteidigen«, sagte Zenóbio.

Vargas fand die Versicherung der Heeresführung zweideutig. »Das Amt des Staatspräsidenten ist ein demokratisches Organ. Meint die Heeresführung dieses Amt, wenn sie davon spricht, die Staatsorgane zu schützen und zu verteidigen?«

Zenóbio zögerte, ehe er antwortete.

»Die Heeresführung ist nicht ins Detail gegangen.«

»Ist auf der Sitzung über das Attentat auf Major Vaz diskutiert worden? Und über die ungerechten Angriffe der Opposition gegen mich?«

Zenóbio antwortete wieder indirekt. »Nein, während der Sitzung nicht. Informell wurde vorher darüber gesprochen, vor Beginn der Sitzung. Kurze Kommentare.«

»Welcher Art?«

»Darüber, daß die Luftwaffe beunruhigt ist.«

»Das Heer hat sich nie um die Sorgen der Luftwaffe gekümmert«, erwiderte Vargas. »Noch nicht mal um die der Marine, der ältesten und traditionsreichsten Waffengattung. Das Heer ist das Heer!«

»Selbstverständlich, Herr Präsident.«

»Können wir auf alle Generäle der Obersten Heeresführung zählen?« fragte Vargas.

»Ja, Herr Präsident.« Zenóbios breites, ausdrucksvolles Gesicht verriet jämmerlich seine Nervosität.

»General Caiado?«

»Äh, ich habe an der Sitzung nicht teilgenommen, aber ich bin derselben Ansicht wie der Minister«, antwortete Caiado.

Beim Abschied sagte General Zenóbio, bevor er mit Caiado de Castro den Raum verließ:

»Ihre Anordnung, die Leibwache aufzulösen, wurde sehr positiv aufgenommen, Exzellenz.«

Vargas antwortete nicht. Der General ging, der Präsident blieb an seinem kleinen Tisch im zweiten Stock sitzen und starrte durch die Fenster seines Büros in den dunklen Abend hinaus. Am Nachmittag dieses selben Tages hatte er schon den Vizepräsidenten Café Filho, den Justiz- und Innenminister Tancredo Neves, den Bildungsminister Edgard Santos, den Gesundheitsminister Mário Pinotti, den Arbeitsminister Hugo de Faria und den Gouverneur Amaral Peixoto empfangen. Bis auf den letztgenannten, der sein Schwiegersohn war, und Tancredo, von deren Mienen er hauptsächlich Nervosität abgelesen hatte, war ihm auf den Gesichtern aller anderen dasselbe begegnet, was er in Zenóbios Ausdruck gesehen hatte: Unschlüssigkeit.

Teodoro rief den Senator Vitor Freitas an.

»Sie haben gesagt, ich soll Sie zu Hause anrufen, wenn ich wichtige oder dringende Informationen habe.«

»Ich höre.«

»Das ist am Telefon vielleicht nicht gut zu besprechen.«

»Kommen Sie hier vorbei. Praia do Flamengo 88, Ecke Rua Fereira Viana. Das Gebäude Seabra.«

Teodoro wußte, wo das Gebäude Seabra stand, es zählte zu den bekanntesten Apartmenthäusern der Stadt. Teodoro träumte davon, einmal in diesem Hochhaus aus schwarzem Granit zu wohnen. Die Welt ist schon komisch, dachte er.

»Möchten Sie etwas trinken, Teodoro?«

»Nein, vielen Dank.«

»Ich nehme einen Scotch, wollen Sie mir dabei nicht Gesellschaft leisten? Ich habe meinen Assistenten Clemente herbestellt, er soll sich Ihre Geschichte anhören, und solange wir auf ihn warten ...«

»Gut, wenn Sie darauf bestehen ...«

In dem geräumigen Salon gab es eine Bar mit einem geschnitzten Holztresen, auf dem unzählige Flaschen standen. Während Freitas die Drinks fertigmachte, betrachtete Teodoro die Einrichtung des Salons. So einen Raum hatte er noch nie gesehen.

»Gefällt Ihnen die Einrichtung?« fragte der Senator und reichte Teodoro ein Glas Whisky mit Eis.

»Sehr hübsch«, antwortete Teodoro.

»Tunesische Motive. Kennen Sie Tunesien?«

»Ich war noch nie im Ausland, Herr Senator.«

»Zur Zeit herrscht die Mode, sich in amerikanischem Stil einzurichten, unerträglich, wie geschmacklos das ist. Ach ja, die brasilianische Bourgeoisie! Früher war alles französisch imitiert, heute ist alles amerikanisiert. Die Amerikaner sind so gewöhnlich wie kein anderes Volk der Welt. Die haben keine Geschichte, keine Kultur, nichts, nur Geld. Tunesien hingegen … Sie haben doch sicherlich schon von Karthago gehört, einem Reich, das die Phönizier vor vielen tausend Jahren gegründet haben …«

»Äh … Ja, doch …«

»Leider ist es heute eine französische Kolonie. Und die Franzosen haben, wie alle Kolonialherren, nichts anderes zu tun gehabt, als deren Kultur möglichst zu zerstören …«

Die Türglocke unterbrach den Senator in seinen Ausführungen. Es war Clemente.

»Ich habe gewartet, bis du kommst«, sagte Freitas. »Ich weiß noch gar nicht, was Teodoro uns zu erzählen hat.«

Clemente machte sich einen Drink. Sie nahmen in einer der Sitzgruppen im Salon Platz.

»Jetzt erzählen Sie, Teodoro«, sagte Freitas. Er und sein Assistent waren gutgelaunt.

Teodoro räusperte sich. Er fand keinen Anfang.

»Nun mal los, Teodoro, worauf warten Sie?«

Verlegen erzählte Teodoro von seinem Gespräch mit Rosalvo.

Während er sprach, ließen seine Zuhörer zunehmende Nervosität erkennen. Clemente ging zur Bar und holte eine Flasche Whisky. Der Senator und er gossen sich mehrmals nach. Die Miene des Senators verfinsterte sich. Schweißperlen traten ihm auf die Stirn.

»Können wir uns auf die Versprechungen dieses Rosalvo verlassen?« fragte Clemente.

»Ich glaube, der tut alles, aber auch alles, für eine Versetzung zur Sitte«, antwortete Teodoro.

»Aber erst muß er die Ware liefern. Sagen Sie dem Mann, das wären meine Bedingungen. Er hat mir zu vertrauen und nicht ich ihm.«

Die Stimme des Senators klang schleppend. In seinem Mundwinkel sammelte sich Speichel, den er immer dann abwischte, wenn er ihm über das Kinn zu laufen begann.

»Hat der Kerl zufällig etwas von Gerüchten über mich in Zusammenhang mit Verführung Minderjähriger gesagt?«

»Nein, Herr Senator«, sagte Teodoro vehement.

Clemente merkte, daß den Senator sein betrunkener Zustand verleiten konnte, noch weitere unpassende Dinge zu sagen. Immer wenn Freitas etwas mehr trank, verlor er die Kontrolle über sich.

»Sie können gehen, Teodoro. Wir unterhalten uns noch«, sagte Clemente, nahm Teodoro am Arm und führte ihn aus dem Raum.

Freitas goß sich gerade einen neuen Whisky ein, als Clemente zurückkam.

»Das mit der Cemtex interessiert mich einen feuchten Kehricht«, sagte der Senator. »Mir macht diese Ermittlung wegen Mord Sorgen. Ob das die Sache mit dem Verwalter ist?«

»Keine Ahnung. Vielleicht ja ... vielleicht auch nicht. Es kann auch der Mord an Paulo Gomes Aguiar sein. Der Kommissar Esplanada ermittelt in der Sache.«

»Kommissar Esplanada? Was ist das für ein Scheiß?«

»Das ist da, wo dieser Wicht seine Sachen von der Stange kauft.«

»Diese idiotische Kritik hast du schon mal geäußert. Du hast die Angewohnheit, die Leute zu unterschätzen. Falls es bei dem Mord, von dem Teodoro gesprochen hat, um Paulo geht, wäre alles bestens. An dem Tag war ich gar nicht in Rio, da war ich im Norden, wegen politischer Kontakte. Das wäre hervorragend, ganz hervorragend.« Freitas goß sich nervös ein, ohne Eis in den Whisky zu geben.

»Das Ermittlungsverfahren, bei dem es um den Verwalter ging, ist zu den Akten gelegt«, sagte Clemente.

»Aber nicht eingestellt. Irgendwann nimmt es jemand wieder auf ...«

»Die suchen nach einem Einbrecher.«

»Es war dumm, den schwachsinnigen Alten umzubringen.«

»Das war deine Idee, Schätzchen.«

»Meine Idee? Du bist ja verrückt!« schrie Freitas.

»Soll ich dich daran erinnern, wie es passiert ist, mein kleiner Vitor?«

»Werd nicht ironisch, wer bist du, daß du dir erlaubst, mit mir ironisch zu sprechen?«

»Du kamst nachts betrunken mit einem Freund zu deiner Garçonnière in Copacabana, und in einem Anfall von Leidenschaft knietest du dich im Fahrstuhl hin, um Priapos zu huldigen.«

»Kretin!« Freitas stürzte sich auf Clemente. Dieser stieß den Senator so heftig zurück, daß er auf das Sofa fiel. Freitas starrte stumpfsinnig auf sein nasses Hemd, auf das er sich den Whisky aus seinem Glas gegossen hatte.

Die von Clemente erwähnten Ereignisse hatten vor über einem Jahr stattgefunden. Der Hausverwalter hatte den Fahrstuhl betreten und Freitas bei seinem Liebesdienst überrascht. Empört hatte er gesagt, er werde eine Eigentümerversammlung einberufen und beantragen, Freitas wegen Erregung öffentlichen Ärgernisses aus dem Haus zu werfen.

»Die Kanaille hatte mich bespitzelt«, jammerte Freitas, während er sich bemühte, sein Hemd mit einem Taschentuch zu trocknen, das er aus der Hose gezogen hatte.

Freitas hatte Clemente angerufen und gesagt, das sei sein politischer Ruin, sie müßten etwas unternehmen. Clemente war zum Verwalter gegangen, hatte gesagt, er arbeite mit dem Senator zusammen, ihn gebeten, nichts zu unternehmen, und versprochen, daß Freitas am nächsten Tag ausziehen würde. Der Verwalter hatte erwidert, Freitas sei eine Kanaille, ein ekelhafter Päderast, sein sündiges Verhalten hätte aus dem anständigen Haus ein Sodom gemacht. Clemente hatte dem Verwalter Geld angeboten, damit er vergaß, was er gesehen hatte. Der alte

Mann hatte Clementes »schmutziges Angebot« entrüstet mit den Worten zurückgewiesen, er sei protestantischer Prediger und Freitas müsse für seine Sünden büßen. Gleich nachdem der Verwalter gesagt hatte, er sei protestantischer Prediger, hatte Clemente ihn erwürgt.

»Ich hatte nicht gesagt, daß du ihn umbringen sollst.«

»Du Tunte, ich habe die Dreckarbeit erledigt, für die du nicht die Courage hattest, und jetzt willst du dich aus der Affäre ziehen und mich über die Klinge springen lassen. Aber ich ziehe dich mit.«

»Ich will nichts hören. Sei still.«

Der alte Mann lebte allein. Nachdem Clemente ihn umgebracht hatte, verwüstete er die ganze Wohnung, damit die Polizei glaubte, die Tat sei von einem Einbrecher begangen worden. Dann hatte er die mit Randnotizen vollgeschriebene Bibel des Verwalters eingesteckt. Zu Hause hatte er mehrere Tage nacheinander auf die Seiten des Buches uriniert, bis die Farbe der vom Prediger hineingekritzelten Buchstaben in unleserliche Flecken verlief. Clementes Vater, den er zu Lebzeiten gehaßt hatte und auch noch nach seinem Tod haßte, war ebenfalls protestantischer Prediger gewesen.

»Ich habe noch die Bibel des Verwalters, total versaut. Die werde ich mitbringen und dir damit das Gesicht abreiben.«

»Du bist ein Gotteslästerer, ein Nihilist, ein Unmensch.«

»Das hast du damals aber nicht gesagt. Damals hast du meine Hände genommen, hast gesagt, ich hätte kräftige Hände, und dann hast du meine Hände geküßt und geleckt wie eine Hündin. Ich habe dich nicht daran gehindert, obwohl es mich anekelte – der Spaß daran, wie du dich erniedrigt hast, war größer als mein Abscheu.«

»Es reicht, Clemente, bitte, sonst verkrache ich mich noch mit dir.«

Freitas' Hemd war nicht nur vom vergossenen Whisky naß, sondern auch verschwitzt. Sein gerötetes Gesicht hatte eine graue Blässe angenommen: »Wir müssen diesen Kommissar umbringen. Du kannst das, ich weiß, du kannst das.«

»Der Verwalter war ein alter Mann von achtzig Jahren. Das war einfach. Aber dieser Hund ist nicht nur bei der Kripo, sondern vielleicht auch noch jünger als ich.«

»Noch jünger? Also noch ein kleiner Junge ...«

»Du Schmeichler ...«

»Du siehst wie ein Jüngling aus ... Im Ernst! Du hast nicht eine Falte im Gesicht.«

Clemente ging zur Bar, goß sich Pitanga-Likör ein, eine Spezialität aus dem Norden, geschickt von dem Großgrundbesitzer und Herrn über den größten Wahlbezirk des Senators. Er zog einen kleinen Spiegel aus der Tasche und betrachtete verzückt sein Gesicht.

»Nun übertreib nicht ... Ein Jüngling, das geht nun doch zu weit ...«

Freitas erhob sich mühsam vom Sofa und schwankte zur Bar. Er versuchte, Clemente zu umarmen. Dieser entzog sich der Umarmung mit einer Bewegung, worauf Freitas zu Boden stürzte.

Der Senator wälzte sich mit geschlossenen Augen über den Fußboden auf der Suche nach einer weniger unbequemen Stellung. Kurz danach schnarchte er mit offenem Mund unter dem verächtlichen Blick seines Assistenten.

Genau zu diesem Zeitpunkt, um zwei Uhr fünfzehn nachts, als der Senator Vitor Freitas auf dem Fußboden seiner Wohnung im Alkoholrausch einschlief, traf der Journalist Carlos Lacerda beim Kavallerieregiment der Militärpolizei in der Rua Salvador de Sá ein, begleitet von einem großen Gefolge, darunter Anwälte, Journalisten, der Polizeichef, der Delegado Pastor sowie mehrere Offiziere des Heeres, der Marine und der Luftwaffe. Der

Regimentskommandeur Oberst Florêncio Lessa erwartete Lacerda und seinen Troß.

Lacerda sollte den Attentäter unter den Leibwächtern identifizieren. Oder die Attentäter, wie er betonte, womit er den Schlußfolgerungen des Delegado Pastor widersprach. Lacerda mochte Pastor nicht und hatte in seiner Zeitung geschrieben, in Polizeikreisen und vom Delegado persönlich, der die Ermittlungen leitete, sei die Hypothese aufgestellt worden, er, Lacerda selbst, sei der Mörder des Majors Vaz. Mit einer Frage an den Garagenwächter des Hauses habe der Delegado in Erfahrung bringen wollen, ob zwischen Major Vaz und Lacerda eine Auseinandersetzung stattgefunden hatte. Für den Journalisten hatte der Beamte, der die Ermittlungen leitete, die Pflicht, sämtliche Hypothesen in Erwägung zu ziehen, aber angesichts dessen, daß die Tat eindeutig von Dritten begangen worden war, was Zeugen und aussagekräftige Indizien belegten, sei eine solch »ungeheuerliche Befragung« unnötig und der Verdacht des Delegado unverständlich.

Pastor mochte Lacerda auch nicht. Ihr gespanntes Verhältnis äußerte sich in höflichem, aber feindseligem Ton.

Um zwei Uhr dreißig kamen siebenundvierzig Männer in die Kaserne, allesamt Leibwächter des Präsidenten.

»Insgesamt gehören der Leibwache dreiundachtzig Mann an«, sagte der Major Enio Garcez dos Reis, Chef der Polizeiwachen des Catete-Palastes, der mit den Leibwächtern des Präsidenten eintraf. »Allerdings konnte ich, da der Appell zum Sammeln so kurzfristig kam, nur siebenundvierzig Mann erreichen.«

Jemand warf ein, daß der Leibwache zweihundert Mann angehörten und nicht dreiundachtzig, wie der Major Enio behauptete.

Auf diese Bemerkung reagierte der Major mit der Erklärung, im aktiven Dienst ständen dreiundachtzig Mann, räumte aber ein, daß ein zusätzliches Kontingent von weiteren hundertsiebzehn Leuten existierte.

In Fünfergruppen wurden die Leibwächter Lacerda und den Staatsvertretern, die mit ihm gekommen waren, vorgeführt.

Es war vier Uhr morgens, als die Identifizierung zu Ende ging. Zwei Leibwächter waren von Lacerda herausgesucht worden.

»Ich habe in Antonio Fortes Filho«, sagte der Journalist, »den Körpertyp erkannt, der dem kleinen dicken Mann am nächsten kommt, der an der Rua Tonelero, Ecke Rua Paula Freitas auf Posten stand. Und José Pombo Pereira alias Pombo Manso sieht am ehesten dem Mann ähnlich, der auf den Major geschossen hat.«

Der von Offizieren der Luftwaffe festgenommene Bettler Russo gab an, ein Angestellter der Standard Esso habe ihm den Revolver abgekauft, den er am Tag der Ermordung des Majors Vaz in der Avenida Beira Mar gefunden hatte. Der Bettler und der Angestellte wurden in der Flugsicherungsdirektion einander gegenübergestellt. Die Waffe wurde beschlagnahmt.

10

Der Tag brach an, als Climério die »Glückliche Zuflucht«, sein Häuschen auf dem Land, verließ, in der Hand einen kleinen Koffer mit Wäsche, ein paar Papieren, einem Revolver mit sechs Schuß und den dreiundfünfzigtausend Cruzeiros, die Soares ihm vor zwei Tagen bei ihrem Treffen auf der Praça da República neben dem Campo de Santana im Stadtzentrum übergeben hatte. Das Geld hatte Valente auf persönliche Anweisung von Gregório aus der Schublade des Leibwachenchefs im Catete-Palast geholt. Valente hatte Soares beauftragt, es an den untergetauchten Climério zu übergeben.

Bevor er ging, goß er die Obstbäume und den kleinen Gemüsegarten, in dem er Kohl, Tomaten, Kürbis und Maniok anbaute. Wenn er auf dem Land war, goß er täglich alle Pflanzen, auch an Tagen, an denen der verhangene Himmel auf baldigen Regen schließen ließ.

Er fütterte die drei Schweine.

Bei Einbruch der Dunkelheit erreichte er sehr müde den kleinen Hof seines Kumpels Oscar Barbosa auf dem Berg Taboleiro im Tinguá-Gebirge.

Oscar und seine Frau Honorina saßen gerade beim Abendessen, als Climério überraschend erschien.

Climério sagte, er habe sich in der Hauptstadt auf eine dumme Geschichte eingelassen und müsse sich verstecken.

Oscar fragte nicht, was für Probleme sein Kumpel hatte, und forderte ihn auf, sich zu setzen und mit ihm und seiner Frau von ihrem Maniokbrei mit Fleisch mitzuessen.

Nach dem Essen sagte Oscar zu Climério, er werde ihn

am nächsten Tag zu einer Hütte mitten in einer Bananenpflanzung in den Bergen bringen, dort könne er sich verstecken. In der Hütte gebe es nur eine alte Pritsche, aber dort sei er sicher, da würde ihn niemand finden. Oscar oder seine Frau Honorina würden ihm jeden Tag Essen bringen.

Freitas wachte auf dem Fußboden von einer leichten Berührung an der Schulter auf. Der über ihn gebeugte Butler fragte: »Ist Ihnen nicht gut, Senhor?«

Der Senator sah auf seine Armbanduhr. Halb ein Uhr mittags.

»Doch, doch. Mach mein Bad fertig.«

Der Butler namens Severino, ein schlichter junger Mann von zweiundzwanzig Jahren, nahm die schroffe Art, mit der ihn der Senator behandelte, widerspruchslos hin. Sein Gehalt und die Trinkgelder, die er vom Senator bekam, wenn dieser guter Laune war, trugen zum Unterhalt seiner verwitweten Mutter und seiner acht jüngeren Geschwister bei, die in Caruaru in Pernambuco geblieben waren.

Er ließ das heiße Wasser ein und hielt einen Ellenbogen in die gefüllte Badewanne, um zu prüfen, ob das Wasser die vom Senator gewünschte Temperatur hatte. Dann legte er zwei große flauschige Badetücher und die Zeitungen auf ein Tischchen neben der Badewanne.

Die duftenden Badesalze gab der Senator selbst ins Wasser. »Falls jemand anruft, sag, daß ich schon zum Senat gefahren bin.«

Das warme Wasser um seinen Körper bereitete ihm ein wohliges Gefühl. Er kniff die Speckschicht auf seinem Bauch zusammen. Er mußte etwas gegen diese leidige Fettmasse unternehmen. Gymnastik, Diät oder sonstwas. Zu gern hätte er einen Bauch wie Lomagno gehabt, mit festen, gut definierten Muskeln. Sein Assistent Clemente hatte früher so einen Bauch, aber von der sitzenden Lebensweise wurde sein Körper immer schlaffer. Im Geist notierte er sich, daß er Clemente loswerden mußte. Der Assistent war nicht mehr bloß frech und aufdringlich; er war gefährlich geworden. Aber diese Angelegenheit mußte er sehr geschickt handhaben, um ihn nicht zu verärgern und eine ungelegene Reaktion zu provozieren.

Er griff nach einer Zeitung. Keine Bestätigung der Gerüchte, die im Senat umgegangen waren, daß Getúlio Vargas mit dem Ziel, die Streitkräfte zu spalten, den General Zenóbio da Costa zum Nachfolger des Luftwaffenministers Nero Moura ernennen würde, weil dieser sich angesichts der offensichtlichen Aufsässigkeit seiner Untergebenen als Schwächling erwiesen habe. Der Minister Nero Moura dementierte mit allem Nachdruck den ihm von der *Última Hora* zugeschriebenen Satz, Vaz sei nicht als Offizier der Luftwaffe getötet worden. Der Minister mußte dementieren, egal, ob er es nun gesagt hatte oder nicht, es ging nicht an, daß er dasselbe sagte, was die Getulisten in der Stadt verbreiteten, daß nämlich Vaz eine Art Leibwächter von Lacerda gewesen und in dieser Funktion umgekommen sei. Im Parlament hatte die Abgeordnete Ivete Vargas gefragt: »Warum werden diejenigen, die den Präsidenten beschützen, als Leibwächter bezeichnet, und diejenigen, die Lacerda beschützen, als Freunde?«

Kardinal Dom Jaime de Barros Câmara hatte dem Brigadeiro Eduardo Gomes eine Botschaft geschickt; darin stand, eingedenk der großmütigen Traditionen des brasilianischen Volkes, die sich unter den Einflüssen der christlichen Zivilisation herausgebildet hätten, richte er über die ehrwürdigen Herren Bischöfe an alle Priester im Land die Bitte, sich am selben Tag und zur selben Stunde gleichfalls zur Fürbitte für die Seele des zum Opfer gefallenen Fliegers, der ein aufrechter Katholik gewesen sei, zusammenzufinden und zu Gott um Eintracht und Frieden in der brasilianischen Familie zu beten.

Der Senator war überzeugt, daß eine sehr gut organisierte Demoralisierungskampagne gegen Vargas stattfand, an der sich die Kirche, Teile der Streitkräfte, Teile des Unternehmertums, politische Parteien der Opposition und die Presse beteiligten. Je mehr Schlamm sie auf Getúlio warfen, um so besser. Früher hatte man die krummen Geschäfte der Regierungsmitglieder angeprangert. Jetzt ging es um ihre Verbrechen. Im Januar 1920 hatte Getúlio Vargas den Zeitungen zufolge zusammen mit seinem Komplizen Soriano Serra den Indianerhäuptling Tibúrcio Fongue vom Stamm der Inhacorá ermordet. Das Ermittlungsverfahren war angeblich niedergeschlagen worden. Faksimiles der Akten der verschiedenen Ermittlungsverfahren waren in den Zeitungen abgedruckt. Im Jahre 1923 hatte Vargas angeblich, ebenfalls gemeinschaftlich mit Soriano Serra, den Ingenieur Ildefonso Soares Pinto, Landesbauminister des damaligen Gouverneurs Borges de Medeiros, ermordet. »Soriano wurde verhaftet, aber der andere Mörder, Getúlio Vargas, ist bis heute auf freiem Fuß.«

»Vargas' Vorleben zeichnet sich durch ungeheuerliche Verbrechen aus. Schon als Junge war Vargas ein Mörder«, hieß es in der *Tribuna*. In Ouro Preto im Bundesstaat Rio Grande do Sul seien drei weitere Personen »von Vargas und seinen Leibwächtern« niedergemetzelt worden: der Student Almeida Prado, der Arzt Benjamin Torres Filho und der Major Aureliano Morais Coutinho. »Alle wurden heimtückisch aus dem Hinterhalt umgebracht, ähnlich wie bei dem Attentat am 5. dieses Monats in der Rua Tonelero.« Vargas' Leibwächter hätten »den Major zuerst grausam verstümmelt und dann auf offener Straße zerstückelt«. Alle diese Vorwürfe wurden durch den Abdruck einer Unmenge von Dokumenten in den Zeitungen erhärtet.

Zerstückelt. Heimtückischer Hinterhalt. Grausame Verstümmelung. Niedergemetzelt. Lacerda kennt die Macht des Wortes, dachte Freitas, der hat eine gute Schulung gehabt bei der Kommunistischen Partei, wo er der junge Anführer einer als »Rote Hilfe« bekannten Gruppe gewesen war. Eine interessante Karriere: vom überspannten sektiererischen Kommunisten zum reaktionären UDN-Betbruder, jetzt noch furioser. In beiden Lagern war er im Erfinden zündender Slogans unschlagbar gewesen. Damals die »Ratte Fiuza«, wodurch die Absichten des Kandidaten der Kommunistischen Partei bei den Präsidentschaftswahlen 1946 zunichte gemacht worden waren; und jetzt das Schlagwort vom »Sumpf«, mit dem die Regierung Vargas desavouiert wurde.

Freitas las wie immer aufmerksam, was Lacerda in seiner Zeitung schrieb. Der General Ancora, dem der Journalist erst vorgeworfen hatte, die Aufklärung des Attentats verhindern zu wollen, war von Getúlio abgesetzt worden und galt jetzt in Lacerdas Augen als ein rechtschaffener Mann. Nach Lacerdas Lesart war Ancora geopfert worden, weil er sich so korrekt verhalten hatte. Ancoras Abschiebung sei eine weitere Episode der »von Vargas gesteuerten ungeheuerlichen Verschleierung, um die Verbrecher zu decken«. Zwischen den Zeilen unterstellte Lacerda, als Auftraggeber für den Mord kämen in Frage: der Bruder des Präsidenten, Benjamim Vargas; sein Sohn, der Abgeordnete Lutero Vargas; der übermächtige Vertreter der Industrie und Abgeordnete Euvaldo Lodi; und Vargas selbst, dieser im günstigsten Fall als duldender Mitwisser a posteriori.

Gleichzeitig mit der für ihn jetzt zweckmäßigen Lobpreisung des Generals Ancora rühmte Lacerda in einem anderen Teil der Zeitung den neuen Chef der DFSP. Lacerda ist ein Meister der Intrige, dachte Freitas, er bringt es mit seiner brillanten Rhetorik fertig, die riesigen und gelegentlich zynischen Widersprüche seines politischen

Opportunismus zu verschleiern. Der Journalist wollte bei den Wahlen im Oktober für das Parlament kandidieren; zwar war seine Wahl schon vorher sicher gewesen, doch dank des Attentats würde er garantiert mehr Stimmen auf sich vereinigen als jeder andere Abgeordnete des Bundesstaates Rio de Janeiro, wenn nicht gar des ganzen Landes. Einem Mann von solch furchtbarer Eloquenz auch nur ein Mindestmaß an Macht anzuvertrauen, war sehr gefährlich. Es wäre besser gewesen, man hätte Lacerda ermordet statt seinen Leibwächter. Getúlio Vargas hatte mit seinem monotonen und vorsichtigen Redestil so lange über das Land herrschen können; was würde Lacerda nicht alles anstellen mit seiner zündenden Intelligenz und seiner Fähigkeit, wie kein anderer Politiker in der Geschichte Brasiliens mit Hilfe der Sprache die Menschen zu überzeugen, zu täuschen, zu erregen, zu mobilisieren? Seine Zeitungsartikel und seine Rundfunkansprachen der letzten Tage hatten die Regierung veranlaßt, allein in den Kasernen von Rio de Janeiro dreißigtausend Soldaten in Bereitschaft zu versetzen.

In der Zeitung war ein Foto des neuen Polizeichefs Oberst Paulo Torres abgebildet. Torres hatte bislang das in São Gonçalo stationierte 3. Infanterieregiment befehligt. Er war zweiundvierzig Jahre alt, hatte unter Zenóbio beim Italienfeldzug in der Luftwaffe gedient und war mit einer Tapferkeitsmedaille ausgezeichnet worden. Er war Militärattaché in Rom, Paris und London gewesen. Außerdem hatte er Jura studiert. In Brasilien hat jeder Jura studiert, dachte Freitas, sogar ich.

Freitas war mit den Brüdern des neuen DFSP-Chefs befreundet, Acúrcio Torres, Abgeordneter und Fraktionschef der Regierungsmehrheit im Bundesparlament unter dem Präsidenten Dutra, und Alberto Torres, derzeitiger Fraktionschef der UDN im Parlament von Rio. Sollte die Ernennung eines durch familiäre Bande der UDN nahestehenden Polizeichefs ein ängstliches Zugeständnis von

Getúlio sein? Oder die Bestätigung dafür, daß Capanema im Parlament mit den Worten, »der Staatspräsident wünscht nicht, daß dieses Verbrechen ungesühnt bleibt«, die Wahrheit gesagt hatte? Oder beides? Getúlio unschuldig und ängstlich? Interessant, falls es sich tatsächlich so verhielt.

Der Senator mochte Capanema, diesen gutgläubigen Mann, der seine Unschuld verloren hatte, als er sich zum Fraktionssprecher der Regierungspartei im Parlament machen ließ. Ein anständiger, gebildeter Mann, dem man zu Unrecht nachsagte, ein Schwindler und Dummkopf zu sein; ein Dummkopf, weil er während der Diktatur Bildungsminister gewesen war. Alle brasilianischen Bildungsminister, und mochten sie noch so intelligent sein, wurden am Ende immer als Dummkopf bezeichnet, das war wie ein Fluch. Er, Freitas, würde dieses Ministerium nie übernehmen.

Eine Nachricht las Freitas mit Ironie. Die Zeitungsherausgeber Elmano Cardim vom *Journal do Comércio*, Roberto Marinho vom *Globo*, João Portela Ribeiro Dantas vom *Diário de Notícias*, Carlos Rizzini vom *Diários Associados*, Chagas Freitas von *A Notícia*, Othon Paulino von *O Dia*, Paulo Bittencourt vom *Correio da Manhã*, Macedo Soares, Horácio de Carvalho junior, Danton Jobim und Pompeu de Souza vom *Diário Carioca* hatten sich zusammengetan und erreicht, daß ein von ihnen benannter Vertreter zur Teilnahme an den Ermittlungen über die Rua Tonelero zugelassen wurde. Dieses Pack glaubte doch tatsächlich an den von ihnen selbst erfundenen nützlichen Mythos, die Presse sei die vierte Gewalt in der Republik. Sehr schlau, der Rabe – Freitas nannte Lacerda selten bei dem Spitznamen, den die Getulisten benutzten, aber diese Nachricht hatte ihn gegen alle Journalisten aufgebracht –, der Rabe hatte, obwohl auch er eine Zeitung herausgab, den Antrag nicht unterschrieben. Aber das wäre auch nicht nötig gewesen, die Militärs, die jetzt bei den polizeilichen Ermittlungen über die Rua Tonelero das Sagen hatten, waren alle Lacerda-Anhänger. Lacerda dirigierte die Ermittlungen. Der Name Samuel Wainer, Herausgeber der *Última Hora*, stand auch nicht auf der Liste. Vielleicht hatten seine Kollegen ihn nicht aufgefordert. Als ob die Unterzeichner des Papiers mit dem Ausschluß von Wainer und Lacerda die Unparteilichkeit ihres Ansinnens beweisen wollten. Aber Unparteilichkeit gab es nirgends. Zwei gegnerische Lager standen sich gegenüber, und die Presse hatte Partei ergriffen.

Freitas malte sich aus, welchen Erfolg Lacerdas flammende Sätze in der für diesen Abend im Presseverband anberaumten großen Versammlung des Clube da Lanterna haben würden: »Nur Diktatoren und Despoten lassen sich von gedungenen Killern und Häschern beschützen; Vargas' Leibwache ist eine Schmach für die Rechtsordnung, eine Beleidigung unseres Volkes; Vargas ist durch das Blut, das auf seinen Befehl vergossen wurde, abgesetzt.«

Weiter stand in den Zeitungen, daß ein Freund des Leibwächters Climério Euribes de Almeida, der Eisenbahnangestellte der Estrada de Ferro Central do Brasil José Antonio Soares, aus seiner Wohnung in der Rua Padre Nóbrega 29 in Cascadura verschwunden war, nachdem er von seiner Geliebten Nelly Gama ein Päckchen übernommen hatte. Bei seiner Flucht hatte Soares, den die Polizei verdächtigte, auf den Major Vaz geschossen zu haben, neuntausend Cruzeiros zurückgelassen, was für einen überstürzten Aufbruch sprach. Die Polizei hatte auf Befehl des Delegado Hermes Machado von der Abteilung Überwachung und Festnahmen Soares' Wohnung gestürmt, doch nur die über das Polizeiaufgebot zu Tode erschrockenen Mutter und Kinder angetroffen. Der Delegado hatte Soares' Korrespondenz mit dem berüchtigten Doktor Barreto, einem im Zuchthaus einsitzenden Betrüger, beschlagnahmt. In einem der Briefe erteilte Barreto

Soares die Vollmacht, fünfzig Prozent Vorschuß für den Verkauf von fünfzig Jeeps zu kassieren.

In einer Ecke der *Tribuna* stand eine Notiz, es habe eine Gegenüberstellung von Lacerda mit den Angehörigen der Leibwache des Präsidenten stattgefunden und die Zeitung werde in der Ausgabe des nächsten Tages ausführlich darüber berichten.

Plötzlich, bei einem Absatz fast am Ende von Lacerdas Artikel, zuckte Freitas fröstelnd zusammen und drehte den Warmwasserhahn auf. »Ich habe dreimal beim Delegado Pastor angerufen, ohne von ihm mit einem Besuch beehrt zu werden.« Lacerda, der behauptete, von drei Männern angegriffen worden zu sein und nicht nur von einem, wie der Delegado Pastor sagte, wollte den Delegado erneut mit seiner Zeugenaussage konfrontieren. Eine beunruhigende Assoziation rief Freitas bei dem Namen Pastor einen anderen Pastor wieder in Erinnerung, den Schnüffelprediger, der ihn in einer peinlichen Situation überrascht hatte, und einen anderen Kripomann, den Kommissar Mattos. Frierend stieg er aus der Wanne. Er war in Gefahr, er mußte etwas unternehmen. Rasch zog er sich an und stieg in den Dienstwagen, der vor dem Gebäude Seabra auf ihn wartete.

Er betrat den Plenarsaal des Senats in dem Augenblick, als der Fraktionschef der PTB Senator Carlos Gomes de Oliveira die Regierung verteidigte. Das Bedauerliche an der ganzen Episode der Rua Tonelero, sagte der PTB-Sprecher, seien die Absichten einiger Hitzköpfe, die versuchten, während die Kommunisten die Sache ausschlachteten, die Streitkräfte hineinzuziehen und sie zum Sturz des Staatspräsidenten zu verleiten, was eine Kette von Ereignissen auslösen würde, deren Ende nicht abzusehen sei.

Getúlio ist mit Rednern wie dem Senator der PTB schlecht beraten, dachte Freitas. Noch am selben Tag nahm er die ersten Gespräche und Kontakte innerhalb der PSD-Fraktion auf, um zu sondieren, ob eine Kurswendung erwünscht und angebracht war. Eine schwache und korrupte Regierung zu unterstützen hatte ihm viele gute Geschäfte ermöglicht. Aber jetzt war es an der Zeit, das sinkende Schiff zu verlassen.

Ein Butler öffnete die Wohnungstür von Luciana Gomes Aguiar. »Ich bin Kommissar Mattos. Dona Luciana erwartet mich.« Mattos konnte sich nicht erinnern, den Butler gesehen zu haben, als er am Tag der Tat in der Wohnung gewesen war.

»Sind Sie neu?«

»Ja. Alle Hausangestellten sind neu. Bis auf die Köchin. Ich sage Dona Luciana Bescheid.«

Luciana ließ etwa zehn Minuten auf sich warten. Sie war wie zum Ausgehen gekleidet, sorgfältig geschminkt und trug Schmuck. In der Hand hielt sie ein zusammengefaltetes Blatt Papier.

»Doktor Galvão hat mir gesagt, daß Sie mir ein paar Fragen stellen möchten. Nehmen Sie bitte Platz.«

»Ich dachte, er würde anwesend sein.«

»Ich hielt es nicht für notwendig.«

Kaum hatte der Kommissar sich gesetzt, erschien ein Hausmädchen mit Kaffee und Gebäck auf einem Tablett.

»Du kannst es auf dem Tisch abstellen, Mirtes.«

Die Hausangestellte setzte das Tablett auf einen Tisch und verließ den Raum. Luciana legte das Papier, das sie in der Hand hielt, neben das Tablett.

»Mit Zucker?«

»Ja.« Eigentlich durfte er keinen Kaffee trinken, das würde seine Magenübersäuerung verschlimmern. Er betrachtete Lucianas schöne Hände, während sie mit den Tassen hantierte.

»Dona Luciana, hat Doktor Galvão Ihnen mitgeteilt,

was der Portier Raimundo mir erzählt hat? Daß Sie ihn angewiesen hätten, nicht darüber zu sprechen, daß in der Mordnacht ein Mann schwarzer Hautfarbe in Ihrer Wohnung war?«

Luciana hob ihre Tasse langsam an die Lippen. »Ich wollte damit meinen Mann schützen. Eine dumme Idee.«

»Ihn schützen? Inwiefern?«

Resignierter Seufzer: »Vor Gespött. Paulo war sehr abergläubisch ... Er bekam ab und zu Besuch von einem ... Macumba-Priester ... der dann in unserer Wohnung Zauberrituale veranstaltete ... Da ich an solche Sachen nicht glaube, hatte ich Paulo gebeten, diesen Menschen nur kommen zu lassen, wenn ich in unserem Landhaus in Petrópolis bin. So war es an dem betreffenden Tag. Diesen, diesen ...«

»Macumbeiro.«

»... Macumbeiro kannte Paulo seit vielen Jahren. Aber er hat meinen Mann nicht ermordet, dessen bin ich sicher.«

»Warum haben Sie mir das nicht schon früher erzählt?«

»Ich wollte nicht, daß in der Zeitung steht, mein Mann habe einen Hang zu so primitiven Kulten gehabt.«

»Vielleicht ist er doch der Mörder Ihres Mannes. Dadurch haben wir viele Tage Ermittlungsarbeit verloren, Senhora.«

»Warum hätte er so etwas tun sollen? Mein Mann zahlte ihm, was er wollte. Doktor Galvão hat gesagt, es war ein Einbrecher, der meinen Mann getötet hat.«

»Aber Sie sagten, es sei nichts abhanden gekommen.«

»Als ich bei Ihnen war, hatte ich noch nicht überprüft, was verschwunden ist. Es fehlt viel Schmuck. Hier ist die Aufstellung.«

Sie reichte dem Kommissar das Blatt Papier, das sie neben das Tablett gelegt hatte.

»Mir ist nur noch der Schmuck geblieben, den ich jetzt trage, weil ich ihn nach Petrópolis mitgenommen hatte.«

Mattos steckte das Papier in die Tasche.

»Wissen Sie, wo ich diesen Macumba-Priester finden kann?«

»Ich weiß nur, daß er in der Gegend von Caxias wohnt, er hat dort eine Kultstätte.«

»Wissen Sie, wie er heißt?«

»Nein, das weiß ich leider nicht.«

An der Mitgliederversammlung des Klubs der Luftwaffe, die an diesem Dienstag stattfand, nahmen nicht vierhundert Offiziere teil wie an der Versammlung am 6., sondern mehr als zweitausend, und zwar aller Waffengattungen. Das Erscheinen hoher Offiziere – Generäle, Brigadeiros, Admiräle – hatte alle Anwesenden überrascht.

Der Brigadeiro Eduardo Gomes hielt eine Rede und erntete stehenden Applaus. Seine Worte waren gemäßigt, verglichen mit denen anderer Militärs, die ebenfalls gesprochen hatten. »Das Opfer dieses furchtlosen Lebens ist ein Symbol der Hochachtung des Militärs vor den kostbarsten Wahrheiten unserer Zivilisation. Halten wir also das glorreiche Andenken des Majors Vaz in Ehren. Möge Gott ihm den Frieden der Gerechten gewähren.«

Der Major Jarbas Passarinho zitierte Maritain: »Wenn die Obrigkeit ihre Rechtsgrundlage verliert, verstößt nicht der gegen das Recht, der sich gegen sie erhebt, sondern jener, der sich ihr beugt.«

Das Militär ist nur einer Sache verpflichtet, der Aufrechterhaltung und Verteidigung der Verfassung unter Einsatz des eigenen Lebens, stellte der Brigadeiro Godofredo de Faria fest und warf der Exekutive Machtmißbrauch vor, der Legislative Duckmäuserei und der rechtsprechenden Gewalt Tatenlosigkeit. »Wir wollen nicht die Söldner einer verderbten, unlauteren Regierung sein. Wir Generäle erfüllen im Moment nicht unsere Pflicht. Wir müssen uns der Uniform, die wir tragen, als würdig erweisen.«

Die Spaltung des Landes in Kräfte, die Korruption, Raub und Mord rechtfertigten, und jene anderen, die für die Würde und das Vaterland eintraten, beklagte der Oberst José Vaz da Silva und rief die Streitkräfte auf, gemeinsam »die Giftschlange zu erschlagen, die seit fünfundzwanzig Jahren dem Land Schaden zufügt. Wir werden uns nicht hinter einem vagen Ansatz von Ungehorsam verstecken. Ungehorsam waren die Bewegungen vom 7. September, 15. November und 29. Oktober in unserem Vaterland.« Der 29. Oktober stand für den Tag, an dem Vargas im Jahre 1945 durch einen Militärputsch unter der Führung des damaligen Kriegsministers Góes Monteiro zum Rücktritt gezwungen worden war. Vaz da Silva beendete seine Worte mit einem Appell an den Brigadeiro Eduardo Gomes, er möge noch einmal die jugendliche Begeisterung empfinden, die ihn 1922 zum Mitmarschieren veranlaßt hatte.

Oberst Adyl, der beim Justizminister beantragt hatte, die Luftwaffenoffiziere, die an den militärpolizeilichen Ermittlungen über die Rua Tonelero teilnahmen, mit Polizeibefugnissen auszustatten, hörte sich mit Befremden den phantasievollen und unwahren Bericht des Luftwaffenobersten Ubirajara Alvim an, der behauptete, er hätte sich als Stadtstreicher verkleidet, um auf eigene Faust zu ermitteln, und einen Mann namens Tomé de Souza festgenommen, den Bruder des Nelson Raimundo de Souza, der den Wagen des Todesschützen gefahren hatte. Tomé hätte ihm gesagt, die Tat wäre von dem Abgeordneten Lutero Vargas in Auftrag gegeben worden. »Dieser Schmierenabgeordnete gehört ins Gefängnis«, erklärte der Oberst der Luftwaffe. Seine Enthüllung schlug bei den Anwesenden wie eine Bombe ein.

Die einzige Stimme, die sich zur Verteidigung der Regierung erhob und auf kalte Feindseligkeit stieß, war die des Obersten der Luftwaffe Hélio Costa. Der Tod des Majors Vaz hätte seiner Ansicht nach unangemessene Reaktionen hervorgerufen; der Major Vaz hätte, als er erschossen wurde, nicht in offiziellem Auftrag gehandelt und auch keine Uniform getragen; der Mordanschlag wäre nicht gegen die Luftwaffe gerichtet gewesen; gewisse Hasardeure beabsichtigten, unter den Streitkräften Chaos und Ungehorsam zu stiften.

Das Murren, das nach Hélio Costas Worten eingesetzt hatte, wich Applaus, als ein Hauptmann des Heeres den Brigadeiro Eduardo Gomes und den General Juarez Távora als unumstrittene Führer der Luftwaffe und des Heeres bezeichnete und anschließend ausrief: »Überlassen wir unserer Führung, wann die Entscheidung fällt!«

Zuletzt beschloß die Versammlung, den Rechtsanwalt Evandro Lins e Silva zu beauftragen, der Familie des Majors Vaz als Anwalt der Anklage juristischen Beistand zu leisten.

Gegen Mitternacht erhielt der Senator Freitas einen Anruf von einem »Freund aus dem Palast«, der ihm mitteilte, der Präsident Vargas habe sich an diesem Abend in der Wohnung seiner Tochter Alzira im Gebäude Uruguay in der Avenida Rui Barbosa heimlich mit seiner Familie und ein paar engen Freunden getroffen, darunter sein Schwiegersohn Amaral Peixoto und der Minister Oswaldo Aranha. Zweck des Treffens sei gewesen, die politische Lage im Land zu diskutieren. Man habe über die Sitzungen des Heeresministeriums und der Heeresleitung gesprochen, die an diesem Vormittag stattgefunden hatten. Vargas habe gesagt, er betrachte die Lage als ernst, und hinzugefügt, falls nötig, werde er zurücktreten, um einen Bürgerkrieg im Lande zu vermeiden. Die Verwandten seien einhellig der Meinung gewesen, daß der Präsident sich nicht durch die Putschdrohungen der Feinde der Regierung erpressen lassen dürfe.

»Danke, Lourival«, sagte Vitor und legte auf.

11

Alice und Pedro Lomagno wohnten in einem geräumigen Stadtpalais in der Avenida Oswaldo Cruz, das seinem Vater gehört hatte.

Alice kam zeitig ins Frühstückszimmer. Der Butler hatte den Tisch wie üblich für zwei gedeckt und bediente gerade Alice, als Lomagno den Raum betrat. Er war zum Tennisspielen gekleidet und hatte einen Schläger in der Hand. Mit einem liebevollen Kuß auf die Wange begrüßte er Alice, legte den Tennisschläger auf die Anrichte und setzte sich ihr gegenüber an den Tisch.

»Ist der *Correio da Manhã* schon da?«

»Ja«, antwortete der Butler. »Ich bringe ihn sofort.«

Der Butler brachte die Zeitung. Lomagno griff nach der silbernen Kaffeekanne und stellte sie vor sich. Dann faltete er die Zeitung halb zusammen und lehnte sie an die Kanne. Während er einen Toast mit Marmelade bestrich, las er.

Alice auf der anderen Tischseite sah nur die Stirn und das sorgfältig gekämmte Haar ihres Mannes. Während des Frühstücks faltete Lomagno die Zeitung mehrmals auseinander und zusammen, suchte nach den Artikeln, die ihn interessierten, und blickte kein einziges Mal zu seiner Frau hinüber. Als er fertig war, stand er vom Tisch auf und ergriff den Tennisschläger.

»Es kann sein, daß ich ins Ausland reisen muß.«

»Darf ich fragen, wohin?«

»Nach Europa.«

»In Europa gibt es viele Länder.«

»Frankreich. Noch Fragen?«

»Fährst du mit dieser Frau?«

»Mit welcher Frau?«
»Das weißt du genau.«
»Ich fahre allein.«
»Das glaube ich nicht.«
»Warst du diese Woche beim Arzt? Nimmst du deine Medikamente?«
»Mir geht es gut.« Pause. »Ich muß dir etwas sagen.«
»Was denn, Liebes?«
»Ich habe dem Polizeikommissar, mit dem ich befreundet bin, gesagt, daß du ein Verhältnis mit Luciana Gomes Aguiar hast.« Alices Stimme zitterte.
Lomagno drehte den Griff des Schlägers in der Hand, wie Tennisspieler es tun. Aber er verzog keine Miene.
»Ich wußte gar nicht, daß du mit Polizeikommissaren befreundet bist«, sagte Lomagno ganz ruhig.
»Alberto Mattos. Mein Ex-Freund.«
»Ach ja.« Lomagno wußte, daß Mattos in dem Mord an Paulo Gomes Aguiar ermittelte. Er sah Alice an und suchte nach Reaktionen in ihrem Gesicht.
»Wo habt ihr euch getroffen?«
»Bei ihm.« Ihre Stimme zitterte nicht mehr, jetzt rächte sie sich an ihrem Mann und genoß es. Mehr noch hätte sie es genossen, wenn er nicht so aufreizend gelassen geblieben wäre.
»Und was hat er gesagt? Der Kripomann? Hat er Fragen gestellt?«
»Nein.«
»Triffst du dich wieder mit ihm?«
»Weiß ich nicht.«
»Du bist ein Dummerchen. Warum hast du das getan?«
»Er hat gefragt, ob in unserem Haus ein Schwarzer verkehrt«, platzte Alice heraus, aus irgendeinem Grund in der Hoffnung, damit ihren Mann aus der Fassung zu bringen.
Lomagno drehte Alice den Rücken zu und ging, ohne sich umzusehen.

Luciana Gomes Aguiar saß im Country Club in Ipanema im Tennisdreß an einem der Tische rund um den Swimmingpool und wartete auf Lomagno. Luciana war ungeduldig, denn sie hatten vereinbart, sich nach dem Tod von Gomes Aguiar ein paar Tage nicht zu sehen, und nur miteinander telefoniert.

»Ich habe den Portier bezahlt, damit er nichts sagt, aber dieser Idiot konnte den Mund nicht halten.«

»Liebling, ich hatte dir doch gesagt, daß wir den Macumba-Priester als Alibi benutzen.«

»Kann man dem trauen?«

»Gesindel kann man nie trauen. Es gibt nur eine Sorte, die noch schlimmer ist als die Reichen, und das sind die Armen.« In der Gesellschaft traten immer mehr Neureiche auf, und Pedro und Luciana verachteten diese Emporkömmlinge wegen ihrer Gewöhnlichkeit.

»Dieser Macumbeiro ist so wirr im Kopf, der weiß nie das richtige Datum. Vergiß nicht, daß er am Abend vorher in deiner Wohnung war, am dreißigsten. Das läßt sich leicht durcheinanderbringen, dafür sorge ich schon. Ich spreche mit dem Kommissar, mir scheint, es ist Zeit, daß ich ihm Paroli biete. Ich werde ihm gegenüber die Geschichte mit dem Macumbeiro bestätigen. Falls nötig, erwähne ich auch ihre gesundheitlichen Probleme ...«

»Aber wir müssen diesen Portier verschwinden lassen. Das kann Chicão erledigen. Er betet dich an, er tut alles, was du willst ...«

»Dann rufe ich ihn jetzt an. Wir dürfen keine Zeit verlieren.«

Kurz darauf kam Lomagno zurück.

»Alles klar. So, und jetzt spielen wir.«

»Heute schlage ich dich«, sagte Luciana.

»Mit Sicherheit. Du wirst immer besser. Aber glaub nicht, daß ich mich kampflos ergebe.«

Nachdem das Problem gelöst war, gingen sie auf den Center Court, der für sie reserviert war.

Jeden Dienstag ging Salete in die Stadt und sah sich die Schaufenster der Modegeschäfte an. Ein paar Kleider bei A Imperial und A Moda fielen ihr ins Auge, aber sie probierte nur ein Jerseykleid an, das sie bei A Capital im Schaufenster gesehen hatte. Doch an ihr, fand sie, sah das Kleid nicht so schön aus wie auf der Schaufensterpuppe.

»Ich weiß, daß mein Gesicht häßlich ist, aber mein Körper ist perfekt. Und wenn dieses Kleid schon an mir nicht sitzt, wie sitzt es dann wohl bei anderen Frauen?«

»Aber Ihr Gesicht ist auch sehr hübsch«, entgegnete die Verkäuferin.

»Ich besitze zu Hause einen Spiegel, meine Liebe, bilden Sie sich nicht ein, Sie könnten mir mit falschen Komplimenten dieses Kleid verkaufen, das auch noch einen Fehler am Ärmel hat. Sie als Verkäuferin hätten das sehen müssen.«

»Es steht Ihnen sehr gut«, sagte die Verkäuferin, von Saletes aggressivem Ton unbeeindruckt.

»Finden Sie wirklich?«

»Es sieht phantastisch an Ihnen aus.«

Salete stellte sich in verschiedenen Posen vor den Spiegel, dann entschloß sie sich zum Kauf des Kleides. Beglückt nahm sie das in farbiges Papier des Geschäfts gewickelte Päckchen, trug es vorsichtig, damit der Inhalt nicht zerdrückte, und ging zur Stadtbushaltestelle am Largo da Carioca, nicht weit von A Capital entfernt. Als der erste Stadtbus nach Copacabana kam, stieg sie ein. Der kleine Bus blieb im allgemeinen ein paar Minuten an der Haltestelle stehen und wartete auf Fahrgäste. Salete setzte sich ans Fenster und schaute hinaus. Genau gegenüber war ein billiges Stoffgeschäft. Eine Frau kam aus dem Geschäft. Als Salete sie sah, duckte sie sich entsetzt auf ihrem Platz, bis sie mit dem Kopf fast an die Knie stieß. Ihr war schwindlig, als würde sie ohnmächtig. Das kann sie nicht sein, dachte sie.

Vorsichtig hob sie den Kopf und schaute wieder hin.

Die Frau stand noch immer da, als wüßte sie nicht, wohin sie gehen sollte. Sie war es wirklich, die Unselige war nicht tot! Großer Gott, sie war ja noch schwärzer und noch häßlicher geworden!

Daß ihre Mutter noch lebte, verursachte Salete vor lauter Unglück Herzschmerzen. Was, wenn Luiz sie zu sehen bekam? Schlimmer noch, wenn diese Schwarze eines Tages vor Alberto stehen und sagen würde: »Ich bin Saletes Mutter.« Wieder versank sie auf ihrem Sitz vor Angst, ihre Mutter könnte zum Bus blicken und sie darin sehen.

Endlich fuhr der Bus in Richtung Rua Senador Dantas ab. Als er an der Ecke der Rua Evaristo da Veiga hielt, setzte Salete sich auf ihrem Platz zurecht und sah hinaus. Das Gespenst ihrer Mutter war verschwunden, stellte sie erleichtert fest. Ein großer, kräftiger Schwarzer lief mit einem Paket in der Hand über die Straße und winkte dem Bus. Er stieg ein und ging nach hinten zu der letzten noch freien Reihe, wobei er sich bücken mußte, um nicht mit dem Kopf oben anzustoßen.

Noch wenige Augenblicke zuvor hatte dieser Mann in dem Geschäft Cassio Muniz gestanden, wo er auf Abzahlung einen Smith & Wesson Kaliber 32 zu einer Monatsrate von fünfhundertzwanzig Cruzeiros und eine französische MAB-Pistole Kaliber 7.65 mit einem Magazin für zehn Kugeln zu einer Monatsrate von nur zweihundertzwanzig Cruzeiros gekauft hatte. Der Endpreis interessierte ihn nicht, das Ratengeschäft war ja zu dem Zweck erfunden worden, daß man sich solche Sorgen nicht machte. Eigentlich hatte er auch noch eine Winchesterbüchse Kaliber 22 kaufen wollen, es aber doch nicht getan. Er besaß schon ein Gewehr Kaliber 12, ein wahres tödliches Schmuckstück mit getriebenen Silberbeschlägen auf dem Kolben und dem Verschlußgehäuse.

Chicão – so hieß der Schwarze – war von Pedro Lomagno beauftragt worden, den Portier Raimundo vom Gebäude Deauville umzubringen. Das hatte er sich für diese Nacht vorgenommen. Aber erst einmal wollte er die Waffen, die er gekauft hatte, vorübergehend in der Rua Almirante, nicht weit vom Deauville, bei einer Frau deponieren, mit der er hin und wieder schlief.

Chicão hatte Pedro Lomagno im Januar 1946 im Clube Boqueirão do Passeio in der Rua Santa Luzia kennengelernt. Zwei Jahre zuvor war er zum Militärdienst eingezogen und dem 9. Pionierbataillon zugeteilt worden, das als eine der ersten Einheiten des brasilianischen Expeditionskorps im Juli 1944 nach Italien ging und als eine der letzten am 3. Oktober 1945 zurückkehrte. Er hatte es bis zum Cabo gebracht. Der Krieg hatte Chicão gefallen. Noch nie hatte er so gutes Essen bekommen, den brasilianischen Soldaten standen die üppigen Mittel und Dienstleistungen des 4. amerikanischen Heereskorps zur Verfügung. Die Verpflegung, die Zigaretten und alles, was er sonst noch erhielt, waren für seine Beziehungen zu den italienischen *ragazze* von Vorteil. Für eine Schachtel amerikanische Zigaretten oder einige Tafeln Schokolade hatte er schön bumsen können. Daß er sterben konnte, darüber machte er sich keine Gedanken, und nachdem er zwei Kameraden neben sich hatte sterben sehen, der eine von einem Mörser der *tedeschi* getroffen und der andere von Splittern einer *booby trap*, während er selbst unversehrt blieb, war er zu dem Schluß gekommen, daß er unvertwundbar war. Aufgrund seines athletischen Körperbaus hatte man ihn zum Boxtraining mit den amerikanischen Kameraden und zur Teilnahme an Schaukämpfen aufgefordert. Er hatte gebumst und geboxt und Minen entschärft und sich weder eine Gonorrhöe geholt wie alle anderen noch seine Nase, die so schmal wie bei einem Weißen war, gebrochen oder Verletzungen am Körper davongetragen; ja, der Krieg war eine feine Sache gewesen. Zwar starben die Leute im Krieg ganz plötzlich, aber taten sie das nicht auch in São João de Meriti, wo er wohnte?

Die Demobilisierung und Rückkehr nach Brasilien waren das Schlimmste, was ihm in seinem ganzen Leben passiert war. Nach kurzer Zeit hatte er seine Ersparnisse aufgebraucht und mußte sich Arbeit suchen. Vor seiner Einberufung hatte Chicão als Hilfsarbeiter auf dem Bau gearbeitet. Aber jetzt fand er das unter der Würde eines Mannes mit seiner Erfahrung. Ein ehemaliger Kriegsteilnehmer und Regimentskamerad sagte ihm, daß der Clube Boqueirão do Passeio einen Boxlehrer brauchte.

Er erschien im Klub in einer amerikanischen Uniformjacke mit Wollfutter und mehr als knöchelhohen schwarzen Stiefeln mit breiten Schnürsenkeln und Hartgummisohlen, die er als *batbut* bezeichnete, die *combat boots* des Kampfanzugs der in Italien eingesetzten Soldaten. Ein deutscher Stahlhelm und eine Walther-Pistole, dazu die Uniformjacke und die Stiefel, das waren seine Kriegstrophäen. Nach einem kurzen Gespräch mit Kid Terremoto, einem ehemaligen Mittelgewichtsmeister von Rio, der die Boxkurse des Clube Boqueirão do Passeio leitete, wurde Chicão engagiert. Zwei Tage später lernten Pedro Lomagno und er sich kennen. Lomagno hatte beschlossen, Boxen zu lernen, und der Klub lag in günstiger Nähe des Büros der Kaffee-Exportfirma seines Vaters in der Avenida Graça Aranha, wo Pedro ein Praktikum absolvierte, um sich darauf vorzubereiten, eines Tages die Geschäfte des alten Lomagno zu übernehmen.

Pedro und Chicão waren gleichaltrig, zweiundzwanzig Jahre. Beide fühlten sich sofort zueinander hingezogen. Lomagno, ein schweigsamer, introvertierter junger Mann, bewunderte Chicãos Begeisterungsfähigkeit und Lebensfreude. Chicão hatte vor Pedro wegen seiner Bildung, seines Reichtums und seiner weißen Haut Respekt.

Ein Jahr lang sahen die beiden sich dreimal wöchentlich im Boxkurs. Trotz der engen Beziehung, die zwischen ihnen entstanden war, gingen sie nie zusammen aus. Pedros Eltern hätten seine Freundschaft mit einem Schwarzen nicht akzeptiert, und seine Freunde hätten sehr befremdet reagiert, wenn er mit Chicão auf den eleganten Festen erschienen wäre, zu denen er ging. Nach dem Tod seines Vaters übernahm Pedro die Geschäfte der Familie und kam nicht mehr in den Klub. Aber das war für ihn kein Grund, seinen Freund fallenzulassen. Er stellte ihn als Oberverwalter des Kaffeelagers seiner Firma in der Avenida Rodrigues Alves ein. Doch Chicão verfügte nicht über die erforderlichen Kenntnisse. Lomagno schenkte ihm Geld für eine eigene Boxschule. Nach ein paar Monaten Verlustgeschäft beschloß Chicão, da es ihm peinlich war, seinen Gönner um noch mehr Geld anzugehen, die Schule zu schließen. Pedro Lomagno, dem die Boxkämpfe fehlten, denn sein Körper wurde um die Hüften unangenehm schlaff, erschien an dem Tag in der Sportschule in Rio Comprido, als Chicão das Schild mit dem Namen Academia Brasil de Boxe draußen von der Wand nahm.

»Was ist denn hier los?«

»Bin pleite. Es bringt nicht mal die Miete für diesen Mistladen ein.«

»Warum hast du nicht mit mir gesprochen?«

»Das war mir unangenehm.«

Lomagno ging hinein. Es war sechs Uhr nachmittags, und die Halle war dunkel. Nur am Eingang zu den Umkleideräumen brannte eine Lampe.

»Schalt alle Lampen ein«, befahl Lomagno.

In der Mitte der Sporthalle hob sich der nach offiziellen Maßen gebaute Boxring ab.

»Hast du Shorts und Handschuhe für mich?«

»Es ist alles da, was Sie wollen. Sogar Schutzhelme.«

Damals im Clube Boqueirão do Passeio hatte Chicão Lomagno geduzt. Seit einiger Zeit siezte er ihn jedoch.

»Wir boxen ohne Schutzhelm.«

Sie boxten mit vollem Einsatz, bis Lomagno müde wurde. Dieses wohlige Gefühl hatte er schon lange nicht mehr verspürt.

»Das hat mir gefehlt.« Sie standen beide nackt im Umkleideraum. Die Blöße ihrer verschwitzten muskulösen Körper gab ihnen das Gefühl von Vertrauen, Partnerschaft, Gemeinsamkeit. Sie gingen unter die Dusche. Vom Wasser wurde Chicãos Haut noch schwärzer. Lomagnos Haut dagegen war trotz der großen Kraftanstrengung nach wie vor bleich, als wären seine mächtigen Muskeln aus Marmor gemeißelt.

»Frag den Besitzer, wieviel er für die Halle will. Ich kaufe sie dir.«

»Kaufen nützt nichts. Wissen Sie, wie viele Schüler ich hatte? Zwei.«

»Und wie viele hättest du gern?«

»Mindestens zwanzig.«

»Dann hast du sie jetzt.«

»Ach ja?«

»Ich werde deine zwanzig Schüler sein.«

Chicão kaufte die Halle, Lomagno lieh ihm das Geld. Sie trafen ein Abkommen: Chicão sollte keinen anderen Schüler annehmen. Zweimal pro Woche verließ Lomagno nachmittags das Büro, sagte niemandem, wohin er ging, und fuhr zum Boxtraining in die jetzt leere und geschlossene Sportschule in der Rua Barão Itapagipe in Rio Comprido.

Im Stadtbus ging Chicão noch einmal in Gedanken Lomagnos Anruf durch und machte Pläne für den Abend. Was Lomagno von ihm wollte, war ein Kinderspiel, so was konnte doch jeder mit links machen.

Er ließ den Bus an der Rua Almirante Tamandaré vorbeifahren und stieg erst ein Stück weiter aus, in der Rua Tucumã. Er ging an der Reihe vorbei, in der Salete saß, sah aber nicht zu ihr, und auch sie achtete nicht auf ihn, so vertieft war sie in ihre Sorgen.

Er ging die Rua Tucumã bis zur Rua Senador Vergueiro hinauf und von dort weiter zum Largo do Machado. Niemand folgte ihm, das wußte er, trotzdem verhielt er sich, als könnte es dazu kommen. Vom Largo do Machado ging er zur Rua Almirante Tamandaré.

Seine Freundin Zuleika war zu Hause. Er bat sie, das Paket in Verwahrung zu nehmen.

»Was ist da drin?«

Chicão packte es aus.

»Wozu brauchst du diese Waffen?«

»Ich sehe sie mir gern an. Ich glaube, wer einmal im Krieg war, der schwärmt danach für Waffen.«

»Mir graust es schon beim Hinsehen. Pack das wieder ein.«

Chicão fragte, ob Zuleika ihm für diesen Abend ihr Auto leihen könne.

»Was willst du mit dem Auto? Eine andere Frau?«

»Meine Frau bist du«, sagte Chicão, nahm seine Freundin auf den Arm und trug sie zum Bett.

»Was hast du hier auf der Brust? Das sieht wie ein Biß aus.«

»Ist auch einer. Bei einem Boxkampf, im Clinch, da hat der andere zugebissen.«

»Komisch ...«

Im Bett dachte Zuleika nicht mehr an den Biß. Chicão konnte ruhig hin und wieder fremdgehen, vorausgesetzt, er war bei ihr so leidenschaftlich wie an diesem Tag.

Chicão ging Einkäufe machen und kam erst abends mit einem schwarzen Koffer zurück.

»Was ist da drin?« fragte Zuleika, neugierig wie sie war.

»Trainingshanteln«, antwortete Chicão, griff in den Koffer und holte zwei Fünf-Kilo-Hanteln heraus.

Zuleika hob mit beiden Händen eine Hantel an. »So ein schweres Ding, wozu braucht man so was?«

Chicão nahm in jede Hand eine Hantel und führte die gestreckten Arme abwechselnd nach vorn und zur Seite, um zu zeigen, wie stark er war. Anschließend nahm er beide Gewichte in eine Hand und hob sie mühelos über den Kopf.

»Findest du nicht, daß man seine Kräfte besser einsetzen kann?«

»Du bist ja eine ganz Schlimme!«

Chicão legte die Hanteln in den Koffer zurück und schloß ihn sorgfältig. Er hatte keine Lust, noch einmal zu bumsen, aber er brauchte das Auto, und wenn Zuleika sich auszog, würde er schon Lust bekommen.

Der Marschall Mascarenhas de Morais, Generalstabschef der Streitkräfte, erhielt um elf Uhr abends einen Anruf von dem Generalstabsmitglied Brigadeiro Neto dos Reis, der ihn bat, mit dem Abgeordneten Amaral Peixoto und dem Direktor der Militärakademie und Mitglied des Generalstabs General Juarez Távora zu ihm kommen zu dürfen, um über eine äußerst ernste Angelegenheit in Zusammenhang mit der politischen Lage im Land zu sprechen. Der Marschall Mascarenhas gab der Bitte statt. Anschließend rief er den General Humberto Castello Branco an, ebenfalls Generalstabsmitglied, der zu seinem Stab in Italien gehört hatte, berichtete von dem Anruf und bat ihn, Castello Branco, zu ihm zu kommen und als Zeuge an dem vom Brigadeiro Neto dos Reis erbetenen Treffen teilzunehmen.

Nach seiner Rückkehr aus Italien im Juli 1945, wo er das Expeditionskorps befehligt hatte, erwarteten Mascarenhas allerhand Ärgernisse. Am 29. Oktober wurde sein Freund Vargas abgesetzt; der General Gaspar Dutra, unter Vargas Kriegsminister, zu dem er kein gutes Verhältnis hatte, wurde am 3. Dezember zum Staatspräsidenten gewählt und trat sein Amt am 31. Januar 1946 an. Um dem Ganzen noch die Krone aufzusetzen, wurde Góes Monteiro, mit dem er verfeindet war, zum Kriegsminister ernannt. Ihm selbst wurde kein einziger Führungsposten angeboten, weshalb er sich genötigt sah, seine Versetzung in die Reserve zu beantragen. Also wurde am 27. August 1946 im *Diário Oficial* sein Ausscheiden aus dem aktiven Dienst bekanntgegeben.

Nach sieben Jahren in der Reserve war der Marschall von Vargas zum Generalstabschef der Streitkräfte ernannt worden. In dieser Funktion hatte er jede Woche eine Arbeitssitzung mit dem Präsidenten und führte außerdem bei den Sitzungen des Rates der Generalstabschefs der drei Waffengattungen den Vorsitz.

Bei dem von Reis erbetenen Treffen wurde dem Marschall mitgeteilt, daß aus dem Palast durchgesickerten Informationen zufolge Vargas daran dächte, die Regierungsmacht an den General Zenóbio abzutreten.

Eine Antwort erhielten der Abgeordnete und die Generäle, die zu diesem Sondierungsgespräch den Marschall aufgesucht hatten, von dem General Castello Branco, einem kleinwüchsigen Mann, der wohl genausowenig wie sein Vorgesetzter Mascarenhas die laut militärischer Vorschrift für den Dienst im Heer erforderliche Mindestgröße besaß. Castello Branco sagte, ohne daß seine Gesprächspartner ihm zu widersprechen wagten, falls der Präsident zurücktreten wolle, solle nicht ein General die Regierung übernehmen, sondern sein rechtmäßiger Vertreter, der Vizepräsident.

12

Es war wenige Minuten nach Mitternacht, als Chicão seine Freundin Zuleika um den Autoschlüssel bat.

»Ich weiß nicht, wann ich zurückkomme. Warte nicht auf mich.«

»Du hast mir noch nicht gesagt, was du vorhast.«

»Ich bring ein hohes Tier zu einer Nummer mit einer Dame ins Hotel Colonial an der Avenida Niemeyer. Seiner Alten erzählt er, daß er nach São Paulo fährt, dabei macht er hier einen Seitensprung, als kleine Abwechslung im Bett. Ich glaube, der traut sich nicht allein in die Gegend. Ob er mit der Dame da auch übernachten will, weiß ich nicht. Falls ja, warte ich im Auto auf ihn und komme erst morgen früh wieder. Zufrieden? Und du kriegst die Hälfte von der Knete, die der Kerl mir dafür zahlt. Den schwarzen Koffer nehme ich mit. Die Hanteln sind für ihn.«

»Braucht der dazu Hanteln, wenn er eine Frau vernaschen will?«

»Die Welt ist voll von Abartigen, mein Schatz.«

Chicão hielt vor dem Gebäude Deauville und blieb in Zuleikas altem Armstrong am Steuer sitzen. Raimundo saß in der Portiersloge. Es war noch zu früh, tätig zu werden. Chicão ließ den Motor an, fuhr zum Largo do Machado und parkte in der Nähe der Straßenbahnhaltestelle der Light.

Er ging zu Fuß zum Restaurant Lamas und schlängelte sich zwischen den fast vollzählig besetzten Tischen durch den langgestreckten großen Raum nach hinten zum Billard.

An allen Billardtischen wurde gespielt. Für eine Nacht

zum Mittwoch ziemlich viel Betrieb, dachte Chicão. Eine ganze Weile sah er den Spielern und Kiebitzen zu. Er beobachtete gern Menschen, sie waren sich alle so ähnlich und doch so verschieden. Im Krieg hatte er lange Zeit unter Männern gelebt, die alle die gleiche olivgrüne Uniform trugen, den gleichen Jargon sprachen, die gleichen Witze machten, die gleichen Vergnügungen suchten, die gleichen Ängste hatten, und dennoch hatte er feststellen können, daß die Unterschiede zwischen ihnen größer waren als die Ähnlichkeiten. Er hatte den Tenente Lobão darauf angesprochen, aber der Tenente hatte erwidert, daß alle Männer im wesentlichen gleich wären. Der Tenente hatte keine Ahnung. Der war wie Zuleika, die sich das zwar alles angehört, aber kein Jota davon verstanden und dann geantwortet hatte, »eine Kutte macht noch keinen Mönch«.

Er fragte einen der Kiebitze, die um die Tische herumlungerten, ob er spielen wolle.

»Ich bin blank«, sagte der Typ.

»Ich zahl die Stunde«, sagte Chicão.

Sie spielten, ohne zu wetten.

»Du spielst gut«, sagte Chicão, der sich, da er in Gedanken bei dem Auftrag war, den er ausführen sollte, wenig auf das Spiel konzentriert und trotzdem eine Partie gewonnen hatte.

»Ich hab schon den Carne Frita geschlagen. Du weißt doch, wer Carne Frita ist, oder?«

»Wer kennt den nicht.«

»Ein harter Brocken. Bis zur letzten Kugel stand's unentschieden. Tausend Leute um uns rum.«

»War das hier im Lamas?«

Der Kerl zögerte.

»Äh … nein … im Zentrum … in dem Billardsalon da an der Praça Tiradentes …«

Chicão legte das Queue auf den grünen Filzbelag.

»Wenn du Carne Frita geschlagen hast, bin ich ein Zirkusaffe.«

Der Pseudogegner von Carne Frita sah Chicão an, als wollte er etwas sagen, verkniff es sich aber, der Schwarze war zu groß, und in seiner sanften Stimme klang etwas sehr Böses mit. Er senkte den Blick und rieb sein Queue mit Kreide ein.

Die Wanduhr im Raum zeigte ein Uhr zwanzig. Jetzt muß er dran glauben, dachte Chicão.

Er stieg ins Auto und fuhr zurück zu der Straße, in der das Gebäude Deauville stand. Er parkte an einer Stelle weitab von den Straßenlaternen. Dann nahm er aus dem Handschuhfach eine lange Stoffbinde, band sie sich um den Hals und schob den rechten Arm hinein.

Er stieg aus. Klopfte an die Glastür des Gebäudes. Der Portier Raimundo gab zu verstehen, daß er ihn erkannt hatte, und kam öffnen.

»Ich hab einen Koffer für Dona Luciana im Auto. Könntest du mir helfen und den Koffer hertragen? Ich kann den Arm nicht aus der Schlinge nehmen. Ich glaub, ich hab ihn mir gebrochen.« Er verzog das Gesicht vor Schmerzen. »Es tut verdammt weh. Nachher fahr ich gleich zur Ambulanz, damit sie das röntgen.«

Raimundo ging mit Chicão zum Auto.

»Er liegt auf dem Rücksitz.«

Raimundo schaute auf den Koffer im Auto.

»Du steigst am besten ein, um ihn rauszuholen.«

Chicão schloß die Autotür ungelenk mit der linken Hand auf.

»Wenn ich mir meinen Lebensunterhalt mit der linken Hand verdienen müßte, dann könnte ich betteln gehen.«

»Oder Portier werden. Da mußt du nur einen größeren Sack haben als der Weihnachtsmann – soviel mußt du einstecken.«

Sie lachten beide. Raimundo wollte dem Schwarzen eigentlich sagen, daß die Polizei hinter ihm her sei, aber wozu sich einmischen?

Er bückte sich und stieg ins Auto. Chicão kam hinterher.

Mit seinem schweren Leib warf er sich auf den schmächtigen, wie alle aus dem Nordosten unterernährten Portier und griff ihm mit aller Kraft um den Hals, bis er sich nicht mehr rührte. Wäre in diesem Augenblick jemand dicht am Auto vorbeigegangen, hätte er nicht das leiseste Wimmern gehört, noch nicht einmal eine Bewegung von dunklen, im Auto kämpfenden Gestalten wahrgenommen. Als einziges war ein Knacken wie vom Zerbrechen eines Eisstiels zu hören. Das waren Raimundos Halswirbel, die unter Chicãos Händen brachen.

Die Straße war menschenleer. Die Fenster der Häuser dunkel. Chicão hatte Raimundo in weniger als zwei Minuten getötet.

Chicão ließ den Toten auf dem Rücksitz liegen, kletterte auf den Vordersitz und trat die Fahrt an, die er für diese Nacht geplant hatte. Einen Teil der Strecke hätte er eigentlich schneller über die Landstraße Rio-São Paulo zurücklegen können, aber er wollte nicht riskieren, daß er von der Verkehrspolizei zu einer Routinekontrolle angehalten wurde.

Deshalb entschied er sich für die längere, aber sichere Strecke. An einer Tankstelle der Avenida Brasil tankte er voll. Der Tankwart sah den Toten auf dem Rücksitz liegen und dachte, er schliefe. Chicão fuhr durch São João de Meriti, die Stadt, in der er so lange gelebt hatte, dann nach Nilópolis und von dort nach Mesquita.

In Mesquita ging der Motor aus und sprang erst nach einer ganzen Weile wieder an. In Nova Iguaçu platzte ein Reifen, und er hatte fürchterliche Mühe, ihn bei laufendem Motor zu wechseln. Als Chicão Queimados erreichte, hielt er vor einem Reifendienst und wollte eigentlich den Reifen reparieren lassen, fuhr dann aber lieber weiter, es war besser, wenn er in dieser Gegend nicht gesehen wurde.

Er erreichte Engenheiro Pedreira und sah sofort den Fluß. Es war vier Uhr morgens. Er hielt den Wagen auf einer riesigen, einsamen Ödlandfläche, die zum Teil von Kriechpflanzen bedeckt war. Er schaltete die Scheinwerfer aus, ließ aber den Motor laufen. Nachdem seine Augen sich an die Dunkelheit gewöhnt hatten, zog er den Leichnam aus dem Auto und warf ihn auf einen Grashügel. Dann holte er den Koffer und stellte ihn neben dem Toten ab. Aus dem Koffer nahm er eine Stabtaschenlampe, schaltete sie ein, steckte sie sich in den Mund und hielt sie mit den Zähnen fest; er wollte die Hände frei haben bei der Arbeit, die er jetzt zu erledigen hatte. Er holte ein Beil, einen Segeltuchsack mit Metallösen, eine Leine und einen kleinen Stoffbeutel aus dem Koffer.

Dann zog er den Leichnam aus und untersuchte ihn auf Muttermale und Narben. Nachdem er nichts entdeckt hatte, hackte er mit dem Beil sämtliche Finger von den Händen des Toten ab, ohne das geringste Mitleid, der Scheißkerl machte ihm reichlich viel Schwierigkeiten. Er zählte die Finger einzeln ab und steckte sie in den kleinen Stoffbeutel. Sorgfältig zählte er sie noch einmal durch, es durfte ihm keiner hier verlorengehen. Nachdem alle zehn Finger sicher im Beutel lagen, steckte er den Beutel in die Hosentasche. Er zog sein Hemd aus, legte sich den Segeltuchsack wie eine riesige Serviette um den Hals und kniete sich neben den Leichnam.

Er richtete den Strahl der Taschenlampe, die er noch immer zwischen den Zähnen hielt, auf Raimundos knochiges Gesicht. So wie der aussah, wäre der Kerl nie im Leben was geworden. Wo sollte er am besten anfangen? Er drehte den Leichnam mit dem Gesicht zur Erde und schlug das Beil gleich unterhalb des Haaransatzes mehrmals in den Nacken.

Chicão hatte noch nie einem Menschen den Kopf abgehackt und nicht damit gerechnet, daß etwas so Einfaches ihm soviel Mühe machen konnte.

Der verdammte Kerl hatte ihm nicht nur eine Reifenpanne und Ärger mit der Batterie beschert, sein Nacken war auch noch hart wie Eisenholz. Seine Wut auf den Toten steigerte die Wucht seiner Schläge. Ein gewaltiger Schlag trennte den Kopf ab und drehte ihn gleichzeitig um, so daß Chicão im Lichtstrahl der Taschenlampe ein letztes Mal Raimundos schmutziges Gesicht sah, jetzt vom Rumpf getrennt.

»Du dreckiges Miststück«, versuchte Chicão zu sagen, aber seine Zunge steckte unter dem Griff der Taschenlampe, die er im Mund hielt, und brachte nur einen unverständlichen Laut zustande, der wie Hundeknurren klang.

Er nahm den Sack ab, den er als Lätzchen benutzt hatte, damit er keine Blutspritzer abbekam. Dann hob er Raimundos Kopf auf, steckte ihn in den Sack und legte ihn neben den schwarzen Koffer. Er packte den verstümmelten Leichnam an den Beinen, schleifte ihn zum Fluß und stieß ihn ins Wasser. Der Körper schwamm ein paar Sekunden weiter, dann ging er unter, aber Chicão wußte, daß die Gase, die sich in den Eingeweiden entwickelten, den Körper irgendwo wieder an die Oberfläche treiben würden.

Er nahm die Hanteln und die Leine aus dem Koffer. Steckte die Hanteln in den Segeltuchsack zu dem abgeschlagenen Kopf.

Die Batterie der Taschenlampe wurde schwächer. Er zog die Leine durch die Sackösen und verknotete sie fest.

Den Knoten kriegt nicht mal der Teufel auf, dachte er, während er den Sack über dem Kopf schwenkte und in den Fluß schleuderte.

In dem Moment, als der Sack ins Wasser klatschte, erlosch die Taschenlampe endgültig. Er nahm sie aus dem Mund und warf sie auch in den Fluß.

Auf dem Rückweg überlegte er, ob er die Finger auf den Straßen verstreuen sollte, alle fünf Kilometer einen, aber dann fiel ihm die Geschichte von Hänsel und Gretel ein, die unterwegs Brotbröckchen gestreut hatten, und er behielt Raimundos Finger lieber in der Tasche, warum, wußte er selbst nicht genau.

Hinter Queimados bog er auf die Landstraße Rio-São Paulo. Jetzt fürchtete er keine Verkehrskontrolle mehr. Der Tag brach an. Er sah gern den Sonnenaufgang. In Italien hatte er schöne Sonnenaufgänge erlebt, aber nie so schöne wie hier in Brasilien, einen so wunderschönen wie an diesem Morgen.

Chicão hielt bei einer Werkstatt an der Landstraße und beauftragte einen Mechaniker, den Wagen zu reparieren. Erst nach elf Uhr erreichte er Rio. Im Stadtzentrum, vor der Candelária-Kirche, blieb er im Verkehr stecken.

Eine Menschenmenge drängte sich um die Kirche.

»Was ist hier los?« fragte Chicão einen Polizisten, der den Verkehr zu regeln versuchte.

»Seelenamt zum siebten Tag für Major Rubens Vaz«, antwortete der Polizist.

Die Messe wurde von den Bischöfen Dom Helder Câmara, Dom Jorge Marcos de Oliveira und Dom José Távora zelebriert. Aus der Anzahl von offiziellen Wagen schloß Chicão, daß die Kirche voll von hohen Regierungsbeamten sein mußte.

Die Messe ging zu Ende. Die Menschenmenge um die Kirche wurde noch größer.

Ein Taxi mit einem riesigen Lautsprecher auf der Motorhaube stellte sich an der Avenida Rio Branco vor die Menge. Aus dem Wageninnern brüllte eine Stimme: »Wie die Herzen aller Brasilianer ist auch mein Herz erfüllt von Trauer und Empörung. Brasilianer! Solange dieser alte korrupte Diktator auf dem Präsidentenstuhl sitzt, kann es in unserem Land keine Demokratie geben. Getúlios Hände sind mit Blut befleckt. Nur eine Revolution kann Brasilien seinen Anstand, seine Würde, seine Ehre zurückgeben. Nur eine Revolution kann mit diesem Sumpf aufräumen. Wählen Sie Wilson Leite Passos ins Stadtparlament. Und ins Bundesparlament Carlos Lacerda!« Der Mann, der aus dem Wagen heraus redete, war der Kandidat für das Stadtparlament persönlich.

Chicão fuhr mit seinem Wagen, eingepfercht von einer Menge, die von Minute zu Minute größer wurde, hinter dem langsam vorankommenden Taxi mit dem Lautsprecher her. Das Geschrei der Menge übertönte die Rede aus dem Taxi.

Auf der Praça Marechal Floriano blieb die Menge vor einem Gebäude stehen, in dem sich ein Wahlbüro der UDN befand, und schrie noch lauter.

Plötzlich verstummte das Geschrei der Menge. Die jetzt schweigenden Massen hatten sich einem Fenster im ersten Stock zugewandt, in dem das Wahlbüro von Wilson Leite Passos untergebracht war. Am Fenster stand ein Mann, den alle kannten.

»Lacerda!« schrie jemand, der Schrei brauste geradezu über den Platz.

Und schon rief die ganze Menge Lacerdas Namen, während er am Fenster mit beiden Händen um Ruhe bat.

»Ich bitte euch alle, geht nach Hause«, rief Lacerda über einen Lautsprecher. »Straßenunruhen dienen nur der Clique von Mördern, die an der Macht sind.«

Seine Worte gingen in den Schreien der Menge unter. Anstelle von Lacerdas unverständlichen Worten ertönte jetzt die Nationalhymne aus dem Lautsprecher, aber die tobende Menge beruhigte sich nicht. Wutentbrannt umzingelte sie ein Auto mit PTB-Propaganda und zerrte einen Mann hinter dem Steuer hervor, der sich als Aires de Castro, Vorsitzender der Metallarbeitergewerkschaft, ausgab. Innerhalb weniger Minuten stand das Auto mit der PTB-Propaganda in Flammen.

Dann hörte man Tränengasgranaten bersten. Gleich darauf stürmten Einsatzkommandos der Spezialpolizei, die an ihren roten Mützen zu erkennen waren, auf den Platz und trieben die Menge mit Schlagstöcken auseinander. Ein Tankwagen kam von der Kaserne der Militärpolizei in der Rua Evaristo da Veiga, fuhr auf den Platz und richtete scharfe Wasserstrahle auf die Demonstranten. Flüchtende Menschen hielten sich zum Schutz vor dem Tränengas die Augen zu, stürzten zu Boden, wurden niedergetreten; die Polizisten prügelten brutal auf alle ein, die ihnen in die Quere kamen. Panische Schreie waren zu hören. Festgenommene wurden zu Gefangenenwagen in der Rua Treze de Maio geschleift. Als der Polizeieinsatz endete, befanden sich auf dem geräumten Platz nur noch am Boden liegende oder von verängstigten Menschen gestützte Verletzte. Außer Stöhnen und barschen Befehlen der Polizisten war nichts mehr zu hören.

Chicão saß in seinem an der Avenida Rio Branco geparkten Wagen und sah alles mit an, ohne belästigt zu werden. Im Krieg hatte er Schlimmeres erlebt. Was hier geschah, betraf ihn nicht und ließ ihn kalt. Alle Politiker waren korrupt, und wer sich nicht bereicherte, falls es solche überhaupt gab, der war verlogen. Und diese Idioten, die auf die Straße gingen und den Politikern zujubelten, die hatten doch nichts andres verdient als Knüppel auf die Birne.

Er amüsierte sich damit, daß er Raimundos abgehackte Finger aus dem Wagenfenster zwischen die rennenden Demonstranten und Polizisten warf; dazu legte er die Fingerstücke auf den Zeigefinger seiner rechten Hand und schnippte sie wie Murmeln mit dem Daumen weg.

Nachdem er bei Zuleika geduscht hatte, rief Chicão wie vereinbart bei Lomagno im Büro an.

»Alles erledigt, Doktor. Ganz nach Plan.«

»Wo bist du jetzt?«

»Bei einer Freundin.«

»Wo?«

»Rua Almirante Tamandaré.«

»Da mußt du weg. Verschwinde aus der Zona Sul. Ich komme bei Gelegenheit zu dir in die Halle.«

Der Staatspräsident Vargas flog, begleitet von dem Abgeordneten Danton Coelho, um Viertel vor neun mit einer Militärmaschine von Rio nach Belo Horizonte, um dort die Mannesmann-Hütte einzuweihen.

»Die Lage ist ruhig«, erklärte auf dem Flughafen der Minister Tancredo Neves der Presse gegenüber.

Nach der Werkseinweihung erklärte Vargas im Palácio da Liberdade bei einem Mittagessen mit dem Gouverneur Juscelino Kubitschek, er werde nicht zulassen, daß Handlanger der Lüge das Land ins Chaos stürzten. Während er Fabriken gründe, um Brasilien wirtschaftlich unabhängig zu machen, versuchten seine Gegner, auf den Straßen Unruhe zu stiften und das Volk in das Joch ihrer finsteren Interessen zu zwingen. Er denke nicht an Rücktritt und habe nie daran gedacht. Er sei der gewählte Präsident und beabsichtige, sein Amt bis zum Schluß auszuüben und keine Minute länger.

Ein Versprecher des Mannes, dem man immer vorgeworfen hatte, die Macht nicht aus den Händen geben zu wollen. Vargas hätte in dieser Situation sagen müssen, daß er beabsichtige, sein Amt bis zum Schluß auszuüben und keine Minute weniger.

»Ich werde die Wahlen leiten«, sagte der Präsident zum Abschluß seiner Rede, »die freie Ausübung des Wahlrechts gewährleisten und dem Volk umfassende Garantien bieten, daß es seine Vertreter wählen kann. Im Gegensatz zu der von den Agitatoren und Gerüchteköchen verbreiteten Auffassung bin ich nicht der Meinung, daß unsere Staatsform in Gefahr ist. Die Menschen vergehen, aber Brasilien bleibt bestehen.«

Die Abgeordneten der UDN nutzten die Vorfälle in Cinelândia und drängten sich auf der Rednertribüne des Parlaments, um die Regierung zu attackieren.

Maurício Joppert: »Das Volk steht auf der Straße, es verlangt nach Gerechtigkeit und fordert die Bestrafung der Verbrecher. Wir haben mehr Anlaß denn je, den Rücktritt des Präsidenten von dem Amt zu fordern, das er nicht zu würdigen gewußt hat.«

Herbert Levy: »Die richtige, zwingende Schlußfolgerung lautet: Eine weitere Aufklärung der Ereignisse ist nicht erforderlich. Daß der Staatspräsident diese moralisch zu verantworten hat, steht endgültig fest.«

Bilac Pinto: »Der Staatspräsident kann und muß in dem Mord am Major Vaz als Mittäter angeprangert werden.«

Tristão da Cunha: »Angesichts der Verdachtsmomente gegen seine Exzellenz und Angehörige seiner Familie ist der Staatspräsident aus moralischen Gründen vom Vorsitz der Ermittlungen auszuschließen. Unter weit weniger schwerwiegenden Umständen als den jetzigen hat Pedro I. abgedankt und ist Deodoro zurückgetreten.«

Afonso Arinos: »Der Rücktritt ist die Lösung, mit der sich Aufruhr, Anarchie und Staatsstreich noch abwenden lassen.«

Der Delegado Ramos sprach in seinem Zimmer mit den Kommissaren Mattos und Pádua.

»Das Schwein braucht nur eins mit dem Schlagstock, dann macht der den Schnabel auf«, sagte Pádua.

»Das werden wir nicht tun«, erwiderte Mattos.

»Der Kerl erscheint bei dir zu Hause, will dich umbringen, und du kommst mir mit solchen idiotischen Skrupeln? Der hat nicht nur dein Leben bedroht, sondern unser aller Leben. An dem müssen wir ein Exempel statuieren. Die Schweine sollen wissen, daß jeder, der nur einen Finger gegen uns hebt, wie ein räudiger Köter krepieren wird.«

»Red keinen Stuß, Pádua.«

»Wie sprichst du mit mir!« Páduas Armmuskulatur fing an zu tanzen.

Ramos runzelte die Stirn, als wäre er wegen der gereizten Diskussion zwischen Mattos und Pádua beunruhigt. In Wirklichkeit war er sehr zufrieden; er haßte die beiden Kommissare und hätte sich gefreut, wenn sie sich wie in einem Cowboyfilm gleichzeitig umgebracht hätten. Aber leider hatte Mattos seine Waffe garantiert nicht bei sich. Dann soll Pádua eben Mattos abknallen, spann Ramos den Gedanken weiter.

»Pádua, ich will mich nicht mit dir streiten. Wirklich nicht.«

»Du bist ein Idiot«, seufzte Pádua. »Ein Wunder, daß du noch lebst.«

»Wir werden den Mann freilassen müssen«, sagte Ramos.

Der Delegado hatte schon seit langem auf so eine Situation gewartet, wo er eine korrekte Entscheidung treffen konnte, die Pádua zur Verzweiflung trieb und Mattos schadete, zumindest theoretisch, denn der Verbrecher, den Mattos festgenommen hatte, war offensichtlich gefährlich.

»Er ist seit vorgestern in Haft«, fuhr Ramos fort, »ohne Haftbefehl. Im übrigen hat sich der Kerl überhaupt nichts zuschulden kommen lassen. Nach dem Bericht, den Doktor Mattos selbst angefertigt hat, liegt strenggenommen nicht einmal Hausfriedensbruch vor. Wir können ihn allenfalls wegen illegalem Waffenbesitz belangen und anschließend laufenlassen.«

»Wenn er vor Gericht kommt, wird er freigesprochen oder zu zweihundert Cruzeiros Strafe verurteilt, was eher anzunehmen ist«, sagte Pádua.

»Gesetze sind dazu da, daß ihnen Genüge getan wird«, sagte Mattos.

»Na gut. Wie ihr wollt«, lenkte Pádua ein. »Ich will mich auch nicht mit dir streiten, Mattos.« Pause. »Wenn ich's genau überlege, hast du recht. Wir von der Polizei müssen uns ans Gesetz halten.«

Pádua streichelte Mattos den Arm. »Entschuldige bitte, ja?«

»Ich entschuldige mich auch«, sagte Mattos.

»Durch den Umgang mit dir wird mein Herz noch mal weich wie Butter«, sagte Pádua.

»Telefon für Sie, Doktor Mattos«, sagte der Polizist, der den Raum betrat.

»Wer ist dran?« fragte der Kommissar.

»Ein gewisser Lomagno.«

Der Kommissar ging in der Anmeldung ans Telefon.

»Mattos.«

»Mein Name ist Pedro Lomagno.«

»Weiter.«

»Ich würde gern mit Ihnen sprechen.«

»Kommen Sie morgen auf die Wache. Ich trete meinen Dienst um zwölf Uhr an.«

»Es ist dringend.«

»Dann kommen Sie jetzt.«

Mattos spürte ein kurzes Zögern am anderen Ende. »Ich habe … äh … Probleme hier in der Firma, ich weiß nicht, wann ich mich freimachen kann. Könnten Sie nicht zu mir ins Büro kommen? Es geht um eine Angelegenheit, die Sie betrifft. Uns beide.«

Mattos verabschiedete sich mit einer Umarmung von Pádua. »Ich muß weg.«

»Paß auf dich auf, Junge«, sagte Pádua liebevoll.

Dreißig Minuten später betrat der Kommissar das Büro der Lomagno & Cia. in der Avenida Graça Aranha.

Die Stadt war ruhig; das einzig Ungewöhnliche waren die offenen Wagen der Spezialpolizei voller Männer in Khakiuniformen und roten Mützen, die an fast allen Straßenecken des Zentrums standen.

Eine Sekretärin führte den Kommissar zu Pedro Lomagnos Büro.

Die beiden Männer begegneten sich zum ersten Mal. Mattos, der sich als Polizist angewöhnt hatte, die Menschen direkt anzusehen, musterte das Gesicht, die Kleidung, das üppige, mit Pomade auf dem Kopf gezähmte Haar, den athletischen Körper, den der elegante Anzug nicht verbarg, die kräftigen Hände mit langen blassen Fingern des Mannes, der seine ehemalige Freundin geheiratet hatte. Nur seine Augen konnte er nicht sehen, denn Lomagno tat, als ordnete er Papiere auf dem Schreibtisch.

»Bitte nehmen Sie Platz«, sagte Lomagno, noch immer die Papiere ordnend.

Er ist größer als ich. Hat noch alle Zähne. Ein gesunder Mann, dachte Mattos.

»Ich weiß nicht, wie ich anfangen soll«, sagte Lomagno und setzte sich auf der anderen Seite des Schreibtischs.

Lomagno hatte mit Luciana das Gespräch geübt, das er mit dem Kommissar führen wollte, aber jetzt hatte ihn plötzlich Nervosität gepackt, die er nicht unterdrücken konnte und die der andere ihm sicherlich anmerkte. Er empfand Haß und Angst gegenüber dem Polizisten, der vor ihm saß. Sein erster Satz schien ihm eine gute Rechtfertigung für seine Unsicherheit.

»Ich weiß nicht, wie ich anfangen soll«, sagte Lomagno noch einmal.

Mattos schwieg weiter und beobachtete ihn. Grüne Augen, ausweichender Blick, trägt keinen Ehering, ist durch meine Gegenwart verunsichert. Weiß er nicht, wo er mit seiner Geschichte anfangen soll, weil er lügen will? Oder weil er die Wahrheit sagen will?

»Es geht um meine Frau.«

Mattos schwieg beharrlich.

»Um Alice.«

Schweigen.

»Sie hat gesagt, sie sei bei Ihnen gewesen.«

Schweigen.

»Was hat sie Ihnen erzählt?«

»Ich bin zum Zuhören hergekommen.«

»Es fällt mir sehr schwer, das auszusprechen, was ich Ihnen sagen muß.«

Schweigen. Alice hat sich ganz ähnlich ausgedrückt, als sie bei mir war, dachte Mattos.

»Alice geht es nicht gut, sie ist krank, in psychiatrischer Behandlung.«

Schweigen.

»Sie hat mir gesagt, daß sie bei Ihnen war und Ihnen erzählt hat, daß ich … ähhh …«

Schweigen.

»… daß ich ein Verhältnis mit Luciana Gomes Aguiar hätte.«

Schweigen.

»Das ist eine krankhafte Wahnvorstellung meiner Frau, sonst nichts. Paulo war mein bester Freund, und ich hoffe, daß Sie, da Sie ja in dieser Sache ermitteln, bald den Täter finden.«

Schweigen.

»Sie war schon einmal in der Klinik Doutor Eiras.«

Schweigen.

»Ich wollte sie nicht einweisen lassen, aber der Arzt sagte, es sei nötig.«

»Könnten Sie mir Name und Anschrift des Arztes geben?«

»Ich habe seine Karte hier.« Lomagno nahm eine Visitenkarte vom Tisch und reichte sie Mattos, der sie ohne zu lesen einsteckte.

»Kennen Sie den Tenente Gregório?«

»Wie bitte?«

»Den Tenente Gregório, Chef der Leibwache des Präsidenten.«

»Nein.«

Sieh einer an, dachte Lomagno erleichtert, der Kripomann meint, der von Alice und dem Portier erwähnte Schwarze sei dieser Gregório. Er mußte sich beherrschen, um seine Genugtuung nicht zu zeigen.

Mattos' Irrtum machte ihm Mut, den Polizisten, der ihn befragte, zum ersten Mal unverhohlen zu betrachten. Was hatte eine so vornehme und elegante Frau aus gutem Haus wie Alice an diesem Kerl gefunden? Im Grunde war Alice noch nie richtig bei Verstand gewesen.

»Ich kenne diesen Herrn nicht persönlich, nur dem Namen nach. Aber Paulo kannte ihn gut. Anscheinend hat der Tenente Gregório ihm bei der Beschaffung von ... Ihm geholfen, gewisse, äh, bürokratische Hürden zu überwinden ... Sie wissen schon ...«

»Drücken Sie sich klarer aus.«

»Sie wissen doch, wie es in Brasilien ist ...«

»Nein. Erklären Sie es mir.«

»Wenn Sie eine Import-Exportfirma hätten, dann wüßten Sie es.«

»Ich habe keine.«

»Um etwas zu importieren oder zu exportieren, benötigt man eine Lizenz der Cexim. Die bekommt man nicht so einfach. Oft muß sich ein einflußreicher Freund dafür einsetzen. Der Tenente Gregório hat Paulo bei der Beschaffung einer ... wichtigen Lizenz geholfen, für seine Firma, die Cemtex, an der ich übrigens als Sozius beteiligt bin. Wer als Unternehmer Brasilien voranbringen will, muß sich erniedrigen und um Gefälligkeiten betteln.«

»Verkehrte Gregório im Haus von Paulo Gomes Aguiar?«

»Das kann ich nicht sagen. Ich weiß, daß sie sich ein paarmal getroffen haben ... Sie hatten ein gutes Verhältnis zueinander ... Freundschaft würde ich das nicht nennen ... Doch, ich glaube, ab und zu war dieser Herr wohl bei Paulo zu Gast ...«

»Dona Luciana hat mir gesagt, ihr Mann habe die Dienste eines Macumba-Priesters in Anspruch genommen. Dieser Mensch sei an dem Tag bei ihnen gewesen, als Gomes Aguiar ermordet wurde.«

»Das stimmt. Paulo ließ sich von einem Macumbeiro beraten. Ich habe mich immer darüber gewundert, daß ein so intelligenter Mensch wie Paulo an solchen Humbug glaubte. Aber dieser Macumba-Priester ist nur ein Schlitzohr, der die Überzeugungen der Menschen ausnutzt. Ich glaube nicht, daß er zu einer Gewalttat fähig wäre.«

»Kennen Sie ihn?«

»Ich war einmal auf seiner Kultstätte in Caxias, mit Paulo zusammen. Pure Neugier.«

»Könnten Sie mir die Anschrift dieser Kultstätte geben?«

»Die weiß ich leider nicht. Ich kann Ihnen nicht einmal genaue Ortsangaben machen. Aber ich kann Sie dorthin bringen. Ich glaube, von Caxias aus würde ich den Weg finden. Ich erinnere mich an eine Ladenkneipe und dergleichen, daran könnte ich mich orientieren.«

»Wäre es morgen möglich?«

»Ich glaube, ja.«

Als Mattos Lomagnos Büro verließ, hatte er starke Magenschmerzen. Für den Nachmittag hatte er einen Termin beim Arzt. Von der Milchbar Mineira in der Rua São

José gegenüber der Galeria Cruzeiro rief Mattos beim Arzt an und sagte den Termin ab. Er trank einen halben Liter Milch und ging zum Taboleiro da Baiana, um in die Straßenbahn zu steigen, seit Jahren fuhren die Straßenbahnen nicht mehr bis zur Galerie.

Auf dem Weg zur Klinik Doutor Eiras dachte der Kommissar in der Straßenbahn an das Gespräch, das er gerade geführt hatte.

Lomagno war anfangs sehr konfus gewesen, zum Schluß sehr ruhig. Hatte er sich an die Lügengeschichte gewöhnt, die er ihm erzählte, oder an die Wahrheit? Die Geschichte von dem Macumbeiro stimmte vielleicht. Und vielleicht auch, was Lomagno ihm über Alice gesagt hatte. Bei diesem Gedanken schmerzte ihm der Magen und das Herz, er beeinträchtigte sein logisches Denken, hinderte ihn daran, ganz klar über die Rolle des – nein, noch nicht Gregório, dazu war es noch zu früh! – mysteriösen Schwarzen nachzudenken. Alice psychisch krank. Bei ihren Treffen hatte er davon nichts bemerkt. Wie konnte ein so schöner Mensch psychisch krank sein? Nein, sein klarer Verstand wäre auch nicht durch sachfremde Fragen getrübt worden; der Schwarze war Gregório, davon war er immer fester überzeugt. Das in den Goldring eingravierte F von Fortunato. Er, der so gern Diderots Maxime zitierte, daß Skepsis der erste Schritt auf dem Weg zur Wahrheit sei, war sich seiner Sache jetzt also so sicher? Wieder Alices Krankheit. Alice. Ihm fiel ein, daß die Schwester seiner Mutter, die nicht ganz richtig im Kopf war, ihm einmal – wann genau eigentlich? – erzählt hatte, daß sie Auswurf auf dem Bürgersteig gesehen hatte, davor stehengeblieben war und sich im Geiste ständig gefragt hatte: »Soll ich ihn auflecken oder nicht?« Da er wußte, daß es in der Geschichte seiner Familie mehrere Verrückte gab, hielt er für möglich, daß auch er einmal einen psychotischen Schub bekommen könnte. Für möglich, aber nicht wahrscheinlich. Jedenfalls hoffte er, ihn möge nie der unbezwingbare Trieb überkommen, den Auswurf eines Menschen vom Bürgersteig zu lecken.

Arnoldo Coelho, Alices Psychiater, hatte einige Zeit in der Gefängnispsychiatrie gearbeitet und empfing den Kommissar sehr höflich. Allerdings willigte er erst ein, über seine Patientin zu sprechen, als Mattos erklärte, daß er in einem Mordfall ermittle, und ihm dann versicherte, daß er über alle seine Auskünfte Stillschweigen bewahren werde.

»Sie hat eine manisch-depressive Psychose.«

»Können Sie die Krankheit etwas näher beschreiben?«

»Falret hat sie als zirkuläres Irresein bezeichnet; Baillarger als Psychose in zweifacher Form; Delay als Irresein in wechselnder Form; Magnan als intermittierendes Irresein; Kahlbaum als typisches zirkuläres Irresein. Kraepelin hat als erster den Begriff manisch-depressive Psychose verwendet. Kretschmer ...«

»Doktor, ich kann die Namen dieser Deutschen, die alle mit K anfangen, nicht mehr hören. Auf der Polizeiakademie habe ich Gerichtspsychologie, Gerichtspsychiatrie, Gerichtsmedizin, Kriminalanthropologie studiert. Das hätte mich beinah umgebracht.«

Sie lachten.

»Wer war Ihr Professor? Alves Garcia?«

»Schön wär's. Aber das Glück hatte ich nicht.« Pause. »Doktor, erzählen Sie mir von Alice.«

»Wenn sie in der manischen Phase ist, hat sie ein unbezwingbares Bewegungsbedürfnis. Dann ist sie ironisch, sogar bissig. Hat Wahnideen mit sehr schnellen Assoziationen. Sie schreibt zwanghaft Seiten und Seiten in ihr Tagebuch. Wird verschwenderisch. Einmal hat sie mir eine goldene Uhr geschenkt. Eine Vaucheron Constantin. Selbstverständlich habe ich sie zurückgegeben.«

»Sie schreibt Tagebuch?«

»Ja. Aber ich habe es nicht gelesen. In der depressiven Phase wird sie sehr apathisch, einmal ging es bis zum Stupor. Damals mußten wir sie einliefern.«

»Gibt es keine Mittel dagegen?«

»Doch. Die manisch-depressive Psychose läßt sich behandeln, aber nicht alle Patienten sprechen darauf gleichermaßen positiv an. Alice ist ein, sagen wir, schwieriger Fall. Sie ist sehr intelligent, was übrigens auf viele dieser Psychotiker zutrifft, und arbeitet ziemlich gut mit. Wenn sie in die Klinik kommt – Alice weiß, wann sie einen Schub hat –, sage ich immer, ›zeigen Sie mir die Zunge‹. Wenn sie mir die Zunge zeigt, ist sie in der manischen Phase. Wenn nicht, ist sie in der depressiven Phase.«

»Hat sie Halluzinationen?«

»Nein. Illusionen, könnte man sagen, hat sie in den akutesten Augenblicken des Schubs. Eine Halluzination ist die Wahrnehmung ohne Objekt. Eine Illusion die verzerrte Wahrnehmung des Objekts.«

»Was für Illusionen?«

»Ein paar Verfolgungsängste, als vorübergehende Begleiterscheinung.«

Am Vormittag, während der Präsident sich in Belo Horizonte aufhielt, konferierte der General Zenóbio im Catete-Palast ausführlich mit dem General Caiado de Castro. Die wichtigsten Gesprächsthemen waren die Unruhen auf der Praça Marechal Floriano, die Versammlung der Militärs im Klub der Luftwaffe und die Vernehmung des Tenente Gregório in der Kaserne des 2. Bataillons der Militärpolizei.

Am Nachmittag hielt der Kriegsminister Zenóbio eine Sitzung mit dreiundsechzig in der Hauptstadt stationierten Generälen ab, darunter der General Estillac Leal, der zu diesem Treffen extra aus São Paulo gekommen war.

Nach der Sitzung wollte kein General der Presse gegenüber eine Erklärung abgeben.

Erst später, gegen sieben Uhr abends, wurde eine Pressemitteilung herausgegeben: »In der heutigen Versammlung, an der sämtliche hier in der Hauptstadt stationierten Generäle sowie der Befehlshaber der Militär-Zone Mitte Heeresgeneral Estillac Leal und sein Stabschef General Floriano Keller teilgenommen haben, wurde die folgende, gestern von hochrangigen Offizieren der drei Waffengattungen vertretene Position bestätigt: Weiter auf die Aufklärung der Straftat dringen, die zu dem Mord an dem Major der Luftwaffe Rubens Florentino Vaz geführt hat, die Verurteilung der Straftäter durch die Justiz herbeiführen und in allen eventuell noch eintretenden Situationen ebenfalls die durch die Verfassung vorgegebenen Vorschriften wahren.«

Gregório war bei der Luftwaffe auf der Insel Galeão acht Stunden lang verhört worden. Das Verhör hatten hauptsächlich der Delegado Pastor, der Staatsanwalt Cordeiro Guerra und der Oberst Adyl geführt. In Anwesenheit mehrerer Offiziere der Luftwaffe.

Gregório hatte ausgesagt, daß er in der Leibwache über achtzig Mann verfüge, die jeweils fünftausend Cruzeiros im Monat verdienten. Er selbst verdiene zehntausend. Die monatlichen Kosten der Leibwache beliefen sich auf fünfhunderttausend Cruzeiros. Er habe gerade geschlafen, als er telefonisch über das Attentat informiert worden sei. Er habe dem keinerlei Bedeutung beigemessen und weitergeschlafen. Am nächsten Tag habe er nähere Einzelheiten erfahren. Er habe vermutet, es handele sich um eine persönliche Angelegenheit und keine politische. Er habe in keinem Moment daran gedacht, daß einer seiner Leute damit zu tun haben könnte, weshalb er weder den

Staatschef noch den General Caiado de Castro von dem Vorfall in Kenntnis gesetzt habe. Später sei er von der Nachricht überrascht worden, daß Climério in das Attentat verwickelt war.

Gegen Ende des Verhörs hatte Gregório über Unwohlsein geklagt. Im Militärflughafen-Krankenhaus, wohin er unter starker Bewachung gebracht worden war, hatten die Ärzte festgestellt, daß sein Gesundheitszustand gut war.

Als Pedro Lomagno an diesem Abend zum Gebäude Deauville kam, wurde ihm die Tür von einem neuen Portier geöffnet.

»Zu wem möchten Sie bitte, mein Herr?«

»Sind Sie neu hier?«

»Ich arbeite in der Garage. Ich vertrete Raimundo.«

»Dona Luciana Gomes Aguiar erwartet mich. Mein Name ist Pedro Lomagno.«

Luciana öffnete ihm mit einem Glas Champagner in der Hand. Sie umarmte Lomagno heftig und biß ihm ins Ohr.

Lomagno drehte den Kopf zur Seite. »Seit wann trinkst du schon?«

»Ich bin ja so glücklich, so glücklich. Ich glaube, so glücklich bin ich nur einmal gewesen, als ich sechs Jahre alt war. Das habe ich dir erzählt, weißt du noch? Als meine Mutter mir damals die Puppe geschenkt hat? Habe ich dir das erzählt? Ich wollte keine Zahnspange tragen.«

»Ja, ich weiß. Seit wann trinkst du schon?«

»Seit du mich angerufen und mir erzählt hast, daß der Polizist glaubt, der Schwarze ... Aber nein, das ist nicht der Grund. Ich bin glücklich, weil ich dich liebe ...«

Luciana griff nach der Flasche und schenkte zwei Gläser ein. Sie befanden sich in dem großen Salon des Apartments im Deauville.

»Jetzt mach mal lieber eine Pause.«

»Alles klappt so gut, mein Liebling. Fühlst du dich nicht auch befreit? Immer freier? Ach ... Ich habe ja Alice vergessen. Mein armes kleines Schätzchen, daß du dich damit herumschlagen mußt.«

Lomagno nahm Luciana das Glas aus der Hand. »Mach jetzt eine Pause.«

»Alice schaffen wir uns auch noch vom Hals. Wer so verrückt ist wie sie, ist sowieso überflüssig. Du hast verdient, daß du glücklich bist, wir haben verdient, glücklich zu sein. Ich will glücklich sein!«

»Nicht weinen, Luciana.«

»Mein Vater hat mich nicht geliebt, meine Mutter hat mich auch nicht geliebt.«

»Kein Kind liebt seine Eltern.«

»Genau das wollte ich damit sagen.«

»Gib mir mal die Flasche.«

»Es gibt doch Gift.«

»Gib mir die Flasche.«

Luciana hielt die Flasche energisch fest. Ihr Gesicht war verzerrt.

»Verrückte werfen sich vor den Zug, springen aus dem Fenster, trinken Ameisengift, zünden sich an, hängen sich auf, schneiden sich die Pulsadern auf, schießen sich eine Kugel in den Kopf. Warum macht Alice nicht so was? Liebst du mich noch? Zeig es mir, los, fick mich, bring Alice um, fick mich schnell, jetzt!«

Die Flasche rutschte Luciana aus den Händen und zerschellte auf dem Fußboden.

Lomagno nahm Luciana auf den Arm und trug sie langsam und vorsichtig die Treppe hinauf zum Schlafzimmer im Obergeschoß.

Noch bevor er das Zimmer erreicht hatte, war Luciana eingeschlafen. Lomagno legte sie aufs Bett. Ein paar Sekunden lang betrachtete er seine Geliebte, als sei sie eine Fremde.

Lomagno ließ die Stehlampe brennen, verließ das Schlafzimmer und ging neugierig durch die große Wohnung. Die früher vom Personal bewohnten Räume waren leer. Kein Hausangestellter schlief mehr in der Wohnung. »Ich will keine Aufpasser haben«, hatte Luciana gesagt.

Schließlich blieb Lomagno nachdenklich in einem Zimmer stehen, das ursprünglich für ein Kind vorgesehen war und jetzt als Abstellraum genutzt wurde. Er öffnete das Fenster und ließ kühle Luft herein, die vom Meer her kam.

Hier könnte man gut einen Punchingball aufhängen, dachte er.

In der Nacht ging der Kommissar Pádua zu den Arrestzellen der Revierwache.

»Ibrahim Assad«, rief er.

Assad kam ans Gitter.

»Du wirst entlassen«, sagte Pádua.

»Jetzt, mitten in der Nacht?«

»Dein Habeaskorpus ist gerade abgegeben worden.«

Zu diesem Zeitpunkt waren auf der ganzen Wache nur Pádua, der Fahnder Murilo, der seit Jahren mit dem Kommissar zusammenarbeitete, und der Polizist an der Anmeldung im Dienst.

Pádua führte, begleitet von Murilo, Assad in das leere Büro der Abteilung Einbruch und Diebstahl.

»Wo ist mein Anwalt?«

»Hier gibt's keinen Anwalt und auch kein Scheiß-Habeaskorpus. Jetzt mache ich dich fertig«, sagte Pádua. »Aber wenn du sagst, warum du Kommissar Mattos umbringen wolltest, kann ich dich noch mal verschonen.«

»Sie müssen entschuldigen, Doktor Pádua, aber das kann ich nicht sagen.«

Die Gelassenheit des Häftlings beeindruckte den Kommissar.

»Und warum nicht?«

»Das würde mein Ansehen ruinieren, Doktor. Ich habe einen Namen zu verteidigen.«

»Ibrahim? Kann man so was als Namen verteidigen?« Murilo lachte.

Aber Pádua blieb ernst. Dieser Kerl war kein dreckiger kleiner Halunke.

»Ganz richtig. Sie verstehen das, Doktor. Man kennt mich eher unter meinem Spitznamen: Turco Velho.«

»Der Turco Velho?« fragte Murilo voller Bewunderung.

»Ich habe doch was geahnt, als ich deinen Ausweis gesehen habe ...«, sagte Pádua. »Der Turco Velho ... Dich wollte ich schon immer mal kennenlernen, Turco Velho ...«

»Zum Glück haben Sie schon von mir gehört. Dann wissen Sie sicher, daß ich Ihrer Bitte unmöglich nachkommen kann, Doktor. Ich habe noch nie jemanden verraten, der mir vertraut hat. Ich kann's nicht, ich bring's nicht fertig, selbst wenn ich wollte, könnte ich niemanden verraten – aber ich will es gar nicht. Bitte, vergeuden Sie damit keine Zeit.«

»Und du begreifst auch, daß du sterben mußt, als Exempel für andere?«

»Ja, Doktor. So ist das Leben nun mal«, antwortete Turco Velho stoisch. »Daß ich einmal sterben würde, stand schon geschrieben, als ich geboren wurde.«

»Du hast einen Haufen Leute umgebracht. Wie geht es am schnellsten und am wenigsten schmerzhaft?«

»Im Genick. Den Lauf fest aufdrücken. In alten Zeiten haben sie das den Gnadenschuß genannt.«

»Ist gut. Wollen wir einen Kaffee trinken?«

»Könnten Sie mir einen Gefallen tun?«

»Ja. Was denn?«

»Meine Mutter anrufen und ihr sagen, sie soll sich beim Notar in Caxambu eine Urkunde abholen. Ich habe ein Häuschen für sie gekauft, und die alte Dame weiß noch nichts davon. Es sollte ein Geschenk zu ihrem Geburtstag sein, der ist übermorgen.«

»Gib mir die Nummer, ich rufe sie an.«

»Danke, Doktor.«

Turco Velho wußte, daß Pádua sein Versprechen einlösen würde. Die drei tranken schweigend Kaffee aus einer Thermoskanne. Anschließend fuhren sie im Auto weg.

13

Pádua verbrachte den regnerischen Vormittag in seinem Büro und spannte nachdenklich seine Armmuskeln. Er hatte Turco Velhos Mutter wie vereinbart angerufen. Versprochen war versprochen, auch wenn es um einen Ganoven ging.

»Machen Sie sich Sorgen, Chef?« fragte Murilo, der Pádua selten so mürrisch erlebt hatte.

»Nein«, antwortete Pádua.

Pádua machte sich jedoch sehr große Sorgen. Er bereute, daß er Turco Velho umgebracht hatte. Früher hatte er manchmal bereut, daß er jemanden nicht umgebracht hatte. Aber es getan zu haben, das bereute er zum ersten Mal. Es war ein Fehler, Turco Velho zu beseitigen. Turco Velho war ein teurer Killer, er arbeitete im allgemeinen für Politiker, Großgrundbesitzer und andere Leute mit viel Geld. Jetzt konnte er nicht mehr in Erfahrung bringen, wer ihn engagiert hatte, Mattos zu ermorden. Es gab also eine Kanaille in der Stadt, die sich traute, einen Polizeikommissar umbringen zu lassen. Wer dieses Schwein war, das mußte man herausfinden. Aber wie? Wie? Zu allem Überfluß konnte er nicht diesen Idioten Mattos warnen: »Weißt du, wer dieser Ibrahim Assad war? Der berühmte Turco Velho, der größte Killer im Land. Jemand mit viel Knaster trachtet dir nach dem Leben.« Mattos war ein Spinner, wenn er erfuhr, daß er, Pádua, Turco Velho umgebracht hatte, würde er mit seiner unseligen Art sagen, »tut mir leid, Pádua, aber du hast gegen das Gesetz verstoßen«, und auf der Stelle eine Untersuchung einleiten. Welchen mächtigen Interessen war Mattos in die Quere gekommen, wen hatte Mattos so provoziert, daß der Betreffende derart massiv reagierte? Pádua beging den Fehler, daß er nicht eine Sekunde an den Vorfall dachte, weshalb der Lotteriemafiaboß Ilídio eingesperrt worden war. Lotteriebosse ließen keine Polizisten umbringen. Den Auftrag hatte ein anderer erteilt.

Mattos kam kurz nach elf Uhr vormittags auf die Wache. Pádua übergab Mattos das Tagebuch.

»Irgendwas Wichtiges?«

»Nein. Das Übliche.«

»Geht es dir nicht gut?«

»Ich habe leichte Kopfschmerzen. Ach, das hätte ich fast vergessen. Den Hausierer, den du festgenommen hattest, habe ich laufenlassen.«

»Welchen Hausierer?«

»Den Kerl, der dich zu Hause besucht hat. Ein schäbiger Tagedieb, der hatte sich nur in der Adresse geirrt. Ich glaube, das war ihm eine Lehre.«

»Das war kein schäbiger Tagedieb. Ich hätte gern mehr über ihn erfahren. Hast du sein Strafregister von der Zentrale angefordert?«

»Ich habe mir die Auskunft telefonisch geben lassen, so wie du immer. Der Kerl war, ist sauber.«

»Hast du die Anzeige wegen Waffenbesitz aufgesetzt?«

»Nein. So was hast du mit mir schon tausendmal gemacht. Ganoven, die ich einsperre, laufenlassen. Jetzt siehst du mal, wie ärgerlich das ist.«

»Dieser Fall war anders. Es gab einen Tatbestand.«

»Aber ich habe den Mann laufenlassen. Jetzt ist es zu spät.« Pause. »Jetzt ist es zu spät.«

Mattos hörte Lüge und Bitterkeit aus der Stimme seines Kollegen heraus.

»Wie steht es?« fragte Pádua.

»Was?«

»Die Arbeit.«

»Nichts Neues.«

»Du hast mir nicht gesagt, warum du Informationen

über den Senator Vitor Freitas haben wolltest. Kann ich da irgendwie behilflich sein?«

»Nein, danke.«

»Wenn du Hilfe brauchst, kannst du auf mich zählen, okay?«

Nachdem Pádua gegangen war, begab Mattos sich zu den Arrestzellen. Er ließ sie vom Wärter aufschließen.

»Odorico, kommen Sie mit in mein Büro.«

Der Kalfaktor folgte Mattos zu seinem Zimmer.

»Dieser große Kerl, den wir vor zwei Tagen eingesperrt haben, Sie wissen, wen ich meine?«

»Ja, Doktor. Der wie ein Syrier aussah. Der gefiel mir nicht. Er saß allein in einer Ecke, hat mit keinem geredet. Ich glaube, mit dem hätte ich Probleme gekriegt. Der ist entlassen.«

»Von wem?«

»Kommissar Pádua.«

»Waren Sie dabei?«

»Ja. Kommissar Pádua ist in der Nacht zur Zelle gekommen, hat den Mann gerufen und gesagt, er würde entlassen.«

»Sonst noch was?«

Odorico fand es sehr merkwürdig, daß Kommissar Pádua einen Häftling entließ. Aber ein Kalfaktor hatte lediglich die Aufgabe, in der Zelle für Ordnung zu sorgen. Nur alte Klatschweiber redeten viel.

»Nachdem der Mann weg war, habe ich weitergeschlafen, Doktor. Alles in Ordnung.«

Mattos ließ Rosalvo kommen.

»Rufen Sie auf allen Revieren an und sagen Sie, wir suchen einen dunkelhäutigen Mann mit Schnurrbart, Name Ibrahim Assad, aus Caxambu, Minas Gerais, geboren 1912. Rufen Sie im Gerichtsmedizinischen Institut an, man möge mir Bescheid geben, falls ein Toter, auf den diese Beschreibung paßt, eingeliefert wird.«

Mattos hörte Radio, während er in seinem Büro Armuts- und Wohnsitzbescheinigungen unterschrieb.

Der Brigadeiro Eduardo Gomes dementierte, daß auf dem Luftstützpunkt Santa Cruz, wo das Jagdgeschwader der Luftwaffe stationiert war, eine Erhebung stattgefunden hätte. In der Stadt gehe die Angst um, hieß es in den Nachrichten. Familien holten ihre Kinder aus der Schule ab.

Radio Globo sprach von einem zweiten, bislang geheimgehaltenen Attentat auf Lacerda. Am Sonntag, dem 8., als Lacerda in Begleitung des *Globo*-Reporters Raul Brunini und weiterer Personen im Motorboot zu einer Kundgebung auf die Insel Paquetá gekommen sei, hätten sie mitten im Knattern der Feuerwerksraketen, die zu ihrer Begrüßung von den Wählern gezündet wurden, einen heftigen Knall unter ihren Füßen verspürt. Eine Dynamitstange sei neben dem Bootsrumpf explodiert. Niemand sei verletzt worden. Das Boot sei leck geschlagen, jedoch nicht untergegangen. Lacerdas Begleitung habe sich bemüht, der Sache keine besondere Bedeutung beizumessen und sei mit der Cantareira-Fähre zurückgekehrt.

Sie hatten dem keine Bedeutung beigemessen? Wer soll das glauben? dachte Mattos. Wahrscheinlich war ein Chinaböller neben dem Boot explodiert, und ein besonders schlauer Scherzbold hatte vorgeschlagen: »Wir könnten doch sagen, das wäre ein Attentat gewesen.«

Der Rundfunk brachte Nachrichten aus ganz Brasilien unter besonderer Berücksichtigung der angespannten Stimmung, die wegen des Mordanschlags auf den Major Vaz unter Studenten, Politikern, Unternehmern und Freiberuflern herrschte.

Die Nachrichtenagentur ASA verbreitete Erklärungen, die der Abgeordnete Otávio Mangabeira im Hotel Bahia in Salvador abgegeben hatte. Der Abgeordnete sagte, die

Nation sei bis zur Unerträglichkeit gedemütigt und geschunden worden. Aber alles habe seine Grenzen. Einzig die Streitkräfte könnten dem Land noch helfen. »Wir müssen uns geschlossen hinter sie stellen, voll und ganz auf sie vertrauen und ihre Befehle befolgen, als befänden wir uns im Krieg.«

Was kann man auch schon von einem erwarten, der als Bundesparlamentsabgeordneter vor dem versammelten Nationalkongreß Eisenhower servil die Hand geküßt hat, als der amerikanische General nach dem Krieg Brasilien besuchte? dachte Mattos. Was kann man schon von einem alten Feind von Vargas erwarten? Von einem Mitbegründer der UDN?

Mangabeira sagte, er habe keinen Zweifel daran, daß die Regierung und der Staatspräsident persönlich für das ungeheuerliche Attentat verantwortlich seien, das in diesen Tagen die Öffentlichkeit derart errege. Bislang habe es sich um Betrügereien nie gekannten Ausmaßes gehandelt, um Sittenverfall, der sich mit unglaublicher Schamlosigkeit breitmache. Infolge der zum großen Teil von der Regierung verschuldeten Verteuerung der Lebenshaltungskosten leide das Volk inzwischen Hunger und werde ganz offen und gezielt in die Anarchie getrieben, um daraus Kapital zu schlagen. Jetzt aber habe man versucht, den Mann zu beseitigen, der unbeugsam die Skandale anprangere, und nur durch ein Wunder sei er mit dem Leben davongekommen. Aber die Schüsse, die ihm galten, hätten einen Major der Luftwaffe getötet, der als beispielhaft pflichtbewußter Offizier in jenem Augenblick den unerschrockenen Lacerda begleitet hatte. Was im Lande unter der hochtrabenden Bezeichnung Legalität geschehe, sei eine Negation der Rechtsordnung, und zwar in einem solchen Maße, daß sie jetzt bis zum Verbrechen gegen das Leben herabgesunken sei. Den Elendigen, der das Verbrechen begangen habe, träfe dabei die geringste Verantwortung. Der eigentliche, wahre Verantwortliche sitze im

Catete-Palast, auch wenn er bereitstehe, notfalls sogar Tränen zu vergießen. Ihm, Mangabeira, wäre lieber, daß Brasilien angegriffen werde und wütend die Ausländer vertreibe, als das, was er jetzt erlebe: ein von seinem inneren Feind, der in der Regierung sitze, zerrüttetes, ausgehöhltes und ruiniertes Land.

Um sieben Uhr abends sagte Mattos zu Rosalvo, daß er weggehe. »Nur kurz. Falls jemand nach mir fragt, ich bin gegen neun Uhr zurück.«

»Darf ich fragen, wohin Sie gehen?«

»Nein. Ermittlungen.«

Er nahm ein Taxi. »Avenida Rainha Elizabeth 60«, sagte er zum Fahrer. Hatte Rosalvo gelogen oder sich in der Anschrift von José Silva geirrt?

Die Nummer 60 war ein Luxusapartmenthaus.

»In welchem Apartment wohnt Senhor José Silva?«

»Nummer fünfhunderteins«, sagte der Portier.

Mattos nahm den Fahrstuhl. Auf jeder Etage nur eine Wohnung.

Er klingelte. Ein kleines Mädchen mit zwei langen Zöpfen öffnete die Tür.

»Ich möchte Senhor José Silva sprechen.«

»Papa«, rief das Mädchen, »Besuch für dich.«

Der Mann, der dann kam, war etwa vierzig, hellbraunes Haar, Ansatz zur Glatze. In der Hand eine Zeitung.

»Ich suche Senhor José Silva.«

»Das bin ich.«

Mattos wies sich aus. »Ich ermittele in dem Mord an Paulo Gomes Aguiar.«

»Ich weiß nicht, wie ich Ihnen da behilflich sein kann …«

»Darf ich eintreten?«

»Oh … ja … bitte sehr …«

Das Mädchen war im Wohnzimmer geblieben und sah den Kommissar neugierig an.

»Geh nach hinten zu Mama«, sagte José Silva.

Er faltete die Zeitung zusammen und wieder auseinander. Dann legte er sie auf einen Tisch.

»Nehmen Sie bitte Platz.«

»Ich habe die Information, daß Sie Paulo Machado Gomes Aguiar kannten.«

»Ja. Aber ich habe ihn seit vielen Jahren nicht mehr gesehen.«

»Könnten Sie das präziser sagen?«

»Wir waren Klassenkameraden in den ersten Jahren des Gymnasialzweigs im Colégio São Joaquim. Danach habe ich ihn nicht mehr gesehen.«

»Und Pedro Lomagno? War der auch in Ihrer Klasse?«

»Ja.«

»Haben Sie ihn später noch gesehen?«

»Nein, auch nicht. Wir waren nicht befreundet. Nur Klassenkameraden. Sie haben übrigens die Schule vor Abschluß des Gymnasiums verlassen.«

Das Mädchen erschien in der Tür und starrte den Polizisten an.

»Was ist, Aninha?«

»Mama möchte dich sprechen.«

»Einen Augenblick, bitte.«

Mattos und das Mädchen blieben allein im Wohnzimmer.

»Bist du von der Polizei?« fragte das Mädchen.

»Ja.«

»Willst du Papa verhaften?«

»Nein.«

»Mama?«

»Ich will niemanden verhaften.«

»Och ...«, sagte das Mädchen enttäuscht.

José Silva kam zurück.

»Meine Frau fühlt sich nicht gut.« Lächeln. »Wir erwarten wieder ein Kind. Unser zweites.«

Mattos blickte auf die Schweißperlen, die sich auf José Silvas Stirn bildeten.

»Darf ich fragen, was Sie von Beruf sind?«
»Ich bin Zahnarzt.«
»Ein schöner Beruf«, sagte Mattos.
»Ja, ich liebe meine Arbeit«, sagte José Silva.
Mattos stand auf. »Gut, Doktor Silva, ich glaube, Sie können mir nicht viel sagen. Entschuldigen Sie, daß ich Ihre Zeit in Anspruch genommen habe.«
José Silva öffnete die Tür.
»Noch etwas. Sollte sich noch jemand von der Polizei hier melden, sagen Sie, daß Sie schon mit mir gesprochen haben. Sagen Sie: Kommissar Mattos hat mir Anweisung gegeben, einzig mit ihm über den Tod von Paulo Gomes Aguiar zu sprechen.«
»Ich verstehe nicht.«
»Das brauchen Sie auch nicht. Sagen Sie nur das, falls noch jemand von der Polizei hier erscheint.«
»Darf ich Ihnen einen Kaffee anbieten?«
Mattos hätte gern ein Glas Milch getrunken.
»Nein, vielen Dank.«

Noch vor neun Uhr war Mattos wieder auf der Wache. Rosalvo kam zu ihm.
»Ich habe die Gutachten gesehen. Ein Schwarzer. Hat der Antonio Carlos sich da nichts zusammengereimt?«
»Er ist kompetent und tüchtig.«
»Soll ich mich auf die Suche nach diesem Schwarzen machen?«
»Nicht nötig. Ich weiß schon, wer es ist.«
»Und das ist der, der Paulo Gomes Aguiar ermordet hat?«
»Ja, sehr wahrscheinlich.«
»Wann wollen Sie ihn verhaften?«
»Bei Gelegenheit.«
Der Kommissar war sehr einsilbig. Vielleicht war es angebracht, ihn etwas zu reizen. Wenn er wütend war, redete er ziemlich viel.

»Haben Sie gelesen, daß der Präsident noch mehr Verbrecher begnadigen will? Im Juli sind schon dreißig Mörder, zweiundzwanzig Diebe, drei Betrüger, ein Macumbeiro und ein Hehler freigekommen. Wie finden Sie das, Doktor? Über sechzig Verbrecher mehr, die frei herumlaufen.«

»Die hätten sie gar nicht erst einsperren sollen.«

»Ist das Ihr Ernst? Ich denke, unser Problem ist, daß viel zu viele Verbrecher frei herumlaufen.«

»Einen Macumbeiro oder Hehler einzusperren ist Schwachsinn. Ein Häftling kostet die Gesellschaft ein Vermögen, sitzt eine bestimmte Zeit im Gefängnis ab und kommt schlimmer raus, als er reingekommen ist.«

»Sie meinen also, man sollte weder Diebe noch Mörder einsperren? Und was ist mit so einem triebhaften Vergewaltiger wie Febrônio?«

»Wenn der Kerl eine große Gefahr für die Gesellschaft darstellt, ein Psychopath und dergleichen, dann muß er lediglich therapiert werden.«

»Und die Angehörigen des Opfers?«

»Die sollen zum Teufel gehen. Sie reden, als wären wir im achtzehnten Jahrhundert, noch vor Feuerbach. Strafe als Rache. Sie haben sich wohl während der Ausbildung nicht genug mit diesem Zeug beschäftigt.«

»Ich bin nicht so gebildet wie Sie, aber jetzt erklären Sie mir doch bitte eins: Es gibt immer mehr Verbrecher, stimmt's? In der ganzen Welt, oder? Woran liegt das, können Sie mir das erklären? Weil zu viele im Gefängnis sitzen oder zu wenige?«

»Ich diskutiere nicht mit Ihnen, dazu ist mir meine Zeit zu schade.«

Diesmal hatte es nicht funktioniert. Der Mann verheimlichte irgend etwas. Rosalvo war der festen Überzeugung, daß leidenschaftliche Leute wie Mattos nicht bei der Polizei sein und auch sonst keinerlei Machtbefugnis besitzen sollten. Er, Rosalvo, hatte keine Leidenschaft, abgesehen davon, daß er gut leben wollte, und das bedeutete, gut schlafen, gut essen und gut bumsen. Er dachte an Teodoros Versprechen. Wenn er zur Sitte kam, konnte er seine schlichten Leidenschaften besser befriedigen. Das Problem war, wie konnte man den Senator Freitas davon überzeugen, daß er etwas geleistet hatte, wofür er diese Belohnung verdiente? Ein Schwarzer. Was konnte ein Schwarzer mit dem Senator zu tun haben, das verstand er nicht. Egal, etwas hatte er jetzt immerhin schon zu bieten.

Wie vereinbart kam Lomagno zur Wache, um den Kommissar Mattos abzuholen und mit ihm nach dem Macumba-Priester in Caxias zu suchen. Er fuhr in einem neuen Buick vor, am Steuer ein livrierter Chauffeur von der Lomagno & Cia.

»Warten Sie, bis ich zurück bin«, sagte Mattos zu Rosalvo.

»Wo fahren Sie hin? Soll ich nicht besser mitkommen?«

»Nein. Sie bleiben hier.«

Mattos und Lomagno saßen auf dem Rücksitz und unterhielten sich nicht, bis sie die Stadt in der Baixada Fluminense erreichten.

Nachdem sie eine Weile im Zentrum von Caxias hin und her gefahren waren, schlug der Wagen die Richtung zu einem Viertel am Stadtrand ein. Irgendwann wies Lomagno den Chauffeur an, in eine ungepflasterte Straße einzubiegen. Sie hielten vor einem gemauerten Haus mit blaugestrichenen Fensterläden, neben dem ein von Bäumen gesäumter, festgestampfter Erdplatz lag.

»Hier ist es«, sagte Lomagno.

Die beiden Männer stiegen aus.

Eine grauhaarige Mulattin in Holzpantinen, die an die

Haustür gekommen war, als sie den Wagen vorfahren sah, begrüßte die Besucher.

»Wir suchen den Macumba-Priester«, sagte Lomagno.

»Kommen Sie bitte herein«, sagte die Frau.

Das Wohnzimmer war bescheiden möbliert; Tisch, ein paar Stühle, ein abgewetztes Sofa, eine alte Glasvitrine.

»Ich hole Pai Miguel«, antwortete die Frau.

Der Priester, ein weißgekleideter, schlanker Schwarzer undefinierbaren Alters, begrüßte die Gäste höflich.

»Seien Sie willkommen in meinem Haus.«

»Sie erinnern sich an mich, Pai Miguel?«

Der Priester zögerte.

»Ich war mit Paulo Gomes Aguiar hier.«

»Ach so ... ja ...«

»Das hier ist der Polizeikommissar Doktor Alberto Mattos.«

»Polizei?«

Der Priester wich erschrocken zurück. Er drehte sich um und wollte weglaufen. Mattos hielt ihn am Hemd fest.

»Doktor, ich habe meinen Terreiro geschlossen. Bitte nehmen Sie mich nicht fest!«

»Ich will Sie nicht verhaften, Senhor. Keine Sorge.«

Daß der Polizist ihn mit Senhor ansprach, beruhigte den Priester etwas.

»Was Sie hier tun, interessiert mich nicht. Ich finde, Menschen wie Sie soll man in Ruhe lassen. Ich bin nur hier, um Ihnen ein paar Fragen zu stellen, dann gehe ich wieder. Sie wissen, daß Paulo Machado Gomes Aguiar ermordet worden ist?«

»Ja. Eine meiner Helferinnen hat es mir erzählt. Es hat mich sehr traurig gemacht. Er war ein guter Mensch.«

»Waren Sie häufiger bei Gomes Aguiar zu Hause?«

»Drei- oder viermal. Ich wollte seinen Körper unverwundbar machen. Viel Neid, viele Feinde. Sie hatten einen Dämon auf ihn angesetzt. Aber die Gattin vom Doktor Paulo mochte mich nicht, deshalb konnte ich die Beschwörung nicht richtig machen. Ich wußte, daß ein Unglück passieren würde, ein Geist ist hier auf dem Terreiro niedergefahren und hat es mir gesagt. Irgend jemand wollte ihm Böses.«

»Wann waren Sie das letzte Mal bei Paulo Gomes Aguiar?«

»Kurz vor seinem Tod. Ich glaube, es war Freitag.«

»Wissen Sie noch das Datum?«

»Nein, das weiß ich nicht mehr.«

»Wissen Sie genau, daß es ein Freitag war?«

»Ganz genau nicht. Aber manche Rituale mache ich gern freitags. Der wievielte war der vorletzte Freitag?«

»Der dreißigste.«

»Der dreißigste, der dreißigste ...«

»Kann es auch am Samstag, den einunddreißigsten gewesen sein?« fragte Lomagno.

»Die Fragen lassen Sie mich stellen«, sagte Mattos.

»Entschuldigung«, sagte Lomagno.

»Einen Moment, bitte«, sagte Miguel.

Er ging zu der Mulattin, die in einiger Entfernung stand, und sprach mit ihr. Sie berieten sich eine Weile.

»Sie weiß es auch nicht mehr, es ist schon so lange her ...«

»Erst dreizehn Tage«, sagte der Kommissar. »Notieren Sie sich nicht, was Sie machen?«

»Ich bin Analphabet, Doktor. Aber Cremilda meint, es kann auch Samstag gewesen sein, nach Mitternacht. Einen Dämon abwenden, das kann man auch noch in den ersten Stunden im August. Der August ist ein guter Monat, da fahren die Geister leicht nieder.«

»Sie haben die Wohnung von Gomes Aguiar nach Mitternacht verlassen?«

»Ja. Doch, ich glaube, es war wirklich am Samstag, ja ... Es ging schon in den Sonntag, in den August hinein, als ich da war ...«

»Gomes Aguiar ist in der Nacht zum Sonntag, in den

ersten Stunden des August ermordet worden, als die Geister niederfuhren, wie Sie sagen.«

»Was? Als ich gegangen bin, war der Mann am Leben, das schwöre ich Ihnen … Dann war ich wohl doch am Freitag da.«

Mattos zog den Ring aus der Tasche.

»Gehört dieser Ring Ihnen?«

»Nein.«

»Setzen Sie ihn bitte auf.«

Miguel schob den Ring auf den Finger. Viel zu groß.

Mattos steckte den Ring wieder in die Tasche und nahm eine Pepsamar. Nachdenklich zerkaute er die Tablette. In den Ring war ein F eingraviert; der Portier hatte von einem kräftigen und finster aussehenden Schwarzen gesprochen, wie Gregório, wie Fortunato; Miguel fing nicht mit F an und war auch nicht gerade ein kräftiger Schwarzer.

»Wie lautet Ihr vollständiger Name?«

»Miguel Francisco dos Santos, mit Verlaub.«

Francisco. F. Zwei Schwarze, deren Namen mit F anfingen. Zufälle … Keine vorschnellen Schlüsse … Um die Sache zu klären, bedurfte es einer Gegenüberstellung zwischen dem Macumbeiro und dem Portier.

»Ich möchte, daß Sie mit mir nach Rio zum Polizeirevier fahren.«

»Sie haben doch gesagt, daß Sie mich nicht festnehmen«, protestierte Miguel.

»Ich nehme Sie nicht fest. Dies ist eine Aufforderung.«

»Sie tun gut daran, mitzufahren«, sagte Lomagno in drohendem Ton.

»Sie halten den Mund oder gehen ins Auto«, sagte Mattos gereizt.

Lomagno schluckte trocken. Sein Gesicht wurde vor Haß blaß.

»Ich werde nicht verhaftet?«

»Nein, Sie werden nicht verhaftet.«

Sie stiegen ins Auto. Lomagno setzte sich nach vorn zum Chauffeur. Während der Fahrt jammerte Miguel und beteuerte seine Unschuld. Trotz der zerkauten Pepsamar hatte Mattos Magenschmerzen.

Als sie die Wache erreichten, sagte Lomagno: »Ich hoffe, ich habe Ihnen behilflich sein können.«

»Ja, sehr. Ich bedanke mich. Jetzt brauche ich Sie nicht mehr.«

Rosalvo sah neugierig zu, wie Mattos Miguel in sein Büro führte. Durch die offene Tür hörte er, daß der Kommissar etwas zu dem niedergeschlagen auf einem Stuhl sitzenden Schwarzen sagte.

»Haben Sie den Mann gefunden?« fragte Rosalvo durch die Tür.

»Weiß ich nicht. Wir fahren zum Deauville. Holen Sie den Transporter.«

Als sie mit Miguel beim Gebäude Deauville ankamen, wurden sie nicht von Raimundo eingelassen, sondern von einem anderen Portier.

»Wo ist Raimundo? Ich bin Kommissar Mattos.«

»Der ist nicht da. Er ist mitten aus dem Dienst weggegangen, die Portiersloge war die ganze Nacht leer. Der Verwalter hat gesagt, er wirft ihn raus.«

Mattos ging nach hinten zum Zimmer des Portiers.

»Sind das seine Sachen?«

»Ja. Er muß zurückkommen, er hat ja alles hiergelassen.«

»Wenn er zurückkommt, sagen Sie ihm, ich möchte ihn sprechen. Er soll auf die Wache kommen, sonst wird er verhaftet.«

»Doktor, ich kapiere überhaupt nichts mehr. Was ist eigentlich los?« fragte Rosalvo im Transporter.

»Das weiß ich noch nicht.« Zu Miguel: »Vielleicht muß ich Sie noch einmal sprechen. Aber Sie brauchen sich keine Sorgen zu machen.«

Trotz der Übereinstimmungen war Mattos sicher, daß Miguel nicht der Schwarze war, den er suchte. »Entschuldigen Sie die Scherereien. Ich setze Sie am Bahnhof ab.«

Um diese Zeit fuhr kein Zug mehr. Aber Miguel sagte nichts. Er verbrachte lieber die Nacht auf dem Bahnhof als bei den Polizisten.

Bis zum Ende der Schicht ereignete sich nicht mehr viel.

In der Nacht kam der Wachpolizist mit Rosalvo ins Büro des Kommissars.

»Ist was?«

»Die Funkstreife hat einen Mann und eine Frau hergebracht, die es in einer dunklen Straße getrieben haben. Was soll ich machen?« fragte Rosalvo.

»Was sind das für Leute?«

»Der Mann ist Hilfsarbeiter auf dem Bau. Die Frau ist Hausmädchen.«

»Wegschicken«, sagte Mattos.

»Der Fahnder, der im Streifenwagen den Befehl hat, ist ein Wichtigtuer. Er sagt, sie wären in flagranti erwischt worden.«

Ein Mann und eine Frau saßen im Warteraum auf einer Holzbank. Als der Kommissar erschien, standen sie auf.

»Führen Sie die Leute von der Streife in mein Büro«, sagte Mattos zu Rosalvo.

Der Fahnder und die beiden Zivilpolizisten betraten das Büro.

»Was ist passiert?«

Der Fahnder erklärte, sie hätten auf ihrer Streifenfahrt den Mann und die Frau in enger Umarmung erwischt.

»In enger Umarmung? Und was haben sie gemacht?«

Ein Polizist lachte.

»Es war dunkel, aber wir hatten eine Taschenlampe dabei, und da konnte man sehen, was sie machten. Als sie uns bemerkten, ließ die Frau schnell den Rock runter, aber da war's zu spät. Ihre Unterhose lag auf der Straße, wir haben sie als Beweisstück mitgenommen.«

»Als Beweisstück?« Mattos hatte den üblen Geschmack der Magensäure im Mund. »Kommt mir nicht noch mal mit so einem armen Paar an, das im Dunkeln bumst. Unsichtbare Erregung öffentlichen Ärgernisses gibt es nicht, irgendeiner muß es gesehen haben. Ohne Taschenlampe.«

Garantiert hatten die Polizisten versucht, den armen beiden Geld abzupressen.

»Ihr könnt gehen. Wenn ihr mir noch einmal ein Pärchen aus solchem Anlaß bringt, zeige ich euch wegen willkürlicher Gewaltanwendung an.«

»Wieso das denn?«

»Oder wegen Erpressung und Amtsmißbrauch. Ihr könnt gehen.«

Die Polizisten gingen hinaus, und Mattos dachte darüber nach, was Menschen dazu brachte, Polizist zu werden. In seinem Fall hieß der Grund schlicht und einfach, daß er keine bessere Stelle gefunden hatte. Nach drei Jahren als Anwalt für mittellose Delinquenten, in denen er nicht die Büromiete verdiente, geschweige denn genug Geld zum Heiraten, hatte sich diese Gelegenheit ergeben, vierundzwanzig Stunden Dienst und zweiundsiebzig Stunden frei, eine Zeit, die er dazu nutzen wollte, den Stoff für die Zulassung zum Richteramt zu lernen. Ein bescheidener, aber sicherer und anständiger Job. In einem Jahr hätte er die fünf Jahre Praxis vollgehabt, wie für die Zulassung verlangt. Aber Alice hatte nicht so lange warten wollen.

Das Pärchen saß noch immer im Warteraum auf der Bank, beide verängstigt und stumm.

»Ihr könnt gehen«, sagte der Kommissar.

»Ich habe wirklich kein Geld dabei … Das hab ich den Polizisten gesagt … Weil ich meinen Lohn noch nicht …«

Mattos war zu erschöpft, um noch einen Vortrag zu halten.

»Ihr könnt gehen.«

Es war schon nach vier Uhr, als er nach seinem Buch über Zivilrecht und dem Radio griff und nach oben in das Zimmer ging, in dem sich die diensthabenden Kommissare hinlegen konnten. Während seiner ersten Schichten hatte Mattos die vierundzwanzig Stunden in seinem Büro oder draußen im Einsatz verbracht. Neuerdings ging er auch ins Ruhezimmer, brachte sich aber nicht wie die anderen saubere Laken und einen Kopfkissenbezug für das Bett mit. Er zog nur das Jackett und die Krawatte aus und legte sich auf die stinkende Matratze.

Während der Nacht wurde der Koch Geraldo Barbosa, sechsundzwanzig Jahre, vor seinem Wohnhaus von einem nicht identifizierten Auto angefahren und in die Unfallambulanz eingeliefert. Bernardo Lemgruber, zweiunddreißig Jahre, wurde von zwei Männern auf der Straße überfallen. Mattos nahm die entsprechenden Eintragungen im Tagebuch vor. Ein Betrunkener wurde wegen öffentlicher Ruhestörung festgenommen. Der Kommissar ließ den Mann im Warteraum sitzen und schickte ihn anschließend ohne die Moralpredigt nach Hause, die gute Polizisten normalerweise harmlosen Betrunkenen halten.

Er fühlte sich zunehmend erschöpft. Sein Magen fing an zu schmerzen, er kaute zwei Pepsamar-Tabletten.

Er ging zur Toilette. Sein Stuhl war dunkel. Der Arzt hatte etwas von Ähnlichkeit mit Kaffeesatz gesagt. Auf der Toilette der Polizeiwache gab es kein Toilettenpapier. Aber der Kommissar hatte eine Zeitung voller wichtiger Nachrichten über Brasilien und die Welt mitgenommen. Es war nicht das erste Mal, daß er sich mit Zeitungspapier säuberte. In seiner Jugend hatte er große Armut erlebt. Er vermied lediglich, sich mit dem Foto einer Person zu säubern. Den Skrupel hatte er schon von klein auf.

14

Bei einem geheimen Treffen mit ein paar Mitgliedern seiner Partei, der PSD, machte Vitor Freitas seine Gesinnungsgenossen darauf aufmerksam, daß die UDN die Unzufriedenheit der Militärs und die politischen Turbulenzen infolge des Attentats in der Rua Tonelero für eine Kampagne ausschlachtete.

»Die UDN hat ihre besten Redner aufgeboten, um zu fordern, daß Vargas entweder zurücktritt oder beurlaubt oder abgesetzt wird. Sollte es zu einer dieser drei Möglichkeiten kommen ...«

»Getúlio wird nie zurücktreten«, fiel ihm der Abgeordnete Azevedo Pascoal ins Wort.

»Lassen Sie mich aussprechen. Für den Fall seines Rücktritts oder seiner Absetzung ...«

»Absetzung? Das Heer steht hinter Getúlio.«

»Sie vergessen die Versammlung im Klub der Luftwaffe, die gestern stattgefunden hat«, fuhr Freitas fort, »wo sich Hunderte von anwesenden Heeresoffizieren mit ihren Kameraden von der Luftwaffe solidarisch erklärt haben. Zenóbio hat gesagt: ›Wir müssen uns zur Verteidigung des Friedens und des Glücks der brasilianischen Familie zusammenschließen.‹ Und Estillac hat hinzugefügt: ›Das Heer ist sich einig, jeden Putschversuch abzuwehren, und steht bereit, die Verfassung zu verteidigen.‹ Einen Putschversuch von welcher Seite? Was für einen Putsch meint der General Estillac damit? Jedenfalls keinen, der vom Militär gewünscht und betrieben wird. Sondern von einem, dem bis jetzt noch jeder Handstreich gelungen ist: dem Staatspräsidenten. Tatsächlich nämlich warnt das Militär Getúlio. Man muß zwischen den Zeilen lesen können, meine lieben Freunde, sich mit den Kriegsmetaphern auskennen. Das Heer wird keinen Putsch pro Getúlio dulden. Wohl aber das Gegenteil.«

»Sie brauchen uns keine Nachhilfe zu geben, Freitas. Wir sind alle nicht von gestern.«

»Wie gesagt – wenn ich in meiner Argumentation fortfahren darf –, sollte es zu Getúlios Rücktritt oder seiner Absetzung kommen, wird die UDN die Macht übernehmen, indem sie entweder die Stunde nutzt und ihre Militär-Advokaten-Diktatur errichtet oder in das von Getúlio hinterlassene politische Vakuum eintritt und die Wahlen im Oktober gewinnt. Manchen Kreisen in der UDN wäre der Rücktritt lieber, weil Vargas dadurch moralisch erledigt wäre und die großen Parteien, die ihn unterstützen, das heißt die PTB und wir, schlechte Karten hätten. Die Brasilianer mögen keinen, der aufgibt. Aber ein beträchtlicher Teil der UDN, allen voran Lacerda, will die Absetzung und sonst nichts. Wenige der Anwesenden, wie ich leider feststellen muß, haben die Rede von Afonso Arinos gehört, in der er Vargas attackiert hat, nur wenige haben gehört, wie Arinos sagte, daß der Verdacht der Nation sich auf den Staatspräsidenten oder auf Personen aus seiner engsten Umgebung richtet – Arinos war so taktvoll, Vargas' Sohn Lutero oder seinen Bruder Benjamim nicht namentlich zu nennen –, und wie er seine Philippika mit der Forderung schloß, Vargas müsse weg, damit das Verbrechen der Rua Tonelero unter absolut unparteilichen und sicheren Bedingungen endgültig aufgeklärt wird. Arinos spricht vom Verfall der staatlichen Autorität, von moralischer Krise, die üblichen abgedroschenen und trotzdem immer noch wirksamen Gemeinplätze der UDN-Rhetorik. Und dennoch war Arinos' Rede nicht aggressiv. Er will, daß der Präsident freiwillig geht, er gehört zu jenen intelligenteren Kreisen, von denen ich gesprochen habe. Möglich, daß die putschwilligen Kreise, die unter der Voraussetzung einer Absetzung nichts dagegen haben, daß die Militärs die Macht übernehmen, sich doch noch in der UDN durchsetzen. Jedenfalls scheint mir, falls Getúlio sich beurlauben läßt, werden sie ihn nicht ins Amt zurückkehren lassen, folglich käme das einem Rücktritt gleich.«

»Lutero hat auf seine parlamentarische Immunität verzichtet, damit die ganze Wahrheit zutage gefördert werden kann. Er hat vor Gott und der Nation geschworen, daß er in keiner Weise für die Ereignisse verantwortlich ist und daß die Intrige in Zusammenhang mit seinem Namen angezettelt wurde, um seinen Vater zu treffen«, sagte der Abgeordnete Azevedo Pascoal.

»Lutero Vargas hat geschworen! Glaubt irgend jemand hier an einen Schwur von Lutero Vargas? Wer so naiv ist, möge die Hand heben, ich möchte ihn sehen.«

Wieder ergriff Azevedo Pascoal das Wort. »Ich war dabei, als Afonso Arinos seine Rede gehalten hat, und ich fand sie unentschlossen, mittelmäßig, dieser Intelligenz, von der Sie gesprochen haben, nicht würdig. Als Arinos sagte, er mißtraue der polizeilichen Untersuchung, erklärte er, die Polizei sei bestrebt, die Beweise durch ›Aussitzen‹ ihrer Gültigkeit zu berauben. Dieses saloppe Wort findet sich in keinem Wörterbuch. Mir scheint, die Verwilderung der portugiesischen Sprache, die man in der Rede des Abgeordneten beobachten konnte, spiegelt seine – ihm vielleicht unbewußte – Geringschätzung der Institutionen wider. Ich glaube, selbst Arinos hätte nichts gegen einen Putsch, sofern die UDN-Advokaten die Macht übernähmen. Die wissen, wie man die Militärs gängeln und manipulieren kann.«

»Dann ist da noch die Rede von José Bonifácio«, fuhr Freitas fort. »Sie kennen den Andradismus des Politiker-Clans aus Minas, zu dem Zé Bonifácio de Andrade gehört – wobei ich ›Andradismus‹ als Synonym für Bauernschläue benutze. Für Zé ist die Regierung Getúlio mitsamt ihrer persönlichen Leibwache vom Erdboden verschwunden. Er glaubt oder tut, als glaube er, die Regierung halte sich nur dank der Gunst der Streitkräfte, der Anhänglichkeit der *sargentos*, der Gleichgültigkeit der Soldaten, der Hoffnung auf Aufklärung der Wahrheit in dieser Untersuchung. Die Tage der Regierung seien gezählt, aber Zé Bonifácio erwartet von Getúlio eine stolze Geste, die Geste eines echten Gaucho, er möchte, daß der Präsident den Rat beherzigt, den João das Neves ihm in einem seiner seltenen Momente politischer Weitsicht gegeben hat: in der Stunde des Zusammenbruchs möge Getúlio sich als fairer Besiegter erweisen, Brasilien in die Augen sehen, die Hacken zusammenschlagen und stürzen. Aber, sagt Zé, in den Mantel der Würde und Ehre gehüllt, indem er zurücktritt.«

»Bei der UDN verlangen die Politiker doch, daß man in jeder Situation die Hacken zusammenschlägt«, witzelte ein Abgeordneter.

»Zé Bonifácio strebt das an, was er als Aufschneiden eines der unsäglichsten und widerwärtigsten Eitergeschwüre bezeichnet, das je den Organismus einer Nation zersetzt hat. Nach Meinung des schlauen Minas-Abgeordneten erleben wir Blut und Tränen; wir erleben, wie unbescholtene Leumunde im Massengrab der Machtgier untergehen; wir erleben das Entsetzen der Schwachen, den Siegesschrei der Machthaber; wir erleben, daß aufgrund des Devisenschwarzmarkts und der Wonnen der Inflation ein Major der Luftwaffe kein Geld für ein Telefon hatte, während sein Mörder ein Haus auf dem Land besaß.«

»Man kann die Sonne nicht mit einem Sieb abdecken. Der Sumpf existiert«, bemerkte ein Abgeordneter.

»Dieses Haus auf dem Land, das wissen nur wenige«, fuhr Freitas fort, »ist nichts weiter als eine armselige Hütte zwischen Belford Roxo und Nova Iguaçu. Eine Hütte, die der Meuchelmörder Climério ›Glückliche Zuflucht‹ nennt, da gibt's weder Kanalisation noch fließend Wasser, ein paar Schweine wühlen im Dreck, und innendrin laufen Hühner herum. Jeder *sargento* der Luftwaffe würde sich schämen, da zu wohnen. Und Zé Bonifácio weiß das, aber es gilt, Empörung und Aufruhr zu schüren, und dafür ist ihm jedes Mittel recht.«

»Worauf wollen Sie hinaus, Freitas?«

»Die öffentliche Meinung wird manipuliert, und zwar skrupellos. Aber mit Erfolg. Wir müssen Stellung beziehen. Wir können nicht wie der Vogel Strauß den Kopf in den Sand stecken und so tun, als sei nichts. Nicht ein einziger Sprecher der Mehrheit war bei den Reden von Arinos und Baleeiro anwesend, um mit einer sofortigen Erwiderung den Präsidenten zu verteidigen.«

»– die Institutionen zu verteidigen«, warf Azevedo Pascoal ein.

»Letzten Endes unsere Partei, denn wer die Institutionen verteidigt, verteidigt auch das Schicksal der PSD. Liebe Freunde, in knapp zwei Monaten wird gewählt. Wir wissen, daß Getúlio an dem Verbrechen am Major Vaz keine Schuld trägt. Alle wissen das. Getúlio mag noch so senil sein, aber er hätte niemals den Auftrag gegeben, Lacerda umzubringen, und zwar aus einem einfachen Grund: Der Tod des Journalisten hätte ihm und der Regierung überhaupt nichts eingebracht, sie hätten nur der UDN zu einem Märtyrer verholfen. Der Mord war das Werk so stupider Subalterner wie des schwarzen Gregório, die von Leuten aufgehetzt worden sind, deren Interessen Lacerda im Weg war. Aber die Pressekampagne sorgt dafür, daß das Volk Getúlio für schuldig hält. Der Todesschütze Alcino ist verhaftet, Gregório ist verhaftet, und wahrscheinlich werden sie das aussagen, was man von ihnen hören will. Climérios Verhaftung steht kurz bevor. Zur Stunde wird ein regelrechter Kriegseinsatz vorbereitet, um ihn dingfest zu machen. Die Weichen sind gestellt, liebe Freunde. Es gibt für Getúlio keinen Ausweg mehr. Bleibt er an der Regierung, wird sein Ansehen von Tag zu Tag sinken. Tritt er zurück, wird das Volk ihn verabscheuen und verwünschen. Die Geschicke der PSD dürfen nicht wie ein Anhängsel mit dem Schicksal eines Präsidenten verknüpft sein, dessen Tage gezählt sind und der obendrein seine Pflicht verletzt und fahrlässig gehandelt hat.«

»Worauf wollen Sie hinaus?« fragte der Abgeordnete noch einmal.

»Wenn die Leute aus Minas unvorsichtig werden und von der Mauer herunterkommen, deutet dies darauf, daß es kein Gleichgewicht der Kräfte mehr gibt, daß die Waage sich zu einer Seite geneigt hat. Ich bin davon überzeugt, daß die PSD in dieser heiklen Konstellation eine unabhängige Haltung einnehmen muß.«

»Wir sind die Regierung. Viele unserer Parteifreunde haben ebenfalls ihre Macht mißbraucht und die Situation ausgenutzt«, sagte Azevedo Pascoal mit bedeutungsvollem Blick zu Freitas, von dem alle wußten, daß er sich unter der Regierung Vargas bereichert hatte. »Capanema würde eine so zynische und opportunistische Einstellung nie akzeptieren.«

Nach diesen Worten verließ Azevedo Pascoal die Runde.

Die restlichen Anwesenden – sechzehn Abgeordnete und vier Senatoren – diskutierten weiter über die von Vitor Freitas beschriebenen politischen Alternativen.

Nach Beendigung des Treffens hing Freitas allein in seinem Büro seinen Gedanken nach. Wenn die Militärs und die UDN die Macht übernahmen, was zweifellos geschehen würde, dann würde eine Welle der Moral über sie schwappen, die zwar pharisäerhaft und von kurzer Dauer wäre, aber jetzt unmittelbar ein paar Sündenböcke brauchen würde. Doch die Wahrscheinlichkeit, daß seine Beteiligung an dem Mauschelgeschäft der Cemtex aufgedeckt würde, war sehr gering. Und auf die Verdächtigungen dieses Kretins von Kommissar brauchte auch nicht Rücksicht genommen zu werden. Also bestand keine

Notwendigkeit, irgend etwas wegen des Polizisten zu unternehmen. Sein Assistent Clemente dachte darüber anders, aber dem war daran gelegen, dienlich zu sein, sich unentbehrlich zu machen, Komplizenschaft herzustellen. Er mußte Clemente die Flügel stutzen, mehr noch, ihn aus seinem Leben verbannen.

Per Telefon bestellte Freitas Clemente zu sich ins Büro.

»Clemente, melde dich bei Teodoro und sag ihm, ich hätte kein Interesse mehr an den Ermittlungen, die dieser Kommissar – wie heißt der doch gleich?«

»Mattos.«

» – die dieser Kommissar Mattos über mich anstellt. Ich will nicht wissen, was er tut oder nicht tut. Genaugenommen will ich nicht mal mehr den Namen dieses Menschen mehr hören. Richte das Teodoro aus.«

»Teodoro hat die Angelegenheit schon in Angriff genommen.«

Freitas lachte nicht sehr überzeugt: »Dann pfeif ihn zurück. Brich die Sache ab.«

Nachdenklich verließ Clemente Freitas' Büro. Binnen kurzem hatte er seinen Plan geschmiedet. Er rief Teodoro an.

»Wie sieht's aus, Teodoro? Der Senator will was hören. Sie sind zu lahm.«

»Ich arbeite dran, Doktor Clemente, ich arbeite dran. Das können Sie dem Senator sagen.«

Einen Tag und eine Nacht dachte Salete nur an ihre Mutter. Hätte sie erfahren, daß sie gestorben wäre – wonach sie sich allerdings nie erkundigt hatte –, dann wäre sie sehr traurig gewesen und hätte vor Kummer geweint. Aber die Unselige war nicht tot. Also empfand Salete vierundzwanzig Stunden lang nur Haß, weil ihre Mutter am Leben war, weil ihre Mutter noch häßlicher und noch älter und noch schwärzer war.

Gegen Ende dieser Grollphase kamen Mitleidsgefühle in ihr auf. Es fing damit an, daß ihr Blick auf einen Seidenstoff in ihrem Schrank fiel, den sie für ein Kleid gekauft hatte. Sie hatte ihre Mutter aus einem billigen Stoffgeschäft am Largo da Carioca in einem bunten Kattunkleid mit ausgeblichenem Muster herauskommen sehen. Bestimmt hatte sie dort Stoff gekauft, um sich noch so ein scheußliches Kleid zu nähen.

Daran dachte Salete, als sie die französische Seide auf ihrem Schoß glattstrich. Ihre Mutter hatte nie ein Seidenkleid besessen; das herrliche Gefühl von weicher Seide auf der Haut hatte die arme Frau nie erlebt.

Eine Idee nahm in ihrem Kopf klare Formen an. Sie zog einen Rock mit Bluse an, das einfachste, was sie in ihrem Kleiderschrank hatte, und legte ihren Schmuck ab. Den eingewickelten Seidenstoff in der Hand, stieg sie in ein Taxi und sagte dem Chauffeur, sie wolle nach São Cristóvão fahren.

»Wo da in São Cristóvão?«

»Zur Fave … äh, zur Rua São Luiz Gonzaga.«

Als sie in die Rua São Luis Gonzaga einbogen, fragte Salete den Fahrer, ob er wisse, wo die Praça Elisa Cylleno liege.

Der Fahrer wußte es nicht.

»Ich zeige Ihnen den Weg.«

Sie fuhren kreuz und quer durch enge Straßen, fanden den Platz aber nicht.

»Wohin genau möchten Sie denn eigentlich?« fragte der Fahrer.

»Zur Favela Tuiuti.«

»In Favelas fahre ich nicht, Senhora, tut mir leid. Zu gefährlich. Da fährt nicht mal die Polizei rauf.«

Sie fuhren noch eine Weile herum. Dann erkannte Salete die Rua Curuzu wieder.

»Sie können mich hier absetzen«, sagte sie.

Von der Rua Curuzu aus wußte sie noch den Weg zur Favela.

Sie erreichte den Fuß des Hügels. Dann stieg sie bergauf, vorbei an den Hütten, wo dieselben Frauen wie in ihrer Kindheit, manche schwanger, mit rachitischen Kindern auf dem Arm, draußen Wäsche zum Trocknen auf die Leine hängten; Bengel, die auf der nackten Erde mit Murmeln spielten; Männer in Trikothemden, die in Ladenkneipen tranken. Alle blickten ihr verwundert nach.

»Wen suchen Sie, Kindchen?« fragte eine alte Frau mit einem Kleinkind auf dem Arm.

»Ich will zu Dona Sebastiana.«

»Die wohnt da oben.«

»Ja, ich weiß.«

Die Tür der Holzbaracke mit Wellblechdach war geschlossen. Salete klopfte.

Die Mutter öffnete die Tür. Sie erkannte ihre Tochter nicht.

»Ich bin's … Mama.«

»Salete? Salete?«

Sekundenlang sagten sie nichts, die Mutter wischte sich die Hände am schmutzigen Rock ab, trat in ihren Holzpantinen von einem Fuß auf den anderen.

»Ich habe dir etwas mitgebracht.«

»Willst du nicht reinkommen …?«

Salete ging hinein. Sie konnte sich noch an die Gerüche in der Hütte erinnern: Körpergeruch, Schimmel, ranziges Essen, Gestank der Armut. Die wenigen alten, kaputten Möbel waren offensichtlich noch dieselben wie zu ihrer Zeit.

»Wo sind meine Brüder?«

»Joãozinho sitzt im Gefängnis. Der war in schlechte Gesellschaft geraten. Tião ist eines Tages auf Nimmerwiedersehen verschwunden. Genau wie du.«

»Ich bin wieder da, Mama. Pack das Geschenk aus.«

Sebastiana öffnete das Päckchen.

»Was soll ich mit so was?«

»Dir ein Kleid nähen.«

»Ein Kleid? Ich soll in einem Seidenkleid rumlaufen, hier in der Favela?«

»Du ziehst aus der Favela weg«, sagte Salete energisch. »Ich bin gekommen, weil ich dich zu mir holen will.«

Sebastiana schlug die Hände vors Gesicht und brach in Tränen aus.

Salete ging zu ihrer Mutter. Liebevoll legte sie die Arme um den fülligen, vom Weinen geschüttelten Körper.

»Verzeih mir, Mama.«

Sie weinten Arm in Arm. Während Salete Schmerz und Reue empfand, dachte sie auch, daß ihre Mutter ein Bad nötig hatte.

»Ich möchte mit dir sprechen.«

»Ja.«

»Kann ich zu dir kommen?«

»Alice, entschuldige, wie ich dich ...«

»Kann ich zu dir kommen?«

»Mein Dienst ist um zwölf zu Ende.«

Kaum hatte Mattos aufgelegt, klingelte es wieder.

»Warum kommen Sie nicht her?« fragte der Kommissar seinen Gesprächspartner, nachdem er ihn angehört hatte.

»Ich bin doch nicht verrückt! Ich darf nicht mit Ihnen zusammen gesehen werden.«

»Warum sagen Sie es mir nicht am Telefon?«

»Wollen Sie den Brief nicht sehen?«

»Also wo?«

»Nachher, bei Ihnen zu Hause.«

»Heute bekomme ich Besuch. Geht es morgen?«

»Morgen muß meine Frau dem Bolão den Brief geben.«

»Na gut. Bei mir zu Hause. Notieren Sie meine Anschrift. Um sieben, ja?«

Als sie Saletes Wohnung an der Avenida Atlântica betraten, fragte die Mutter: »Ist das deine Wohnung, Sassá?«

Sassá war Salete als Kind genannt worden.

»Ich habe einen festen Freund. Der hat sie mir geschenkt. Wir wollen heiraten. Wir warten nur, bis seine Trennung durch ist, die Sache ist ziemlich verzwickt.«

»Ist er sehr alt?«

»Nein, noch jung. Hier ist das Badezimmer, siehst du? Alles da, Seife, Talkum, Handtücher. Geh duschen, ich such dir unterdessen was zum Anziehen heraus.«

Salete öffnete ihre Kleiderschränke und fand nach langem Suchen eine weite Toga, die aus der Mode gekommen war, aber sie hatte sie aufbewahrt. Sie gab die Kleider, die sie nicht mehr trug, nie weg, deshalb hatte sie so viele Schränke voller Sachen.

Die Toga war der Mutter etwas zu eng, aber es ging. Sebastiana sah wie verwandelt aus.

»Jetzt fahren wir in die Stadt und kaufen dir etwas zum Anziehen.«

Salete wußte, daß es in der Casa Santa Branca in der Rua do Ouvidor gerade einen großen Sonderverkauf von Batist, Wolle, Organdy, Kaschmir, Seide, Aleutienne, Alpaka und Baumwolle gab. Da wollte sie ein paar Stoffe kaufen und dann zu einer Schneiderin gehen.

Mattos öffnete Alice die Tür. Sie überreichte ihm eine Langspielplatte.

»Eine Freundin hat sie mir aus Europa mitgebracht.«

Tristan und Isolde.

»Mit Lauritz Melchior und Kirsten Flagstad. Für dich. Ich hoffe, sie gefällt dir.«

»Vielen Dank.«

Während er Alice ansah, dachte er an die Worte des Psychiaters in der Klinik ... zirkuläres Irresein ... Psychose in zweifacher Form ... Irresein in wechselnder Form ... intermittierendes Irresein ... typisches zirkuläres Irresein ... manisch-depressive Psychose ...

»Ich bin sehr nervös ... Kannst du mir ein Glas Wasser geben?«

»Kaltes?«

»Nein, ich will ein Medikament einnehmen.«

Alice schluckte eine Tablette, die sie aus einem Döschen in ihrer Handtasche genommen hatte.

»Ich werde mich von Pedro trennen.«

»Darf ich die Platte auflegen?« fragte Mattos.

»Ich kann mit Pedro nicht mehr zusammenleben.«

Mattos legte die Schallplatte auf den Plattenteller. Die Ouvertüre durchflutete das kleine Wohnzimmer; er erkannte sofort die eine und die andere Melodie, Liebe und Haß, Isolde und Tristan, Alice und Alberto, Paradoxon und Wahnsinn.

»Meine Mutter ist gestorben, habe ich dir das erzählt? Ich kann nirgendwohin, ich glaube, ich gehe in ein Hotel. Oder vielleicht komme ich hierher.«

Typisches zirkuläres Irresein.

(Zeigst du mir deine Zunge, Alice?)

»Hier gibt es keinerlei Komfort.«

»Wer sagt, daß ich Komfort brauche?« erwiderte Alice.

»Ich habe nur noch zwei andere Opern. Die eine auf 78 Umdrehungen.« Mattos lachte.

»Ich weiß. Stell die Musik lauter, wir legen uns hin und hören zu.«

»Nachher kommt jemand her. Ein Informant, ein Spitzel.«

»Wenn der kommt, lassen wir ihn aber nicht lange singen.«

»Es ist ein Polizei-Informant. Er muß bald hier sein.«

Sie schwiegen eine Weile.

Es klingelte.
»Das wird er sein.«
Alice ging ins Schlafzimmer und schloß die Tür.

Anastácio Santos alias »Blindschleiche« kam herein. Er hatte kleine Augen, die noch kleiner wurden, wenn er etwas genau sehen wollte und die Lider zusammenkniff, um seine Kurzsichtigkeit auszugleichen.

Er blickte mißtrauisch zur geschlossenen Schlafzimmertür.

»Ist da jemand?« fragte er.

»Eine Frau, sie schläft«, sagte Mattos.

»Bei so lauter Musik?«

»Sie schläft von Musik ein.«

»Lassen Sie die Musik an«, sagte Anastácio und zog einen Umschlag aus der Tasche.

Mattos las den Brief mit einiger Mühe.

»Wer ist Genivaldo?« fragte er und reichte den Brief zurück.

»Ein Preisboxer, ein Freund von Bolão.«

»Ist Bolão auch Boxer?«

»Ja. Aber die beiden arbeiten für Seu Ilídio als Kassierer, wenn's mit der Boxerei grad mau ist.«

»Was wollen Sie für die Information?«

»Ich hab gehört, Sie haben Einfluß auf den Doktor Pádua. Ich will mit dem Doktor Pádua was aushandeln, aber er läßt nicht mit sich handeln.«

»Das tue ich auch nicht.«

»Doktor, ich finde, was ich Ihnen hier gesteckt habe, ist einiges wert.«

»Das stimmt.«

»Ich hab das Ding im Esmeralda gedreht. Das hat der Doktor Pádua rausgekriegt, jetzt ist er hinter mir her. Ich will mich reinwaschen und den Schmuck zurückgeben.«

»Ist gut. Ich rede mit dem Doktor Pádua. Heute ist Freitag. Pádua hat am Sonntag Dienst. Ich rede am Montag mit ihm, wenn ich ihn ablöse. Mehr kann ich nicht versprechen. Ich kann Doktor Pádua nichts vorschreiben.«

Unschlüssig streckte Anastácio Mattos eine Hand entgegen. Mattos zögerte eine Sekunde, dann drückte er die Hand des Juwelendiebs.

In dem Brief, den Genivaldo an Bolão geschrieben hatte, stand zwischen Berichten über seine Familie, daß Seu Ilídio Turco Velho angeheuert hatte, um den Kommissar Mattos zu töten. »Aber Turco Velho hat nicht aufgepaßt, und da hat der Kriminale ihn umgelegt.«

Mattos ging ins Schlafzimmer. Er schaltete das Licht an.

Alice lag vollkommen angezogen auf dem Drago-Bettsofa. »Laß das Licht aus. Leg dich zu mir.«

Mattos legte sich neben Alice. Da das Sofa schmal war, berührten sich ihre Körper. Das Fenster war geschlossen, die Jalousien heruntergelassen, und im Zimmer herrschte tiefe Dunkelheit.

Alice nahm Mattos fest in die Arme. »Ich kann dein Gesicht nicht sehen. Ich versuche mich zu erinnern, wie du jetzt aussiehst, aber ich weiß es nicht mehr.«

Der Kommissar wußte auch nicht, wie Alice hier auf dem Drago-Bettsofa aussah, er sah nur ihr Gesicht aus der Zeit vor sich, als sie ein Paar gewesen waren.

Mattos fühlte, wie Alices Finger leicht über sein Gesicht tasteten. »Deine Nase ist groß ... Männer müssen eine große Nase haben ... Was denkst du von mir? In diesem Augenblick?«

»Nichts.«

»Und wenn ich dich jetzt bitte, dich auszuziehen, was denkst du dann von mir?«

»Nichts.«

Alice erhob sich vom Sofa; Mattos ahnte ihre Gestalt, während sie sich entkleidete. Er stand auf und zog sich aus. Da er sich inzwischen an die Dunkelheit gewöhnt hatte, konnte er den nackten weißen Körper von Alice erkennen, die regungslos dastand.

Sie setzten sich aufs Sofa. Eine ganze Weile saßen sie Hand in Hand. Mattos hörte Alices schweren Atem. Er küßte sie auf die Wange und streichelte ihr über das dünne Haar. Alice legte sich hin und zog Mattos' Körper auf sich.

Climério hielt sich zwei Tage in der Hütte mitten auf der Bananenplantage versteckt, die meiste Zeit lag er auf der zerlöcherten Matratze, aus der Maisstrohbüschel herausquollen. Oscar und Honorina brachten ihm abwechselnd in einem Henkelmann Essen und in einer Flasche Wasser. Dann baute Oscar in der Hütte eine einfache Holzkochstelle, wo Climério sich Essen und Kaffee kochen konnte. Er hätte gern einen richtig heißen Matetee getrunken, aber Oscar hatte keinen Matetee bekommen. Aber er hatte ja sowieso nicht das richtige Gefäß dafür.

Das Alleinsein wurde ihm unerträglich. Einmal nahm er seinen Revolver und wollte sich eine Kugel in den Kopf jagen. An diesem Tag sagte er zu Oscar, wenn er nicht mal kurz von da wegkäme, würde er noch durchdrehen. »Kein Mensch wird mich in dieser Wildnis suchen.«

»Hast du einen umgebracht, Climério?«

Da erzählte Climério Oscar zum ersten Mal, was passiert war. Oscar maß dem, was er von seinem Freund hörte, keine große Bedeutung bei, er wußte nicht, wer Carlos Lacerda war oder Gregório oder sonst einer der Beteiligten an dem Verbrechen der Rua Tonelero, von dem er entfernt gehört hatte, als er im Dorf in Simplício Rodrigues' Laden gewesen war. Er besaß kein Radio und arbeitete den ganzen Tag auf seiner Bananenpflanzung oben auf dem Taboleiro. Über Politik wußte Oscar nur, daß Getúlio Präsident war.

Am späten Nachmittag stiegen Oscar und Climério in eine Kutsche, vor die ein mageres Pferd gespannt war, und fuhren ins Dorf. Nachdem Oscar Dünger gekauft hatte, ging er mit Climério zu Simplícios Ladenkneipe, wo sie Zigaretten kauften und Schnaps tranken. Oscar erklärte, sein Freund Almeida käme aus Rio de Janeiro und sei für ein paar Tage bei ihm zu Besuch.

In der Ladenkneipe stand eine Frau, Dona Maria.

»Ich wohne auch in Rio«, sagte die Frau. »In der Rua Santa Isabel, 57, in Vilar dos Teles.«

»Vilar dos Teles«, sagte Climério, »ach ja, ich weiß schon, das ist da draußen, in der Pampa.«

»Und Sie, wo wohnen Sie? In Copacabana?« fragte Dona Maria.

»Nun werden Sie mal nicht gleich spitz, war doch nur ein Scherz«, sagte Climério.

Kommissar Mattos wachte auf, als das erste Tageslicht durch die Jalousien in sein Schlafzimmer drang.

Er schaute auf die neben ihm schlafende Alice, wandte den Blick aber gleich von ihrem Gesicht ab. Alice im Schlaf anzusehen, fand er unwürdig, das war ein ungehöriger Eingriff in die Intimsphäre eines wehrlosen Menschen. Er konnte es nicht leiden, wenn andere ihn schlafen sahen; als er noch bei seinen Eltern lebte, war er immer als erster aufgestanden, schon von klein auf; er haßte es, im Schlaf überrascht zu werden, selbst von seiner Mutter.

Wenn er mit einer Frau schlief, wachte er immer vor ihr auf.

Vorsichtig verließ er das Bettsofa, nahm seine Sachen mit ins Wohnzimmer und zog sich an.

An diesem Wochenende hatte er frei. Das konnte er für ein paar Ermittlungen nutzen.

Er hörte Alice rufen. »Alberto?«

Er ging ins Schlafzimmer.

»Wie spät ist es?« Alice hatte sich bis zum Hals mit dem Laken zugedeckt.

»Acht Uhr.«

»Ich muß aufstehen. Habe heute eine Menge zu erledigen.«

Sie bat Mattos, aus dem Zimmer zu gehen, damit sie sich anziehen konnte. Sie genierte sich nackt vor ihm.

Mattos ging aus dem Zimmer.

Nachher unterhielten sie sich im Wohnzimmer. Mattos gab Alice zwei Schlüssel, einen für die Haustür und einen für die Wohnungstür.

»Wir könnten heute mittag zusammen essen«, sagte Alice.

»Ich glaube nicht, daß ich bis zur Mittagszeit meine Arbeit schon erledigt habe. Aber heute abend.«

Sie verließen gemeinsam die Wohnung. Alice nahm ein Taxi.

»Soll ich dich in die Stadt mitnehmen?«

»Nein, danke. Ich fahre nicht in die Stadt.«

In einem Haus in der Rua Oliveira da Silva, einer kleinen Straße in Tijuca, nicht weit von der Praça Xavier de Brito, traf sich an diesem Morgen ein Komitee, bestehend aus dem Oberst des Heeres Alberico, dem Oberst der Luftwaffe Arruda und dem Kapitän der Kriegsmarine Osório, zu einem Meinungsaustausch über die Arbeit, die sie als »die Mission« bezeichneten. Die drei Offiziere waren bei ihren Kollegen in Uniform, sowohl Untergebenen als auch Vorgesetzten, sehr bekannt und geschätzt, weshalb man sie für diesen inoffiziellen Ausschuß ausgesucht hatte, der Militäreinheiten besuchen sollte, um der Truppe den Bankrott der Regierung zu erläutern und gegen Vargas Stimmung zu machen. Der Tod des Majors Vaz war das Zugpferd der »Missionare«, der Hauptvorwurf des Komitees. Danach kamen die Korruption und der Sittenverfall in der Regierung, wozu außer dem Sumpf auch noch die Ermordung von Gegnern des Regimes zählte, die nach moralischer Erziehung des Landes verlangten. Schließlich wurde den Militärs – einfache Soldaten und Gefreite waren ausgeschlossen – die verheerende Situation in der Verwaltung veranschaulicht, die das Land in den Ruin trieb.

Die gleichen Anprangerungen konnte man täglich in Kommentaren und Leitartikeln der großen Zeitungen des Landes lesen.

Alice hatte zu Hause einen Brief für Lomagno hinterlassen, in dem sie ihm schrieb, daß sie nicht mehr mit ihm zusammenleben wolle. Sie bat ihren Mann, mit einem Anwalt die Trennung zu besprechen. Zum Schluß hatte sie geschrieben, es gehe ihr gesundheitlich gut, Lomagno solle sich keine Sorgen machen und sie nicht suchen, sie werde sich bei Gelegenheit bei ihm melden.

Lomagno hatte den Brief vorgefunden, als er gerade zu der außerordentlichen Aktionärsversammlung der Cemtex fahren wollte. Er fragte das Hausmädchen, um wieviel Uhr Alice das Haus verlassen habe. Sie hatten getrennte Schlafzimmer. Das Hausmädchen antwortete, Madame sei gegen neun Uhr aufgestanden und anschließend direkt, ohne zu frühstücken, gegangen. Nein, sie habe keinen Koffer, keine Tasche mitgenommen.

Außer Pedro Lomagno nahmen an der Cemtex-Sitzung Claudio und ein halbes Dutzend Aktionäre teil. Luciana Aguiar führte den Vorsitz. Der Justitiar der Cemtex, Doktor Rafael Fagundes, leitete die Verhandlungen. Luciana wurde zur Präsidentin des Unternehmens gewählt.

Claudio Aguiar seufzte gelegentlich, sagte aber kein Wort.

Nach der Sitzung trafen Luciana und Lomagno sich in Lomagnos Garçonnière, einem Apartment in der Avenida Beira Mar, nicht weit von der Ecke Avenida Antonio Carlos. Kurz nachdem sie ein Liebespaar geworden waren, hatte Luciana sämtliche Möbel, Teppiche, Bilder, Geschirr und Küchengeräte in der Wohnung durch neue ersetzt. Handtücher, Bettwäsche und Schallplatten hatte sie weggeworfen. »Nichts soll hier an die ordinären Dämchen erinnern, die sonst hergekommen sind«, hatte sie gesagt.

Für den Portier waren sie Doktor José Paulo und Dona Luiza.

Kaum waren sie eingetreten, umarmte Luciana Lomagno und küßte ihn auf den Mund.

Seit dem Tod ihres Mannes begehrte sie ihren Geliebten noch mehr. Bei Lomagno war dies allerdings nicht der Fall. Er rückte von ihr ab, damit Luciana nicht merkte, daß sein Geschlecht sich nach dem leidenschaftlichen Kuß nicht geregt hatte.

Früher, bei ihren ersten Treffen, präsentierte Lomagno, sobald Luciana die Garçonnière betreten hatte, die aufgerichtete körperliche Substanz seiner Liebesglut, stürzte sich auf sie, zerriß ihr die Kleider, biß sie, vergewaltigte sie, machte sie selig. Ein Teil dieser Raserei war reines Theater. Aber die Lust, die ihm diese Aufschneiderei bei den ersten Treffen bereitete, war echt: Luciana durch das Zimmer tragen, sie auf dem Bett hin und her wälzen, ihr das Gefühl geben, sie sei eine zerbrechliche Puppe in den Händen eines starken Machos; anfangs war sie echt, die auftrumpfende Lust, die er dabei empfand, wenn er sie auslaugte und Luciana sich schließlich mit einer Geste unterwarf – die Hände zum stummen Flehen um Ergebung und Waffenruhe gefaltet.

Das war etwas, was er sich mit Alice nicht vorstellen konnte.

Jetzt fiel es ihm immer schwerer, Luciana etwas vorzumachen.

»Ich gehe kurz ins Badezimmer«, sagte Lomagno.

»Beeil dich, mein Schatz, ich halte es nicht mehr aus …«

Im Badezimmer zog Lomagno sich aus und betrachtete sich im Spiegel. Der Anblick seines nackten Körpers ließ etwas Blut in seinen schlaffen Penis strömen. Während er auf die mächtigen Muskeln seines Brustkorbs, seiner Arme und Oberschenkel sah, schüttelte Lomagno seinen Penis, bis Rute und Eichel anschwollen. Zu beobachten, wie sein Penis steif wurde, erregte ihn und steigerte den Blutzufluß in die Labyrinthe des Gliedes. Je mehr es im Spiegelbild anschwoll, um so härter und größer wurde der Penis in seiner Hand. Als Lomagno den richtigen Augenblick verspürte, lief er ins Schlafzimmer und warf sich auf Luciana, die auf dem Rücken im Bett lag und Obszönitäten ausstieß. Er biß seiner Geliebten in die Brust, den Hals, die Arme; spannte brutal seine Hände um Lucianas Beine und Gesäßbacken und wälzte sie im Bett hin und her. Bewegung und Kraft waren das Rüstzeug für Sex. Dann nahm er sie.

»Wir müssen über unsere Situation sprechen«, sagte Luciana und setzte sich erschöpft auf, nachdem sie die Kopfkissen an das Bettende gelegt hatte, um den Rücken abzustützen. »Du trennst dich doch jetzt von dieser Frau, oder?«

»Langsam, Luciana. Wir müssen etwas abwarten, das weißt du doch so gut wie ich.«

»Alices Eltern haben ihr viel Geld hinterlassen. Wer kümmert sich um ihr Vermögen?«

»Ich. Den größten Teil habe ich in Immobilien angelegt.«

»Habt ihr Gütergemeinschaft oder Gütertrennung?«

»Gütertrennung. Mein alter Herr wollte das lieber. Aber heute hat Alice unter Umständen mehr Geld als ich.«

»Aber nicht mehr als ich, und schöner als ich ist sie auch nicht«, sagte Luciana.

»Ich weiß nicht, wieviel du hast, aber vermutlich nicht.«

Luciana liebkoste Lomagnos Körper. Lomagno griff nach ihrer Hand und zog sie von seinem Geschlecht weg. Schweiß auf dem Gesicht. Er mußte daran denken, wie Freitas im Restaurant A Minhota Luciana als »mannstolle Harpyie« bezeichnet hatte. Er wischte sich den Schweiß von der Stirn. Scherzhaft sagte er: »So, meine Messalina, ich muß telefonieren.«

»Warte ... Das kannst du nachher«, säuselte Luciana.

»Es ist dringend. Eine wichtige Angelegenheit.«

Kommissar Mattos verbrachte den größten Teil des Tages damit, sich um Informationen über Anastácio, auch Blindschleiche genannt, und den Zuchthäusler Bolão zu bemühen. Wer ihm schließlich die glaubwürdige Information gab, nach der er suchte, war ein Reporter von *O Radical*, der von dem Lotteriemafiaboß Ilídio, dem die Kassierstellen in der Nähe der Zeitung im Stadtzentrum gehörten, bezahlt wurde.

»Ich nehme die Knete von diesem alten Sack, weil die Zeitung mir nichts zahlt und meine Frau mit Tuberkulose in Belo Horizonte im Krankenhaus liegt, wie Sie ja wissen.«

»Ja, ja, ich weiß.«

»Mattos, Sie lassen sich nicht schmieren, ich weiß, aber Sie gehören zu den wenigen Ausnahmen, die Lotteriemafia hat sie alle in der Tasche. Politiker, Richter, Leute, wenn ich Ihnen die Namen nennen würde, dann würden Sie mir nicht glauben. Das gäbe eine irre Reportage. Der Mist ist nur, daß niemand sie drucken würde. Und ich bin auch nicht so verrückt, daß ich das zu Papier bringe.«

»Und diese Blindschleiche arbeitet für Ilídio? Sind Sie sicher?«

»Hundertprozentig. Und Bolão auch.«

Bevor er sich verabschiedete, hörte Mattos mit schmerzendem Magen geduldig zu, wie der Reporter von seinen Schicksalsschlägen und Problemen erzählte.

Bei der Rückkehr in seine Wohnung erwarteten ihn zwei Überraschungen.

Im Wohnzimmer saßen stumm um den Tisch Alice, Salete und eine alte Schwarze.

Alle drei standen auf, als der Kommissar hereinkam. Sein Kommen löste eine gewisse Spannung zwischen ihnen, wie er merkte.

»Ich habe Salete gesagt, sie soll auf dich warten. Sie wollte wieder gehen, aber ich habe sie festgehalten«, sagte Alice. »Sie wollte dir ihre Mutter vorstellen.«

»Das hier ist meine Mutter«, sagte Salete.

Die Frau stand auf und streckte Mattos die Hand entgegen.

»Meine Tochter hat gesagt, daß Sie sehr gut zu ihr sind.«

Mattos drückte Saletes Mutter die Hand. »Angenehm. Ich empfinde große Achtung und Bewunderung für Ihre Tochter.«

»Vielen Dank. Ich heiße Sebastiana. Ich bin ja so glücklich, daß ich hier bin ... ich hatte meine Tochter verloren. Können Sie sich das vorstellen, daß man eine Tochter verliert und sie dann wiederfindet?«

»Alice war sehr nett zu uns«, sagte Salete.

»Ja, sehr nett«, wiederholte die Mutter.

»Ach was, Salete war nett zu mir«, sagte Alice.

Die zweite Überraschung: ein Schränkchen mit einem neuen Plattenspieler, ein Haufen Langspielplatten, unausgepackte Päckchen verschiedener Größe über den Fußboden verstreut; ein neues Bett, doppelt breit.

Das Drago-Bettsofa war verschwunden.

»Was sind das für Sachen?« Mattos zeigte auf die Päckchen auf dem Fußboden.

Alice, mit einem Blick zu Salete: »Darüber sprechen wir später ... Wir waren einmal ein Paar und hätten fast geheiratet, nicht wahr, Alberto?«

»Aber jetzt ist er mein Freund«, sagte Salete.

»Ich will mich nicht streiten«, sagte Alice.

»Ich auch nicht«, sagte Salete.

Mattos wollte sich auch mit niemandem streiten. »Ich gehe ein Glas Milch trinken«, sagte er. Er holte sich Milch aus dem Kühlschrank und ging ins Schlafzimmer. Er spürte, wie die Bettfedern unter seinem Körpergewicht nachgaben, während er nachdenklich seine Milch trank. Doktor Arnoldo: Wird verschwenderisch. Einmal hat sie mir eine goldene Uhr geschenkt.

Die beiden jüngeren Frauen standen noch immer im Wohnzimmer und starrten jede auf eine andere Wand.

Sebastiana, respektvoll: »Haben Sie noch eine Mutter, mein Kind?«

»Nein, meine Mutter ist schon gestorben.«

»Woran? Die Ärmste.«

»Krebs.«

»Das ist eine ganz böse Krankheit.«

»Mama, wir wollen jetzt nicht über traurige Dinge reden.«

»Ich wollte nur das Schweigen brechen.«

»Will er jetzt uns beide zur Freundin haben?« fragte Salete.

»Das ist ausgeschlossen«, sagte Alice.

»Saletes Vater hatte zehn Freundinnen gleichzeitig.«

»Zehn ist nicht so kompliziert wie zwei«, antwortete Alice.

»Der war flatterhaft wie ein Schmetterling. Frauen sind wie Blumen, sagte er immer. Ein schöner Portugiese, aber ein Schlitzohr«, sagte Salete.

»Salete sieht ihm sehr ähnlich. Ihrem Vater wie aus dem Gesicht geschnitten.«

»Ich bin nicht schön.«

Mattos kam ins Wohnzimmer zurück.

Salete und Alice sahen ihn ängstlich an.

»Deine Mutter ist sehr sympathisch. Ich würde mich gern ein andermal etwas ausführlicher mit ihr unterhalten ... Ich ... Ich ...«

»Heißt das, du wirfst uns raus?« Salete legte beide Hände auf die Brust. Sie hatte das Gefühl, ihr Herz stünde still.

»Darum geht's nicht. Ich muß mit Alice unter vier Augen sprechen. Bitte. Ich rufe dich später an.«

»Komm, mein Kind, der junge Mann hat bitte gesagt.«

Salete kamen schon die Tränen, aber sie beherrschte sich. Sie wollte sich nicht vor dieser eingebildeten Blondine blamieren.

Beim Verabschieden drehte sie das Gesicht weg, damit Mattos ihr keinen Kuß geben konnte. Und auch, damit er nicht ihre feuchten Augen sah. Dann ging sie schnell zur Tür, ihrer Mutter hinterher.

Mattos und Alice allein.

»Wo ist mein Bettsofa?«

»Ich habe den Leuten gesagt, sie sollen es wegwerfen.«

»Nimmst du deine Medikamente?«

»Ich brauche keine Medikamente. Ich fühle mich sehr gut. Glaub nicht, was man dir erzählt.«

»Wofür hast du das alles gekauft?«

»Für dich. Möchtest du auf dem neuen Plattenspieler eine Oper hören? Den *Liebestrank*? Aus der ist die Arie *Una furtiva lacrima*, bei der du als Kind immer weinen mußtest.«

»Nein, ich will nichts hören. Leg die Platte weg und setz dich hierher zu mir.«

»Oder *Parsifal*, ich verspreche dir auch, daß ich nicht nach dem ersten Akt klatsche ...«

»Hör auf, dauernd hin und her zu laufen, und setz dich hierher zu mir. Bitte.«

Alice setzte sich auf einen Stuhl neben Mattos.

»Alice, hör gut zu, ich kann diese Sachen nicht annehmen. Ich muß sie zurückgeben, tut mir leid.«

»Es ist alles bezahlt. Das Geschäft nimmt nichts zurück.«

»Dann schenke ich sie einem Altersheim.«

»Alte Leute sind taub und mögen keine Opern.«

»Ich meine es ernst, Alice.«

»Soll ich dir sagen, worüber sie sich im Altersheim freuen? Über Süßigkeiten und Besuch, mit dem sie reden können. Die alten Frauen freuen sich auch über Kölnisch Wasser, Lippenstifte und Puder.«

»Ich meine es ernst, Alice.«

»Ich weiß das, denn als mein altes Kindermädchen ins Altersheim kam ...«

»Die Sachen müssen alle weg.«

Alice fing an zu weinen. »Laß wenigstens das Bett, die Opern, das Geschirr, die Gläser und das Besteck hier.«

Mattos suchte in der Tasche nach einer Pepsamar. Nichts. Nebenan begannen die Nachbarn, sich laut zu streiten. Er schloß das Fenster. Schaltete das Licht an.

»Ist gut. Spiel uns den *Liebestrank* vor.«

»Deine Tassen sind so häßlich und alle angeschlagen«, sagte Alice lachend, während sie die Langspielplatte auf dem neuen Apparat auflegte.

15

Dona Maria nutzte die Mitfahrgelegenheit und reiste am frühen Sonntag morgen aus Tinguá mit Seu Onofre Braga ab, der einen kranken Verwandten in Rio besuchen wollte.

Nach der Ankunft in Vilar dos Teles rief Dona Maria einen Bekannten an, den Tenente Niemeier von der Luftwaffe.

Kurze Zeit später fuhren in der Rua Santa Isabel zwei Privatwagen vor dem Haus Nummer 57 vor. Die Autos waren mit zwei weißen Kreuzen gekennzeichnet, eins vorn auf der Windschutzscheibe und eins auf dem Rückfenster. Sechsundzwanzig so markierte Privatwagen von Offizieren der drei Waffengattungen waren im Einsatz und halfen mit, nach den am Verbrechen der Rua Tonelero Beteiligten zu suchen und sie festzunehmen.

»Dona Maria, das hier ist Oberst Aquino«, sagte der Tenente Niemeier. »Erzählen Sie ihm, was Sie mir am Telefon gesagt haben.«

Die beiden Offiziere hörten Dona Maria aufmerksam zu.

»Sind Sie sicher, daß dieser Mann der gesuchte Climério ist?«

»Seu Oscar sagte, er heiße Almeida.«

»Wer ist Seu Oscar?«

»Das ist sein Freund. Die beiden waren zusammen im Laden von Seu Simplício. Ich sagte ja schon, der Mann wohnt da draußen bei Seu Oscar.«

»Wie sieht er aus? Können Sie ihn beschreiben?«

»Ungefähr so groß wie Sie. Ein pockennarbiges Gesicht. Er spricht wie ein Gaucho.«

»Wo wohnt Seu Oscar genau?«

»In der Nähe von Tinguá. Auf einem Berg, aber da war ich noch nie.«

»Tinguá liegt in der Baixada Fluminense«, erläuterte Niemeier.

Nachdem die Offiziere sich Dona Marias Bericht mehrmals angehört und sie gebeten hatten, mit keinem Menschen darüber zu sprechen, um nicht die Ermittlungen, die sie zur Ergreifung des Mörders einleiten wollten, zu stören, stiegen sie in ihre Wagen und fuhren weg.

Ehe die Wagen abfuhren, sagte Dona Maria laut, damit die anderen Militärs es auch hörten, zum Oberst Aquino:

»Für den Doktor Carlos Lacerda tue ich alles.«

Luciana rief Lomagno an.

»Weißt du, wozu ich heute Lust hätte? Auf der Ehrentribüne im Jockey-Klub zu Mittag zu essen und bei den Pferderennen zuzusehen.«

»Lust hätte ich dazu auch, aber ich halte es nicht für sinnvoll.«

»Wie wär's, wenn wir uns in der Avenida Beira Mar treffen?«

»Ich erwarte einen Anruf ...«

»Von wem?«

»Von Chicão.«

»Chicão? Was will er?«

»Weiß ich nicht. Ich war nicht da, als er angerufen hat.«

»Wir könnten eine Reise machen.«

»Laß uns noch etwas warten.«

»Ich langweile mich so ... Schrecklich, diese Sonntage ... Ist Alice schon aus São Paulo zurück?«

Lomagno zögerte. »Nein. Ich habe festgestellt, daß sie ihr Tagebuch mitgenommen hat.«

»Tagebuch?! Das ist doch Kinderkram. Als ich zwölf

war, da habe ich Tagebuch geschrieben. Was für einen Mist schreibt sie da rein? Ihre Anfälle von Wahnsinn?«

»Sie hat keine Anfälle von Wahnsinn.«

»Ach, jetzt nimmst du dein kleines Frauchen in Schutz?«

»Ach was. Mir gefällt nur nicht, daß du schlecht von ihr sprichst. Das weißt du doch.«

»Was schreibt sie denn in ihr reizendes Tagebuch? Hm?«

»Keine Ahnung. Ich habe es nie gelesen.«

»Bist du nie neugierig gewesen?«

»Nein.«

»Aus Angst, du könntest feststellen, daß sie einen Liebhaber hat? Alle Frauen haben einen Liebhaber, wußtest du das nicht? Und ihrem Tagebuch erzählen sie die Wahrheit. Liebes Tagebuch, ich bin verliebt, mein Mann ist grob und nervt mich, und jetzt habe ich diesen jungen Mann kennengelernt, er ist rücksichtsvoll und schenkt mir rote Rosen. Solche Heuchlerinnen wie Alice sind die schlimmsten.«

»Und du? Hast du ein Tagebuch?«

»Nein, bislang habe ich nur einen Liebhaber. Der mir keine roten Rosen schenkt.«

»Was ist mit dir?«

»Sonntage sind so langweilig! Und dieser hat gerade erst angefangen!«

»Du bist nervös. Beruhige dich.«

»Du erwartest überhaupt keinen Anruf von Chicão. Das ist eine Ausrede, du willst mich nicht sehen. Du bist nicht mehr wie früher.«

»Unsinn.«

»Versuch nicht, mich zu täuschen. Ich bin nicht Alice. Ich warne dich. Mein Wahnsinn ist nicht sanft.«

»Hast du getrunken?«

»Von einem Glas Champagner wird niemand betrunken.«

»Am frühen Morgen?«

»Es ist elf Uhr. Komm in die Avenida Beira Mar, mein Liebling. Bitte. Ich flehe dich an.«

Hatte sie jetzt das Champagnerglas abgestellt und die Hände zum Gebet zusammengelegt, so wie nach dem Bumsen? Lomagno wischte sich den Schweiß von der Stirn.

»Ich muß Chicão anrufen.«

»Ich denke, er will dich anrufen.«

»Ja, aber wenn er nicht anruft, muß ich in Erfahrung bringen, was er will.«

»Du hast gesagt, du wüßtest nicht, wo Chicão ist. Du hättest ihm gesagt, er soll untertauchen. Wie willst du ihn dann anrufen? Pedro Lomagno, was ich getan habe, habe ich nicht getan, damit du mich jetzt für dumm verkaufst!«

Mannstolle Harpyie. Ihretwegen waren zwei Menschen getötet worden. Wie hatte es nur so weit kommen können?

»Hast du gehört, was ich gesagt habe?!«

»Ja, Luciana ...«

»Also treffen wir uns in der Avenida Beira Mar. Jetzt! Chicão soll zum Teufel gehen.«

»Ausgeschlossen, meine Liebe, sei vernünftig.«

Luciana wechselte den Tonfall. Jetzt sprach sie sarkastisch und bitter: »Hat dieser Schwarze für dich schon einmal die Frau gespielt? Oder du für ihn?«

»Rede keinen Schwachsinn.«

»Paulo hat das gemacht. Warum du nicht auch?«

»Dein Mann war anders als ich.«

»Du bist genauso ein Doppeldecker wie er.«

Lomagno legte auf. Perplex und wie betäubt analysierte er seine Gefühle. Vor einem Monat war er ständig von dem unbezwingbaren Verlangen beherrscht, bei dieser Frau zu sein, mit ihr zusammen zu essen und zu trinken, mit ihr ins Bett zu gehen. Er dachte an den Reiz ihrer vorgeblich zufälligen, dabei sorgfältig geplanten Begegnungen in der Öffentlichkeit; an einen Ballettbesuch, bei dem er von seiner Loge aus den ganzen Abend durch das Opernglas zu ihr gesehen hatte, während Luciana, wohl wissend, daß sie beobachtet wurde, ihm unauffällig kleine Zeichen gab, sich mit der Zunge über die Lippen strich oder sich auf die Lippen biß oder verstohlen ihre in dem tief ausgeschnittenen Abendkleid fast entblößten Brüste liebkoste. Plötzlich, aus heiterem Himmel, war er ihrer überdrüssig geworden; mit allem ging es ihm so, das stimmte zwar, aber noch nie auf diese Weise. Er konnte sich nicht erklären, was diese plötzliche, so heftige Aversion ausgelöst hatte. Paulos Tod, den sie geplant hatte? Er hatte Paulo verachtet. Und Paulo hatte sterben müssen, sonst hätte er die Cemtex in den Konkurs getrieben. Was war es dann? Jetzt hätte er gern Alice neben sich gehabt. Liebte er Alice?

Vielleicht stellte er sich nicht die richtigen Fragen, vielleicht gab er nicht die richtigen Antworten auf die richtigen oder falschen Fragen, die er sich stellte. Vielleicht gab es gar nichts zu fragen und auch keine Antwort auf die Verwirrung, die geistige Trübung, die er in diesem Augenblick empfand.

Wie immer wachte Mattos vor Alice auf, die neben ihm in dem neuen Bett geschlafen hatte.

Aber sie hatten nicht gut geschlafen.

Beide hatten mit geschlossenen Augen still dagelegen. Alice vergnügte sich eine Zeitlang mit den dunklen Bildern, die sich unter ihren geschlossenen Lidern formten: schwarze Gase, die sich wie finstere Gewitterwolken an einem endlosen dunklen Firmament ausbreiteten und fast konturenlose, ständig wechselnde Formen annahmen – ein Gesicht ohne Augen, ein schwarzer Schmetterling, ein Buckliger, ihr eigenes Gesicht …

»Schläfst du?«

»Nein«, antwortete Mattos. »Ich brauche immer lange, bis ich einschlafe.« (Wenn er neben einer Frau schlief.)

»Ich glaube, ich nehme noch eine Tablette«, sagte Alice.

Mattos stand auf, schaltete das Licht an und ging in die Küche, ein Glas Wasser holen.

Alice trug ein bis zum Hals geschlossenes, kurzärmeliges Nachthemd. Mattos trug Shorts und ein Oberhemd mit langen Ärmeln, die er bis zum Ellbogen aufgekrempelt hatte. Keiner von beiden wollte nackt neben dem anderen liegen.

»Es ist besser, man nimmt eine Tablette und kann schlafen, als daß man wachliegt, findest du nicht?«

»Möchtest du nicht ein Glas warme Milch?« fragte Mattos, über ihr blasses, schmales Gesicht mit tiefen Schatten unter den Augen besorgt.

»Ist gut. Wenn es nicht hilft, nehme ich eine Tablette.«

Sie setzten sich auf die Bettkante und tranken warme Milch.

»Hast du Probleme mit dem neuen Bett?« fragte Alice.

»Ich bin nicht müde.«

»Konntest du auf dem Sofa besser einschlafen?«

»Ich schlafe immer schlecht ein.«

»Bist du mir wegen des Bettsofas böse?«

»Nein. Leg dich hin. Vielleicht kannst du ja jetzt schlafen.«

Wieder im Dunkeln. »Darf ich dich umarmen?«

»Ja.«

Alice nahm Mattos in die Arme.

In den Armen einer Frau einzuschlafen, war für Mattos anstrengend und unangenehm. Wenn eine Frau ihn umschlang, konnte er nicht klar denken.

Jetzt, im Wohnzimmer, dachte Mattos, der sich wie zum Dienst angezogen hatte, an die Frau, die im Zimmer nebenan schlief. Wenn er einen Freund hätte, würde er ihn fragen, was er in so einer Situation tun würde. Sein Selbstwertgefühl war tief verletzt worden, als sie ihn verlassen hatte. Da half auch nichts, daß Alice jetzt zurückgekommen war – demütig, verrückt, verschwenderisch. Er wollte nicht mehr mit ihr zusammenleben. Er wollte mit keiner Frau zusammenleben.

Alice erschien im Wohnzimmer.

»Gehst du weg?«

»Ich ziehe mich immer an, wenn ich aufstehe. Ich dusche und ziehe mich an. Aber ich habe keine Krawatte umgebunden.«

»Das stimmt. Die Krawatte hast du nicht umgebunden.«

»Ich weiß nicht, wie ich es sagen soll …«

»Was denn?«

Alice sah aus, als sei sie während der Nacht abgemergelt. Die Schatten unter den Augen waren nicht verschwunden, obwohl sie einige Stunden geschlafen hatte, und hoben sich deutlich von ihrem anämischen Teint ab.

»Nichts Wichtiges. Wir unterhalten uns später darüber.«

»Das ist gut. Ich bin immer ganz bedöst, wenn ich aufwache. Ich werde nicht richtig wach, bevor ich … Was ist es denn? Was weißt du nicht, wie du es mir sagen sollst? Ist es etwas Unangenehmes?«

»Nein … nein, nein … Ich sagte doch, es ist nicht wichtig …«

»Ich möchte es jetzt wissen. Bitte …«

»Diese Wohnung ist kein guter Ort für dich. Das ist es.«

»Warum nicht?«

»Aus verschiedenen Gründen. Neulich war ein Mann hier und wollte mich umbringen.«

»Hast du Angst gehabt?«

»Nein.«

»Dann habe ich auch keine Angst.«

»Diese Wohnung hat keinen Komfort … Sie ist zu klein …«

»Soll das heißen, du wirfst mich hinaus?«

»Nein, das nicht … Du könntest dir eine eigene Wohnung nehmen, größer und bequemer … Das wäre für dich kein Problem.«

»Ziehst du zu mir?«

»Das sehen wir dann.«

»Wann, dann?«

»Du bist eine verheiratete Frau …«

»Getrennt lebend.«

»Das sehen wir dann.«

Das Telefon klingelte.

»Doktor Mattos, hier ist Leonídio vom Gerichtsmedizinischen Institut. Heute ist zwar Sonntag, aber ich dachte, vielleicht möchten Sie trotzdem herkommen. Man hat eine Leiche mit den Merkmalen des Mannes gefunden, den Sie gesucht haben.«

»Ich komme sofort.«

»Wo fährst du hin?« fragte Alice.

»Zu einem Einsatz.«

»Wohin?«

»In die Rua dos Inválidos.«

»Rua dos Inválidos? Was machst du da, in der Rua dos Inválidos? Was gibt es in der Rua dos Inválidos?«

»Eine Behörde.«

»Bleibst du lange weg?«

»Das weiß ich nicht. Denk darüber nach, was ich dir gesagt habe.«

»Komm bald wieder. Ich warte auf dich, damit wir zusammen zu Mittag essen gehen können. Oder soll ich für dich kochen? Ich kann auch einkaufen gehen und alles Nötige besorgen. Du magst doch Fleisch, oder?«

»Nein, bitte warte nicht auf mich. Ich esse selten zu Mittag. Mein Magen ist nicht in Ordnung.«

»Ich warte trotzdem.«

Leonídio hob das verwaschene blaue Laken hoch und zeigte die Leiche auf dem Metalltisch. Beim Anheben des Lakens breitete sich der Geruch des Leichnams im Raum aus.

»Ist er das?«

»Ja. Er heißt Ibrahim Assad. Wo wurde er gefunden?«

»In Floresta da Tijuca. Er wurde mit einem Genickschuß getötet.«

»Wann?«

»Den wievielten haben wir heute?«

»Den fünfzehnten.«

»Am elften oder zwölften.«

»Was sind das für Spuren am Mund und im Gesicht?«

»Ameisen. Die waren schon dabei, ihn aufzufressen.«

Zwischen den verschiedenen Arten von Gestank, die von einem toten Menschen oder einer toten Ratte ausgingen, bestand kein großer Unterschied. Manche Kadaver – egal, ob Tier oder Mensch – rochen wie schlechtgewordener Käse; manche wie verfaulte Brokkoli; andere wie ranziges Schweinefleisch; wieder andere wie gegorener Bohneneintopf; und so weiter. Diese Liste von widerlichen Verwesungsgerüchen, die Mattos' empfindliche Nase aufgestellt hatte, erweiterte sich um immer neue Vergleiche, je mehr übelriechenden Leichen er bei seiner Arbeit begegnete.

Der Kommissar ging die Rua do Riachuelo Richtung Lapa entlang und hatte den Geruch nach verfaultem Kohl von Ibrahim Assads Leiche in der Nase. Er ging unter dem Aquädukt hindurch, am Kino Colonial vorbei und weiter die Rua Joaquim Silva entlang, bis er zur Rua Conde Lage kam.

Die Straße der eleganten Hetären aus seiner Kindheit. Im ersten Jahr des Abendgymnasiums war er, wenn er den Unterricht schwänzte, immer hierhergekommen, um sie zu sehen. Die Frauen wandelten schwelgend unter den

Kandelaberlichtern in ihren eleganten langen Satinkleidern; mit unwirklich weißen Gesichtern, roten Lippen und Funkeln im Blick verteilten sie ihr Lächeln an die Freier. Draußen im Dunkeln, wo er stand und sie von weitem durch die Fenster der großen Villen beobachtete, spürte er in dem Lächeln der Frauen noch etwas anderes als Verführungsabsichten, etwas Heimliches, das durchschien, wenn eine von ihnen eine andere ansah; und das war, wie er jetzt wußte, Verachtung und Hohn.

Bei Tageslicht war er noch nie in dieser Straße gewesen.

So viele Jahre später kam ihm die Straße reizlos und melancholisch vor. Die Bäume waren weniger imposant. Aus den großen Pensionen – so wurden sie beschönigend genannt – waren Mietskasernen mit verkommenen Fassaden und eingeschlagenen Fenstern und Haustüren geworden. Die einzige Frau, die er sah, war eine Waschfrau mit einem Wäschesack auf dem Kopf.

Er ging bis zu den Grünanlagen der Praça Paris im Stadtteil Glória und setzte sich auf eine Bank. Ein Junge schaute in die Krone eines falschen Mandelbaums und suchte nach Früchten. Diese Bäume trugen bittere Früchte, die wirklich nur ein armseliger Straßenbengel verzehren konnte. Als er so alt wie dieser Junge war, hatte er selbst mit Steinen nach den Früchten der falschen Mandelbäume geworfen, um die reifsten, die dunkelgelb und rot gefleckten, zu essen.

»Um diese Jahreszeit tragen sie keine Früchte«, rief Mattos dem Jungen zu, »du brauchst gar nicht zu suchen.«

»Auf keinem Baum?«

»Nein.«

Da der Junge die Steine schon in der Hand hatte, warf er sie in den Baum und verzog sich dann.

Mattos ging am Strand von Flamengo bis zur Rua Machado de Assis, von dort zum Largo do Machado und dann zu sich nach Hause in die Rua Marquês de Abrantes.

Alice hörte den *Liebestrank.*

»Möchtest du *Una furtiva lacrima* hören?«

»Nein, bitte nicht.«

»Soll ich den Plattenspieler ausschalten?«

»Ja, bitte.«

»Bist du traurig? Was gab es in der Rua dos Inválidos?«

»Das hat nichts mit der Rua dos Inválidos zu tun.«

»Ich habe Pedro angerufen. Ihm gesagt, daß ich hier bin.«

»Was hat er geantwortet?«

»Ich soll zurückkommen. Ich habe gesagt, ich käme nicht zurück. Er hat gesagt, daß er mich liebt. Daß er mit der anderen Schluß gemacht hat. Ich glaube, er liebt mich wirklich, er ist nur sehr egoistisch. Er hat gemeint, ich soll zu Doktor Arnoldo gehen. Ich habe geantwortet, daß ich gesund bin und keinen Doktor Arnoldo brauche. Daß ich dich liebe und nur dich brauche.«

Obwohl es Sonntag war, kam eine Gruppe Senatoren von der PSD im Gebäude Seabra zusammen, um die politische Lage im Land zu erörtern und sich die Informationen anzuhören, die Freitas aus seinen diversen Quellen bezog.

Freitas hatte einen hochgestellten Freund im Regierungspalast, den Chef des Zivilkabinetts Lourival Fontes, der ein doppeltes Spiel spielte, indem er mit Verbündeten und Feinden der Regierung geheime Kontakte hielt, ein altes Prinzip, nach dem Fontes schon verfuhr, seit er unter der Diktatur der allmächtige Chef des Presse- und Propagandaamtes gewesen war und diese Taktik von Filinto Müller, dem damaligen Chef von Vargas' politischer Polizei, gelernt hatte. Freitas hatte auch im Lacerda-Lager seine Spione und wußte, daß jemand aus dem Catete-

Palast, vielleicht der Chef des Zivilkabinetts selbst, dem Erzfeind Lacerda vertrauliche Informationen darüber zukommen ließ, was sich in den Sitzungen hinter verschlossenen Türen im Regierungspalast abspielte. Verrat gehörte zum politischen Kalkül. Erst recht jetzt, wo die großen Presseorgane, das Militär, die Politiker, die Studenten, die Unternehmer, die Kirche, allesamt mit glühendem Eifer zu dem Tohuwabohu beitrugen, das sich allmählich im Land ausbreitete.

Diese Gruppe war unter der Bezeichnung »Vitor Freitas' Unabhängige« bekannt geworden, aufgrund der Pressenotizen aus der Feder eines Reporters von *O Jornal*, der aus dem Senat berichtete und Freitas die Ernennung zum Beirat der Pensions- und Rentenkasse der kaufmännischen Angestellten zu verdanken hatte; es war üblich, daß die Journalisten, die aus den Häusern des Parlaments oder den Organen der Exekutive berichteten, sich Posten im Staatsdienst verschafften, die irgendwann unkündbar wurden; die Pensions- und Rentenkassen des Arbeitsministeriums waren bei den Journalisten aus verschiedenen Gründen besonders beliebt, unter anderem deshalb, weil sie nicht regelmäßig an ihrem Arbeitsplatz zu erscheinen brauchten.

Severino servierte Getränke und Häppchen, während »Vitor Freitas' Unabhängige« die Lage analysierten.

»Was halten Sie davon, daß Lutero sich dem Militär für eine Vernehmung zur Verfügung gestellt hat? Lodi hat sich unter Berufung auf seine parlamentarische Immunität geweigert, der Vorladung Folge zu leisten.«

»Getúlio hat Lutero hingeschickt«, sagte Freitas. »Lutero hat vorübergehend auf seine Immunität verzichtet und ist mit dem Vizepräsidenten der Abgeordnetenkammer Adroaldo Mesquita da Costa hingefahren. Adroaldo hat mir im Vertrauen erzählt, was sich abgespielt hat. Oberst Adyl de Oliveira war sich zu schade, den Abgeordneten zu empfangen. Statt dessen hat er einen Untergebenen, einen Major oder Obersten namens Toledo, mit der Vernehmung beauftragt. Als sie ankamen, gab Toledo Lutero ein Papier mit den Worten, ›lesen Sie das, Herr Abgeordneter‹. Es war die Aussage, die Gregório bei seinem Verhör gemacht hatte. Lutero las entsetzt – so formulierte er es später Adroaldo gegenüber –, was auf dem Papier stand. Gregório hatte klipp und klar behauptet, der Auftraggeber für das Verbrechen in der Rua Tonelero sei er, Lutero gewesen. Außerdem hatte Gregório Getúlio diffamiert. Lutero protestierte, diese Erklärung sei nichts weiter als eine schäbige Verleumdung, eine Intrige, um ihn in die Sache zu verwickeln und damit seinen Vater zu treffen; das Attentat sei vom Präsidenten aufs energischste verurteilt worden und niemandem sei mehr an der vollständigen Aufklärung der Ereignisse und strengen Bestrafung der Verantwortlichen gelegen als ihm. Adroaldo sagt, Lutero habe ziemlich gewandt gesprochen, aber bekanntlich war Lutero ja noch nie imstande, auch nur zwei Sätze aus dem Stegreif zu sprechen, und deshalb sieht es ganz danach aus, als habe er einen Text auswendig gelernt, den ein anderer geschrieben hat.«

»Vermutlich Tancredo. Wie verlautet, hat er den schlauen Fuchs aus Minas um Rat gefragt, ehe er sich zur Aussage entschloß.«

Severino servierte weitere Getränke und Häppchen.

»Was hat Adroaldo noch gesagt?«

»Toledo habe gefragt: ›Möchten Sie Gregório sehen?‹ Lutero hat wohl gezögert. Es war klar, daß Toledo eine Gegenüberstellung wünschte, die Lutero in eine peinliche Situation bringen konnte. Er glaubte, dafür gute Karten zu haben. Toledo nahm Lutero am Arm: ›Kommen Sie, Herr Abgeordneter, ich bringe Sie zu ihm.‹ Sie gingen durch einen langen Korridor, Lutero, Adroaldo sowie ein paar Militärs, dazwischen Toledo, der Luteros Arm fest im Griff hatte. Eine Tür wurde geöffnet, und da saß auf einem Bett der Schwarze Engel. Gregório warf den Eintretenden einen vagen Blick zu und versank wieder in seinen offensichtlich düsteren Grübeleien. Gregórios Verhalten wurde für alle eine Enttäuschung. Toledo hatte zweifellos erwartet, daß Gregório sich an die Abmachung mit seinen Bewachern halten und Lutero frontal angreifen würde. Lutero hatte erwartet, daß Gregório aufstehen, ihm mit dem gewohnten Respekt begegnen und sich irgendwie für den Wortlaut seiner Aussage entschuldigen würde. Anscheinend verblüfft über Gregórios Desinteresse und geistige Abwesenheit, sagte Toledo mehrmals, ›Gregório, der Abgeordnete Lutero Vargas ist hier‹, brachte den Schwarzen Engel aber nicht zum Sprechen.«

»Gregório hat also Lutero beschuldigt! Das hätte ich nie von ihm erwartet, egal, ob Lutero nun der Drahtzieher war oder nicht.«

»Lutero glaubt, laut Adroaldo, daß Gregório unter Einfluß einer Droge, vielleicht Scopolamin oder dergleichen, verhört worden ist, um ihn zu seiner Aussage zu zwingen. Außerdem behauptet Lutero, sie hätten Gregório in ein Flugzeug der Luftwaffe gesetzt und gedroht, sie würden ihn ins Meer werfen, wenn er das Geständnis nicht unterschreibe.«

Unter den »Unabhängigen« entbrannte eine heiße Diskussion. Die einen glaubten an Luteros Unschuld; die anderen meinten, er sei töricht genug, eine solche Dummheit zu begehen. Einig waren sich alle darin, daß die politische Lage sich immer mehr zuspitzte. Wenn Climério verhaftet sei, sagten die einen, werde er Erklärungen abgeben, die sicherlich für noch mehr Aufregung sorgen würden; sofern sie ihn am Leben lassen, erwiderten andere.

Alle Parlamentarier waren davon überzeugt, daß bedeutende Interessen auf dem Spiel standen. Unter anderem ihre eigenen.

Das politische Ränkespiel, mit dem Freitas in den letzten Tagen beschäftigt gewesen war, hatte seine Sorgen wegen Kommissar Mattos in den Hintergrund gerückt. Die Politik war für Freitas eine Art Aphrodisiakum. Die Pläne, die er für alle Eventualitäten schmiedete, indem er an den Fäden einer undurchsichtigen Intrige zu dem Zweck spann, aus der komplizierten und chaotischen politischen Lage im Land den größten Nutzen zu ziehen, versetzten ihn in einen euphorischen Zustand, in dem sich sexuelle Begierde mit ehrgeizigen Träumen von der Eroberung noch größerer Macht mischte. In der Nacht zuvor hatte er dieses dringende Bedürfnis mit einem Partner befriedigt, der ihm viel Lust und Spaß bereitet hatte, was wiederum seine Motivation gesteigert hatte, die geplanten vielschichtigen Verbindungen weiterzuknüpfen.

An diesem Tag hatte der Senator beim Aufwachen an das Problem gedacht, das sein Assistent Clemente darstellte; gleich nachdem die Sitzung der »Unabhängigen« beendet war, rief er ihn an und bat ihn, ins Gebäude Seabra zu kommen.

Um überzeugende Wirkung bemüht, teilte Freitas Clemente mit, er müsse sein Büro umorganisieren. Ein Neffe, ein junger brillanter Anwalt, ziehe nach Rio de Janeiro, und er, Freitas, könne seiner Schwester nicht die Bitte abschlagen, ihn in seinem Büro unterzubringen.

»Trotz seiner Jugend ist er schon Professor an der Juristischen Fakultät. Der Junge hat jede Menge Titel, ist hochqualifiziert. Ich muß ihn einfach zu meinem Bürochef machen.«

Clemente hörte schweigend und mit undurchdringlicher Miene zu.

»Da ich weiß, daß es dir nicht gefallen würde, einem Jüngeren unterstellt zu sein – ich kenne ja deinen Stolz, dein Selbstbewußtsein, mein Lieber –, habe ich mir gedacht, ich besorge dir einen Posten im Aufsichtsrat der

Banco do Brasil. Ich habe bereits mit Souza Dantas darüber gesprochen.«

»Ich überlege es mir«, sagte Clemente.

»Hilf mir bei der Lösung dieses Problems. Er ist mein einziger Neffe. Wir bleiben Freunde … Zwischen uns bleibt alles beim alten …«

Clemente sagte noch einmal, er werde es sich überlegen. Und ging, ohne sich weiter zu äußern.

16

Die Devisen- und Kaffeemärkte reagierten zögernd, die meisten Händler waren noch unsicher, wie die Resolution 99 der Währungs- und Kreditanstalt Sumoc, durch die der Wechselkurs freigegeben worden war, zu interpretieren sei.

Die Dollarpreise für Kaffee und sonstige Waren variierten von nun an entsprechend dem freien Wechselkurs, dessen Mittelwert von der Kursabteilung der Banco do Brasil festgestellt wurde.

Infolge der Resolution 99 sank der Kaffeepreis auf 65 amerikanische Cents pro Pfund. Pedro Lomagno war von Magalhães informiert worden, daß die Resolution verabschiedet werde. Deshalb konnten Lomagno & Cia. sowie andere, mit ihr verknüpfte Exportfirmen vor Veröffentlichung der neuen Sumoc-Richtlinie Verträge über den Verkauf von mehr als dreihunderttausend Sack Kaffee zum alten Preis von 87 Cent pro Pfund abschließen.

Von diesen Verkäufen erfuhren andere Kaffeehändler, die daraufhin der Regierung Protektionismus vorwarfen und anführten, sie hätten durch die Resolution einen Verlust in Höhe von einer Milliarde Cruzeiros erlitten, denn der Finanzminister Oswaldo Aranha und der Präsident der Banco do Brasil Souza Dantas hätten zuvor versichert, der Mindestpreis für Kaffee würde nicht geändert.

Der Brasilianische Handelsverband verbreitete eine Mitteilung, in der er die Maßnahme der Regierung verteidigte.

Der freie Devisenmarkt verhielt sich vorsichtig. Der Dollar notierte mit 60 Cruzeiros.

Der alte Polizeitransporter ratterte mit Kommissar Mattos die Avenida Brasil entlang, sein Auspuff stieß schwarzen Qualm aus. Mattos war ganz früh zur Wache gefahren, hatte Pádua, den er um zwölf ablösen sollte, kurz von seinem Gespräch mit Anastácio berichtet und war dann in den Transporter gestiegen.

»Das Schwein will reinen Tisch machen, weil er Angst hat, sie bringen ihn um«, sagte Pádua. »Hm! Seu Ilídio also …« Pádua lachte kurz hämisch auf und spannte seine Armmuskeln.

»Wenn ich vom Galeão zurückkomme, reden wir weiter darüber«, sagte Mattos.

Auf der Brücke zur Insel Governador tauchten die ersten schwerbewaffneten Patrouillen von Soldaten der Luftwaffe auf. Der Transporter des Kommissars wurde dreimal zur Insassenkontrolle angehalten, bevor er auf das Gelände des Flughafens Galeão fahren durfte, wo sich die Luftwaffenbasis befand, die Zentrale der Militärpolizeilichen Untersuchung des Mords am Major Rubens Vaz. Zu Beginn der Ermittlungen hatten die Getulisten die Basis spöttisch als Republik Galeão bezeichnet. Eine Regierung innerhalb der Regierung. Aber in den letzten Tagen wurden über die Ermittlungen der Luftwaffe keine Witze mehr gemacht.

An der Einfahrt zur Basis mußte der Transporter noch einmal an einer Schranke halten. Der diensthabende Offizier wurde geholt, und Mattos erklärte, er wolle Oberst Adyl sprechen.

Der Kommissar mußte lange in seinem Transporter warten, bewacht von einem Soldaten, der sich mit einem Maschinengewehr bewaffnet neben dem Wagen postiert hatte. Der diensthabende Offizier kam zurück, gab dem Fahrer Anweisungen, wo er den Wagen abstellen sollte, und forderte den Kommissar zum Mitkommen auf.

Die Basis hatte sich in einen hektischen Truppenplatz verwandelt. Bell-Militärhelikopter und P-40-Jäger, die sogenannten Tomahawks, standen auf der Piste, ihre Piloten abflugbereit. Lastwagen und Jeeps, in denen schwerbewaffnete Soldaten des Heeres und der Luftwaffe sowie Marineinfanteristen saßen, warteten auf den Befehl zum Einsatz. Fahrzeuge mit Suchscheinwerfern, wie sie die Luftabwehreinheiten des Heeres benutzten, waren zu sehen.

»Wir bereiten eine militärische Operation zur Ergreifung dieses Gangsters vor. Wir wissen, daß er sich irgendwo im Busch bei Tinguá versteckt«, sagte der diensthabende Offizier stolz. »Der entkommt nicht mehr.«

Der Kommissar folgte dem Offizier in einen Raum zu einem Hauptmann der Luftwaffe in Kampfuniform mit einer 45er Pistole im Hüfthalfter.

»Ich bin Hauptmann Ranildo. Oberst Adyl hat mich gebeten, Sie zu empfangen.«

Der Kommissar sprach von seinem Verdacht, Gregório Fortunato sei in den Mord an Gomes Aguiar verwickelt. Er sagte, unter Umständen handele es sich um ein Verbrechen aus homosexueller Leidenschaft. Der Hauptmann hörte dem Kommissar schweigend zu, wobei er seine Erregung so gut wie möglich unterdrückte. Während der Kommissar sprach, war Ranildo von dem Stuhl, auf dem er hinter einem kleinen Schreibtisch gesessen hatte, aufgestanden und hatte nach einem Telefon vor ihm gegriffen, allerdings keine Nummer gewählt.

»Ich würde Gregório Fortunato gern vernehmen«, sagte der Kommissar.

»Warten Sie hier einen Augenblick«, antwortete der Hauptmann.

Ranildo ging zum Büro seines unmittelbaren Vorgesetzten Major Fraga und berichtete, was er vom Kommissar gehört hatte.

»Gut möglich, daß dieser schwarze Mistkerl das getan hat, mich würde es nicht wundern«, sagte Ranildo.

»Die Sache gefällt mir nicht«, antwortete Fraga. »Gregório in ein Homosexuellen-Verbrechen verwikkelt? Ich traue der Polizei nicht, die haben es noch immer nicht geschafft, diesen Climério zu verhaften. Wissen Sie nicht, wie der Delegado Pastor nachweisen wollte, daß die tödlichen Verletzungen von Rubens Vaz von den Schüssen verursacht worden sein könnten, die Lacerda auf den Schützen abgegeben hat?«

»Möchten Sie mit dem Kommissar sprechen?«

»Sagten Sie nicht, Sie hätten einen guten Freund bei der Politischen Polizei? Versuchen Sie, von ihm Auskunft über diesen Kommissar zu erhalten. Aber ganz diskret. Ich unterhalte mich solange mit ihm. Informieren Sie Oberst Adyl über die Angelegenheit.«

Fraga, der unbewaffnet war, nahm einen Gurt mit einer 45er Pistole aus der Schublade und schnallte ihn sich um.

Der Kommissar stand auf, als Fraga den Raum betrat.

»Guten Tag, Kommissar. Hauptmann Ranildo hat mir von Ihren Ermittlungen berichtet. Das Problem ist, daß die Genehmigung für ein Verhör von Gregório Fortunato nur von dem mit der Untersuchung beauftragten Oberst Adyl erteilt werden kann, und er befindet sich zur Zeit nicht hier.«

»Ich warte«, sagte der Kommissar. »Das Verhör kann in Anwesenheit eines Vertreters des Militärs stattfinden, falls Sie dies wünschen.«

Fraga zog eine Schachtel Zigaretten aus der Tasche und bot dem Kommissar eine Zigarette an.

»Danke, ich rauche nicht.«

Es dauerte eine Weile, bis Fraga seine Zigarette anzündete und die Schachtel in die Tasche zurücksteckte. »Wir haben es mit einer sehr heiklen Situation zu tun, verstehen Sie. Die politische Lage ist äußerst ernst. Immerhin sind Personen aus der direkten, engsten Umgebung des

Staatspräsidenten in eines der verabscheuungswürdigsten Verbrechen verwickelt, die je in diesem Land verübt wurden.«

Mattos sagte nichts.

»Gregório ist einer davon«, fuhr Fraga fort, »aber da sind noch andere, über ihm. Aufgrund des Geständnisses des Todesschützen Alcino wissen wir inzwischen, daß Lutero Vargas, der Sohn des Präsidenten, einer der Drahtzieher ist. Wir wollen die ganze Wahrheit aufdecken, mag sie für das brasilianische Volk noch so entsetzlich und schockierend sein. Gregório Fortunato kann zu diesem abscheulichen Verbrechen noch viel sagen. Sie stimmen mir doch zu, daß es ein abscheuliches Verbrechen war, nicht wahr?«

»Für mich sind alle Verbrechen gleich. Ich bin Polizist.«

»Aber auch für einen Polizisten gibt es Verbrechen, die schändlicher sind als andere.«

»Wir von der Polizei sind nicht befugt, Werturteile über Straftaten zu fällen.« Pause. »Der beste Polizist wäre vielleicht ein Automat, der das Gesetz gut kennt und es blind befolgt.«

Fraga dachte über Mattos' Worte nach.

»Jede Machtbefugnis impliziert in gewisser Weise die Verantwortung, Urteile zu fällen«, sagte Fraga.

»Jede Machtbefugnis impliziert in gewisser Weise etwas Korruptes und Unmoralisches«, entgegnete der Kommissar.

Fraga sah den Polizisten überrascht und verunsichert an. Dann zog er vor, die Bemerkung des Kommissars zu übergehen.

»Ich meine nicht, wie ein Richter zu urteilen. Sondern wie ein anständiger Mensch«, sagte Fraga.

»Diejenigen, die sich für anständige Menschen halten, sind nicht immer gute Polizisten.«

»Aber Sie, Kommissar, Sie sind doch ein anständiger

Mensch, nicht wahr? Sie wollen mir doch nicht sagen, daß diese Schändlichkeit, diese Verderbtheit, dieser Sumpf, in dem Brasilien versinkt, Ihnen keine Sorgen bereitet?«

»Oberst ...«

»Major.«

»Major, meine einzige Sorge ist, meine Arbeit gut zu machen.« Mattos' Magen fing an zu schmerzen.

Hauptmann Ranildo betrat den Raum.

»Kann ich Sie kurz sprechen, Major?«

»Einen Augenblick, ich bin gleich wieder da«, sagte Fraga und verließ mit Ranildo den Raum.

Im Flur.

»Ich habe seine Akte. Als Student der rechtswissenschaftlichen Fakultät wurde er zweimal verhaftet. Das erste Mal 1944, zur Zeit der Diktatur. Und dann 1945, nach Getúlios Absetzung, während der Kampagne für seine Rückkehr, als die Roten auf einmal auf der Seite des Ex-Diktators standen, diese widerliche Geschichte, daß Prestes den Mann unterstützte, der sein Folterknecht und der Henker seiner Frau gewesen war. Es sieht so aus, als ob unser Kommissar auf die Parolen der Kommunistischen Partei hört.«

»Ich habe mich mit ihm unterhalten«, sagte Fraga. »Seine Ansichten sind ... ungewöhnlich. Dumm ist er nicht, nein.«

»Wie kann man einen mit so einer Akte in den Polizeidienst aufnehmen?« fuhr Ranildo fort. »Wenn diese ganze Sache vorbei ist, müssen wir bei der Polizei eine Säuberung durchführen.«

»Vielleicht untersucht der Mann tatsächlich die mögliche Beteiligung von Gregório an der Ermordung eines Zivilisten.«

»Diese Geschichte, die der Kommissar erzählt, ist viel zu phantastisch, um wahr zu sein. Halten Sie Gregório für homosexuell? Der ist ein Zyniker, ein Dieb, ein Mörder, aber kein Homosexueller. Nach den Informationen, die wir haben, ist er ein Weiberheld«, sagte Ranildo.

»Was bezweckt der Kommissar dann?«

»Bei der militärpolizeilichen Untersuchung dazwischenzufunken. Ich glaube, die Polizei will uns an der Nase herumführen. Erst lasten sie Gregório, mit unserer Unterstützung, fälschlicherweise ein Verbrechen an, dann erklären sie den Kerl für unschuldig. Und wir stecken so oder so mit drin. Dann schreibt die *Última Hora* auf der Seite eins, daß Gregório genausowenig mit dem Mord am Major Vaz zu tun hat, wie ihm dieses von dem Kommissar erfundene Verbrechen zu Unrecht angelastet worden ist, und so weiter und so fort«, sagte Ranildo.

»Das scheint mir doch sehr ... an den Haaren herbeigezogen«, sagte Fraga.

»Meine These oder seine?«

»Beide.«

»Major, der Kommissar kann durchaus guten Glaubens hier sein, was ich aber nicht annehme. Für unsere Untersuchung wäre es nicht gut, Gregório jetzt noch etwas anderes anzulasten, was nicht mit dem Verbrechen der Rua Tonelero zu tun hat. Das kann hinderlich sein. Wir haben nicht mal Zeit gehabt, den Mann richtig zu verhören. Jetzt kommt es darauf an zu beweisen, daß Gregório den Auftrag erteilt hat, Lacerda umzubringen, und zwar auf Befehl einer Gruppe, zu der Benjamim, Lutero, Lodi und Getúlio persönlich gehören.«

»Und wenn Gregório den Mord, von dem der Kommissar spricht, ebenfalls begangen hat?«

»Ich verstehe Ihre Skrupel, Major, aber das hat Zeit.«

»Dann kann es zu spät sein.«

»Wo liegt das Problem? Gregório wird sowieso den Rest seines Lebens im Gefängnis verbringen.«

»Ich finde, wir sollten mit Oberst Adyl sprechen.«

Die beiden Offiziere blieben vor der Tür zu Oberst Adyls Büro stehen.

»Sie warten hier«, sagte Fraga und ging hinein.

Er blieb nicht lange im Raum.

»Ranildo, sagen Sie dem Kommissar, Gregório kann vorläufig nicht verhört werden. Oberst Adyl läßt die militärische Operation zur Ergreifung von Climério anlaufen und hat mir Order erteilt, persönlich mit dem Polizeichef über diesen Kommissar zu sprechen.«

»Vertraut Oberst Adyl Paulo Torres?« fragte der Hauptmann.

»Torres ist kein schäbiger Polizist. Er ist Oberst des Heeres, ein Held des Expeditionskorps.«

Ranildo kehrte zu Mattos zurück.

»Der Oberst hat gesagt, daß Gregório zur Zeit nicht von der Polizei verhört werden darf. Er hat Kontaktsperre.«

»Darf ich Sie um einen Gefallen bitten, Hauptmann?«

»Bitten dürfen Sie. Ob ich Ihre Bitte erfüllen kann, weiß ich nicht.«

»Es ist ganz einfach: Könnten Sie mir sagen, ob der Tenente Gregório auf der linken Hand einen goldenen Ring trägt?«

Ranildo sah den Kommissar erstaunt an. »Einen goldenen Ring?!«

»Ja. Das ist für die Ermittlungen, die ich führe, von großer Bedeutung.«

Ranildo ging zum Fenster und blickte nachdenklich auf die einsatzbereiten Truppen draußen.

»Ich werde Ihrem Wunsch nachkommen, aber dann bitte ich Sie zu gehen. Ich habe noch allerhand andere Probleme zu lösen.«

Ranildo verließ den Raum. Ein bewaffneter Cabo im Kampfanzug kam herein und stellte sich in strammer Haltung neben die Tür.

Ranildo kehrte zurück.

»Ja, er trägt einen Ring.«

»Einen goldenen?«

Ranildo streckte den Arm aus. »Diesen hier.«

»Darf ich mal sehen?«

Ranildo händigte dem Kommissar den Ring aus. Ein Goldring ähnlich dem, den der Kommissar in der Tasche hatte, etwas größer, ohne Buchstaben oder Inschrift auf der Innenseite.

Der Kommissar gab Ranildo den Ring zurück.

»Danke, Hauptmann. Wir können gehen.«

Ranildo begleitete den Kommissar zurück zum Transporter und sah dem Polizeiwagen nach, bis dieser die Basis verließ.

Zehn Minuten später hörte man das Motorengeräusch der Lastwagen und Jeeps, das blecherne Knattern der Helikopterpropeller und der Tomahawks. Die militärische Operation zur Ergreifung von Climério begann.

Als Mattos zur Wache zurückkam, um Pádua abzulösen, fragte er seinen Kollegen, ob er sich auf den Handel mit Anastácio einlassen werde.

»Den Schmuck zurückzugeben, das reicht nicht. Der Hund soll gegen den Lotterieboß aussagen.«

»Das tut er nicht.«

»Dann nehmen wir ihn in die Mangel.«

»Ich will nicht, daß du gegen ihn Gewalt anwendest. Der Mann ist reuig.«

»Angst hat er. Willst du den Lotterieboß so davonkommen lassen?«

»Nein. Aber ich habe es nicht eilig. Man hat Turco Velho in Floresta da Tijuca tot aufgefunden.«

»Ach ja? Wann?«

»Gestern.«

»Hat mir keiner gesagt. Da hast du es, dir zuliebe lasse ich den Lump laufen, und dann murksen sie ihn ab.«

Mattos sah Pádua in die Augen, dieser hielt dem Blick seines Kollegen stand.

»Ich glaube, du hast Turco Velho umgebracht.«

»Ich will keinen Streit mit dir, Mattos.«

»Ein stupides Verbrechen.«

»Jetzt wollen wir mal nicht mit Kanonen nach Spatzen schießen.«

»Tut mir leid, aber dem werde ich auf den Grund gehen müssen.«

»Mach, was du willst.«

Als Pádua gegangen war, wies Mattos den Wärter an, alle freizulassen, die zur Überprüfung in der Zelle saßen. Es waren zwei. Dann ließ er den Protokollanten Oliveira kommen und gab ihm Order, den Lotteriemafiaboß Ilídio zur Aussage auf das Revier vorzuladen.

In dem Augenblick, als die Militärtrupps ihre Jagd auf Climério begannen, erklärte der Polizeichef der Bundesbehörde Öffentliche Sicherheit Oberst Paulo Torres gegenüber der Presse, der Ex-Chef der persönlichen Leibwache des Präsidenten Gregório Fortunato sei nicht inhaftiert, sondern stehe lediglich den Beamten der Luftwaffe zur Verfügung. Der Polizeichef teilte weiter mit, nur der ehemalige stellvertretende Chef der Leibwache Valente sei verhaftet worden und der Taxifahrer Nelson Raimundo befinde sich freiwillig in Haft und äußere nicht den Wunsch, einen Habeaskorpus-Antrag zu seinen Gunsten zu akzeptieren.

Weiterhin sagte Oberst Paulo Torres, sein Büro habe das polizeiliche Ermittlungsverfahren des Falls Rua Tonelero an sich gezogen, um die Einsätze effizienter zu gestalten, und dem zum neuen Einsatzleiter bestellten Direktor der Technischen Polizei Silvio Terra würden sämtliche Mittel zur Verfügung gestellt.

»Diese Maßnahme setzt nicht die bisher geleistete Arbeit des Delegado Pastor herab, über den mir äußerst lobende Referenzen vorliegen.«

Pastor waren die Ermittlungen auf Druck der Militärs und der UDN entzogen worden, weil Lacerda ihm als Getulist Befangenheit bei der Aufklärung des Attentats vorgeworfen hatte. Silvio Terra genoß das Vertrauen Lacerdas, der Militärs und der UDN-Politiker und würde nichts unternehmen, das dieses Vertrauen nicht gerechtfertigt hätte. Allem Anschein nach hatte jedoch keiner von Pastors Gegnern das Buch gelesen, das der Direktor der Technischen Polizei zusammen mit Pedro Mac Cord geschrieben hatte, ein 1939 veröffentlichter, 464 Seiten starker Wälzer mit dem Titel *Polizei, Gesetz und Kultur.* In diesem Buch, das gleich nach dem Deckblatt ganzseitig das offizielle, im Profil aufgenommene Porträt von Vargas im Frack mit der Präsidentenschärpe zeigte, begann auf Seite 103 ein interessantes Kapitel über Vargas' Estado Novo.

»Die Legislative, verkörpert durch den Bundeskongreß, das heißt die Abgeordnetenkammer und den Senat, war nicht zur gesetzlichen Wahrnehmung der Interessen des Volkes bestellt«, schrieb Torres. »Aus diesen Gründen beseitigte der Präsident Getúlio Vargas am 10. November 1937 noch rechtzeitig das Geschwür, das in unserem demokratischen Organismus heranwuchs. Mit dem Estado Novo entstand eine starke Demokratie. Präsident Vargas verordnete der Nation eine neue Verfassung. Indem er die Zentralgewalt stärkte, dehnte er die demokratische Prophylaxe auf das bei uns undurchführbare allgemeine Wahlrecht aus. Die Verfassung vom 10. November 1937 ist ein Dokument von großem historischem Wert. Sie wird als ein Symbol nationaler Größe in die Geschichte eingehen.«

Die UDN hatte sich so organisiert, daß sie nicht einen Tag verstreichen ließ, ohne daß im Parlament oder Senat Reden gegen Vargas gehalten wurden.

Der Abgeordnete Herbert Levy begann seine Rede mit den Worten, das Land erlebe zur Zeit den letzten Akt einer Tragödie, die 1930 ihren Anfang genommen habe. »Die ehrlichen Menschen, die unbescholtenen Bürger wie der aufrechte Carlos Lacerda, Symbol für das Äußerste an moralischem Widerstand, den Brasilien zu leisten vermochte, wurden von Mördern bedroht, denen die Machthaber Deckung gaben. Daß die direkt oder indirekt Verantwortlichen, die den Mördermarionetten den Arm geführt haben, aus der engeren oder engsten Umgebung des Staatspräsidenten stammten, war unerheblich; inzwischen wußte man endgültig, daß das moralische Klima, das ein solches, die Öffentlichkeit beleidigendes Attentat ermöglicht hatte, vom Staatspräsidenten selbst geschaffen worden war.«

Die Hütte, in der Climério Euribes de Almeida sich versteckte, benutzte sein Freund Oscar nur zum Lagern von Holz, das er im Wald schlug. Das beste Holz verarbeitete Oscar zu Pflöcken und verkaufte diese an Nachbarn, die ihre Stacheldrahtzäune ausbessern wollten. Das minderwertige Holz wurde in seinem Häuschen im Kochherd verfeuert. Im Wald von Tinguá gab es eine Menge gutes Holz.

An diesem Tag verließ Climério sein Versteck und stieg den Berg hinunter, um bei seinen Freunden zu Mittag zu essen. Nach dem Essen gingen Climério und Oscar zur Bananenpflanzung und nahmen zwei Esel mit Tragkörben für die Bananenbüschel mit, die Oscar am Vormittag geschnitten hatte. Sie waren gerade mit dem Beladen der Esel fertig, als Oscar von oben aus der Luft ein Geräusch hörte.

»Was ist das für ein Lärm?«

»Ich höre nichts.«

»Horch mal … Da, was ist das denn?«

Oscar hatte noch nie einen Helikopter gesehen.

»Was meinst du?«

»Ein komisches Ding, da hinten. Jetzt ist es weg.«

Da sie nur ein großes Messer und eine Sichel hatten, schlug Oscar vor, Climério solle mit den Eseln zurückgehen und sie entladen, und er wollte unterdessen noch mehr Bananen schneiden.

Climério führte die Esel zurück und lud die Bananenbüschel in einem Schuppen hinter Oscars Haus ab. Nach getaner Arbeit war Climério ziemlich erschöpft und bat Honorina um einen Kaffee.

»Sieht so aus, als ob es heute kalt wird«, sagte Honorina.

Oscar schnitt die grünen Bananenbüschel und legte sie neben den Stauden ab. Er arbeitete flink, denn er wollte vor Einbruch der Dunkelheit möglichst viele Büschel schneiden. Als die Dämmerung einsetzte, ergriff er Sichel und Messer und machte sich auf den Heimweg.

Er ging eine Erdstraße entlang, als ihn plötzlich eine Patrouille bewaffneter Soldaten umzingelte, von denen manche angeleinte Hunde mitführten. Erschrocken ließ Oscar die Sichel und das Messer fallen.

»Wie heißen Sie?« fragte ein Offizier, der zwischen den Soldaten vorgetreten war.

»Oscar ist mein Name, ganz zu Ihren Diensten.«

»Wohnt bei Ihnen ein Mann?«

»Nein.«

»Simplício Rodrigues, der Kaufmann im Dorf, hat gesagt, daß Ihr Schwager Climério bei Ihnen wohnt.«

»Ach so, mein Freund Climério. Ja, der war hier.«

»Ihr Freund ist ein gesuchter Mörder«, sagte der Offizier. Zwei Soldaten packten Oscar rechts und links an den Armen, und der Offizier befahl ihm, sie zu seinem Haus zu führen.

Die Soldaten umstellten das Haus. Auf einen Befehl des Offiziers stürmten sie hinein.

Honorina sah schweigend zu, wie die Soldaten das Haus durchsuchten.

»Wo ist der Mann?«

»Der ist weg«, sagte Honorina. Climério sei vor einer halben Stunde geflohen, als er gemerkt habe, daß die Soldaten kämen.

Über Funk alarmierte der Offizier die übrigen Trupps, die an der Operation teilnahmen.

Sämtliche Straßen in der Umgebung wurden abgeriegelt. Kein einziges Fahrzeug konnte die Sperre ohne Durchsuchung passieren; die Insassen mußten ihre Personalien angeben und wurden ebenfalls durchsucht.

Es wurde dunkel. Immer mehr Soldaten und Militärfahrzeuge sammelten sich bei dem Befehlsstand, der in Tinguá eingerichtet worden war.

Um zehn Uhr abends wurde die Suchaktion abgebrochen und die Wiederaufnahme für fünf Uhr früh am nächsten Tag angesetzt.

Auf der Flucht durch das Walddickicht zur Hütte auf dem Berg hatte Climério sich die blaue Hose, die er trug, völlig zerrissen und seine Schuhe ruiniert. In der Hütte zog er die zerrissene Hose aus und eine andere an. Statt der kaputten Schuhe schlüpfte er in Holzpantinen. Er machte sich auf dem Holzherd in der Hütte Nudeln mit Bohnen warm und aß sie. Ehe er losging und sich in den Wald schlug, steckte er den 38er Revolver mit sechs Patronen und die fünfzigtausend Cruzeiros ein, die ihm Soares auf Gregórios Geheiß überbracht hatte.

Nachdem er eine Weile orientierungslos durch die rasch über dem Wald hereinbrechende Dunkelheit gelaufen und dabei von Zweigen des Gestrüpps gepeitscht und aufgeschrammt worden war, setzte sich Climério, der ein beleibter Mann war, erschöpft neben einen Baum und lehnte sich mit dem Rücken an. Er zitterte vor Angst und Kälte; mit der eiskalten Hand strich er über die Pockennarben auf seinem Gesicht.

Es war vollkommen finster, nicht einmal Mondlicht hellte die tiefschwarze Nacht rings um ihn auf.

17

Während an diesem Dienstag morgen Truppen des Heeres, der Luftwaffe und der Marine, von Flugzeugen, Helikoptern und Militärfahrzeugen unterstützt, Climério in die Enge trieben, drang Oberst Adyl mit einer schwerbewaffneten Eskorte und João Valente, dem verhafteten stellvertretenden Chef der aufgelösten persönlichen Leibwache des Präsidenten Vargas, in den Catete-Palast ein und begab sich zu den ehemaligen Unterkünften der Leibwache, wo er Schreibtischschubladen und Büroschränke aufbrach und die gesamte persönliche Korrespondenz und andere Papiere des Tenente Gregório Fortunato sowie etwa dreihunderttausend Cruzeiros in bar beschlagnahmte. Der Einsatz war schnell beendet, er dauerte nur etwa zehn Minuten. Dieser Überfall wurde später in der Abgeordnetenkammer und dem Senat von der Opposition als Beweis dafür angeführt, daß »die Regierung nicht mehr regiert«.

Wenig später wurde der Kriegsminister vom Befehlshaber und dem Offizierskorps des 1. Gardekavallerieregiments, den »Dragonern der Unabhängigkeit«, in der Kaserne von São Cristóvão feierlich geehrt.

Außer dieser stand noch eine weitere Ehrung für Zenóbio an diesem Dienstag auf dem Programm. Ab halb drei Uhr nachmittags fuhren vor dem Gebäude des Kriegsministeriums neben dem Bahnhof der Eisenbahngesellschaft Central do Brasil die schwarzen Wagen mit den höchsten Heereskommandanten und dem Führungsoffizierskorps der Garnison Rio de Janeiro vor, an ihrer Spitze General Odílio Denys, Befehlshaber der Militärzone Ost. Sie wollten dem General Zenóbio die Solidarität ihrer Kameraden und ihre Zuversicht bekunden, daß er entschieden für den Erhalt des hohen Ansehens der Streitkräfte und der Nation eintreten werde. Als Erwiderung auf die Grußworte des Generals Denys sagte General Zenóbio: »Kameraden! Vertrauen Sie mir, so wie ich Ihnen vertraue!«

In der Abgeordnetenkammer sagte der Sprecher der Mehrheit Capanema, ständig von Kommentaren und Zwischenrufen protestierender Abgeordneter der Minderheit unterbrochen, die Forderung nach dem Rücktritt des Herrn Getúlio Vargas werde nicht vom Volk erhoben; vielmehr käme diese Forderung von einer politischen Partei, derselben Partei, die seine Amtseinführung mit dem berühmten Argument der absoluten Mehrheit habe verhindern und ihn erst vor kurzem mit einem unbegründeten Impeachment-Antrag aus dem Regierungspalast habe entfernen wollen. Dieser Vorgang, das Ausschlachten der Ereignisse um den Tod des Majors Vaz, sei ein weiterer Schritt in dem vor vier Jahren begonnenen Kampf, den Präsidenten unter allen Umständen aus der Regierung zu entfernen, entweder durch Aufhetzen des Volkes oder durch Aufhetzen der Presse oder durch Aufhetzen der Streitkräfte.

Aus dem Plenum wurden Rufe wie »Mörder, Diktator, Verbrecher« gegen Vargas laut. Von der UDN-Fraktion angeführt, stimmten die Abgeordneten der Opposition einen Chor an, der mächtig durch den Plenarsaal hallte: »Rück-tritt! Rück-tritt! Rück-tritt!«

Der Staatspräsident, fuhr Capanema unter dem Gebrüll aus dem Plenum fort, könne mit Rücksicht auf das Volk nicht zurücktreten, denn um des Volkes willen müsse er die Grundwerte der Regierungstätigkeit und der konstitutionellen Stabilität verteidigen. Capanema wiederholte damit ein Argument, das er schon mehrmals angeführt hatte. Jetzt entgegnete er dem Abgeordneten Bilac Pinto, er möge nicht auf eine friedliche Amtsübernahme durch den Vizepräsidenten Café Filho spekulieren, und zwar nicht, weil er, Capanema, nicht darauf vertraue, daß das Heer gelassen und korrekt abwarten werde, sondern weil er befürchte, daß ein solcher, von einer leidenschaftlich erregten Minderheit gegen die Mehrheit des Volkes geforderter Rücktritt als ein Schlag ins Gesicht der Armen, der Arbeiter, der Werktätigen, der Soldaten die öffentliche Ordnung derart untergraben, die Ruhe und Ordnung derart erschüttern würde, daß die Nation im Nu mit unabsehbaren, katastrophalen Folgen konfrontiert würde, denn wenn der Funke der Revolution erst einmal gezündet sei, wer könne dann noch für den Bestand der Institutionen garantieren?

Kurz nachdem Capanema seine Rede beendet hatte, traf sich Vitor Freitas mit seiner »unabhängigen Gruppe«, um die Information weiterzugeben, die er von seinem »Freund im Regierungspalast« erhalten hatte. Auf Freitas Bericht reagierten die anderen Parlamentarier mit Überraschung und Besorgnis. Dem Palastinformanten zufolge war ein Entsandter des Präsidenten, Márcio Alves, am selben Tag in geheimer Mission für Vargas nach Minas gereist, um die Unterstützung des Gouverneurs Juscelino Kubitschek für die Verhängung des Ausnahmezustands über das Land einzuholen.

Einige aus der Gruppe bezweifelten den Wahrheitsgehalt dieser Information.

»Warum hat Getúlio nicht Capanema oder Tancredo mit dieser Mission betraut?«

»Capanema und Tancredo wäre es unmöglich gewesen,

so etwas geheimzuhalten«, antwortete Freitas. »Capanema ist beim General Dutra gewesen und hat um Unterstützung für Getúlio geworben, und alle Welt hat es erfahren. Die Entscheidung für Márcio Alves war geschickt. Er ist ein enger Freund des Ehepaares Amaral Peixoto, intelligent, verschwiegen und regierungstreu. Genau der richtige Mann für eine so heikle Mission.«

»Weiß Lacerda schon davon?«

»Garantiert. Er hat dieselben Informanten wie ich.«

»Dann wird die UDN versuchen, vorher zu putschen.«

»Dazu muß das Militär überzeugt werden.«

»Die Luftwaffe ist schon längst überzeugt.«

»Aber das letzte Wort hat das Heer, und das Heer ist unentschieden. Zenóbio, Estillac, Denys – von denen hängt alles ab, und vorläufig wissen sie nicht, was sie tun sollen.«

»Die UDN versucht, die Militärs auf verschiedene Weise zu beeinflussen. Unter anderem über den Druck der Öffentlichkeit. Die großen Zeitungen halten zur Opposition. Die *Última Hora*, die früher den Präsidenten massiv unterstützt hat, kommt mir in letzter Zeit ziemlich eingeschüchtert vor.«

»Getúlio hat heute morgen Assis Chateaubriand empfangen.«

»Mal abwarten, wie sich Chatôs Zeitungen in Zukunft verhalten. Die Schlacht um die öffentliche Meinung hat Getúlio jedenfalls bereits verloren.«

Kurz bevor Mattos' Dienst endete, brachte ihm der Protokollant Oliveira eine Nachricht:

»Erinnern Sie sich noch an den Portugiesen, der Apfelsinen anbaut? Seu Adelino?«

»Natürlich. Sein Sohn hatte einen Totschlag gestanden, den er nicht begangen hatte. Ich hatte den Alten wegen Körperverletzung mit Todesfolge angezeigt und betont, daß aus den Umständen eindeutig hervorging, daß der Täter den tödlichen Ausgang nicht herbeiführen wollte.«

»Ja, er tat Ihnen leid ... Aber geholfen hat es nichts. Der Portugiese hat einen Infarkt gehabt und ist tot.«

Mattos hatte die Geschäfte bereits an Kommissar Maia abgegeben, als der Zellenwärter zu ihm kam und sagte, der Kalfaktor Odorico wolle mit ihm sprechen.

»Willst du mitkommen?« fragte Mattos.

»Die wollen mit dir sprechen«, redete sich Maia heraus. »Tu so, als hätte ich dich noch nicht abgelöst.«

Die Gefangenen in der Zelle diskutierten. Als sie Mattos kommen sahen, liefen sie ans Gitter. Alle beschwerten sich gleichzeitig, bis Odorico, der Zellenkalfaktor, sie mit einer Handbewegung zum Schweigen brachte.

»Doktor, ganz kurz nur. Wir wissen, daß Sie Dienstschluß haben, aber an wen sollen wir uns sonst wenden.«

Mattos nahm eine Pepsamar aus der Tasche, steckte sie in den Mund und zerkaute sie.

»Immer wenn Sie hier der Chef sind, sorgen Sie für etwas Luft in der Zelle. Aber es wird immer schlimmer. In dieser Woche sind fünf Verurteilte dazugekommen, und die können auch Sie nicht freilassen, die sind ja verurteilt. Man kann hier drinnen keinen Schritt mehr tun. Bald können wir nicht mal mehr alle gleichzeitig schlafen.«

Mattos ging ans Gitter. Dahinter drängelten sich die Gefangenen in zwei dichten Reihen.

»Schließen Sie auf«, sagte Mattos zum Wärter.

Mattos betrat die Zelle. Ging darin hin und her. Die Häftlinge preßten sich aneinander, um ihm Platz zu machen. Trotzdem streifte er die schmutzigen Körper der Häftlinge und spürte ihren übelriechenden Atem.

»Wir kommen nicht an die Sonne, können keinen Sport machen. Es ist furchtbar. Könnten Sie nicht dafür sorgen, daß ein paar ins Gefängnis verlegt werden?«

»Mal sehen, Odorico. Ich versuche es.«

Mattos wußte, daß in den Gefängnissen kein Platz war.

Und daß auf allen anderen Revierwachen die Zellen ebenfalls überbelegt waren.

»Das Essen ist aber besser geworden, oder?«

»Ja, aber Essen ist nicht alles.«

»Ich versuche es, Odorico.«

Mattos verließ den Dienst, stieg in die Straßenbahn und dachte an Odorico und die anderen Gefangenen in der dreckigen, stinkenden Zelle. Er dachte an Seu Adelino. Was für Apfelsinen hatte er wohl? Lima-Apfelsinen? Er konnte nur Lima-Apfelsinen essen, weil sie weniger Säure hatten. Er dachte an den Sohn Cosme, seine schwangere Frau. Die Welt, in der er lebte, war beschissen. Die ganze Welt war beschissen. Und jetzt war er auf dem Weg zu einer Luxuspuffmutter, um im Dreck zu wühlen, das Herz war ihm schwer und der Kopf voller Probleme. Der Schwarze, der Paulo Gomes Aguiar ermordet hatte, war nicht der Tenente Gregório, wie er in seinem naiven Übereifer angenommen hatte. Jetzt mußte er einen Schwarzen finden, der groß und kräftig war – den Priester Miguel konnte er auch aus seinen Erwägungen streichen. Er mußte den Portier Raimundo finden. Er mußte alle Fäden zusammenbringen. Er mußte dem Tod von Turco Velho nachgehen, auch wenn der Fall zu einem anderen Bezirk gehörte und sehr Unangenehmes dabei herauskommen konnte, denn er verdächtigte Pádua. Er mußte den Lotterieboß Ilídio in die Mangel nehmen. Er mußte mit Alice reden. Er mußte mit Salete reden. Er mußte zum Arzt gehen. Er mußte daran denken, seinen Stuhl in der Toilettenschüssel zu kontrollieren.

Almeidinha öffnete die Tür.

»Doktor Mattos, welch Freude, Sie zu sehen. Dona Laura erwartet Sie schon.« Einschmeichelnd, kupplerisch: »Sie sollten häufiger herkommen ... Sie haben Dona Laura sehr gefallen ...«

Laura saß im Halbdunkel ihres roten Salons auf einem Sofa.

»Du kannst gehen, Almeidinha.«

Schweigend ließen sie eine Weile verstreichen.

»Setzen Sie sich, Kommissar.«

Mattos setzte sich in einen Sessel.

»Setzen Sie sich doch hierher, zu mir«, sagte Laura und klopfte leicht aufs Sofa.

»Ich sitze hier sehr gut.«

»Aber ich sitze hier nicht gut, so weit weg von Ihnen. Ich möchte nicht mein Lorgnon benutzen müssen, damit ich Sie sehen kann, verstehen Sie? Ich bin sehr kurzsichtig.«

Mattos rührte sich nicht.

»Bitte, ich beiße nicht.«

»Nehmen Sie Ihr Lorgnon.«

Laura nahm das Lorgnon vom Tischchen neben dem Sofa. Sie legte sich die Seidenkordel um den Hals und hielt es sich vor die Augen.

»Rennen Sie jetzt nicht mehr mit dem Kopf gegen die Wand?«

»Vorläufig nicht mehr. Ich hätte gern eine Information von Ihnen.«

»Über Senator Freitas.«

»Richtig.«

»Und was möchten Sie wissen, Alberto? Ich darf Sie doch so nennen, oder?«

»Welche Art von Gesellschaft der Senator ... äh ...«

»Junge Männer. Kaufmännische Angestellte, Studenten – alles, was jung, proper und hübsch ist.«

»Mag er auch junge Schwarze?«

»Der Senator?! Der ist Rassist. Er haßt Schwarze. Er hat sich sogar einmal mit einem Freund gestritten, weil der einen schwarzen Boxlehrer hat.«

»Können Sie mir den Namen dieses Freundes nennen?«

»Ein gewisser Pedro Lomagno.«

»Können Sie mir etwas über diesen Lomagno sagen?«

»Er war nur einmal hier. Er hat nur ein paar Whisky mit Freitas getrunken, dann ist er gegangen. Sie wollten sich hier mit einem anderen Senator treffen, aber der kam nicht. Ich habe etwas von ihrer Diskussion mitgehört. Freitas sagte, schuld an Brasiliens Rückständigkeit wären die Schwarzen und der Katholizismus. Ein unseliges schwarzes Erbe: die Soutane der Jesuiten und die Hautfarbe der Sklaven. So ganz unrecht hat er damit ja nicht.« Laura ordnete ihr rotes Haar. »Natürlich können die Schwarzen nichts dafür, daß sie schwarz sind, die Armen.«

Rosalvo hatte leider recht, in den Luxusbordells konnte man allerhand erfahren, wie Mattos zugeben mußte.

»Dieser … Boxtrainer. Kennen Sie den? Wissen Sie etwas über ihn?«

»Ich habe nicht die geringste Ahnung, wer das ist. Lassen Sie uns das Thema wechseln, Kommissar … Jetzt wollen wir nicht mehr an Ihre unerfreuliche Arbeit bei der Polizei denken … Ich mache Ihnen einen Vorschlag …«

»Ich habe mit Ihnen nichts anderes zu besprechen.«

»Aber Sie wissen ja noch gar nicht, was ich Ihnen vorschlagen will.«

Mattos stand auf. »Das will ich auch gar nicht wissen.«

»Hören Sie, so behandelt mich kein Mann.«

»Wie?«

»Mit solcher Verachtung. Sie mögen keine Menschen, die als Vermittler für Liebestreffs auftreten, nicht wahr?«

»Das ist eine Straftat. Und nennt sich Kuppelei. Ich habe das Gesetz nicht gemacht.«

»Sie verachten mich also, weil ich mich strafbar mache?«

»Ich verachte niemanden.« Er dachte an Salete. An Seu Adelino. An Alice. Luciana. Lomagno. Ilídio. An Turco Velho. An die Prostituierten aus seiner Kindheit in der Rua Conde Lage. Ein wilder Tumult in seinem Kopf.

»Was muß ein Mensch tun, damit Sie ihm ein klein

wenig von, ich sage nicht, Ihrer Zuneigung, aber doch Ihrem Mitgefühl schenken?« fragte Laura.

»Hören Sie, ich habe bereits zwei Frauen und weiß nicht, was ich mit ihnen machen soll. Ich habe alle Hände und das Herz voll zu tun.«

»Wer zwei hat, kann auch drei haben«, antwortete Laura ernst. »Ich mag Sie. Es stört mich nicht, daß Sie bei der Polizei sind, es stört mich nicht, daß Sie ein Magengeschwür haben, es stört mich nicht, daß Sie mit dem Kopf gegen die Wand rennen. Es stört mich auch nicht, wenn Sie noch so viele Frauen haben.«

Mattos setzte sich wieder.

»Könnten Sie mir ein Glas Milch geben?«

»Wie bitte?«

»Ich habe Magenschmerzen.«

Laura stand auf. Sie trug ein langes, enges Satinkleid.

Rua Conde Lage.

»Ich hole Ihnen Ihre Milch.«

Als Laura an ihm vorbeiging, spürte Mattos den Duft, den sie verströmte. Rua Conde Lage.

Es war noch dunkel, als morgens um fünf Uhr die zum Ergreifen von Climério eingesetzten Militäreinheiten mit der Durchführung des Plans begannen, den die Einsatzleiter ausgearbeitet hatten. Nachdem die Hunde abermals an Climérios bei Oscar beschlagnahmten Kleidungsstücken Witterung aufgenommen hatten, waren sie nicht mehr zu bändigen und zogen, von den Soldaten der Patrouille geführt, als erste los.

Sobald es hell wurde, hoben die Helikopter ab.

Die Geräusche der kleinen Lebewesen im Wald oben in den Bergen, die während der ganzen Nacht Climério geängstigt und am Schlafen gehindert hatten, wurden allmählich von fernem Hundegebell abgelöst. Kurz darauf versetzte ein lauterer Lärm Climério in Panik. Er kauerte sich auf den Boden und sah durch die Baumwipfel einen langsam fliegenden Helikopter. Der Hubschrauber war so nah, daß Climério an der Kabine die Buchstaben FAB der Luftwaffe lesen konnte.

Das Hundegebell wurde lauter.

Jetzt konnte er Kommandorufe hören.

Climério zitterte vor Kälte. Seine Hand war so steif, daß er Schwierigkeiten hatte, den Revolver aus dem Gürtel zu ziehen. Er setzte den Revolverlauf an den Kopf. Doch zum Abdrücken fehlte ihm der Mut; sie werden mich nicht umbringen, dachte er, sie brauchen mich lebend.

Als Climério die ersten Hunde und Männer der Patrouille erblickte, kam er mit erhobenen Händen hinter den Bäumen hervor.

Drei Schüsse waren zu hören. Das verabredete Zeichen dafür, daß die Treibjagd zu Ende war. Es war acht Uhr früh.

Um elf Uhr stieg der festgenommene Climério auf der Militärbasis Galeão aus einem Helikopter und wurde mit Jubel und Freuden empfangen. Seine Frau Elvira de Almeida war auch an diesem Morgen verhaftet worden.

Der oppositionelle militärische Führer Brigadeiro Eduardo Gomes wurde sofort von der Ergreifung des Flüchtigen benachrichtigt. Den Luftwaffenminister Nero Moura ebenso unverzüglich zu informieren, daran dachte keiner. Er sollte sowieso am selben Tag von einem neuen Minister, dem Brigadeiro Epaminondas, abgelöst werden. Doch die Offiziere der Luftwaffe respektierten weder den einen noch den anderen. De facto war Eduardo Gomes ihr Minister.

In seiner Lotteriezentrale im Vorort Bangu traf sich Eusébio de Andrade mit seinen Kollegen Aniceto Moscoso und Ilídio.

»Hast du die Vorladung schon erhalten?« fragte Eusébio.

»Noch nicht. Aber der Protokollant hat mich vorgewarnt, daß ich sie bekomme.«

»Dieser Kommissar wird uns noch Schwierigkeiten machen«, sagte Aniceto.

»Die macht er uns jetzt schon«, warf Ilídio ein.

»Die meine ich nicht. Die hast du verschuldet«, erwiderte Aniceto.

»Ich habe inzwischen mit meinem Anwalt gesprochen«, sagte Ilídio.

»Du mußt dir einen neuen Anwalt nehmen. Dieses Holzbein trifft das Leder doch nie.« Aniceto und Moscoso lachten über den Fußballvergleich; Ilídios Anwalt hatte tatsächlich eine Beinprothese.

»Er ist als Student aus der Straßenbahn gefallen«, sagte Ilídio.

»Anwälte, die aus der Straßenbahn fallen, können wir nicht gebrauchen«, sagte Eusébio. »Du gehst heute in die Klinik, ins Sanatorium. In Alto da Gávea gibt es ein sehr gutes. Da bleibst du eine Woche. Wenn die Vorladung kommt, läßt du vom Holzbein mit einem ärztlichen Attest mitteilen, daß du krank bist. In der Zwischenzeit werden wir anderweitig aktiv, stimmt's, Aniceto?«

»Wir biegen das zurecht. Es wird einiges kosten, dein Geld, Ilídio, aber das kriegen wir schon hin.«

»Wird's teuer?«

»Das ist egal. Um so schneller lernst du, keine Dummheiten zu machen.«

18

»Ich muß Senator Freitas irgendeine Information liefern. Er macht schon Druck.«

Rosalvo schwieg nachdenklich.

»Du hast gesagt, daß der Kommissar in einem Mordfall ermittelt, mit dem der Senator zu tun haben soll. Um welchen Fall geht es eigentlich?«

Teodoro, der Sicherheitsmann vom Senat, und Rosalvo, der Mitarbeiter von Kommissar Mattos, unterhielten sich in einem Restaurant an der Praça General Osório in Ipanema.

»Erinnerst du dich noch an den feinen Pinkel, den sie im Gebäude Deauville tot aufgefunden haben?«

»Um den geht es?«

»Der Geldsack war in krumme Geschäfte mit dem Senator verwickelt, Einfuhrlizenzen, die sie sich auf betrügerische Weise von der Cexim verschafft haben, und andere Schweinereien. Er wußte zuviel, da haben sie ihn umgebracht.«

»Und der Kommissar glaubt, es wäre Senator Freitas, der ihn umgebracht hat?«

»Nein, aber daß der Senator den Auftrag gegeben hat, um zu vertuschen, daß er an der Schieberei beteiligt war.«

»Hat der Kommissar Beweise, oder ist das nur eine Vermutung, ein blinder Verdacht?«

»Das weiß ich nicht.«

Der Kellner brachte zweimal Schweinelendchen mit geröstetem Maniokmehl.

»Die Leute munkeln, daß der Senator andersherum ist«, sagte Rosalvo.

»Ach Quatsch! Die Leute hängen doch jedem, der

nicht verheiratet ist, gleich an, er wäre schwul. Der Senator ist ein Mann!«

»Vielleicht ist er die männliche Type.«

»Nichts da. Wenn er es wäre, wüßte ich es.«

»Du erzählst dem Senator aber nicht, was ich gesagt habe.«

»Auf keinen Fall! Der macht mich fertig, wenn ich ihm so was erzähle.«

»Kommissar Mattos tickt nicht richtig. Aber echt, so wie Leute, die mit sich selbst reden und Geldscheine zerreißen. Erzähl das dem Senator. Daß man mit dem vorsichtig sein muß.«

Teodoro beeilte sich, Clemente zu berichten, was Rosalvo ihm gesagt hatte. Den Teil über die mögliche Homosexualität des Senators ließ er weg.

»Ich spreche mit dem Senator darüber ...«

Clemente sah Teodoro eine Weile in die Augen, bis er die Nervosität in seinem Gesicht bemerkte: »Können wir Ihnen vertrauen?«

»Aber natürlich, Herr Doktor.«

»Kann der Senator Ihnen vertrauen? Blind vertrauen?«

Teodoro wurde bleich.

»Der Senator wird sich dafür erkenntlich zeigen«, fuhr Clemente fort.

»Ich tue alles, was der Senator möchte, nein, nicht möchte, was er befiehlt.«

In der Provinz, sagte Clemente, sei es üblich, daß man seine politischen Gegner umbringen läßt, ganz besonders in der Heimat des Senators, dem Bundesstaat Pernambuco; aber in Rio de Janeiro, der Hauptstadt der Republik, käme das seltener vor, und zwar aus einem einfachen Grund: Es sei schwierig, einen »vertrauenswürdigen« Killer zu finden. Einen, der so zuverlässig sei, daß er, falls er geschnappt würde, niemals den Namen seines Auftraggebers preisgeben würde. Nachdem er so weit ausgeholt hatte, sah Clemente Teodoro in die Augen und sagte:

»Der Senator möchte diesen Kommissar beseitigen. Könnten Sie das machen?«

»Ich?!«

»Der Senator vertraut Ihnen.«

»Doktor Clemente, ich weiß einen, der ist besser als ich.«

»Unser Mann darf nicht so eine Flasche wie dieser Alcino aus der Rua Tonelero sein. Wer ist Ihr Mann?«

»Mein Bruder.«

»Ihr Bruder? Ich wußte gar nicht, daß Sie einen Bruder haben.«

»Er ist das schwarze Schaf der Familie. Hat schon von klein auf Mist gebaut. Der kann das für den Senator erledigen. Er ist ein Draufgänger, ein echter Pernambukaner. Falls sie ihn schnappen, hält er dicht, eher bringt er sich um. Aber dazu kommt es sowieso nicht. Mein Bruder hat schon mehr als zwanzig umgebracht, aber gefaßt haben sie ihn nie. Wissen Sie, wer den Bürgermeister von Caruaru umgebracht hat? Und den Polizeichef von Maceió? Das war er. Politiker, Militärs, Priester, alles hat er schon umgebracht. Er ist wirklich gut.«

»Auf Pernambukaner kann man sich verlassen, das weiß ich.«

»Wenn's um so einen wichtigen Auftrag geht, nimmt er meistens hunderttausend.«

»Wie heißt er?«

»Genésio.«

»Wohnt er in Rio?«

»In Recife. Aber wenn man ihn bestellt, kommt er, erledigt die Sache und ist noch am selben Tag wieder weg.«

»Dann lassen Sie ihn sofort kommen. Per Flugzeug. Der Senator hat es eilig. Sobald ... Genésio, ja? ... da ist, sagen Sie mir Bescheid. Wenn alles gutgeht, wird über die

Stelle für Ihre Frau bald entschieden. Sie haben doch einen neunzehnjährigen Sohn, oder?«

»Ja, das stimmt.«

»Für den kann der Senator auch etwas besorgen.«

Unterdessen empfing Senator Freitas in seinem Büro seinen wichtigsten Wahlhelfer, einen als »Coronel« Linhares bekannten Großgrundbesitzer. Der »Coronel« teilte ihm mit, daß er für die Wahl im Oktober gefälschte Wahlscheine zu fünf Cruzeiros das Stück kaufe.

»Hier im Bundesstaat Rio wird für einen Wahlschein zwei, höchstens drei Cruzeiros gezahlt«, protestierte Freitas. »Glauben Sie, ich hätte eine Presse und könnte Geld drucken, so wie Oswaldo Aranha?«

»Ich habe Ihnen eine Flasche von Ihrem Pitanga-Likör mitgebracht«, sagte Linhares.

»Bleiben Sie beim Thema. Sehen Sie zu, daß Sie die Wahlscheine billiger kriegen. Ich kann mir kaum vorstellen, daß meine Gegner so viel bezahlen.«

»Ich will sehen, was ich tun kann, Senator. Und jetzt probieren Sie den Likör, der ist wirklich gut.«

Der Kommissar ging an diesem Tag als erstes zu einer Röntgenuntersuchung seines Magens.

Die Praxis befand sich in der Rua Barata Ribeiro in Copacabana. Auf der Straße begegneten dem Kommissar viele Frauen, die auf dem Kopf und in den Händen mit Wasser gefüllte Kanister, Eimer, Töpfe und Teekannen trugen.

»Ich habe kein Wasser zum Händewaschen«, war das erste, was der Röntgenarzt zu ihm sagte. »Meine Frau ist heute früh mit dem Hausmädchen zum Wasserholen gegangen, nicht mal Frühstück hat sie gemacht, es ist aberwitzig. Gestern das gleiche. Die Schule meiner Kinder hat wegen Wassermangel geschlossen, seit drei Tagen haben sie keinen Unterricht. Sämtliche Schulen in Copacabana sind geschlossen. Ich wasche mir die Hände mit Mineralwasser. Und unterdessen halten die Politiker Reden, die Generäle halten Reden, alle halten sie Reden, aber den Wassermangel, das Problem löst keiner.«

Mit dramatischen Gesten, als wollte er den Ernst der Lage demonstrieren, öffnete der Arzt eine Flasche São-Lourenço-Mineralwasser und wusch sich in dem kleinen Waschbecken des Sprechzimmers die Hände.

»Wie sieht Ihr Stuhl aus? Sehr dunkel?«

»Ich vergesse immer, ihn zu kontrollieren.«

»Sie müssen sich um Ihre Gesundheit kümmern. Der Hämoglobinwert der Blutuntersuchung weist darauf hin, daß Sie Magenblutungen haben. Mal sehen, was die Röntgenaufnahme sagt.«

»Ich achte auf meine Gesundheit. Ich habe immer Pepsamar in der Tasche und trinke ständig Milch.«

Der Arzt gab ihm ein Glas mit einer dicken beigen Flüssigkeit.

»Was ist das für ein Gebräu, das ich hier trinke?« Es schmeckte nach Erde, vermischt mit Kalk, ähnlich wie der Mörtelputz von Wänden, den er als Kind manchmal in den Mund gesteckt hatte.

»Barium. Ein Kontrastmittel.«

Mattos machte sich frei, zog einen Kittel über und legte sich auf die Liege unter dem Röntgengerät.

Die Aufnahmen wurden gemacht.

»Es könnte sein, daß Sie wegen des Bariums Darmträgheit haben werden«, sagte der Röntgenarzt.

Der Vergleich der Fingerabdrücke mit den Unterlagen im Instituto Félix Pacheco bestätigte, daß der von Mattos im Gerichtsmedizinischen Institut identifizierte Tote Ibrahim Assad war.

Mattos hatte Leonídio gebeten, falls jemand den Leichnam aus dem Leichenschauhaus holen käme, dessen Namen zu notieren und ihn anschließend zu informieren. Drei Tage lag der Leichnam in der Kühlkammer, kein Mensch fragte nach ihm. Der Verwaltungsvorgang für ein Armenbegräbnis für Assad war schon eingeleitet, da erschien ein Angestellter vom Armenhospiz im Leichenschauhaus und balsamierte den Toten ein.

»Die Leiche wird nach Caxambu in Minas gebracht und dort beigesetzt. Der Leichenwäscher sagte, er wüßte nicht, wer die Rechnung bezahlt«, sagte Leonídio.

Im Bestattungsbüro des Armenhospizes empfing ein Angestellter Mattos und erklärte, die Person, die für die Transport- und Einbalsamierungskosten aufgekommen sei, habe darum gebeten, ihre barmherzige Geste anonym zu behandeln.

»Die Person kennt die Mutter des Toten, eine mittellose Dame … Es gibt noch gute Menschen auf der Welt, die selbstlos Gutes tun …«

Mattos, der bislang nicht gesagt hatte, daß er von der Polizei sei, zeigte seinen Dienstausweis. Das Barium, das er für die Röntgenaufnahmen geschluckt hatte, lag ihm schwer im Magen, aber gleichzeitig glaubte er, die Untersuchung hätte seinen Gesundheitszustand gebessert und er sei bereits geheilt.

»Ich ermittele in einem Mordfall. Sagen Sie, wer die Kosten bezahlt hat.«

»Sie bringen mich in eine heikle Situation.«

»Raus mit der Sprache. Ich habe heute noch eine Menge zu tun.«

»Eine heikle Situation …«

»Möchten Sie lieber mit mir auf die Wache kommen?«

»Es war einer von der Polizei wie Sie.«

»Name?«

Der Angestellte zog ein lilarotes Taschentuch aus der Tasche und wischte sich den Schweiß von der Stirn. »Doktor Ubaldo Pádua.«

Der Bürgermeister von New Orleans Lesseps S. Morrison, zur Audienz vom Staatspräsidenten Vargas empfangen, sagte, trotz eines gewissen Pessimismus, den er bei einigen Cariocas festgestellt habe, sei Rio de Janeiro immer noch eine der angenehmsten und mit Sicherheit die schönste Stadt der Welt.

Morrison, zum dritten Mal in Rio, begleitete Henry Kaiser, der als einer der Könige der amerikanischen Automobilindustrie galt.

Kaiser versicherte in der Audienz beim Staatspräsidenten, sein Unternehmen sei in der Lage, sofort eine Fabrik mit einer Produktionskapazität von jährlich fünfzigtausend Autos für den Binnenmarkt und den Export nach Brasilien zu verlegen.

Außerdem waren bei der Audienz zugegen der Minister Oswaldo Aranha, der amerikanische Botschafter James Kemper und der Presseverbandschef Herbert Moses.

Nach der Unterredung bemerkte Kaiser in dem Auto, das die Amerikaner vom Catete-Palast zum Hotel Copacabana Palace brachte, nach den Fotos von Vargas, die er in den Vereinigten Staaten gesehen habe, immer lächelnd und eine Zigarre in der Hand, habe er ihn sich als fröhlichen, gutmütigen Mann vorgestellt; er sei überrascht, wie melancholisch und düster der Präsident gewirkt habe.

»Er muß krank sein«, sagte der Botschafter Kemper, dem Vargas' Traurigkeit ebenfalls aufgefallen war. »Anders läßt sich seine Niedergeschlagenheit nicht erklären.«

Morrison mutmaßte, worin ihm alle sofort zustimmten, vielleicht habe der Präsident den gleichen Grippevirus, der ihn bei der Ankunft in Brasilien angesteckt hatte. »Sehr zuvorkommend, daß er uns unter diesen Umständen empfangen hat.«

Mattos versuchte den ganzen Tag, Pádua zu erreichen.

Als er nach Hause kam, saß Alice im Wohnzimmer und schrieb in einem dicken, ledergebundenen Buch.

»Mein Tagebuch. Aber eigentlich ist es kein richtiges Tagebuch, eher ein Buch mit meinen Gedanken. Ich habe gerade über den Tod der Colette geschrieben, was das für mich bedeutet hat. Und dann, was du an dem Tag zu mir gesagt hast: Ich muß mich um andere Tote kümmern.«

»Habe ich das gesagt?«

»Ja.«

»Darf ich lesen?«

Alice schlug das Buch zu. »Mein Tagebuch hat noch keiner gelesen. Ich würde es nie jemandem zeigen. Schon gar nicht dir. Als wir noch zusammen waren, habe ich dir einmal ein Gedicht gegeben, das ich geschrieben hatte, und du hast gelacht und gesagt, du fändest es witzig.«

»Das weiß ich nicht mehr.«

»Du magst keine Gedichte.«

»Ich habe nie gesagt, daß ich Gedichte nicht mag.«

»Du magst nur Opern. Weil deine Mutter, als du ein kleiner Junge warst, immer *Una furtiva lacrima* aufgelegt hat, und dann mußtest du weinen.«

»Das bildest du dir ein.«

»Du hast es mir selbst erzählt.«

»Ich meine, daß ich keine Gedichte mag.«

»Ein Polizist kann keine Gedichte mögen. Er hat andere Leichen, um die er sich kümmern muß.«

»Hast du dich um eine Wohnung gekümmert?«

»Ich hatte keine Zeit. Weißt du, was ich in diesen Tagen gern gemacht hätte? Ich wäre gern nach São Paulo zum Internationalen Schriftstellerkongreß gefahren, aber du bist noch nicht mal auf die Idee gekommen, mit mir dahin zu fahren.«

»Davon hast du mir nichts gesagt. Ich hätte sowie nicht aus Rio weggekonnt. Ich bin mitten in einer sehr schwierigen Ermittlung.«

»Schrei mich bitte nicht an.«

»Ich schreie nicht.«

»Versuch, deine Aggressivität einen Moment zu zügeln, und hör zu, was ich dir jetzt vorlese.« Alice wies auf ein Blatt, das sie in der Hand hielt. »Kannst du das? Einen Moment?«

»Ist gut.«

»Komm, wir setzen uns ins Schlafzimmer.«

Mattos zog sein Jackett aus. Da Alice jetzt in seiner Wohnung war, ließ er den Revolver auf der Wache.

Sie setzten sich aufs Bett. »Kann ich lesen?«

»Ja.«

»Grundsatzerklärung des Lyrikkongresses. Hörst du auch zu?«

»Ja, ja.«

»Siehst du, wie du bist? Du kannst deine Gereiztheit einfach nicht kaschieren.«

»Bitte lies jetzt, ich höre sehr aufmerksam zu.«

»Die Lyriksektion des Internationalen Schriftstellerkongresses, der im Rahmen der Feierlichkeiten zum vierhundertjährigen Bestehen der Stadt São Paulo stattfindet, zu deren Gründern der Dichter Pater José de Anchieta zählt, bestätigt, daß in der internationalen und brasilianischen Lyrik in letzter Zeit erhebliche technische Fortschritte zu konstatieren sind, wie Kritiker der unterschiedlichsten Richtungen aufgezeigt haben; die Sektion verkündet das uneingeschränkte Recht des Dichters auf ästhetische Erkundungen und die Notwendigkeit, sein Instrumentarium zu beherrschen, um den Wert der schöpferischen Arbeit zu steigern; und sie bekundet nicht nur die Überzeugung, daß die formalen Errungenschaften dahingehend ausgerichtet werden, die großen kollektiven Bestrebungen, den Glauben an den Menschen und an die Rechte des Individuums zum Ausdruck zu bringen, sondern auch die Zuversicht, daß durchaus die Form gefunden wird, mit der die Wahrnehmungsfähigkeit des heutigen Menschen – das ist direkt an dich gerichtet, Alberto – des heutigen Menschen angesprochen wird, dem aufgrund seiner Lebensumstände die bislang veröffentlichte, qualitativ gute Lyrik fremd ist.«

»Interessant.«

»Interessant? Weißt du, wer sich jetzt gerade in São Paulo befindet? Robert Frost, William Faulkner, Miguel Torga, João Cabral de Melo Neto. Und du sagst einfach nur interessant?«

»Großartig.«

Alice zerriß das Blatt, das sie in der Hand hielt. Mit geballten Fäusten und den Worten, so grausam könne er sie doch nicht behandeln, trommelte sie Mattos auf die Brust; ihre Schläge waren kraftlos; Mattos ließ sie trommeln, bis sie erschöpft war.

Er ging ins Wohnzimmer und ließ Alice auf dem Bett zurück, wo sie jetzt regungslos wie eine Tote lag. Sein Magen schmerzte, aber im Kühlschrank war keine Milch und die Pepsamar waren alle.

Das Telefon klingelte.

»Hier spricht Pedro Lomagno. Ist meine Frau da?«

»Sie schläft.«

»Ich möchte mit ihr sprechen.«

»Sie schläft.«

»Sie wissen, daß meine Frau … äh … Probleme hat. Ich habe mit dem Arzt gesprochen, und er hat gesagt, es wäre für Alice besser, wenn sie wieder nach Hause käme … Sie fühlt sich in vertrauter Umgebung beschützter … Ich möchte gern, daß Sie mir dabei helfen …«

»Senhor Lomagno, mir ist bei dieser Situation auch

nicht wohl. Aber Alice ist auf eigenen Wunsch in meiner Wohnung. Sie hat mir gesagt, sie habe sich von Ihnen getrennt. Sie hat mich gebeten, hierbleiben zu können, weil sie keinen Angehörigen hat, zu dem sie gehen könnte. Ich finde auch, daß dies keine gute Lösung ist, aber ich kann sie nicht rauswerfen ...«

»Das würde ich gern von ihr hören.«

»Sie haben, glaube ich, vorgestern mit ihr gesprochen, und sie hat Ihnen ganz Ähnliches gesagt. Tut mir leid, Senhor Lomagno, aber ich kann nichts tun.«

»Ich möchte noch einmal mit ihr sprechen.«

»Ich sagte bereits, daß sie schläft.«

»Sie sind nicht sehr hilfsbereit.«

»Tut mir leid. Guten Abend.«

Kaum hatte Mattos aufgelegt, klingelte das Telefon erneut.

»Du hast nach mir gesucht?«

»Ich wollte über die Gewissensbisse sprechen, die du bekommen hast.«

»Gewissensbisse? Ich verstehe nicht, wovon du sprichst.«

»Wenn es keine Reue war, was hat dich dann veranlaßt, die Beerdigung von Turco Velho in Caxambu zu bezahlen?«

»Ich verstehe nicht.«

»Pádua, ich weiß, daß du Turco Velho umgebracht hast. Und mit diesem Wissen kann ich nicht tatenlos zusehen. Ich kann das nicht stillschweigend dulden.«

»Das tust du auch nicht. Aber tatenlos zusehen, das mußt du, ganz einfach deshalb, weil du gar nichts tun kannst.«

»O doch.«

»Nein, das kannst du nicht. Ich weiß, daß du ein guter Polizist bist, aber nicht mal Sherlock Holmes könnte beweisen, daß ich den Kerl umgebracht habe. Mattos, Turco

Velho war ein gedungener Mörder, er wollte dich umbringen. Du mußt damit aufhören, wegen Nichtigkeiten zu leiden. Davon hast du dein Magengeschwür. Übermorgen, wenn du mich ablöst, reden wir weiter, wenn du willst.« Pause. Bemüht, das Thema zu wechseln: »Hast du schon gehört, daß Arlindo Pimenta für das Stadtparlament kandidiert?«

»Das interessiert mich nicht.«

»Es kommt der Tag, da wird das Land von der Lotteriemafia regiert. Ich kann dir eine Geschichte über Arlindo erzählen, sehr witzig.«

»Kein Interesse.« Mattos legte auf.

Dies war die Geschichte, die Mattos nicht hatte hören wollen: Der Lotterieboß Arlindo Pimenta, allgemein als Gangster bezeichnet, weil er noch andere illegale Geschäfte unverhohlen betrieb, erhielt von seinem Anwalt und den anderen Lotteriebossen den Rat, sein Image aufzupolieren. Arlindo versprach, in Zukunft gebührend aufzutreten und nur noch die verbotene Lotterie zu betreiben; er verkaufte seinen Cadillac, in dem er immer protzig durch die Vorstädte gefahren war, machte in den Kneipen keine Krawalle mehr und kandidierte schließlich für das Stadtparlament.

Arlindo nahm seinen Geburtstag zum Anlaß, seine Kandidatur bekanntzugeben, und veranstaltete ein Wahlfest mit Reden und Feuerwerk. Auf einem großen Buffet prangte in der Mitte eine pompöse Geburtstagstorte in Form eines chinesischen Gartens mit einer riesigen Pagode, die bei den Gästen Bewunderung, ja sogar Schrecken auslöste. Der Konditor hatte auf Wunsch eines von Arlindos Leibwächtern, der seinem Chef eine Freude machen wollte, in den chinesischen Garten eine Marzipanminiatur eines 38er Revolvers gesteckt. Aus dem Revolverlauf ragte eine Geburtstagskerze. Arlindo Pimenta blies unter Applaus die kleine Kerze auf einen Schlag aus.

19

Die Stelle auf Mattos' Hand, die Salete mit kochendem Wasser verbrüht hatte, war verheilt, Schorf hatte sich gebildet, und der Kommissar hatte den Schorf von der Wunde abgelöst, aber davon wußte Salete nichts, denn seit Alice bei ihm eingezogen war, hatte Salete sich dort nicht mehr sehen lassen. Zweimal hatte sie bei Mattos angerufen, und beide Male war Alice am Telefon gewesen. Salete hatte wortlos aufgelegt.

Es waren schlimme Tage. Sie hatte keine Lust, aus dem Haus zu gehen. Sie besuchte nicht den Wohltätigkeitstee für die Maroniten-Gesellschaft im Klub Monte Líbano mit einer Modenschau von Elsa Haouche, deren Kleider ihr am besten gefielen, obwohl sie wußte, daß ihr Lieblingsmusiker Mário Mascarenhas während der Modenschau mit weiteren fünfzehn Akkordeonisten klassische und volkstümliche Musik spielen würde. Auch den Film *Mogambo* mit Clark Gable und Ava Gardner, die sie so liebte, sah sie sich nicht an. Sie war so unglücklich, daß sie sich nicht einmal mehr die Finger- und Fußnägel pflegte.

Sie weinte nur vor sich hin, aß nicht, nahm ab, ihre Augen wurden noch größer und ihr Gesicht kantiger, was ihr zusätzlich Kummer machte, denn sie war überzeugt, dadurch sei sie noch häßlicher geworden. In Wirklichkeit hatte die Gewichtsabnahme ihr Gesicht viel hübscher gemacht.

Sie litt noch immer an ihrem heillosen Jammer, als Luiz Magalhães anrief. In letzter Zeit hatte Salete sich geweigert, mit ihm zu sprechen und durch ihr Hausmädchen ausrichten lassen, sie sei sehr krank. An diesem Donnerstag ging sie ans Telefon. Magalhães sagte, sie müsse ihm unbedingt einen großen Gefallen tun. Als Salete sich wieder weigerte, ihn zu sehen, flehte Magalhães sie so demütig an, daß sie ganz verwirrt war:

»Ich stecke in der Klemme, ich brauche dich, um Gottes willen, hilf mir.«

»Ich traue mich nicht aus dem Haus. Ich sehe entsetzlich aus, so kann ich mich nirgends zeigen.«

»Es geht ganz schnell. Ich hole dich im Taxi ab, wir fahren ins Zentrum, und in ein paar Minuten ist die Sache erledigt.«

Magalhães erschien mit einer großen schwarzen, bis zum Platzen vollgestopften Aktentasche. Er wirkte sehr besorgt; immer wieder sah er sich im Auto nach hinten um, als würde er verfolgt. Die ganze Zeit hielt er die Aktentasche fest an sich gepreßt.

»Wohin fahren wir?« fragte Salete.

»Das erkläre ich dir gleich«, antwortete Magalhães mit einem mißtrauischen Blick auf den Taxifahrer.

Sie stiegen in der Avenida Rio Branco in der Nähe der Rua Ouvidor aus.

Eilig gingen sie die Rua Ouvidor entlang bis zur Ecke Rua da Quitanda, Magalhães drückte die Aktentasche immer noch fest an sich.

»Hier«, sagte Magalhães. Sie betraten ein Gebäude. An der Tür stand, wie Salete las, *Sul América – Versicherungen und Kapitalanlagen*.

Magalhães blieb im großen Foyer stehen. Ängstlich nach allen Seiten blickend, erklärte er Salete leise, daß er einen Safe auf ihren Namen mieten wolle. Er werde am nächsten Tag verreisen und wolle ein paar sehr wertvolle Sachen in diesen Safe legen, die sie ihm später zurückgeben solle, wenn er von der Reise zurückkomme.

»Wohin fährst du?«

»Nach Uruguay. Wenn sich die Lage gebessert hat, komme ich zurück. Aber das ist jetzt unwichtig«, antwortete Magalhães nervös.

»Warum mietest du den Safe nicht auf deinen Namen?«

Magalhães erklärte, er habe viele einflußreiche Feinde, die könnten den Safe aufbrechen und die Sachen herausholen. Aber nach einem Safe auf ihren Namen würden sie nicht suchen.

»Danke, daß du mir vertraust.«

Auf den Namen seiner Frau oder eines Verwandten konnte Magalhães keinen Safe mieten. Das war zu riskant. Salete war die einzige Möglichkeit. Und außerdem vertraute er ihr sowieso voll und ganz.

Ein Angestellter der Sul América füllte Formulare mit Saletes Personalien aus. Sie unterschrieb die Papiere. Anschließend legten sie Magalhães' Aktentasche in einem Tresorraum in einen Safe. Salete wurde ein Schlüssel mit einer Nummer ausgehändigt.

»Diesen Schlüssel dürfen Sie nicht verlieren, Senhora«, sagte der Angestellte.

»Ja, das stimmt«, sagte Magalhães. »Wo willst du ihn aufbewahren?«

»Keine Sorge. Ich verstecke ihn so, daß ihn keiner findet, da können sie suchen, solange sie wollen.«

Bevor sie hinausgingen, hielt Salete im großen Foyer Magalhães am Arm fest.

»Ich muß dir noch etwas sagen.«

»Was denn? Sprich es aus. Ich habe es sehr eilig.«

»Ich liebe einen anderen.«

»Ist gut. Aber erzähl ihm nichts davon, was wir heute hier gemacht haben.«

»Du hast immer gesagt, wenn ich einen anderen liebe, bringst du mich um.«

»Darüber unterhalten wir uns, wenn ich zurück bin. Du darfst diesen Schlüssel nicht verlieren, hörst du?« Als Magalhães die Enttäuschung auf Saletes Gesicht sah, fügte er nervös in scherzhaftem Ton hinzu: »Ich mag dich noch immer sehr. Wenn ich zurück bin, bringe ich dich um.«

»Du magst mich überhaupt nicht. Das war alles gelogen.«

»Ich muß gehen. Ich habe eine größere Summe auf dein Konto eingezahlt.«

Magalhães küßte die junge Frau auf die Wange und machte sich fast laufend auf den Weg, seine Schritte hallten auf dem Marmorboden des Foyers.

Salete blieb mit dem Schlüssel in der Hand stehen.

»Alles gelogen«, murmelte sie.

Um zehn Uhr vormittags wurden die am Attentat in der Rua Tonelero hauptsächlich Beteiligten auf der Militärbasis am Flughafen Galeão der Presse vorgeführt. Während der Präsentation lieferte das Militär ein paar Informationen. Die Aussagen der Beschuldigten wurden, obwohl die Presse danach verlangte, nicht im Wortlaut bekanntgegeben, und die Journalisten mußten sich mit den spärlichen Auskünften begnügen, die man ihnen während der Präsentation gab.

Als erster erschien der Tenente Gregório vor den Journalisten. Wie immer in Anzug und Krawatte, mit verschlossener Miene, ohne sich zu äußern. Seine Beteiligung an dem Attentat war allen bekannt. Der Maria-Quitéria-Orden, den ihm das Heer als hohe Auszeichnung verliehen hatte, war ihm aberkannt worden. Nach Aussage der Militärs hatte er ein umfassendes Geständnis abgelegt und sich dazu bekannt, den Anschlag in Auftrag gegeben zu haben. Da Gregório erst zwei Tage später bei einem weiteren Verhör aussagen sollte, daß der Abgeordnete Euvaldo Lodi ihn in seinem Zimmer im Catete-Palast aufgesucht und ihm vorgeschlagen hatte, Lacerda »abzuknallen«, erwähnten die Militärs bei dieser Präsentation den Namen des Abgeordneten nicht. Aus dem gleichen Grunde, das heißt, weil sie davon noch nichts wußten, erwähnten sie auch nicht, daß Gregório, nachdem er einen Tag vor Auflösung der Leibwache, also am achten August, erfahren hatte, daß der Präsident seinen Ordonnanzoffizier Major Accioly beauftragt hatte, seinen Bruder Benjamim aus Petrópolis zu ihm in den Palast zu holen, dem Major zuvorgekommen und zu Benjamim nach Petrópolis gefahren war; und daß Gregório auf der Rückfahrt nach Rio im selben Auto gesessen und dem Bruder des Präsidenten gestanden hatte, daß er, Gregório, den Auftrag gegeben habe, Lacerda umzubringen. (Aufgrund dieser letztgenannten Information sollten dann die mit der Untersuchung befaßten Militärs zu der Überzeugung kommen, daß der Präsident bereits seit dem achten August, also drei Tage nach dem Attentat, wußte, daß der Chef seiner Leibwache den Mord in Auftrag gegeben hatte, denn Benjamim hatte seinem Bruder mit Sicherheit von Gregórios Geständnis berichtet.)

Anschließend wurde João Valente, der ehemalige stellvertretende Chef der Leibwache, vorgeführt. Auf Anweisung von Gregório hatte er José Antonio Soares fünfzigtausend Cruzeiros gegeben, die dieser Climério für dessen Flucht aushändigen sollte. Valente äußerte sich lobend über die Behandlung auf der Militärbasis; er scherzte mit den Offizieren, die ihn vorführten, und teilte mit, er bekomme »Putenfleisch zu essen und schlafe auf einer Federkernmatratze«.

Alcinos Vorführung gingen detailliertere Informationen voraus. Bevor Alcino verhaftet worden war, hatten die Luftwaffenoffiziere seine Frau Abigail Rabelo festgenommen und sie auf Befehl des Majors der Luftwaffe Borges zur Direktion der Flugsicherung gebracht, wo sie die Beteiligung ihres Mannes am Attentat gestanden hatte. Offiziere der Luftwaffe und Zivilpolizisten hatten sich in Alcinos Haus in der Rua Gil Quieróz 192 in São João de Meriti versteckt und darauf gewartet, daß er seine Frau und die fünf Kinder abholen kam, wie er, laut einer von

Abigails Aussagen im Verhör, versprochen hatte. Als Alcino dann kam, um seine Familie zur Flucht abzuholen, hatte er sich widerstandslos festnehmen lassen.

Alcino erklärte bei der Vorführung, daß er gut behandelt werde, und äußerte sich ebenfalls lobend über die gute Federkernmatratze, auf der er im Gefängnis schlafe.

Der Taxifahrer Nelson Raimundo de Souza erklärte, er wolle weiterhin auf der Militärbasis in Haft bleiben, da er Repressalien fürchte.

Als letzter wurde Climério vorgeführt. Die spektakulären Umstände des zu seiner Ergreifung in den Bergen von Tinguá durchgeführten Militäreinsatzes wurden noch einmal aufgezählt. Climério trat verängstigt auf, aber auf die Frage eines Journalisten antwortete er, daß er gut behandelt werde und ebenso wie die anderen auf einer Federkernmatratze schlafe.

Die von dem militärischen Untersuchungsausschuß Beauftragten teilten mit, José Antonio Soares sei noch nicht gefaßt, man hoffte aber, dies werde innerhalb weniger Tage geschehen. (Tatsächlich war Soares zu diesem Zeitpunkt gerade vom Polizeichef von Muriaé verhaftet worden, er war in Begleitung seines Vaters und seiner Frau und hatte einen 38er Revolver und dreißigtausend Cruzeiros in neuen Scheinen bei sich, die nach seinen Angaben vom Sohn des Staatspräsidenten stammten.)

Anschließend wurde auf der Militärbasis Galeão das politische Propagandamaterial der PTB präsentiert, das man bei den Verhafteten gefunden hatte. Es waren Wedel – eine Art nicht zusammenklappbare Fächer –, von denen Vargas mit einem Tuch um den Hals lächelte, darunter stand der Satz: »Die PTB ist eine Revolution auf dem Vormarsch.« Außerdem waren auf dem Wedel die Fahne der PTB abgebildet, dann das Parteiemblem – ein Amboß – sowie die Worte: »Arbeiter, sichert euch eure Rechte durch eine Mitgliedschaft in der PTB.«

Die wichtigsten Informationen, die der Presse von den

Militärs des Untersuchungsausschusses auf Befehl des Obersten Adyl de Oliveira vorenthalten wurden, waren die von Climério und Alcino in ihren Aussagen erhobenen Anschuldigungen, Lutero Vargas habe den Mordanschlag in Auftrag gegeben. Nach Adyls Überzeugung war diese Schuldzuweisung falsch, ein »Ablenkungsmanöver« noch ungeklärten Ursprungs, das den Zweck verfolgte, die Ermittlungen zu torpedieren.

Auf einer Versammlung im Clube Militar war ein Antrag gestellt worden, der den Rücktritt des Präsidenten forderte, aber die Generäle Canrobert und Juarez Távora hatten den Standpunkt vertreten, erst müsse das Verbrechen aufgeklärt werden, danach könne man dann über den Rücktritt des Präsidenten diskutieren. Der Vorschlag der beiden oppositionellen Generäle setzte sich durch, denn alle glaubten, das Ergebnis der Untersuchung werde unmißverständlich beweisen, daß der Präsident für das Attentat verantwortlich sei. Bei derselben Gelegenheit hatte der Kriegsminister Zenóbio, gestützt auf die dreiundsiebzig Generäle, die sich mit ihm in Rio getroffen hatten, gesagt, ein Rücktritt sei eine sehr heikle Angelegenheit, die in harmonischer und patriotisch geprägter Atmosphäre geklärt werden müsse. »Uns interessieren nur Lösungen im Rahmen des Gesetzes, damit das Land nicht in Anarchie versinkt«, sagte Zenóbio. »Für den Schutz der Verfassung werde ich mich mit aller Kraft einsetzen. Das ist meine Aufgabe, und ich werde sie konsequent erfüllen.«

Unterdessen häuften sich die Protestkundgebungen gegen den Staatspräsidenten. Die Parlamente fast sämtlicher Bundesstaaten Brasiliens forderten Vargas' Rücktritt. Die Brasilianische Anwaltskammer nahm mit dreiundvierzig Stimmen bei sechs Gegenstimmen einen Antrag an, mit dem sie das Land für führungslos erklärte und die Streitkräfte aufforderte, Vargas aus dem Catete-Palast zu entfernen und die Amtseinführung des gewählten Vizepräsidenten Café Filho sicherzustellen, damit der Rechtszustand wiederhergestellt werde. In militärischen Kreisen wuchs der Widerstand gegen den Präsidenten ständig weiter. Das Offizierskorps der Marine, das bis dahin eine weniger radikale Position eingenommen hatte als die Luftwaffe, reagierte mit Empörung auf die Einkerkerung des Admirals Muniz Freire, weil dieser bei einer Feierlichkeit an Bord des Kreuzers *Barroso* die Regierung kritisiert hatte; auf Druck des jungen Offizierskorps zwang die Admiralität den Marineminister, die Bestrafung rückgängig zu machen. Als einziger der obersten Befehlshaber der Streitkräfte nahm der Marschall Mascarenhas de Morais eine präsidentenfreundliche Haltung ein; doch obwohl der Marschall an der Spitze des Generalstabs der Streitkräfte stand und aufgrund seiner großartigen Vergangenheit Achtung genoß, verfügte er in Wirklichkeit in dieser Konstellation breiter Auflehnung gegen die Führung über keinerlei reale Macht.

In ganz Brasilien wurden Kandidaten des Clube da Lanterna für die Wahlen im Oktober aufgestellt. Studentenverbände des ganzen Landes verteilten ein Manifest mit der Forderung nach Vargas' Rücktritt. Der Oberste Rechnungshof veröffentlichte nach Annahme eines von dem Rechnungshofrichter Silvestre Péricles de Góis Monteiro vorgelegten Antrags eine Erklärung, in der es hieß, der Rechnungshof könne nicht Schweigen bewahren angesichts des Attentats in der Rua Tonelero, bei dem der verdienstvolle Major Vaz als Opfer verderbter Rechtsbrecher und Mörder sein Leben verloren habe, wodurch der brasilianischen Gesellschaft eine tiefe Wunde zugefügt und in der Seele der Nation Empörung geweckt worden sei. Außerdem war in der Erklärung des Rechnungshofes noch die Rede von dem Klima der Gewalt und Korruption, das im Land herrsche.

Gleichzeitig veröffentlichten die Zeitungen das dem Parlament zugeleitete Gutachten des Bundesanwalts Senhor Carlos Medeiros Silva über die parlamentarische Untersuchung der Darlehen in einer Gesamthöhe von mehr als zweihundertzwanzig Millionen Cruzeiros, die von der Banco do Brasil »nicht kreditwürdigen Unternehmen und Personen«, nämlich der Zeitung *Última Hora* sowie den Herren Samuel Wainer, L. F. Bocaiúva Cunha und anderen, gewährt worden waren. Der Bundesanwalt hatte sich in die 2979 Seiten der fünf Bände der Untersuchung vertieft und endlich sein Gutachten abgegeben, das auf Antrag der Abgeordneten Armando Falcão und Frota Aguiar über den Justizminister der Abgeordnetenkammer zugeleitet worden war. Dem Gutachten des Bundesanwalts zufolge war im Verlauf der parlamentarischen Untersuchung deutlich zutage getreten, in welch willkürlicher und mißbräuchlicher Manier der Präsident der Banco do Brasil, zu diesem Zeitpunkt Senhor Ricardo Jafet, über die Geschäfte der Gesellschaft entschied. Weder das allgemeine Recht noch spezielle Gesetze, weder die Richtlinien noch die Satzung der Bank hätten sich als wirksame Barrieren gegen die unlauteren Absichten der Verwaltungsspitze der Bank zugunsten obskurer Geschäftsinteressen erwiesen. Der Präsident der Banco do Brasil habe die Hinweise der Fachleute mißachtet, daß derlei Transaktionen ohne Rücksicht auf die simpelsten Bankabsicherungen unzweckmäßig und nicht ratsam seien.

Der Wortlaut des Gutachtens des Bundesanwalts war auf Initiative des Abgeordneten Armando Falcão mit Hilfe eines Antrags an das Parlamentspräsidium veröffentlicht worden.

Einer der wenigen, der seine Stimme gegen den Chor der Angriffe auf Vargas erhob, war der Chef der Hafenarbeitergewerkschaft Duque de Assis. Für ihn verfolgte die Kampagne für Vargas' Rücktritt einzig den Zweck, die Entwicklung des Landes zu verhindern und den Arbeiterkämpfen einen Riegel vorzuschieben. »Unsere Widersacher, die Widersacher der Regierung und des Proletariats, stehen im Sold geheimer Kräfte«, sagte er.

Kommissar Pádua lieferte in der Abteilung Raub und Diebstahl die von ihm beschlagnahmten, in dem Juweliergeschäft Esmeralda gestohlenen Schmuckstücke ab: eine Medaillonbrosche; ein Goldring mit einem Solitär; eine mit Brillanten besetzte, achtzehnkarätige echt goldene Schweizer Uhr; ein sechskantiger Goldring, achtzehn Karat, mit drei in Platin gefaßten Brillanten; ein sechskantiges Goldarmband, achtzehn Karat, mit neun in Platin gefaßten Brillanten sowie weitere Schmuckstücke. Die Beschlagnahme sei aufgrund einer Denunzierung erfolgt. Der Dieb konnte laut Pádua nicht gefaßt werden, da aber alle Schmuckstücke wieder sichergestellt waren, wurde die Angelegenheit zu den Akten gelegt.

Da Alice von Mattos wußte, daß Lomagno sie anrufen würde, ging sie an diesem Tag nicht ans Telefon. Es klingelte unzählige Male. Alice ließ den Hörer auf der Gabel liegen.

Deshalb war es abermals Mattos, der bei Lomagnos Anruf abnahm.

»Ich möchte mit Alice sprechen.«

»Sie steht hier neben mir und sagt, sie möchte nicht mit Ihnen sprechen.«

Schweigen.

»Doktor Mattos, ich bin davon überzeugt, daß Sie mich

daran hindern, mit meiner Frau zu sprechen. Ich weise Sie darauf hin, daß ich einen Anwalt konsultiert habe, der mir nach Schilderung der Tatsachen bestätigt hat, daß ich Sie wegen Entführung und Freiheitsberaubung anzeigen kann. Zu Ihrer Straftat kommt nach Auskunft meines Anwalts ein erschwerender Umstand hinzu, denn man kann davon ausgehen, daß Sie Alice in Anbetracht ihres Gesundheitszustands physisch und psychisch schwer geschädigt haben.«

»Tun Sie, was Sie wollen. Aber ich rate Ihnen, suchen Sie sich einen anderen Anwalt. Der, bei dem Sie waren, ist ein Idiot. Guten Abend.«

20

Kurz vor zwölf Uhr mittags kam Mattos aufs Revier, um Pádua abzulösen. Normalerweise war er früher da und ließ sich ausführlich von dem Kommissar, der vor ihm Dienst gehabt hatte, über die Vorfälle während des letzten Tages informieren. Aber an diesem Tag wollte er so wenig Kontakt wie möglich mit Pádua haben.

Pádua erwartete ihn. »Ich möchte mit dir reden.«

»Gib mir nur das Tagebuch, das reicht.«

Pádua nahm das Buch vom Tisch und klemmte es unter den Arm.

»Nur fünf Minuten. Ich möchte dich etwas fragen. Nicht den Polizisten Mattos, sondern den besten Studenten der juristischen Fakultät.«

»Ich war nicht der beste.«

»Aber einer der besten. Das ist allgemein bekannt. Du hattest den Spitznamen ›die Leuchte‹.«

»Was willst du wissen?«

»Moralisch sind wir verpflichtet, in Ausübung unseres Auftrags, der ja darin besteht, Verbrechen zu verhindern, notfalls unser eigenes Leben zu opfern. Richtig? Warum dürfen wir dann nicht, ebenfalls in Ausübung unseres Auftrags, einen Gangster umbringen, um ihn daran zu hindern, eine Straftat zu begehen?«

»Ich gebe dir eine einfache Antwort auf deine einfältige Frage. Weil das Gesetz uns dieses Recht nicht zugesteht. Und das Gesetz ist für alle da, hauptsächlich für Menschen, die in irgendeiner Form Macht besitzen, so wie wir. Ein Polizist kann in Ausübung seines Auftrags ums Leben kommen, aber er darf nicht dem Gesetz zuwiderhandeln.«

»Du hast gesagt, meine Frage sei einfältig. Aber deine Antwort ist gesetzesgläubig, im negativen Sinn. Du hast den Beruf verfehlt.«

»Ich glaube, wer hier den Beruf verfehlt hat, bist du.«

Pádua warf das Buch auf den Tisch, spannte seine Armmuskeln und verließ das Kommissarsbüro.

Ipojucan Salustiano, Ilídios Anwalt mit dem Holzbein, erschien auf der Wache mit dem ärztlichen Attest, daß sein Mandant der ihm zugestellten Vorladung nicht Folge leisten könne. Das Attest wurde vor Kommissar Mattos' Augen dem Protokollanten übergeben.

Ipojucan redete gern über seine Beinprothese. Auf diese Weise fühlte er sich durch seinen steifen, ruckelnden Gang nicht so gehemmt. Jetzt, wo er als Anwalt einen Lotterieboß vertrat und mehr Geld verdiente, wollte er sich eine Beinprothese aus Amerika kommen lassen.

»Ich habe eine Beinprothese«, sagte Salustiano zum Kommissar Mattos.

»Das merkt man gar nicht«, sagte Mattos höflich.

»Wenn Sie mir die Frage gestatten, was ist der Grund für diese Vorladung? Hat mein Mandant eine Straftat begangen?«

»Vorläufig will ich nur seine Personalien aufnehmen, wie vom Gesetz vorgesehen. Wissen Sie, daß es ein strafbarer Verstoß gegen das Gesetz ist, einer polizeilichen Dienststelle bei berechtigtem Verlangen nach Auskunft Angaben zu Person, Familienstand, Beruf, Wohnort und Anschrift zu verweigern?«

»Natürlich, ich kenne ja das Gesetz.«

»Sagen Sie Ihrem Mandanten, er wird sich nicht lange in der Klinik verstecken können, und falls er nicht bis Dienstag gesund ist, werde ich nachweisen, daß dieses ärztliche Attest falsch ist, was nach dem Strafgesetzbuch als Straftat gilt. Sie möchten doch nicht, daß die Lage für Ihren Mandanten noch schlimmer wird, oder?«

Salustiano zog einen kleinen Kalender aus der Tasche und sah darin nach. »Dienstag, der vierundzwanzigste. Bis dahin sind es nur vier Tage. Ich weiß nicht, ob er in so kurzer Zeit wieder gesund wird.«

»Wenn nicht, wird ihn ein Polizeiarzt in der Klinik untersuchen.«

In der Abgeordnetenkammer stellte der Abgeordnete und Jurist Bilac Pinto in einer Rede fest, Vargas gehöre neben seinen Revolverhelden auf die Anklagebank. Nachdem er den Artikel 25 des Strafgesetzbuches – wer Beihilfe zu einer Straftat leistet, unterliegt derselben auf diese Tat angedrohten Strafe – zitiert hatte, sagte Bilac Pinto, Vargas habe mit der Bildung einer aus Gangstern, Mördern, Dieben und Fälschern bestehenden kriminellen Vereinigung als seine Leibwache die aus deren Taten und Auswahl erwachsenden Risiken in Kauf genommen. Gegen Vargas müsse ein Untersuchungshaftbefehl erlassen werden, er müsse von der Militärpolizei inhaftiert und anschließend vom Supremo Tribunal Federal, dem Obersten Bundesgerichtshof, abgeurteilt werden. Dazu bedürfe es keiner Genehmigung durch das Parlament, denn es handele sich nicht um ein politisches, sondern um ein gewöhnliches Verbrechen.

Die Puffmutter Laura hatte Mattos erzählt, daß Lomagno einen Schwarzen als Boxtrainer habe. Schwarze Boxer gab es viele, das war das Problem. Mattos suchte einen, dessen Name mit F anfing. Viele Boxer waren nur unter ihren Spitznamen bekannt; die meisten reisten ständig durch das Land und traten bei Kämpfen in der Provinz auf.

Mattos hatte die Kollegen von der Abteilung Überwachung gebeten, ihm zu helfen und in den Klubs der Stadt nach Schwarzen zu suchen, die als Boxlehrer arbeiteten. Tagelang erhielt er keinerlei verwertbaren Hinweis. Aber kurz nachdem der Anwalt Salustiano die Revierwache verlassen hatte, kam ein Fahnder von der Überwachung und teilte ihm mit, daß es in dem Clube Boqueirão do Passeio einen schwarzen Boxtrainer namens Chicão gab.

Mattos suchte die Nummer des Klubs aus dem Telefonbuch heraus. Der Mann, der sich am Telefon meldete, sagte, sie hätten keinen Boxtrainer namens Chicão, ihr Boxtrainer heiße Kid Terremoto. Und er könne Terremoto am heutigen Freitagabend im Acht-Uhr-Kurs treffen.

Der Clube Boqueirão do Passeio lag in der Rua Santa Luzia, in der Nähe der Rua México. Es war ein Bootsklub; Boxen sowie Basketball und gymnastische Übungen wurden im Boqueirão als zweitrangige Aktivitäten betrieben.

Als Mattos ankam, befanden sich ein halbes Dutzend Sportler in der Halle. Einer schlug gegen einen Punchingball; zwei boxten gegen einen Sandsack. Einer machte Seilspringen. Im Ring kämpfte ein Paar mit Schutzhelmen unter der Anleitung eines dickbäuchigen Alten mit gebrochener Nase. Mattos zog den richtigen Schluß, daß dieser Mann Kid Terremoto sein mußte.

Mattos wartete geduldig ab, bis das Training zu Ende war, was über zwei Stunden dauerte. Dann sprach er Kid Terremoto an.

»Ich würde gern fünf Minuten Ihrer Zeit in Anspruch nehmen. Wir könnten uns bei einem Bier unterhalten.«

»Worum geht's?«

»Ich bin von der Polizei.«

»Mit der Polizei Bier trinken, das ist nichts für die Gesundheit.«

»Entschuldigen Sie, Kid, aber Sie werden sich in jedem Fall mit mir unterhalten müssen. Ich will nur eine Auskunft. Es ist nichts gegen Sie.«

Kid Terremoto schien über Mattos' Worte nachzudenken.

»Ich gehe mich umziehen.«

Kurz danach kam er mit einer enorm großen Tasche zurück. »Ich lasse meine Sachen nicht mehr hier. Letzte Woche haben sie mir ein Paar neue Handschuhe geklaut. Überall wird jetzt geklaut. Aber das wissen Sie besser als ich.«

Sie gingen in eine Kneipe in Lapa, die bis spät geöffnet war. Auf die runde weiße Marmortischplatte hatte jemand mit Bleistift geschrieben: »Marieta, du bringst mich noch dazu, daß ich Ameisengift nehme.«

»Ameisengift mit Guaraná, das wirkt auf Anhieb«, sagte Kid Terremoto, nachdem er die Worte auf der Marmorplatte gelesen hatte. »Ich hatte einen Vetter, der hat sich so umgebracht, auch eine Frauengeschichte, Liebeskummer.«

Mattos bestellte eine Flasche Bier und ein Glas Milch.

»Wir haben nur warme Milch«, sagte der Kellner.

»Ist gut.«

»Trinken Sie kein Bier?« fragte Kid Terremoto.

»Ich habe ein Zwölffingerdarmgeschwür.«

»Das ist am Magen, nicht? Ich habe einen Vetter, der hat das auch.«

Als Kid Terremoto die zweite Flasche geleert hatte, fragte Mattos ihn nach Chicão.

»Der arbeitet nicht mehr bei mir. War ein verdammt starker Kerl, aber er hatte keine gute Technik. Nur Kraft und Gewalt. Hat im Expeditionskorps gedient. Das Boxen hat er im Krieg von den Amerikanern gelernt. Hat er Scheiß gebaut?«

»Nein, er hat nichts angestellt. Ich suche nach ihm, weil ich von ihm etwas über einen wissen will, der bei ihm im Boqueirão trainiert hat. Ein gewisser Pedro Lomagno.«

»Dann hat der also Scheiß gebaut?«

»Keiner hat Scheiß gebaut.«

»Wieso interessiert sich dann die Polizei für ihn?«

»Na gut, Ihnen kann ich es erzählen. Dieser Lomagno hat ein Mädchen verführt.« Immer wenn Mattos nicht den wahren Ermittlungsgrund angeben konnte, schob er Verführung vor. Das hatte er auch im Catete-Palast getan, als er in der Unterkunft der Ex-Leibwache des Präsidenten gewesen war.

»Verführung. Wieso das ein Verbrechen ist, habe ich nie richtig begriffen«, sagte Kid Terremoto.

Im Gegensatz zur Vergewaltigung löste Verführung bei niemandem heftige Reaktionen aus, der nicht direkt betroffen war wie etwa der Vater und die Mutter des Opfers. Oder der Beschuldigte.

»Der Tatbestand Verführung ist erfüllt, wenn ein Mann die Unerfahrenheit oder das berechtigte Vertrauen einer Frau, die älter als vierzehn und jünger als achtzehn ist, ausnutzt und mit ihr den Beischlaf ausübt.«

»Beischlaf heißt, wenn der Kerl die Rübe in die Kleine reinsteckt, ja?«

»Sie muß ihm vertrauen oder unerfahren sein.«

»Wie das?«

»Er ist mit ihr verlobt und sagt, er will sie heiraten. Das Mädchen glaubt ihm sein Versprechen und willigt ein. Oder aber sie weiß nicht, was sie tut, weil sie arglos ist ...«

»Glauben Sie so was? Frauen wissen von Geburt an, was sie tun. Aber Männer, die wissen nicht, was sie tun.«

Mattos bestellte noch ein Bier.

»Sie sind ein anständiger Kriminaler«, sagte Kid Terremoto, »das hab ich Ihnen gleich angesehen. Deshalb tu ich Ihnen den Gefallen, schon allein, weil dieser Pedro Lomagno ein stinkeingebildeter reicher Kerl ist. Mich wundert nur, daß Sie sagen, dieser Lomagno hätte ein Mädchen verführt, ich dachte nämlich immer, der wär schwul. Ich hab den Verdacht, daß der was mit Chicão hatte. Er hat dem Chicão eine Sportschule eingerichtet, aber der Kerl ist damit baden gegangen und hat die Schule anscheinend dichtgemacht.«

»Wissen Sie, wo diese Schule war?«

»Ja. Chicão hat mir die Adresse gegeben, ich sollte ihm Leute schicken. Aber Sie glauben doch wohl nicht, daß ich ihm welche schicke, wo ich selbst kaum genug hab?«

»Hat dieser Chicão einen breiten Goldring?«

»Ja. Den hat er immer gern gezeigt. Und nie abgenommen. Nur wenn er die Handschuhe anzog oder zum Duschen. Seife schadet dem Ring, hat er immer gesagt. Der hat viel Stuß geredet.«

Es war spätabends, aber trotzdem nahm Mattos ein Taxi und fuhr zur Rua Barão de Itapagipe, der Anschrift, die Kid Terremoto ihm gegeben hatte. Er stieg aus dem Taxi und stand vor einer großen Halle mit weiß gestrichenem Mauerwerk und Aluminiumdach. Die grün lackierte Metalltür war verschlossen. Im Gebäude brannte kein einziges Licht.

Mattos trat an die Tür und klopfte kräftig. Keine Reaktion. Er war schon im Gehen, da hörte er, daß die Tür sich öffnete.

Ein zahnloser Mulatte in gestreiftem Schlafanzug fragte: »Was ist? Was ist?«

»Ich suche Chicão.«

»Hier gibt's keinen Chicão.« Der Mann wollte die Tür schließen, aber Mattos hinderte ihn daran.

»Ich möchte mit dem Besitzer sprechen.«

»Das ist Seu Francisco Albergaria.«

»Wird er nicht Chicão genannt?«

»Kann sein.«

»Das ist genau der, den ich sprechen möchte.«

»Er kommt nicht mehr her. Ich bin der Wächter.«

»Wie ist Ihr Name, bitte?«

»José.«

»Können Sie lesen, José?«

»Geht so. Wenn Sie ganz klein auf Papier schreiben, dann nicht. Ich kann nur große Buchstaben lesen.«

»Können Sie Seu Francisco eine Nachricht übermitteln?«

»Wenn sie nicht zu lang ist.«

»Sagen Sie ihm, Kommissar Mattos, der wegen des Verbrechens im Deauville ermittelt, möchte ihn sprechen.«

»Das ist zu lang.«

»Ich glaube, ich schreibe ihm einen Zettel, den können Sie ihm geben. Haben Sie vielleicht ein Blatt Papier für mich?«

»Mal sehen.«

José kam mit einem Stück Packpapier zurück.

Mattos schrieb in großen Druckbuchstaben: »Francisco Albergaria. Ich würde mich gern mit Ihnen treffen. Ich möchte nur eine Information von Ihnen. Nichts Wichtiges. Bitte rufen Sie mich an.«

21

Unter den Papieren, die der Oberst Adyl de Oliveira beschlagnahmt hatte, als er den Catete-Palast gestürmt und die Schubladen und Büroschränke von Gregório Fortunato aufgebrochen hatte, befanden sich auch die Unterlagen über die krummen Geschäfte der Cexim, für die Gregório sich verwendet hatte, zusammen mit Arquimedes Manhães und Luiz Magalhães, dem Liebhaber von Kommissar Mattos' Freundin Salete Rodrigues. Diesen Unterlagen zufolge hatten Manhães und seine Partner als Mittelsmänner an besagten Geschäften über zweiundfünfzig Millionen Cruzeiros verdient.

Luiz Magalhães wurde von den Ermittlern nicht ausfindig gemacht. Manhães jedoch wurde verhaftet und zur Militärbasis Galeão gebracht, wo er aussagte.

Manhães erklärte, er sei zu Beginn der Regierung Vargas Gast im Regierungspalast gewesen, habe sich aber nach Abschluß eines von der Banco do Brasil finanzierten und gemeinschaftlich mit dem Ex-Sekretär des Präsidenten Roberto Alves abgewickelten Kaufs und Verkaufs von Baumwolle vom Palast zurückgezogen. Auf die Frage, wieviel er an dieser Transaktion verdient habe, antwortete er, das könne er nicht genau sagen, da seitdem schon einige Zeit vergangen sei.

Die Ermittler hatten das Glück, daß der Mann, für den Manhães in Marília, São Paulo, arbeitete, in Begleitung eines Anwalts zum Galeão kam, um die Freilassung des Inhaftierten zu erwirken. Manhães' Chef, der Japaner Iassuro Matsubara, wurde von den Militärs sofort verhaftet.

Arquimedes Manhães erklärte, Matsubara finanziere den Wahlkampf von Kandidaten für die Abgeordnetenkammer und den Senat. Für den Wahlkampf von Roberto Alves, der als Abgeordneter für den Bundesstaat São Paulo kandidierte, habe Matsubara fünfhunderttausend Cruzeiros gespendet. Dieses Geld sei von Gregório unterschlagen worden und sollte dem flüchtigen Climério ausgehändigt werden. Im Gegenzug für seine Wahlspenden habe Matsubara Kredite zu Sonderbedingungen und Vergünstigungen von der Banco do Brasil und anderen staatlichen Verwaltungsstellen erhalten, außerdem sei er von den Gouverneuren der Bundesstaaten São Paulo und Mato Grosso beim Kauf von Ländereien bevorzugt behandelt worden.

Während des ganzen Tages hörte Lomagno, wohin er auch kam, die Gerüchte, die in der Stadt umgingen. Der Präsident solle durch einen Militärputsch abgesetzt werden; in Gregórios geheimen Akten seien deftige Skandale entdeckt worden – die Kellerverliese der Vargas kämen denen der Borgias gleich; sämtliche Garnisonen seien in Alarm versetzt; die Panzer der Kasernensiedlung stünden zum Einsatz bereit; der Vizepräsident Café Filho sei zur Amtseinführung in den Palast bestellt worden. Für Lomagno unterschieden sich die Kommentare der Kolporteure in Stimmung und Aufregung nicht wesentlich von dem Klatsch und Tratsch, den ein paar Monate zuvor die schlüpfrigen Einzelheiten des Eifersuchtsmorde an dem Bankier Arsênio durch den Tenente der Luftwaffe Bandeira ausgelöst hatten. Für ihn machte das Ansehen des Präsidenten Vargas und seiner Regierung seit vielen Monaten einen anhaltenden Abnutzungsprozeß durch und hatte in diesem Monat August den niedrigsten Stand seiner Popularität erreicht. Und eine Absetzung von Getúlio Vargas durch die Streitkräfte war eigentlich nichts Neues.

Lomagno hatte allen Grund, sich Sorgen zu machen. In den im Palast beschlagnahmten Unterlagen stand in der Liste der Importfirmen, die Gregório mit zwanzig Prozent der von der Cexim ohne Devisendeckung erhaltenen Importlizenzen bestochen hatten, neben anderen Firmennamen wie Brasfesa, Cemtex und Corpax auch der Name Lomagno & Cia. Alle Zeitungen brachten diese Nachricht. Nur der *Diário Carioca* erwähnte den Umstand, daß der Präsident der Cemtex, Paulo Gomes Aguiar, Anfang des Monats ermordet worden war und daß die Polizei anscheinend die Suche nach dem Täter eingestellt hatte. Lomagno hatte allen Grund, wegen skandalöser Enthüllungen in Zusammenhang mit seiner Firma besorgt zu sein, aber er war es nicht. Er hatte allen Grund, besorgt zu sein, falls der Präsident durch einen Militärputsch abgesetzt würde. Aber er war es nicht. Sein Vater hatte im Krankenhausbett wenige Tage vor seinem Tod, vermutlich in Erinnerung an all die Niederlagen, die er eingesteckt hatte, als er meinte, er könne das Land durch aktiven Einsatz in der faschistischen Ação Integralista Brasileira verändern, zu ihm gesagt: »Mein Sohn, glaub nicht, du könntest Brasilien verändern. Die Franzosen, die ja ein intelligentes Volk sind, haben eine absolut treffende Maxime gefunden, und je älter sie wird, desto wahrer wird sie auch: Plus ça change, plus c'est la même chose.«

Aber daß er wegen der Ereignisse nicht besorgt war, rührte hauptsächlich daher, daß ihn eine noch größere Sorge beschäftigte. Dazu gehörte ein Plan, zu dessen Verwirklichung er Chicãos Hilfe brauchte.

»Zuleika hat mir Ihre Nachricht übermittelt. Ich muß auch mit Ihnen sprechen. Der Kommissar war bei Kid Terremoto im Boqueirão und hat sich nach mir erkundigt. Keine Ahnung, wie er mich gefunden hat. Vielleicht Fingerabdrücke, aber ich hatte Handschuhe an ... Der Ring, den ich da vergessen habe ...«

»Du hast den Ring in Paulos Wohnung liegenlassen?«

»Ich hatte ihn irgendwo abgelegt, als ich geduscht habe. Der verdammte Kerl hatte mich in die Brust gebissen, mich total besudelt, sogar meine Hände waren verdreckt, ich mußte unbedingt duschen. Aber an dem Ring war nichts Besonderes, kein persönliches Merkmal... Nur ein eingraviertes F. Ich hatte ihn mir vom Munde abgespart, gleich nachdem ich aus dem Krieg zurück war, der ist echtes Gold. Das F steht für Francisco und für FEB, das Expeditionskorps. Hat mich furchtbar gefuchst, daß ich ihn verloren habe.«

»Dieser Kripomann wußte inzwischen, daß ein Mann schwarzer Hautfarbe Paulo umgebracht hat. Er war bei mir und hat das erwähnt.«

»Warum haben Sie mir das nicht gesagt?«

»Das wollte ich. Aber er war auf einer ganz abwegigen Spur, er meinte, der Schwarze wäre Gregório, Getúlios Leibwächter.«

»Aber jetzt weiß er, daß ich es bin, Francisco Albergaria.«

Trotz der großen Gefahr, die Mattos' Ermittlungen für ihn persönlich bedeuten konnten, hörte Lomagno sich mit Genugtuung an, was Chicão sagte. Chicão fühlte sich in die Enge getrieben. So würde er ihn leichter überreden können, sich zu wehren.

»Was wollten Sie von mir?«

»Daß du diesen verdammten Kerl umbringst.«

»Nein, Senhor. Ich verdufte nach Bahia, ins gesegnete Land. Da wollte ich schon immer mal hin.«

»Ich kenne diesen Mann. Der wird dich bis in die Hölle verfolgen. Der Mann ist besessen, ein Verrückter.«

»Bahia ist groß und voll von Schwarzen wie ich. Da findet er mich nicht so leicht.«

»Ich sage dir: Irgendwann findet er dich. Du wirst ständig in Angst leben, wie gehetzt, dich nicht trauen zu sagen, daß du aus Rio bist, dich nicht trauen zu boxen, dich nicht trauen zu sagen, daß du im Krieg warst, alles das, was er schon von dir weiß. Eines Tages wirst du unvorsichtig, und schon schnappt er dich. Willst du in einem Loch leben, dich wie eine Ratte verkriechen?«

»Ist dieser Kommissar auch schwul, so wie Doktor Paulo?«

»Nein.« Pause. »Diesmal wird es schwieriger.« Pause. »Alice ...«

Lomagno wollte sagen, daß Alice ihn verlassen hatte und zu dem Kripomann gezogen war, aber er verstummte. Er wollte sich vor Chicão nicht erniedrigen.

»Wenn du diesen Hund umbringst – was für dich übrigens noch nützlicher sein wird als für mich –, bekommst du alles, was du willst. Geld für ein Haus in Bahia, ein Haus am Strand. Jeden Monat Geld für deinen Unterhalt, dein Leben lang.«

»Sie haben mir schon so viel gegeben. Das mache ich für Sie umsonst.«

»Wenn du diesen Hund umbringst, machst du mir eine so große Freude, daß ich darauf bestehe, dir das zu schenken.«

»Darf ich Sie etwas fragen?«

»Ja.«

»Weiß Dona Luciana davon?«

»Nein. Ich habe nichts mehr mit Dona Luciana. Wir haben uns zerstritten.«

Salete rief bei Mattos an. Gereizt hörte Alice auf, in ihr Tagebuch zu schreiben, und ging ans Telefon.

»Alberto ist nicht da.«

»Wissen Sie, wo er ist?«

»Bei der Arbeit.«

»Hat er nicht nur bis zwölf Uhr Dienst gehabt? Ich habe auf der Wache angerufen, da war er nicht.«

»Was wollen Sie, Salete? Ich bin sehr beschäftigt.«

»Ich wollte wissen, ob Alberto mit mir nach São Paulo fliegen möchte. Ich habe schon die Tickets gekauft. In São Paulo gibt es im Parque Ibirapuera, das steht hier in der Zeitung, ein tolles Fest mit Feuerwerk und Lichtspielen zur Eröffnung der Ausstellung zur Vierhundertjahrfeier der Stadt.«

»Das Fest wird bestimmt verschoben. Die verschieben jetzt alles.«

»Hier in der Zeitung steht, daß der Gouverneur Garcez von São Paulo gesagt hat, nur ein Erdbeben kann das Fest verhindern.«

»Alberto hat mich angerufen und gesagt, daß er spät nach Hause kommt. Es ist wohl besser, wenn Sie allein fliegen.«

»Ach ... Wie schade ... Wollen Sie nicht mitkommen?«

»Ich?!«

»Ja.«

»Nein, vielen Dank. Ich bin sehr beschäftigt. Entschuldigen Sie, ich lege jetzt auf, ich bin sehr beschäftigt.«

22

Alzira Vargas do Amaral Peixoto entdeckte ihren Vater, wie sie selbst sagte, als sie ihn zum ersten Mal verlor. Es war das Jahr 1923, und der Vater zog aus, um in einer Revolution mitzukämpfen, die scheinbar kein Ende nahm, die erste von vielen in seinem Leben. Er wirkte sehr groß und mächtig in seiner blaugemusterten Obristenuniform des Provisorischen Hilfskorps der Brigada Militar, mit schwarzen Stiefeln und Koppel, am breiten Gürtel einen schwarzen Revolver im Halfter, den Kopf und das dichte dunkelbraune, gewellte Haar mit einem breitkrempigen Hut bedeckt. Nie mehr würde Alzira das leichte Kitzeln vergessen, mit dem der schwarze Schnurrbart ihres Vaters bei einem Abschiedskuß über ihre Wange strich. Von da an hatte sie ihn immer als den Protagonisten großer Heldentaten erlebt. Die Augenblicke schlichter Freuden wie damals, als er ihr in den Salons des Regierungspalastes in Porto Alegre Billard beigebracht hatte, bedeuteten ihr weniger, auch wenn sie gern daran zurückdachte. Die Erinnerungen, die ihre Gedanken beherrschten und ihre Träume bewohnten, galten den Augenblicken voller Spannung und heroischer Haltung, die sie gemeinsam erlebt hatten. So wie im Mai 1938, als die Integralisten mit Duldung des Kommandanten der Wache, dem Tenente der Infanterie Júlio Nascimento, den Palast stürmten, um den Präsidenten festzunehmen. Die Invasoren waren blutjung und unerfahren; Angreifer und Verteidiger glichen einander in ihrer grotesk fatalen Unbeholfenheit, das konnte Alzira heute ganz kühl sehen; aber sie hatte noch, ohne jede Verzerrung dieser Erinnerung durch die Zeit, die epische Gestalt ihres Vaters vor Augen, der inmitten der allgemeinen Aufregung die Ruhe bewahrte. Vorher, im Jahre 1930, hatte sie tief bewegt auf dem Bahnsteig zugehört, wie ihr Vater – nun nicht mehr als Oberst wie im Jahre 1923, sondern als einfacher Soldat in Khaki, der jene Revolution anführte, die für viele Jahre die Geschicke eines Volkes und eines Landes in seine Hände legen sollte – seinen unvergeßlichen Befehl ausrief: »Rio Grande! Steh auf für Brasilien!« Im Jahre 1932, am 9. Juli, befand sie sich im Country Club in Rio de Janeiro auf einem Abendessen mit Tanz, dem ersten wirklich eleganten Fest ihres Lebens, als man sie in den Palast zurückholte, weil in São Paulo eine Revolte ausgebrochen war. Ihr Herz klopfte aufgeregt, als ihr Vater sagte, die Behauptungen der Paulistaner Konstitutionalisten seien lediglich ein Vorwand für die Erhebung, denn er habe vor mehr als einem Monat einen Ausschuß ernannt, der einen Entwurf für die neue brasilianische Verfassung erarbeiten solle. In diese Erinnerungen mischte sich gelegentlich der süßliche Duft der Zigarren, die ihr Vater rauchte. Oh, wie hatte sie an jenem 25. November 1935 gelitten, weil sie im Ausland war und nicht an der Seite ihres Vaters sein konnte, der den Widerstand gegen die Rebellen vom Campo dos Afonsos oder vom 3. Infanterieregiment befehligte, als die Kommunisten mit ihrem Aufstand eine genauso sinnlose, blutige Verwechslungskomödie inszenierten wie die Integralisten drei Jahre später. Sie hatte sich geschworen, ihren Vater nie wieder allein zu lassen. Beim Verrat 1945 war sie bei ihm; trotz der Niederlage war er couragiert geblieben; als Verbannter im eigenen Land hatte er eine beispielhaft würdevolle Haltung bewahrt.

Alzira hatte geglaubt, die Geschichte hätte ihren Vater 1950 rehabilitiert. Jetzt, in diesem beklemmenden August 1954, da sie ihren Vater zum ersten Mal als einen enttäuschten alten Mann, der jede Hoffnung, jeden Wunsch und Willen zu kämpfen verloren hatte, als einen kleinen, verwundbaren, kranken Mann, als Opfer der schmutzigen Verleumdungen seiner Feinde, der zweideutigen Urteile seiner Freunde, jetzt wurde ihr bewußt, daß die Geschichte eine sinnlose Abfolge zufälliger Ereignisse war, ein stumpfsinniges, unbegreifbares, von Gespenstern bevölkertes Geflecht von Unwahrheiten, Scheinfolgerungen, Illusionen. Jetzt fragte sie sich, ob also dieser andere Mann, dessen Bild sie so viele Jahre in ihrem Herzen bewahrt hatte, überhaupt noch existierte. War auch er ein Gespenst, hatte er nie existiert? Dieser Gedanke war für sie so schmerzlich und unerträglich, daß sie sekundenlang meinte, sie würde hier, am Fenster des Ingá-Palastes in Niterói, von Schmerz überwältigt sterben.

Obwohl er seit dem Vortag eine Freischicht hatte, war Mattos an diesem Sonntag auf der Wache, als Cosme, der Sohn des Portugiesen Adelino, ihn sprechen wollte.

»Wissen Sie, daß mein Vater gestorben ist?«

»Ja. Das tut mir leid.«

»Ich habe von klein auf Angst vor der Polizei gehabt. Als Kind habe ich meinen Vater immer gefragt, warum es so was Böses geben muß, wo man festgenommen und mißhandelt wird.«

»Die Frage ist schwierig zu beantworten«, sagte Mattos.

»Das soll nicht heißen, daß Sie mich mißhandelt haben, als ich hier eingesperrt war.«

Schweigen.

»Und die Entbindung Ihrer Frau? Alles gutgegangen?«

»Ja, doch. Mehr oder weniger. Der Kleine hat ein Problem, Asthma, aber die Ärztin sagt, das verwächst sich.«

Schweigen.

»Brauchen Sie irgend etwas? Die Sache mit Ihrem Vater ist abgeschlossen.«

»Ich bin hergekommen, um Ihnen etwas zu sagen.

Kann sein, daß es mir schadet, ich weiß nicht, aber das ist mir egal.«

»Dann sprechen Sie es aus.«

»Sie haben meinen Vater zu dem Geständnis überredet, daß er den Kerl in der Werkstatt erschlagen hat. Sie haben den Staatsanwalt überredet, gegen ihn Anklage zu erheben. Alle haben Sie überredet. Sie sind sehr intelligent.«

»Ich habe getan, was getan werden mußte. Die Wahrheit herausfinden. Daß Ihr Vater tot ist, tut mir sehr leid.«

»Die Wahrheit. Wollen Sie die Wahrheit wissen?«

Mattos steckte sich eine Pepsamar in den Mund. Er zerkaute sie.

»Ja, das will ich.«

»In Wirklichkeit habe ich den Mann erschlagen.«

»Ihr Vater hat es gestanden.«

»Sie haben ihn dazu gezwungen. Und ich, meine Mutter, meine Frau, wir alle haben uns aus lauter Egoismus etwas vorgemacht und dann geglaubt, es wäre besser, wenn Vater die Schuld auf sich nimmt, weil er als alter Mann eher freigesprochen würde als ich. Wir haben es geglaubt, weil es für uns besser war. Ich konnte bei meinem Kind und meiner Frau bleiben, konnte mich besser als er um die Werkstatt und die Apfelsinenbäume kümmern. Mein Vater war alt, und wir Jungen dachten, die Alten brauchen nichts mehr, die haben schon ihr Leben gelebt. Deshalb haben wir alle nichts dagegen gehabt, daß mein Vater sich für mich geopfert hat.«

Schweigen.

»Sie haben meinen Vater umgebracht. Ich habe meinen Vater umgebracht. Meine Frau und meine Mutter haben meinen Vater umgebracht. Er war ein alter Portugiese, er konnte sich nicht verstellen und tun, als wäre er ein Mörder, auch nicht, um damit seinen Sohn zu schützen.«

»Jetzt ist es zu spät. Die Dinge sind nie so, wie sie sind, so ist das im Leben.«

»Ich möchte, daß Sie mich verhaften.«

»Der Fall ist abgeschlossen.«

»Verhaften Sie mich.«

Mattos packte Cosme an den Armen und schleifte ihn wie eine Puppe durch das Büro. Sein Magen schmerzte. Er schleuderte den schmächtigen jungen Mann an die Wand.

»Hören Sie, Sie Idiot. Ich kann und ich will Sie nicht wegen dieser Tat verhaften. Ich kann weder Ihnen noch Ihrer Frau, noch Ihrer Mutter ihr schlechtes Gewissen nehmen. Kapieren Sie das. Es ist nichts mehr zu machen. Verschwinden Sie, ein für allemal, ich will Sie nie wiedersehen, Sie müssen jetzt für den Rest Ihres Lebens mit dieser furchtbaren Erinnerung leben, und genauso werde ich damit leben müssen.«

»Doktor …«

»Raus! Raus!«

Mattos hielt Cosme noch immer an den Armen fest, zerrte ihn zur Tür, stieß ihn brutal in den Flur und schleppte ihn durch den Flur bis zur Eingangstür.

In einer zwölfstündigen Sitzung stellten sämtliche in der Hauptstadt anwesenden Brigadeiros zur Luft einstimmig fest, daß einzig der Rücktritt des Präsidenten Vargas die Ruhe im Lande wiederherstellen könne. Die Sitzung wurde zweimal unterbrochen: beim ersten Mal sollte der Brigadeiro Eduardo Gomes den übrigen Militärministern den Beschluß der Versammlung mitteilen, einen Aufruf mit der Forderung nach Vargas' Rücktritt zu verabschieden, beim zweiten Mal sollte Eduardo Gomes sich um die Unterstützung des Marschalls Mascarenhas de Morais bemühen, dessen Loyalität gegenüber Vargas allgemein bekannt war.

Die Sitzung fand in überreizter Atmosphäre statt, die

durch die unteren Offiziersränge entstanden war. Die Abfassung des Kommuniqués war außerordentlich schwierig. Auf der einen Seite verlangten die jungen Offiziere mit cholerischen Einwürfen, die Note solle den Präsidenten direkt als den am Tod des Majors Vaz Schuldigen bezeichnen und seinen Rücktritt fordern. Falls er nicht zurücktrete, solle er von den Streitkräften abgesetzt werden. Auf der anderen Seite wollten die vorsichtigeren Brigadeiros mit ihrem stärker ausgeprägten Sinn für Disziplin und Rangordnung vermeiden, daß die Note als subversiv eingestuft werden könnte. Wäre nicht der Brigadeiro Eduardo Gomes anwesend gewesen, hätten die jungen Offiziere den Gehorsam verweigert und ihren Standpunkt durchgesetzt. Der Brigadeiro Eduardo Gomes gab zu bedenken, daß ein Zwist unter Kameraden in diesem Augenblick nur dem gemeinsamen Feind nützen würde; er forderte die jungen Offiziere auf, ihren Vorgesetzten zu vertrauen, den anwesenden Vorgesetzten, unter denen sich der Luftwaffenminister Epaminondas nicht befand.

Auf seiner Mission, dem Marschall Mascarenhas de Morais in seinem Haus den Beschluß der Offiziersversammlung mitzuteilen, die weiterhin im Klub der Luftwaffe tagte und dort auf das Ergebnis der Bemühungen ihres Sprechers wartete, ließ Eduardo Gomes sich von dem Brigadeiro Ivã Carpenter und den Generälen Juarez Távora, Fiuza de Castro und Canrobert begleiten. Eduardo Gomes versuchte, die Unterstützung des Generalstabschefs zu gewinnen, indem er einflußreiche Generäle des Heeres mitnahm. Wieder holte der Marschall den General Humberto Castello Branco als Berater dazu. Nachdem er die Besucher angehört hatte, erklärte der Marschall, zwar halte er den Rücktritt für eine würdige Lösung, doch werde er auf keinen Fall zulassen, daß er dem Staatspräsidenten aufgezwungen werde.

Die Haltung des Marschalls enttäuschte die Generäle

und Brigadeiros. Da der Marschall jedoch auf ihre Umsturzsondierungen nicht mit heftiger Ablehnung reagiert hatte, verließen die Werber sein Haus in dem Glauben, im Falle eines Militärputsches würde der Marschall nicht gegen seine Waffenbrüder kämpfen.

Da er sich immer fest an die Vorschriften hielt, unterrichtete Mascarenhas de Morais den Minister Zenóbio, nachdem er ihn endlich ausfindig gemacht hatte, über den Stand der Dinge. »Die Lage ist ernst, sehr ernst«, sagte Zenóbio. Um sieben Uhr abends begab sich der Generalstabschef in den Catete-Palast und berichtete dem Präsidenten von dem Gespräch, das in seinem Haus stattgefunden hatte.

»Ich trete nicht zurück. Ich bin vom Volk gewählt und darf mich nicht von den Streitkräften davonjagen lassen. Ich bleibe, bis ich tot bin«, sagte der Präsident. Der Marschall hörte mit Besorgnis aus der Stimme seines Freundes nicht nur Trotz heraus, sondern auch Trauer und tiefen Kummer.

Eduardo Gomes hatte Mühe, ein Gespräch mit dem Kriegsminister zu vereinbaren.

Zenóbio war nach Gávea zur Rennbahn des Jockey-Klub Brasileiro gefahren, wo er zu Mittag essen und die Pferderennen sehen wollte. Erst um fünf Uhr nachmittags gelang es dem Brigadeiro, sich mit dem Minister in dessen Haus zu treffen.

»Das Heer wird einen Umsturz der öffentlichen Ordnung nicht zulassen«, sagte Zenóbio schroff.

»Herr Minister, ich spreche nicht vom Umsturz der öffentlichen Ordnung. Ich bin hier, um Sie davor zu warnen, daß es zu einem Bürgerkrieg kommt, falls der Präsident nicht zurücktritt«, erwiderte Eduardo Gomes. »Fragen Sie Ihre Generäle, dann werden Sie hören, falls Sie es noch nicht wissen sollten, daß unsere Kameraden beim Heer und bei der Marine die Empörung ihrer Kameraden bei der Luftwaffe teilen.«

Noch am selben Tag konferierte Zenóbio in seinem Haus, das zu seinem Hauptquartier geworden war, mit dem Minister der Luftwaffe Brigadeiro Epaminondas, der bereits durch Eduardo Gomes über den Verlauf der Versammlung im Klub der Luftwaffe unterrichtet worden war. An dem Gespräch zwischen den beiden Ministern nahmen der Befehlshaber der Militärzone Ost General Odilio Denys und der Polizeichef Oberst Paulo Torres teil.

Gegen zehn Uhr abends fuhr Zenóbio zur Kasernensiedlung Vila Militar, wo sich die wichtigsten Einheiten des Heeres in der Hauptstadt befanden. Kurz nach Mitternacht kehrte er zurück und fuhr direkt zum Kriegsministerium, wo ihn fast alle aktiven Generäle des Bundesdistrikts erwarteten. Ein Kommuniqué wurde herausgegeben, in dem es hieß, die Streitkräfte verteidigten gemeinsam das Gesetz und die Verfassung und man habe sämtliche Vorkehrungen getroffen, um einen Umsturz der öffentlichen Ordnung zu verhindern, ganz gleich, von welcher Seite das Signal zum Staatsstreich ausgehe.

Bis tief in die Nacht drängten sich im Privathaus des Vizestaatspräsidenten Café Filho Freunde und Gesinnungsgenossen. Café Filho gab sich gutgelaunt und glänzte mit einem seiner Persönlichkeitsmerkmale, das seine Freunde als »Sinn für Späße« bezeichneten. Der Presse gegenüber wollte er keine Erklärungen abgeben.

Die Kriegsschiffe, die in der Guanabara-Bucht vor Anker lagen, blieben die ganze Nacht über hell erleuchtet.

23

Mattos las in den Montagszeitungen das Kommuniqué der Brigadeiros über die Versammlung am Sonntag im Klub der Luftwaffe. Nach Meinung des Kommissars war die Note lückenhaft und nicht eindeutig und würde mit ihren verschleierten Drohungen den Gerüchten Auftrieb geben, die in der Stadt umgingen. »In Übereinstimmung mit dem Empfinden ihres Standes angesichts der Entwicklung der durch die Militärpolizeiliche Untersuchung aufgedeckten Straftatbestände bekunden die Offiziere im Generalsrang der Brasilianischen Luftwaffe für die ihnen vom Heer und der Marine entgegengebrachte Solidarität abermals ihren Dank sowie die Überzeugung, daß die Streitkräfte im Rahmen von öffentlicher Ordnung, Disziplin und Verfassungstreue das in sie gesetzte Vertrauen nicht enttäuschen werden, die gegenwärtige Krise endgültig und in würdiger Weise zu lösen. Desgleichen sind sie übereingekommen, Tenente-Brigadeiro Eduardo Gomes, der ranghöchste aller bei der Versammlung anwesenden Offiziere, möge den Ministern der Militärportefeuilles und dem Marschall-Generalstabschef der Streitkräfte einen bestimmten Beschluß mitteilen, der von der Versammlung als geeignete Maßnahme zur Wiederherstellung der Ruhe im Lande einstimmig verabschiedet wurde.«

Nach Mattos' Ansicht ließ die Note Raum für Spekulationen. Aber welche geheime Botschaft Eduardo Gomes den Militärministern überbracht hatte, darüber mußte man nicht lange mutmaßen; die Luftwaffe verlangte die Ablösung des Staatspräsidenten Vargas.

»Im Palast des Kriegsministeriums erklärte der Held des Expeditionskorps und Kriegsminister General Zenóbio seine volle Zufriedenheit mit dem Verhalten der Truppen in der Vila Militar, die zur Sicherung der Staatsform und der Verfassung zum Einsatz bereitstünden«, hieß es im Radio Globo. Ein Artikel gleichen Inhalts, der Zenóbio ebenfalls als Helden des Expeditionskorps bezeichnete, wurde am selben Tag in der *Última Hora* veröffentlicht. Die Regierung hatte beschlossen, die »Verbreitung Unruhe stiftender Nachrichten« zu verhindern. Die Berichterstattung der Radiosender über die Ereignisse stand unter polizeilicher Kontrolle. Aber jetzt ist Zensur sinnlos, dachte der Kommissar. Inzwischen zählte die öffentliche Meinung nicht mehr.

Während Mattos sich diesen Überlegungen hingab, saß Alice am Wohnzimmertisch und schrieb in ihrem Tagebuch. In letzter Zeit war sie schweigsam, starrte auf die Wand oder schrieb stundenlang in dem dicken Heft mit festem Einband.

Einen kurzen Moment blickte sie vom Tagebuch auf und bemerkte Mattos' gedankenverlorene Miene.

»Woran denkst du gerade?«

»An Getúlio Vargas.« Pause. »Und du?«

»Ich habe über Wichtigeres nachzudenken. Über mein Leben.«

»Getúlio Vargas gehört zu meinem Leben«, sagte Mattos.

»Getúlio hat dich als Student verhaftet.«

»Nein, nicht er. Das war irgendein Büttel. Getúlio tut mir leid. Ich weiß, das klingt absurd; ich bin selbst überrascht.«

»Du hast mir erzählt, nach deiner Verhaftung haben sie dich durch einen sogenannten Polnischen Korridor geschickt, wo sie dich getreten und geschlagen haben, und du mußtest immer weitergehen. Du warst erst siebzehn.«

»Das Ganze dauerte höchstens zwei Minuten.«

Mattos stand auf und holte aus dem Schlafzimmer eine Mappe mit Papieren und Fotos.

»Hier, sieh mal dieses Foto. Da marschiere ich als Gymnasiast in einer Parade zum Nationalfeiertag, das war 1937, zur Hochzeit der Diktatur. Am siebten September bin ich immer gern mitgegangen. Ich fand es schön, zu den Trommeln zu marschieren. Und das Foto hier. Da singe ich mit Tausenden anderer Kinder im Vasco-Stadion patriotische Hymnen, Vila-Lobos dirigierte den Chor. Auf dem hier rede ich auf einer *Queremismo*-Kundgebung, das war 1944, da studierte ich schon Jura.«

»*Queremismo* ... Was war das doch noch? Ich kann mich nur dunkel erinnern ...«

»Auf Druck des Militärs mußte Getúlio 1944 Wahlen für das Amt des Staatspräsidenten ausschreiben und stellte seinen Kriegsminister Gaspar Dutra als Kandidaten auf. Um aber an der Macht zu bleiben, organisierte er gleichzeitig eine Bewegung, die mit der Devise ›Queremos Getúlio‹ – ›Wir wollen Getúlio‹ – für eine Verfassunggebende Versammlung unter Getúlio als Präsident eintrat.«

»Und du warst Queremist?« Pause. »Oder Masochist?«

»Ich war damals ziemlich durcheinander.«

»Das bist du heute auch.«

»Ja, das stimmt.« Pause. »Es endete damit, daß Getúlio 1945 abgesetzt wurde. Weißt du, womit er sich gern beschäftigte, als er wie ein durchgefallener Examenskandidat auf seine Farm im Süden zurückgekehrt war? Mit Bäume pflanzen.« Pause. »Er pflanzte gern Bäume.«

»Ich liebe Blumen. Warum bist du so unglücklich? Das macht mich nervös. Du bist doch unglücklich, stimmt's?«

»Was soll ich dir darauf antworten?«

»Daß du glücklich bist.«

»Ich bin glücklich.«

»Versprich mir, daß du diese Salete nie wiedersiehst.«

»Das kann ich nicht. Ich kann nur versprechen, daß ich glücklich bin.«

»Diese Frau ist nicht in deiner Welt zu Hause.«

Mattos wollte Alice antworten, daß auch sie nicht in seiner Welt zu Hause sei; daß er selbst nicht wisse, was seine Welt sei; daß er sich in seiner nebulösen Welt wie ein Fremder fühle und in der Welt anderer genauso.

»Ich muß gehen«, sagte er.

»Gut, daß du mich allein läßt. Ich habe eine Menge in mein Tagebuch zu schreiben.«

Bevor Mattos auf der Wache hereinschaute, ging er zum »kleinen Senat« im Gebäude São Borja und fragte nach Laura, aber Almeidinha sagte, sie sei nicht da.

»Bestellen Sie ihr, daß ich nachher vorbeikomme, um mit ihr zu sprechen.«

Von der Wache aus rief er seinen Arzt an.

»Die Röntgenaufnahme sieht nicht gut aus. Vielleicht müssen Sie operiert werden. Ich habe Ihnen doch von einer neuen Technik erzählt, erinnern Sie sich? Antrektomie und Vagotomie?«

»Ja.« Mattos steckte sich eine Pepsamar in den Mund. »Sie schneiden mir den Vorraum des Magenpförtners heraus und durchtrennen die Nerven, die für die Magensekretion verantwortlich sind. Damit machen Sie meinem Geschwür und der Übersäuerung ein Ende. Doktor, ich bin ein bißchen Mediziner und ein bißchen verrückt wie alle Leute. Bleibe ich so, der ich bin, oder bin ich danach ein anderer Mensch?«

»Sie sollten mit Ihrer Gesundheit nicht scherzen. Die Sache muß schnell geklärt werden. Es besteht die Gefahr, daß Sie eine gefährliche Blutung bekommen. Können Sie heute herkommen?«

»Um wieviel Uhr?«

»So bald Sie können. Unbedingt.«

Rosalvo kam herein.

»Irgendwas zu erledigen, Doktor?«

Mattos wartete darauf, daß Celso eintraf, der Leiter der

Abteilung Überwachung und Festnahmen, mit dem er einen Plan zur Festnahme von Francisco Albergaria ausarbeiten wollte. Noch hatte er mit keinem über die Auskünfte gesprochen, die er bei seinen Ermittlungen im Boqueirão do Passeio von Kid Terremoto erhalten hatte; und er hatte seinen Kollegen auch noch nicht den Namen des Verdächtigen mitgeteilt.

»Wenn Celso von der Überwachung da ist, sagen Sie mir Bescheid.«

Kurz darauf aber kam Rosalvo, um ihm Bescheid zu sagen, daß der Hauswart des Gebäudes, in dem Mattos wohnte, gerade angerufen und gesagt habe, in seiner Wohnung sei ein Feuer ausgebrochen und Dona Alice gehe es nicht gut.

»Wer ist Dona Alice?« fragte Rosalvo.

Mattos antwortete nicht. Er lief hinaus, um ein Taxi zu suchen.

Der Hauswart fuhr mit Mattos im Fahrstuhl hinauf.

»Ist Dona Alice etwas passiert?«

»Nein ... Das heißt, sie ist etwas verwirrt ... Aber die Feuerwehr brauchten wir nicht zu holen. Ich habe es mit dem Feuerlöscher gelöscht. Zu ärgerlich, Doktor, nicht?«

»Wie ist das passiert?«

Sie kamen in dem Stockwerk an, in dem der Kommissar wohnte. Im Flur roch es verbrannt. Die Wohnungstür war geschlossen.

Der Hauswart faßte den Kommissar am Arm.

»Hören Sie, Doktor, die junge Frau hat das Feuer in Ihrer Wohnung gelegt. Ich glaube, sie hat einen Anfall gekriegt ... Ich wollte, daß meine Frau bei Dona Alice bleibt, aber sie hat meine Frau rausgesetzt.«

»Danke. Lassen Sie nur, ich kümmere mich um alles.«

Der Tisch und die Stühle waren zum Teil verbrannt. Auch die Bücher im Regal, die Schallplatten und der Plattenspieler waren angekohlt. Das alles erfaßte Mattos mit einem raschen Blick auf dem Weg zum Schlafzimmer.

Alice saß auf dem Bett. Ihr Kopf war übersät mit verrußten Papierresten, auch ihr Gesicht war voll davon.

Mattos setzte sich neben sie. Vorsichtig griff er nach Alices aschebeschmierten Händen.

»Ich habe mein Tagebuch verbrannt«, sagte Alice. Sie wirkte schläfrig.

»Das macht nichts. Du kannst ein neues schreiben.«

»Ich will keins mehr schreiben. Ich will vergessen.«

Mattos griff nach dem Tablettengläschen, das offen auf dem Bett lag. Es war fast voll.

Mattos steckte das Gläschen ein. »Wie viele Pillen hast du genommen?«

»Zwei ... drei ... zwei ...«

»Kann ich Doktor Arnoldo anrufen?«

»Ich will bei dir bleiben.«

»Du bleibst bei mir. Ich will nur Doktor Arnoldo anrufen. Bleib einen Moment hier, während ich Doktor Arnoldo anrufe.«

Doktor Arnoldo bat Mattos, Alice nach Botafogo in die Klinik Doutor Eiras, Rua Assunção 2, zu bringen. Er solle nach Doktor Feitosa fragen. Er, Arnoldo, komme nach.

»Falls sie sich dagegen wehrt, ist es besser, sie nicht zu zwingen. Rufen Sie mich wieder an.«

Mattos holte ein feuchtes Handtuch und säuberte Alices Haar und Hände. Schläfrig ließ sie sich von Mattos ein sauberes Kleid anziehen. Bevor sie gingen, steckte der Kommissar Alices Zahnbürste ein.

Auf Vorschlag von General Humberto Castello Branco berief der Generalstabschef der Streitkräfte Marschall Mascarenhas de Morais eine Sitzung des Generalstabs ein. Mit Besorgnis hörte Mascarenhas von den Chefs aller drei Waffengattungen – Heer, Marine und Luftwaffe –, daß einzig der Rücktritt des Präsidenten Vargas die Krise beheben könne.

»Am besten lassen wir sie jetzt schlafen«, sagte Doktor Arnoldo. »Es geht ihr gar nicht gut. Sie hat eine tiefe Depression. Ich rufe ihren Mann an.«

»Sie hat sich von ihrem Mann getrennt«, sagte Mattos.

»Gesetzlich?«

»Noch nicht.«

»Bei gewissen Behandlungen informiere ich immer vorsichtshalber die Angehörigen …«

»Welche Behandlung?«

»Elektroschock. Es ist nicht das erste Mal, daß dies in Alices Fall in Erwägung gezogen wird.«

»Aber kann ein Elektroschock nicht Schädigungen verursachen wie zum Beispiel Gedächtnisverlust?«

»Sie haben mir gerade erklärt, daß sie Ihnen gesagt hat, sie möchte vergessen und habe deshalb ihr Tagebuch verbrannt. Finden Sie das nicht bezeichnend?« Pause. »Wie dem auch sei, die Bewußtseinstrübung, die eventuell durch die Behandlung auftreten kann, ist immer vorübergehend.«

»Tun Sie es nicht, Doktor, ich bitte Sie darum. Vielleicht geht es ihr schon besser, wenn sie aufwacht.«

»Bei diesem Krankheitsbild, Depression und Melancholie, gibt es nur die Tendenz zur Verschlechterung.«

»Als ich heute morgen die Wohnung verließ, war sie nicht depressiv. Bitte, versprechen Sie mir, daß Sie noch ein paar Tage abwarten.«

»Ist gut. Ich warte noch etwas ab. So gehe ich im übrigen grundsätzlich vor. Aber auf jeden Fall werde ich ihren Mann informieren müssen. Sie sind noch nicht gesetzlich getrennt. Sie hat keine anderen Angehörigen, verstehen Sie?«

»Kann ich nicht die Verantwortung für sie übernehmen?«

»Sie stehen in keiner Beziehung zu ihr – Sie sind ein guter Freund, ich weiß –, aber sie hat einen Mann.«

»Ich komme später wieder.«

»Kommen Sie morgen. Sie wird den Nachmittag und die ganze Nacht über schlafen. Machen Sie sich keine Sorgen, man wird sie gut behandeln.«

»Keine Elektroschocks, bitte nicht.«

»Das ist ein Vorurteil von Laien, Doktor. Alle medizinischen Fortschritte stoßen im Laufe ihrer Geschichte auf Anfeindungen, die auf Unwissenheit und Aberglaube beruhen. Es gibt Menschen, die aus religiösen Gründen Bluttransfusionen verweigern. Andere weigern sich aus Unwissenheit, allopathische Heilmittel zu nehmen. Und so weiter und so fort.«

»Doktor, ich trete morgen mittag um zwölf meinen Dienst an. Aber vorher komme ich hier vorbei.«

Es war elf Uhr abends, als General Zenóbio Marschall Mascarenhas ins Kriegsministerium bestellte.

»Die Lage hat sich zugespitzt«, sagte Zenóbio, »über vierzig Generäle des Heeres haben das Manifest der Brigadeiros unterschrieben. Ich habe General Mendes de Moraes gebeten, zum Catete-Palast zu fahren und mit Alzira zu sprechen. Er muß bald zurückkommen.«

Die beiden Männer setzten sich bedrückt in die braunen Ledersessel des Ministerbüros. Sie hatten zusammen im Expeditionskorps gedient. Mascarenhas, damals Divisionsgeneral, hatte die 25162 Mann des 1944 nach Italien geschickten Expeditionskorps befehligt. Zenóbio, zum damaligen Zeitpunkt Brigadegeneral, hatte eine der fünf Staffeln befehligt, in die das Korps aufgeteilt war.

»In Italien war es einfacher, Entscheidungen zu treffen«, sagte Zenóbio und stand nervös auf. »Ich halte es für besser, wir fahren zum Catete und sprechen mit dem Präsidenten. Ich werde Denys bitten, mitzukommen.«

Es war nach Mitternacht, als sie im Catete eintrafen. Der Sohn, die Tochter und andere Verwandte des Präsidenten befanden sich im Palast. Vargas empfing Mascarenhas und Zenóbio in Anwesenheit des Ministers Oswaldo Aranha. Schweigend hörte er Zenóbio sagen, er, der Präsident, habe die Unterstützung des Militärs verloren.

»Ich werde morgen eine Kabinettssitzung einberufen«, sagte Vargas.

Mascarenhas schlug vor, die Sitzung sofort einzuberufen, was vom Präsidenten akzeptiert wurde.

Kurz nach zwei Uhr nachts befanden sich bereits sämtliche Minister im Sitzungssaal des Palastes. Lediglich der Außenminister fehlte.

Vargas nahm auf dem dunklen Stuhl mit Flechtsitz Platz, der am Kopf des Tisches im Kabinettssitzungsraum stand. Die Minister saßen bereits auf ihren Plätzen und schwiegen. Alle Lampen waren eingeschaltet; aber bei nächtlichen Sitzungen war der Raum immer dunkel und finster. Vargas betrachtete eine Weile das Bild von Antonio Parreiras auf der gegenüberliegenden Wand, ein Ölgemälde in grauen Tönen, daß der Maler »Ein trauriger Tag« genannt hatte.

Mit müder Stimme berichtete der Präsident, welche Informationen seine Militärchefs ihm überbracht hatten, und bat anschließend die anwesenden Minister um ihre Meinung. Die Militärminister bestätigten, daß die Marine und Luftwaffe einmütig den Rücktritt des Präsidenten forderten; das Heer sei gespalten. Die Militärminister rieten ihm zum Rücktritt.

Während die Militärminister sprachen, betraten Alzira Vargas, der Abgeordnete Danton Coelho, der Schwiegersohn des Präsidenten Amaral Peixoto und weitere Personen den Raum.

Dann forderte der Präsident die zivilen Minister auf, sich zu äußern. Der Interims-Arbeitsminister Hugo de Faria sagte, die Verfassung müsse respektiert werden und in Kraft bleiben und der Präsident dürfe nicht zurücktreten. Oswaldo Aranha und José Américo schlossen sich der Auffassung der Militärminister an, die den Rücktritt befürworteten. Die übrigen waren unentschlossen; keiner äußerte eine objektive Einschätzung.

In diesem Augenblick kam Alzira von hinten aus dem Raum und stellte sich neben den Stuhl des Präsidenten.

»Und Sie, General Caiado? Ich möchte Ihre Meinung hören«, sagte Vargas.

»Herr Präsident. Sie sollten sich nichts aufzwingen lassen. Ich bin für den bewaffneten Widerstand. Das Heer, auch wenn es gespalten ist, wie der Herr Minister behauptet, wird jegliche Erhebung verhindern.«

»Wenn Sie mir das Regiment nennen, das Widerstand leisten wird, unterstelle ich es Ihrem Befehl, die ordnungsgemäße Erlaubnis des Präsidenten vorausgesetzt«, sagte Zenóbio.

»Einverstanden«, antwortete Caiado.

»General Zenóbio«, rief der Abgeordnete Danton Coelho von hinten aus dem Raum, »Sie sind daran schuld, daß das Heer gespalten ist.«

»Ihre ungebührliche und falsche Behauptung weise ich zurück. Ich verbitte mir, daß Sie das Wort an mich richten!« erwiderte Zenóbio.

»General«, sagte Alzira, »Ihr Vorschlag, der Präsident solle zurücktreten, hat mich überrascht und enttäuscht. Ich frage Sie: Warum können wir nicht Widerstand leisten? Ich glaube, hier fehlt es einzig und allein am Willen zu kämpfen.«

»Widerstand wird zu Blutvergießen führen. Wir werden unterliegen«, sagte Zenóbio.

»Dann unterliegen wir eben, aber nicht kampflos«, entgegnete Alzira.

Die Alternativen, die auf dem Tisch lagen, lauteten: bewaffneter Widerstand oder Rücktritt. Der Schwiegersohn Amaral Peixoto fügte eine weitere hinzu: Beurlaubung. Der Präsident solle sich aus dem Amt zurückziehen, bis die Untersuchung des Tonelero-Attentats abgeschlossen sei.

Mehrere Anwesende, sowohl Minister als auch Personen, die unbefugt in die Sitzung hereingekommen waren, fingen gleichzeitig an zu reden. Der Chef des Zivilkabinetts Lourival Fontes, der neben Mascarenhas saß, wandte sich diesem zu und sagte: »Das artet zur Posse aus.«

Mitten in dem Tumult blickte Vargas auf die J. B. Deletrezz-Standuhr zwischen den grau-bordeauxroten Vorhängen der großen Türen, die zur Terrasse in dem jetzt stockdunklen Garten führten. Die Zeiger auf dem weißen Porzellanzifferblatt standen auf zwanzig nach vier, Vargas war erschöpft. Er hatte von Anfang an nicht auf massive Unterstützung für einen Kampf gehofft; er kannte die menschliche Natur, im Laufe seiner politischen Karriere hatte er an Komplotts, Aufständen, Geheimbündnissen, Putschs, Revolutionen teilgenommen. Deshalb hatten die vorsichtigen Mienen der meisten Minister und ihre ausweichenden, in Abdankungsmetaphern verpackten Worte – José Américo hatte ihm eine »große Geste« nahegelegt, fast ein Echo der von dem UDN-Mitglied José Bonifácio vorgeschlagenen »eleganten Geste der Besiegten« – ihn nicht überrascht, nur seine Erschöpfung noch gesteigert.

In einer letzten Anstrengung ergriff er das Wort, brachte mit Autorität die Stimmen zum Schweigen, den Lärm zum Verstummen. »Wenn die Militärminister mir garantieren, daß die Institutionen aufrechterhalten bleiben, lasse ich mich beurlauben.«

Nach diesen Worten verließ Vargas in Begleitung seiner Tochter unter Applaus den Raum. Bevor er, inzwischen im dritten Stock, das Zimmer betrat, in dem er allein schlief – seine Frau Dona Darcy schlief in einem anderen Zimmer im Palast –, umarmte und küßte seine Tochter ihn.

Der Justizminister Tancredo Neves wurde beauftragt, die offizielle Mitteilung abzufassen, daß der Präsident beschlossen habe, sich beurlauben zu lassen und die Regierungsgeschäfte an seinen rechtmäßigen Vertreter zu übergeben. Um möglichst die Würde des Präsidenten zu wahren, hieß es dann, dies sei eine spontane Entscheidung gewesen, mit der sich die Minister geschlossen solidarisch erklärt hätten. Tancredo schrieb außerdem, der Präsident habe verlangt, daß die öffentliche Ordnung aufrechterhalten, die Verfassung weiterhin respektiert werden und die Generäle der Streitkräfte ihren gegenüber der Nation feierlich eingegangenen Verpflichtungen gerecht werden müßten. Die Mitteilung schloß mit den Worten, andernfalls werde der Präsident an seinem unumstößlichen Vorsatz festhalten, für die Verteidigung seiner in der Verfassung verankerten Rechte das eigene Leben zu opfern. Tancredo, Oswaldo Aranha, Mascarenhas und andere Freunde des Präsidenten glaubten, mit dieser Kompromißlösung – dem Wortlaut der Erklärung nach, die sofort verbreitet werden sollte – könnten der Rücktritt, der Bürgerkrieg, die Demütigung des Präsidenten vermieden werden.

Noch im Schlafanzug nahm Café Filho morgens um vier Uhr dreißig in seinem Haus die ersten Glückwünsche als neuer Staatspräsident entgegen. Die Rundfunksender hatten sich über die von der Polizei verhängte Zensur hinweggesetzt und gerade berichtet, daß der Staatspräsident

Vargas zurückgetreten sei. Der Journalist und Präsident des Clube da Lanterna Amaral Neto gratulierte Café Filho als erster. Umringt von führenden Oppositionellen, erklärte Café Filho, er wolle die Gemüter besänftigen und eine Regierung der nationalen Einheit bilden. »Und meine Leibwache wird meine Frau sein«, sagte er.

Als um fünf Uhr zwanzig der Polizeichef im Radio erklärte, es handele sich nicht um einen richtigen Rücktritt, der Staatspräsident Vargas habe sich lediglich beurlauben lassen, wich die Begeisterung der im Hause Café Filho Anwesenden gespannter Erwartung.

Um sieben Uhr früh zog sich Café Filho von den übrigen in seinem Haus Anwesenden zurück, um mit den Herren Afonso Arinos und Bilac Pinto zu konferieren, die gerade eingetroffen waren.

24

Allein in seinem Zimmer, entkleidete Vargas sich langsam und zog den gestreiften Schlafanzug unter dem Kopfkissen hervor.

Das beschämte Gesicht seiner Tochter, als sie Arm in Arm die Kabinettssitzung verließen, hatte er noch deutlich vor Augen. Alzira war mit ihm bis zu seinem Zimmer gegangen, um ihm zu sagen, daß die Kleinmütigen gegangen seien; alle, die ihm die Treue hielten, seien zum Kampf bereit.

Er hatte sich geweigert zu kämpfen. Hatte seine Tochter gebeten, ihn schlafen gehen zu lassen. Würde Alzira ihm seine Feigheit in dieser Stunde jemals verzeihen?

Jetzt hatte er seinen Schlafanzug angezogen. Bewußt vermied er, sein Bild in den beiden großen Spiegeln der alten Wandschränke in seinem Zimmer zu betrachten. Das Christusgemälde in einer Ecke der Wand, ein Herz Jesu des Malers Décio Villares, rief ihm flüchtig das Gespräch in Erinnerung, das er mit dem Kardinal Pacelli über das Bild geführt hatte, als dieser 1934 zwei Tage im Palast gewohnt hatte, ein paar Jahre bevor er Papst Pius XII. wurde.

Er löschte das Licht aus und legte sich hin.

Es dauerte, bis es hell wurde. Benjamim kam zu ihm ins Zimmer und teilte ihm mit, man habe ihn zur Aussage auf dem Galeão vorgeladen; und Zenóbio habe sich mit den anderen Militärministern im Kriegsministerium getroffen und erklärt, der Präsident sei in Wirklichkeit nicht beurlaubt, sondern abgesetzt worden. Auch damit hatte er gerechnet.

Wieder fiel ihm der Leidensausdruck auf dem Gesicht

seiner Tochter ein, er dachte über seine Weigerung zu kämpfen nach. Er dachte an den Tod. Er fing an zu weinen. Benjamim, der ihn noch nie hatte weinen sehen, auch nicht als Kind, legte seinem Bruder bewegt die Hand auf die Schulter und bat ihn, seinen Feinden nicht eine solche Genugtuung zu bereiten. »Du hast schon Schlimmeres durchgestanden.«

Benjamim ging, und Getúlio legte sich wieder hin. Er dachte an die Rede, mit der Capanema ihn im Abgeordnetenhaus vor den ungerechtfertigten Angriffen in Schutz genommen hatte. Er rief sich in Erinnerung, was sein parlamentarischer Sprecher gesagt hatte: Er, der Staatspräsident Getúlio Vargas, könne nicht sein Amt niederlegen, er könne nicht aus Angst, aus Eitelkeit oder aus Bequemlichkeit einfach abtreten. Er müssen bleiben, denn die mehrheitlichen politischen Kräfte, die ihn unterstützten, forderten dies. Mehr noch, das sei er seinem Namen schuldig. Der Name des Präsidenten sei heilig. Der Präsident sei wie ein Fürst, ein König. Er regiere im Namen des Herrschers der Welt, wie Bossuet sagte. Und dieser Herrscher der Welt habe verfügt, daß dem Namen des Präsidenten etwas Heiliges anhafte. Wer das Amt des Staatspräsidenten ausübe, habe die Verpflichtung und nicht bloß das Recht, seinen Namen zu verteidigen, denn dieser Name sei nicht allein der Name von Getúlio Vargas, sondern der des Staatspräsidenten. Der Staatspräsident müsse der Würde gerecht werden, die mit seiner Funktion, seinem Amt, seiner Macht verbunden sei. Er habe die Verpflichtung, seinen Namen zu verteidigen, und zur Verteidigung seines Namens könne er nicht zurücktreten, weil der Rücktritt eine stillschweigende Bestätigung des Verdachts wäre.

Ganz früh fuhr Mattos zur Klinik Doutor Eiras, um sich nach Alice zu erkundigen.

»Sie darf keinen Besuch empfangen«, sagte ein Angestellter in der Pförtnerloge.

»Geht es ihr denn gut?«

»Dona Alice schläft. Doktor Arnoldo war heute hier und hat sie behandelt. Vielleicht kann sie etwas später Besuch empfangen.«

»Ist Doktor Arnoldo hier in der Klinik?«

»Nein, nicht mehr. Wahrscheinlich besucht er andere Patienten.«

Auf dem Bett liegend, mit offenen Augen, aber ohne etwas zu sehen, stellte Vargas sich vor, wie seine Feinde auf seinen Tod reagieren würden. Sein Brief, der zum Abschied von der Regierung, aber nicht vom Leben geschrieben und auf seine Bitte von Maciel Filho, seinem Freund und Mitarbeiter seit den dreißiger Jahren, entworfen worden war, eignete sich auch – und sogar noch besser – für einen endgültigen Abschied. Der unsauber auf der Maschine getippte Brief lag auf der Marmorplatte der kleinen Kommode neben der Badezimmertür.

Als der Diener Barbosa das Zimmer betrat, um ihn zu rasieren, stand Vargas in seinem gestreiften Schlafanzug unbeweglich mitten im Raum. Der Diener riet ihm, einen Morgenrock überzuziehen, denn es sei kalt. »Das spielt keine Rolle«, antwortete er. Dann sagte er noch, er wolle nicht rasiert werden.

Barbosa ging, und Vargas blieb wieder allein.

Er würde tun, was getan werden mußte. Ehrenhafte Genugtuung und Erlösung. Ein euphorisches Gefühl von Stolz und Würde überkam ihn. Ja, jetzt würde seine Tochter ihm verzeihen.

Er nahm den Revolver aus der Kommodenschublade und legte sich auf das Bett. Er setzte den Lauf des Revolvers auf die linke Brustseite und drückte ab.

Major Dornelles unterhielt sich im Flur mit Barbosa.

»Hat der Präsident etwas gesagt?«

»Er hat gesagt, das spielt keine Rolle.«

»Was spielt keine Rolle?«

»Ich habe ihn gebeten, den Morgenrock überzuziehen, weil es kalt ist, und er hat gesagt, das spielt keine Rolle.«

Da hörten sie den Schuß. Dornelles rannte zum Schlafzimmer. Barbosa hinterher. Sie rissen die Tür auf und erblickten den Präsidenten mit geschlossenen Augen auf dem Bett und den großen Blutfleck links auf seiner Brust.

»Präsident!« schrie Dornelles.

Barbosa starrte stumm auf die kurzen weißen Bartstoppeln auf Vargas' bleichen Wangen. Ich hätte den Präsidenten doch rasieren sollen, dachte der Diener.

Dornelles berührte Vargas' Arm. »Präsident! Präsident!«

»Ich hätte ihn doch rasieren sollen«, flüsterte Barbosa.

Dornelles lief aus dem Zimmer und kehrte mit Vargas' Schwager Sarmanho zurück.

»Mein Gott!« rief Sarmanho. »Ist er tot?«

»Ich weiß nicht«, sagte Dornelles. »Wir müssen den Notarzt holen.«

Das Telefon im Zimmer, ein schwarzer Apparat auf dem Nachttisch, funktionierte nicht.

»Holen Sie General Caiado!« rief Sarmanho von der Schlafzimmertür aus. Er rief so laut, daß die Menschen, die im Erdgeschoß standen, ihn hörten und durch das weite Treppenhaus nach oben schauten.

Der Chef des Militärkabinetts betrat mit Arísio Viana, dem Präsidenten des DASP, das Zimmer. Viana hatte im Radio Nachrichten über Vargas' Beurlaubung gehört und war in den Palast gekommen, um Näheres zu erfahren.

Als der General Caiado den verwundeten Präsidenten mit blutüberströmter Brust sah, fiel er in Ohnmacht und wurde aus dem Zimmer geschafft.

Der Majordomus Zaratini beeilte sich, die Kinder und die Frau des Präsidenten zu benachrichtigen.

Der Kommissar traf auf der Wache ein, und Pádua sagte: »Getúlio hat sich umgebracht. Vilanova von der Spurensicherung ist eben zum Catete-Palast gefahren, um die Sache aufzunehmen. Jessé de Paiva und Nilton Salles sollen die Autopsie machen. Direkte Order vom Polizeichef.«

»Ich fahre zum Catete«, sagte Mattos.

Er mußte Getúlio als Toten sehen.

»Du kannst an Rosalvo übergeben«, sagte Mattos.

»Das darf ich nicht.«

»Dann übernehme ich vorzeitig. Das ist laut Vorschriften gestattet.«

»Nur wenn du mir etwas versprichst.«

»Was denn?«

»Daß du ein paar Ganoven, die ich eingesperrt habe, nicht laufenläßt.«

»Ich verspreche es.«

Gleich nachdem Mattos das Tagebuch von Pádua erhalten hatte und dieser gegangen war, rief er bei Rosalvo zu Hause an und bestellte ihn sofort auf die Wache.

Es dauerte nicht lange, bis Rosalvo eintraf.

»Ich habe was zu erledigen. Ich weiß nicht, wann ich zurückkomme. Halten Sie die Stellung.«

Im Zimmer des Selbstmörders durchsuchte Alzira Vargas gerade die Taschen des dunkelblauen Anzugs, den ihr Vater in dieser Nacht bei der Kabinettssitzung getragen hatte, als man ihr mitteilte, daß die Polizeisachverständigen eingetroffen seien.

»Sie sollen warten«, sagte Alzira und suchte jetzt nervös in den Schlafanzugtaschen des auf dem Bett liegenden Toten.

Was sie suchte, fand sie schließlich unter der Leiche des Präsidenten: den Schlüssel zu dem Fichet-Safe im Zimmer.

Alzira öffnete den Safe und steckte rasch den Inhalt seiner Fächer in eine Aktentasche, die sie aus dem Regierungspalast des Bundesstaates Rio in Niterói mitgebracht und in der sich bis dahin nur ein Revolver befunden hatte.

Das Durcheinander im Catete-Palast war so groß, daß Kommissar Mattos ohne Schwierigkeiten hineingelangte; er brauchte nicht einmal seinen Dienstausweis vorzuzeigen. Die Pförtnerloge war nicht besetzt. Hinter dem Pförtnertresen stand nur die Bronzestatue des Indianers Ubirajara mit zornig verzerrtem Gesicht.

Aus dem Büro des Generals Caiado de Castro im Erdgeschoß wurden die Möbel ausgeräumt. Jemand sagte zum Kommissar, dort werde eine Totenkapelle eingerichtet, zum Aufbahren von Vargas' Leichnam. Der Kommissar stieg die zwanzig rot ausgelegten Stufen des ersten Treppenabsatzes hinauf, dessen Geländer schmiedeeiserne Verzierungen und vergoldete Cherubinen schmückten. In der ersten Etage blieb er stehen. Wo mochte sich die Leiche des Präsidenten befinden? Sein Magen schmerzte. Er steckte sich drei Pepsamar-Tabletten in den Mund. Er mußte Getúlios Leiche sehen.

Menschen hasteten die Treppe hinauf und hinunter.

Der Kommissar stieg weitere siebzehn Stufen hinauf und gelangte in den zweiten Stock. Er hatte die Angewohnheit, beim Treppensteigen die Stufen zu zählen.

Im großen Festsaal mit Fenstern zur Rua do Catete fand er einen Bürodiener in dunkelblauem Anzug.

Mattos zeigte seinen Dienstausweis.

»Polizei. Wo ist der Leichnam des Präsidenten?«

»Sie hätten den Fahrstuhl nehmen sollen«, sagte der Bürodiener.

»Wo ist er?«

»Jetzt gehen Sie besser über die kleine Treppe da hinten rechts.«

Eine Tür verbarg die Treppe, die zu den Wohnräumen des Palastes führte. Der Kommissar stieg drei Treppenabsätze mit jeweils neun schmalen Marmorstufen hinauf und gelangte in das Stockwerk mit den Privaträumen. Vor dem Schlafzimmer des Präsidenten stand eine Gruppe, darunter ein Hauptmann des Heeres mit den goldenen Litzen der Ordonnanzoffiziere. Der Kommissar zeigte dem Hauptmann seinen Dienstausweis.

»Ich gehöre zur Abteilung des Polizeichefs. Sind die Sachverständigen schon da«? fragte Mattos.

»Die sind da drin. Liegt etwas an?« Der Hauptmann griff an den Türknauf. »Möchten Sie hinein?«

»Ich spreche mit ihnen, wenn sie herauskommen.«

Der Kommissar kehrte über die Treppe ins Erdgeschoß zurück, wo inzwischen noch größeres Durcheinander herrschte. Noch mehr Leute liefen hin und her und riefen unverständliche Anweisungen. In den Gartenanlagen waren ein paar hastig aufgestellte Nester leichter Maschinengewehre auszumachen. Kein einziger Soldat hinter den wenigen, unsystematisch aufgestapelten Sandsäcken, was dem improvisierten Kriegsgerät einen melancholischen und fragilen Anstrich gab.

Der Kommissar bemerkte an einem Fenster im dritten Stock eine Frau mit Sonnenbrille, die anscheinend weinte.

Es war Darcy Vargas, die Frau des Präsidenten. Als sie Vargas geheiratet hatte, war sie fünfzehn Jahre alt.

Mattos betrachtete die beiden Bronzevögel am Dachgesims des hinteren Palastteils, die sich wie zum Abflug vorneigten. Die Stille unter den riesigen Bäumen des Gartens wurde nur vom sanften Wasserplätschern eines kleinen weißen Marmorbrunnens gestört.

Ein Mann, in dem Mattos den Chef des Zivilkabinetts Lourival Fontes erkannte, legte einen Stapel Papiere in den Kofferraum eines Wagens. Fontes schloß den Kofferraum und sah sich unauffällig um, ob er vielleicht beobachtet worden war. Als er den Kommissar bemerkte, kehrte Fontes hastigen Schritts in den Palast zurück. Mattos ging hinterher.

In dem Gewühl im Erdgeschoß verlor Mattos Fontes aus den Augen. Er lief die Treppen, die Stufen zählend, in den dritten Stock hinauf. Er näherte sich dem Zimmer des Präsidenten. Durch die halbgeöffnete Tür sah Mattos, was er suchte. Da war er, Getúlio Vargas. Tot, im Bett sitzend, von seiner Frau und anderen abgestützt, die sich bemühten, ihm die blutbefleckte Jacke des gestreiften Schlafanzugs auszuziehen. Daneben hielt jemand einen dunklen Anzug auf einem Bügel. Die Bewegungen der Menschen hinderten ihn daran, Vargas' Gesicht deutlich zu sehen.

Ein Mann, der sich Notizen machte, steckte den Block, auf dem er geschrieben hatte, mit sichtlicher Betroffenheit ein. Als er den forschenden Blick des Kommissars bemerkte, sagte er: »Mein Name ist Arlindo Silva. Ich bin Journalist. Dieser Anblick hat sich mir für immer unauslöschlich eingeprägt.«

Der Reporter zog sich eindeutig betroffen von der Tür zurück und verschwand.

Die Sachverständigen hatten ihre Arbeit beendet und Instrumente und Papiere in schwarze Handkoffer gesteckt. Als erster kam Vilanova heraus.

Der normalerweise gutgelaunte Vilanova sah finster

und bedrückt drein. Er kannte den Kommissar und wunderte sich nicht, ihn dort anzutreffen.

»Ich habe eine breite Schmauchzone rings um das Einschußloch im Schlafanzug festgestellt und außerdem Nitritspuren an der Hand. Es besteht kein Zweifel, daß der Präsident sich selbst getötet hat. Jessé und Nilton sind derselben Meinung«, sagte Vilanova.

Die Gerichtsmediziner Jessé de Paiva und Nilton Salles hatten den Leichnam nur oberflächlich untersucht. Der Polizeichef hatte die Sachverständigen von der Spurensicherung und der Gerichtsmedizin angewiesen, die Leiche schnell freizugeben, eine Autopsie vorzunehmen, wie vom Gesetz vorgeschrieben, war hier nicht möglich. Die Mediziner hatten lediglich das Geschoß aus dem Brustkorb entfernt und dem Leichnam Formalin in die Venen gespritzt. Das erfuhr der Kommissar von Salles.

Der Kommissar begab sich nach unten ins Erdgeschoß, wo sich unzählige Menschen drängelten, wehklagten und durcheinanderschrien. In einer Ecke, unter der großen Perseus-Statue, sagte ein uniformierter Oberst, General Zenóbio habe den Wunsch geäußert, in den Palast zu kommen, aber die Familie Vargas habe ihm das Betreten untersagt. »Daß Zenóbio sich 1950, als Eduardo Gomes bei den Präsidentschaftswahlen Vargas unterlegen ist, einem andren Putschversuch der UDN widersetzt hat, das haben sie vergessen«, sagte der Oberst immer wieder.

Genolino Amado und Lourival Fontes verteilten an die Journalisten, die in den Palast kamen, eine offizielle Note über Vargas' Tod. Zusammen mit der Note überreichten sie auch zwei »im Zimmer des Präsidenten gefundene« Dokumente: den Text des unsauber getippten Briefes, den sie als Vargas' Testamentsbrief bezeichneten, und den Text eines Zettels, den Major Fitipaldi nach eigener Aussage im Zimmer des Präsidenten gefunden hatte, obwohl

Lourival Fontes festgestellt hatte, daß es sich dabei nicht um Vargas' Handschrift handelte.

Major Fitipaldi hatte sich, als er vom Selbstmord des Präsidenten erfuhr, im Erdgeschoß in einem Büroraum der Militäradjutantur eingeschlossen, hastig einen Zettel geschrieben und als Unterschrift Getúlios Namen daruntergesetzt.

Jetzt gaben Fitipaldi, Genolino und Fontes gegenüber den im Palast eintreffenden Journalisten den Wortlaut des Zettels als vom Präsidenten stammend aus.

»Den Wutgelüsten meiner Feinde hinterlasse ich als Vermächtnis meinen Tod«, begann der Text und endete mit den Worten: »Das Volk wird darauf noch eine Antwort geben …«

Mattos verließ den Palast. Er bahnte sich einen Weg durch die Menge, die sich vor dem Palast drängelte. Er mußte zur Wache zurück.

Am Taboleiro da Baiana, am Ende der Straßenbahnhaltestelle am Largo da Carioca, stieg der Kommissar in eine Straßenbahn und fuhr zur Wache.

Mechanisch begann er, die auf dem Tisch liegenden Armutsbescheinigungen zu unterschreiben. Rosalvo kam herein.

»Diese Militärs sind doch zu blöd. Das ist der Knackpunkt. Hätten sie Getúlio in Ruhe gelassen, dann wäre der Tattergreis, vom Schwarzen Engel in aller Öffentlichkeit gekämmt, in seinem Sumpf versackt und bis an sein Lebensende moralisch ruiniert gewesen. Aber die Militärs haben ihn an die Wand gestellt und ihm keine Chance gelassen, sich reinzuwaschen. Die haben Lacerdas Spiel mitgemacht, und der ist ein Besessener, der kennt keine Grenzen. Die Leute hatten schon das Bild vom Alten wieder von der Wand abgehängt, jetzt geht alles wieder von vorn los, der Alte ist zum Heiligen geworden wie alle Politiker, die in diesem Scheißland als Regierungschef sterben.«

»Waren Sie nicht für Lacerda? Gegen Getúlio?«

»Ich bin umgeschwenkt.«

Rosalvo fing an, ein Karnevalslied von 1951 zu singen: »Häng das Bild vom Alten wieder auf, an denselben Platz, der Alte mit seinem Lächeln treibt uns zur Arbeit an.«

»Halten Sie den Mund«, sagte der Kommissar.

»Die UDN ist erledigt«, sagte Rosalvo. »Die kommen in diesem Land nie an die Regierung. Der Zug ist abgefahren.«

»Holen Sie den Zellenwärter und den diensthabenden Wachtmeister.«

Rosalvo und die diensthabenden Polizisten – der Fahnder, der als Zellenwärter arbeitete, und der Wachtmeister – betraten das Büro des Kommissars. Mattos wies sie an, mit ihm zum Büro der Abteilung Raub und Diebstahl zu gehen.

»Legen Sie Ihre Waffen auf den Tisch«, sagte der Kommissar.

»Ich verstehe nicht, Doktor«, sagte Rosalvo.

Mattos zog den Revolver aus dem Gurt und zielte auf den Kopf des Fahnders.

»Da gibt's nichts zu verstehen. Na los.«

»Dann tun wir also, was er verlangt«, sagte Rosalvo.

Die Polizisten legten ihre Revolver auf den Tisch. Rosalvo schüttelte den Kopf, als wollte er sagen: »Jetzt ist er wirklich durchgedreht.«

»Die Zellenschlüssel.«

Der Zellenwärter legte einen Schlüsselbund auf den Tisch.

Mattos ging hinaus und schloß die Tür ab. Das Büro der Abteilung Raub und Diebstahl hatte nur ein Fenster mit schmalen Lamellen, das zu einem Luftschacht führte.

Die Inhaftierten drückten sich an die Wand, als Mattos die Zelle betrat. Der abstoßende Geruch nach Armut, Dreck und Krankheit bestärkte den Kommissar noch in seinem Entschluß.

»Alle raus.«

Die Inhaftierten begriffen nicht, was der Kommissar ihnen befahl, und blieben in der Zelle, ohne sich zu rühren.

»Raus hier!« schrie der Kommissar. Sein Magen schmerzte.

Die Inhaftierten verließen die Zelle und blieben in einer Gruppe am Ende des Gangs stehen.

Mattos rief den Kalfaktor zu sich. »So, jetzt geht ihr einzeln raus, immer im Abstand von einer Minute. Sie sind dafür verantwortlich.«

Schweigend verließen die Häftlinge nacheinander das Gebäude. Wie Ratten auf der Flucht.

Nach mehreren Telefonaten erreichte Mattos Pádua.

»Pádua, hör gut zu. Ich habe alle aus der Zelle freigelassen. Alle, auch die Verurteilten.«

»Du bist wohl total verrückt geworden, Mattos! Das gibt ein Disziplinarverfahren und ein militärpolizeiliches Verfahren. Jetzt schaffen sie es, dich aus dem Polizeidienst rauszuwerfen. Weißt du, was bei der ganzen Sache die Pointe ist?«

»Das ist mir scheißegal.«

»Ich werde auf die Wache kommen müssen und dich festnehmen.«

»Das würde ich dir nicht raten, Pádua. Ich rufe dich nur an, damit du herkommst und diesen Scheißladen hier übernimmst. Die anderen, die mit mir Dienst haben, habe ich eingesperrt.«

»Du bist nicht mehr zu retten!«

»Ich warte hier auf dich.«

»Ich kann in der Zentrale anrufen und den Kollegen von der Überwachung sagen, sie sollen dich einbuchten.«

»Das wirst du nicht tun.«

»O doch, verdammt noch mal!« schrie Pádua. »Du Schweinehund!«

Mattos legte auf.

Dann fiel ihm ein, daß er noch keine Gelegenheit gehabt hatte, mit dem Detetive Celso über Francisco Albergaria zu sprechen. Wenn Pádua kommt, gebe ich ihm sämtliche Informationen über meine Ermittlungen. Pádua wird sich freuen, wenn er den Mörder von Paulo Gomes Aguiar verhaften und das Rätsel des Gebäudes Deauville lösen kann.

Dann aber vergaß Mattos, seinen Kollegen zu informieren.

Pádua kam allein.

Mattos saß hinter seinem Tisch, vor sich den Schlüsselbund für die Zelle und die Revolver.

Sie sahen sich schweigend an.

»Sag, ich hätte dich bedroht.«

Pádua seufzte. »Alle Welt weiß, daß ich keine Angst vor Bedrohungen habe. Und du bringst es ja gar nicht fertig, diese Scheißwaffen einzusetzen.«

»Dann sag, was du willst. Sag, ich hätte dir leid getan.«

»Und genau das tust du auch. Einer der wenigen Anständigen hier auf der Wache, und dann machst du so was. Hör zu, ich sorge dafür, daß Rosalvo und die anderen sagen, die Häftlinge hätten die Stäbe durchgesägt und seien ausgebrochen. Wir denken uns irgendwas aus. Im Land geht alles drunter und drüber, das Präsidium wird gar nicht erst eine Untersuchung anstrengen, die Posten werden alle neu besetzt, den jetzigen Polizeichef werfen sie raus. Kein Mensch wird sich für ausgebrochene Häftlinge interessieren.«

»Aber ich. Ich will das.«

Mattos legte seinen Dienstausweis neben die Revolver.

»Übergib das der zuständigen Stelle.«

»Zuständige Stelle? Die gibt es nicht. Behalt den Scheiß, bis sie das Verfahren eröffnen und dich auf die Straße setzen.«

Mattos steckte den Ausweis ein und ging zur Tür.

»Was hast du jetzt vor? Die nächste Wahnsinnstat?«

»Die Pointe. Das Wort gefällt mir. Entschuldige, daß du meinetwegen zweimal nacheinander Dienst machen mußt.«

Er war schon in der Tür, da hörte er Pádua sagen: »Weißt du, daß heute der Sankt-Bartholomäus-Tag ist?«

25

Mattos zwängte sich frühmorgens in der Umgebung des Catete-Palastes durch die Menschenmassen, die sich in Schlangen anstellten, um den toten Präsidenten zu sehen, und suchte nach einem geöffneten Lokal, wo er ein Glas Milch trinken konnte. Aber alle waren geschlossen.

Viele Menschen weinten und schrien; eine Gruppe sang unsauber und falsch die Nationalhymne.

Mit Hilfe seines Dienstausweises gelangte Mattos in den Palast. Er wollte den toten Getúlio noch einmal sehen.

Der Sarg mit Vargas' Leiche war im Büro des Chefs des Militärkabinetts aufgebahrt. Mattos stellte sich so an den Sarg, daß er das friedliche Gesicht des Toten sehen konnte. Gegenüber, auf der anderen Seite des Podests, standen die Kinder und der Bruder des Präsidenten. Alziras Gesicht war verquollen, sie kämpfte mit den Tränen.

Mattos hatte starke Magenschmerzen, aber er wollte nicht weggehen und nachsehen, ob inzwischen eine Kneipe ihre Türen geöffnet hatte.

Seit dem letzten Nachmittag um halb sechs – als der Leichnam aus dem Zimmer im dritten Stock in die Totenkapelle hinuntergebracht und von den sich im Foyer drängelnden Menschen mit der Nationalhymne empfangen worden war – zogen die Trauernden unaufhörlich am Sarg vorbei; sie legten dem Toten Zettelchen mit Bitten in die Hand, rissen Blumen als Andenken ab, beteten. Etliche Menschen fielen in Ohnmacht und wurden hinausgetragen. Einem Mann gelang es, mit einer Hand auf dem Sarg eine kurze Rede zu halten, ehe man ihn hinausschaffte: »Das Volk wird Getúlio rächen!« Der Landwirtschaftsminister Apolonio Salles schob Vargas einen Rosenkranz zwischen die wachsbleichen Finger.

Um halb neun schlossen Lutero Vargas, João Goulart und General Caiado de Castro den Sarg.

Kurz danach wurde der Sarg mit dem Toten aus der Kapelle hinausgetragen und vor dem Seitenausgang des Palasts zur Rua Silveira Martins auf einen Leichenwagen gesetzt.

Mattos schloß sich der Menge an, die Getúlios Namen schreiend und weiße Taschentücher schwenkend den Leichenwagen die Uferstraße von Flamengo entlangschob. Als der Trauerzug die Grünanlagen im Stadtteil Glória erreichte, war er um Tausende von Menschen angeschwollen.

In der Nähe vom Calabouço in der Avenida Beira Mar schossen Soldaten der Luftwaffe in die Menge. In Panik liefen die Menschen zu Hunderten davon und flohen zu den Gebäuden an der Avenida. Andere reagierten mit Wut und schleuderten Schuhe, Holzpantinen, alles, was sie zur Hand hatten, auf die schießenden Soldaten. Es gab viele Verletzte.

Der Kommissar bemühte sich, bei der Hauptmenge zu bleiben, die nicht auseinanderlief, sich weiterhin dicht an dicht um den Sarg drängte und den Wagen unbeirrt unter dem Rattern der Maschinengewehrschüsse weiterschob.

Endlich erreichten sie den Flughafen Santos Dumont. Ein Flugzeug der Cruzeiro do Sul wartete auf der Rollbahn. Ein Mann wurde von zwei anderen hochgestemmt und erklärte mit geballten Fäusten, die Familie des Präsidenten habe das Angebot abgelehnt, den Leichnam mit einem Flugzeug der Luftwaffe zu transportieren, worauf die Menge in Verwünschungen, haßerfüllte Schreie, wütendes und verzweifeltes Brüllen und Heulen ausbrach.

Begleitet von Darcy Vargas, der Tochter Alzira und dem Sohn Lutero wurde der Sarg in das Flugzeug getragen. Dann breitete sich in der Menge plötzlich eine gespenstische Stille aus, die unvermittelt vom Kreisen der angeworfenen Flugzeugpropeller durchbrochen wurde.

Taschentücher winkten, das Flugzeug rollte über die Piste in Richtung Meer, hob ab und überflog den Kreuzer *Barroso*, der still wie ein Spielzeugschiff auf dem Wasser lag.

Mattos blieb in der dichten Menschenmenge, die noch immer auf dem Rollfeld und rings um den Flughafen stand.

Getúlio ist tot, dachte er alle Augenblicke.

Allmählich erwachten die Menschen aus der kurzen Erstarrung, in die sie verfallen waren, als das Flugzeug am Himmel verschwand. Jetzt gerieten Männer und Frauen in Rage, chaotisch schreiend und gestikulierend strömte die Menge in die umliegenden Straßen.

Jemand wies auf ein Gebäude in der Avenida Marechal Câmara und sagte, dort befände sich eine Dienststelle der Regierung. Die portugiesischen Pflastersteine wurden herausgerissen, und in wenigen Sekunden waren die Fensterscheiben auf der Gebäudefront eingeworfen, während eine Gruppe das Gebäude stürmte.

Zwei Abteilungen Soldaten, die eine vom Heer, die andere von der Marine, gingen von verschiedenen Seiten mit aufgepflanzten Bajonetten gegen die Demonstranten vor und feuerten Platzpatronen und Tränengasgranaten ab.

Etwa fünfhundert Menschen versammelten sich, Getúlios Namen rufend, vor dem Luftwaffenministerium in der Avenida General Justo, wurden aber sofort verjagt. Dutzende von Demonstranten wurden verletzt.

Mattos ging zur Avenida Rio Branco.

Eine Gruppe versuchte, in die amerikanische Botschaft in der Avenida Presidente Wilson einzudringen und wurde von den Wachsoldaten der Botschaft mit Maschinengewehrschüssen abgewehrt. Die verjagten Demonstranten schleppten die Verletzten auf die andere Seite der Straße, entschlossen, das Gebäude der Standard Esso zu verwüsten und in Brand zu setzen. Abermals wurden sie von einer Abteilung Soldaten des Heeres mit aufgepflanzten Bajonetten auseinandergetrieben.

Auf dem kleinen, jetzt leeren Platz vor dem Gebäude der Standard Esso blieben nur Mattos und ein Mann zurück, der zusammengebrochen war. Mattos kniete sich neben den Verletzten. Der Mann wollte ihm etwas sagen, starb jedoch, ehe er es aussprechen konnte. Der Kommissar suchte in den Taschen des Toten nach einem Papier, um ihn zu identifizieren, fand aber nichts. Ein Toter auf der Straße, dafür war die Polizei zuständig, und noch war er nicht aus dem Polizeidienst entlassen. Er mußte ein Telefon finden, um den Abtransport des Toten zum Gerichtsmedizinischen Institut zu veranlassen. Er ging die Avenida entlang, vorbei am Senat, den Truppen des Heeres umstellt hatten, und blieb vor der Tür des Gebäudes São Borja stehen. Erst wollte er hinauffahren und von Lauras Rendezvous aus telefonieren. Aber dann ging er lieber zur Pförtnerloge. Als er das Gebäude verließ, sah er, daß ein Stück weiter in der Avenida Rio Branco, Ecke Rua Santa Luzia, dieselbe Menge, die vorher die amerikanische Botschaft und das Gebäude der Standard Esso angegriffen hatte, sich abermals versammelt hatte.

Ein Mann war auf einen Laternenpfosten geklettert und rief: »Wir laufen nicht weg, wir laufen nicht weg!«

Angeheizt durch die flammenden Worte zog die Menge als geschlossener Block durch die Rua Santa Luzia zur amerikanischen Botschaft. Jetzt führten viele nicht nur Steine, sondern auch Eisenstangen und Bretter mit sich, die sie von Parkbänken abmontiert hatten. Der Mann, der auf den Pfosten geklettert war, hielt einen Revolver in der Hand.

Dieser zweite Ansturm wurde von den Soldaten mit

aller Brutalität zurückgeschlagen. Ein Maschinengewehr eröffnete das Feuer auf die Angreifer und verletzte die meisten, die an der Spitze gingen. Die Menge wich zurück, von den Soldaten bis vor den Sitz des Obersten Bundesgerichts in der Avenida Rio Branco verfolgt, wo ein Tenente den Soldaten befahl, zur amerikanischen Botschaft zurückzukehren. Binnen kurzem hatte die Menge sich auf dem Cinelândia-Platz neu gesammelt und bewegte sich durch die Rua Treze de Maio zum Largo da Carioca. Die Anführer riefen, sie würden die Zeitung *O Globo* in Brand stecken.

Die Zeitung, deren Redaktion über der Buchhandlung Freitas Bastos in einem zweigeschossigen Haus untergebracht war, hatte gerade ihren Eingang geschlossen, als die ersten Demonstranten eintrafen, die der Menge vorausgelaufen waren. Zwei Lieferwagen der Zeitung wurden in Brand gesetzt. »Aufbrechen! Aufbrechen!« schrien die Leute, die sich vor dem Eingang zur Zeitung drängten. An den Fenstern tauchten kurz verängstigte Gesichter auf.

Der Eingang zur Zeitung hielt dem Ansturm der Invasoren stand. Aus Plakaten von UDN-Kandidaten, die sie von den Bäumen und Laternenpfosten rissen, wurde vor dem Zeitungseingang ein Feuer entfacht. Die Zeitungskioske in der Nähe wurden geplündert und die Zeitungen und Zeitschriften, mit Ausnahme der *Última Hora*, ins Feuer geworfen. Die Flammen griffen schon auf das Gebäude über, als die gellenden Sirenen der Feuerwehr ertönten.

Mit der Feuerwehr trafen drei Polizeiwagen ein, aber die Polizisten machten keine Anstalten, die Zerstörung zu verhindern. Ein Polizist erkannte den Kommissar und sagte, in der Avenida Presidente Vargas würden gerade Gebäude verwüstet. Die *Tribuna da Imprensa* werde von einer tobenden Menge, die sich in der Rua do Lavradio gesammelt habe, mit Steinen beworfen.

»Das Volk macht eine Revolution«, sagte der Polizist.

Die Fahrstühle in Mattos' Haus waren kaputt. Er stieg mühsam die acht Stockwerke hinauf, ohne die Stufen zu zählen. Er fühlte sich sehr erschöpft. »Wahrscheinlich ist das jetzt die bewußte Blutung.«

Kaum war er in der Wohnung, öffnete er den Kühlschrank. Er trank alles an Milch, was er vorfand, direkt aus der Flasche.

In den Nachrichten im Radio hörte er, in der Stadt sei wieder Ruhe eingekehrt. Der Präsident Café Filho hatte als erste Amtshandlung nach seinem Regierungsantritt den Brigadeiro Eduardo Gomes zum Luftwaffenminister ernannt. Der General Juarez Távora war zum Chef des Militärkabinetts ernannt worden. Die Regierung hatte zwölftausend Soldaten, Hunderte von Panzern und andere Militärfahrzeuge an strategischen Punkten der Stadt postiert. Amtliche Stellen behaupteten, hinter den Unruhen, die man sofort unter Kontrolle gebracht habe, hätte ein Plan der Linken gestanden: Die Kommunisten wollten einen Bürgerkrieg auslösen und eine Sowjetdiktatur errichten. Luiz Carlos Prestes hatte angeblich erklärt, er sei bereit, die Führung der Revolution zu übernehmen, und für den 2. September sei ein Generalstreik der Arbeiter angesetzt. Der Tenente Gregório hatte Oberst Adyl de Oliveira gegenüber den Wunsch geäußert, von Vargas Abschied zu nehmen, aber seiner Bitte war nicht stattgegeben worden. »Aufgrund des Schadens, den der ebenholzfarbene Treulose, der frühere Schwarze Engel, dem Präsidenten zugefügt hat, sah sich die Familie Vargas veranlaßt, die Genehmigung für sein Erscheinen in der Totenkapelle zu verweigern«, sagte der Sprecher. Gregório habe einen »schweren seelischen Zusammenbruch« erlitten, und bei der Luftwaffe befürchte man, er könne sich etwas antun, weshalb er ständig von zwei Wachen beobachtet werde.

Mattos rief in der Klinik Doutor Eiras an. Es gelang ihm, mit Doktor Arnoldo zu sprechen.

»Alice geht es viel besser. Ich denke, in zwei Tagen kann ich sie wohl entlassen. Sie hat gesagt, sie möchte zu Ihnen zurück. Sie lehnt jeden Kontakt mit ihrem Mann ab.«

»Sagen Sie ihr, es ist okay. Sie kann wieder herkommen. Ich erwarte sie …«

Dann rief er Salete an.

»Hör zu, Salete. Diese andere, Alice, ist krank geworden. Wenn sie aus dem Krankenhaus kommt, muß sie noch eine Weile hierbleiben. Ich rufe dich an, um dir zu sagen, daß ich dich sehr gern habe. Daß du meine richtige Freundin bist. Wie wir das Problem Alice lösen, das sehen wir dann noch. Sie braucht mich jetzt, verstehst du?«

»Ich helfe dir und kümmere mich auch um sie. Kann ich jetzt zu dir kommen?«

»Ja, komm, ich habe Sehnsucht nach dir.«

Wenn ich mich hinlege, geht das Schwächegefühl vorbei, dachte er.

Er ließ die Wohnungstür offen, damit Salete hereinkommen konnte, ohne daß er aufstehen mußte. Er ging ins Schlafzimmer und legte sich hin. Er schlief ein.

Saletes Stimme weckte ihn.

»Mattos, bist du da? Was ist hier passiert? Hat es gebrannt?«

»Ich bin im Schlafzimmer.«

»Mein Gott! Du bist ja ganz blaß«, sagte Salete.

Mattos wollte vom Bett aufstehen, schaffte es aber nicht. Seine Kleidung und sein Haar waren schweißnaß.

»Wer hat hier Feuer gelegt?«

»Ich. Aber du holst bitte jemanden, der das in Ordnung bringt, ja?«

»Geht es dir nicht gut?«

»Entschuldige. Ich hatte nicht damit gerechnet, daß mir mein Geschwür gerade jetzt einen Streich spielt. Ich habe dich angerufen … Ich wollte … Aber das hat Zeit. Ich glaube, jetzt muß ich ins Krankenhaus.«

»Mußt du operiert werden?«

»Ich glaube, ja.«

»Mußt du sterben?«

»Nein. Auf dem kleinen Tisch da liegt etwas in Seidenpapier eingewickelt. Das ist für dich. Pack es vorsichtig aus.«

Salete öffnete das Päckchen.

»Mein Gott! Das glaube ich nicht. Sehe ich wirklich richtig?«

»Ja.«

»Schorf von einer Wunde von dir …«

»Ich habe ihn die ganze Zeit aufbewahrt, damit du ihn deiner Macumbeira bringen kannst.«

»Sie ist keine Macumbeira.«

»Ist auch egal. Aber vorher mußt du mir helfen, zum Krankenhaus zu fahren. Hier ist die Adresse; mein Arzt hat gesagt, wenn es mir sehr schlecht geht, soll ich mich da melden. Anschließend kommst du wieder her und wartest auf Alice. Kann sein, daß sie morgen kommt, vielleicht auch erst übermorgen. Erklär ihr alles. Sei nett zu ihr.«

Salete setzte sich neben Mattos aufs Bett. Sie legte den Kopf des Kommissars auf ihren Schoß.

»Mach die Augen auf, mein Schatz, nur ein bißchen.«

Mattos schlug die Augen auf.

»Siehst du das hier?« Salete zeigte ihm das Seidenpapier, das Mattos ihr gegeben hatte. »So, und jetzt paß auf, was ich mit deinem Schorf mache.«

Salete rollte das Seidenpapier zu einer Kugel zusammen und warf sie auf den Fußboden, als werfe sie ein Steinchen weg.

»Nachher stecke ich es in den Müll«, sagte sie.

In Wirklichkeit war der Schorf nicht mehr in dem Päckchen, denn Salete hatte ihn vorher in die Puderdose in ihrer Handtasche gesteckt.

Mattos schloß die Augen wieder. Er schwitzte noch immer stark. Aber sein Magen schmerzte nicht. Er hatte nicht einmal Sodbrennen.

»Oben auf dem Plattenspieler liegt eine Platte, leg sie bitte auf. *Elixir de amor* steht auf der Hülle. Ich möchte sie noch ein bißchen hören, bevor wir zum Krankenhaus fahren.«

Salete ging ins Wohnzimmer und tat, worum Mattos sie gebeten hatte. Sie stellte die Lautstärke so ein, daß Mattos die Musik im Schlafzimmer hören konnte.

In diesem Augenblick wurde die Wohnungstür geöffnet und ein großer kräftiger Schwarzer kam herein.

»Ist Kommissar Mattos da?«

»Ja, da im Schlafzimmer. Wer sind Sie?«

»Er kennt mich nicht«, sagte der Schwarze und schloß die Tür.

Salete lief ins Schlafzimmer, der Schwarze kam hinterher.

»Alberto«, rief Salete, »hier ist ein Mann, der fragt nach dir.«

Mattos schlug die Augen auf.

»Sind Sie Kommissar Mattos?« fragte der Schwarze sanft.

»Ja«, antwortete Mattos und setzte sich mühsam auf. Ihm wurde sehr schwindlig, und gleichzeitig empfand er ein euphorisches Gefühl. Endlich hatte er den Schwarzen gefunden.

»Kommissar Alberto Mattos?« fragte der Schwarze nach.

»Ich habe etwas, das Ihnen gehört«, sagte der Kommissar.

Unter Anstrengung und aufmerksam vom Schwarzen beobachtet, griff Mattos in die Tasche und zog den Ring heraus.

»Hier. Ihr Ring.«

Chicão nahm den Ring und sah nach, ob das F auf der Innenseite eingraviert war. Dann steckte er den Ring auf den Finger.

»Ich hatte ihn verloren. Ich weiß, wo Sie ihn gefunden haben.«

»Im Badezimmer des Mannes, den Sie im Gebäude Deauville umgebracht haben.«

Mattos stützte sich auf Salete und stand auf.

»Sie sind wegen des Mordes an Paulo Machado Gomes Aguiar am 1. August verhaftet.«

»Sind Sie krank?« fragte Chicão.

»Er hat ein Magengeschwür«, sagte Salete.

»Ich hatte einen Onkel, der ist an einem Geschwürdurchbruch gestorben«, sagte Chicão.

Von Salete gestützt, ging Mattos aus dem Schlafzimmer zum Wohnzimmertisch, wo das Telefon stand. Er nahm den Hörer ab. Dann zögerte er. Ich bin kein Polizist mehr, dachte er. Wenn ich aus dem Schlamassel, den ich mir eingebrockt habe, raus bin, arbeite ich wieder als Anwalt. Eigentlich müßte ich dem Kerl sagen, verschwinden Sie, Francisco Albergaria, und wenn Sie einen Anwalt brauchen, kommen Sie zu mir.

Plötzlich schwoll die Lautstärke des Plattenspielers mächtig an.

Mattos drehte sich um und sah, daß Chicão neben dem Plattenspieler stand und mit einem Revolver auf ihn zielte.

»Sagen Sie Ihrer Kleinen Lebewohl«, rief Chicão laut, um den Plattenspieler zu übertönen.

Mattos sah Salete an. Es war das letzte, was er sah. Von Chicãos Schuß getötet, brach er auf dem Fußboden zusammen.

»Alberto, Alberto!« Salete fiel neben Mattos auf die Knie.

»Schöne Frauen bringe ich gar nicht gern um«, sagte Chicão.

Salete sah den Mörder verblüfft an. »Sie finden mich schön? Wirklich?«

Beide sprachen sehr laut, damit sie trotz der Musik und des Gesangs vom Plattenspieler zu verstehen waren.

»Sie sind die schönste Frau, die ich je gesehen habe. Keine Sorge, ich verschone Ihr Gesicht.«

»Danke«, sagte Salete und schloß die Augen.

Chicão setzte den Revolverlauf Salete auf die linke Brust und drückte ab.

Dann stellte er den Plattenspieler leiser. Er konnte den Text des Gesangs verstehen. Die Lieder, die er im Krieg gelernt hatte, fielen ihm ein. Ein paar Sekunden trällerte er »mamma son' tanto felice«; dann brach er ab und hörte sich die Oper an. Musik machte ihn immer sentimental, jede Art von Musik. Wenn er neapolitanische Lieder aus der Kriegszeit hörte, mußte er manchmal weinen.

Zu schade, daß er die Platte nicht zu Ende hören konnte, aber er mußte weg.

Er ließ den Plattenspieler laufen und ging, ohne einen Blick auf die Toten zu werfen, hinaus.

Wenige Minuten später stand der Killer Genésio, der Bruder von Teodoro vom Sicherheitsdienst des Senats, vor Mattos' Wohnung.

Die Tür war nur angelehnt; von drinnen ertönten singende Stimmen, weshalb Genésio zögerte und ratlos stehenblieb. Dann hörte der Gesang plötzlich auf. Genésio zog seine alte, aber zuverlässige Parabellum aus dem Gürtel und stieß die Tür vorsichtig auf.

Als er die beiden im Wohnzimmer liegen sah, war seine erste Reaktion, die Tür zu schließen. Dann stellte er fest, daß sowohl der Mann als auch die Frau tot waren.

Er durchsuchte das Jackett auf der Stuhllehne und fand den Dienstausweis des Polizeikommissars Alberto Mattos. Er verglich das Bild im Ausweis mit dem Gesicht des Toten. Dann steckte er den Ausweis in das Jackett zurück.

Genésio verließ die Wohnung und zog die Tür ins Schloß.

Er nahm ein Taxi und ließ sich ins Zentrum zum Hotel OK in der Rua Senador Dantas fahren.

Teodoro und der Assistent Clemente warteten bei einem Drink in der Hotelbar auf ihn.

Genésio setzte sich an den Tisch.

»Alles erledigt?« fragte Teodoro.

»Alberto Mattos ist tot. Ich habe ihn mit seinem Ausweis verglichen. Ich mußte auch noch eine Frau umbringen, die bei ihm war. Aber dafür nehme ich nichts extra.«

»Einen Whisky?« fragte Clemente.

Genésio sah sich um. »So ein Zeug trinke ich nicht. Gibt's hier guten Zuckerrohrschnaps?«

»Das weiß ich nicht. Ich kann fragen.«

»Schon gut. Ich will mein Geld. Dann mach ich mich auf die Socken.«

Clemente reichte Genésio ein braunes Papierpäckchen.

»Hunderttausend. Zähl nach.«

»Nicht nötig. Tschau, Bruderherz.«

»Der Senator wird sich freuen, stimmt's?« sagte Teodoro, nachdem Genésio gegangen war.

»Klar. Und Sie rufen jetzt den Senator an und teilen ihm die frohe Botschaft mit. Er dürfte unter dieser Nummer zu erreichen sein.« Clemente gab Teodoro einen Zettel mit einer Nummer.

»Ich?«

»Sagen Sie ihm, daß Sie gesehen haben, wie ich Ihrem Bruder die Hunderttausend gegeben habe. Damit er nicht denkt, ich hätte das Geld behalten. Dahinten ist eine Telefonkabine. Sagen Sie dem Senator, daß ich nachher ins Seabra komme und ihm alles Nähere erzähle.«

26

In der Klinik Gávea erhielt der Lotterieboß Ilídio Besuch von einem Abgesandten von Eusébio de Andrade. Die Führungsspitze der Lotteriemafia wollte wissen, ob Ilídio mit dem Tod des Kommissars zu tun habe. Ilídio verneinte mit Nachdruck. Der Abgesandte fügte hinzu, der Holzbein-Anwalt sei entlassen, und Eusébio de Andrades persönlicher Anwalt Doktor Silva Monteiro, Vorstandsmitglied der Brasilianischen Anwaltskammer und Professor an der Nationalen Rechtswissenschaftlichen Fakultät, habe den Fall übernommen und sich an diesem Vormittag mit dem Delegado Ramos getroffen, der ihm versichert habe, nach dem Tod des Kommissars Mattos würden die Ermittlungen eingestellt. Ilídio brauche sich keine Sorgen mehr zu machen.

Ilídio bedankte sich bei Andrades Abgesandtem. Er wies seinen Leibwächter Alcebíades an, seinen Chauffeur anzurufen, er solle ihn abholen. Die Klinik lag an einem wunderschönen, einsamen Ort inmitten von Bäumen oben auf dem Berg. Während seines Klinikaufenthalts hatte Alcebíades bei Ilídio im Zimmer geschlafen, sozusagen als Begleitperson des Patienten, wie es die Hausordnung der Klinik gestattete.

Alcebíades war von Moscoso empfohlen worden, der zu Ilídio gesagt hatte, es sei an der Zeit, daß er sich einen Leibwächter »erster Klasse« zulege.

Ilídio fühlte sich durch Alcebíades an seiner Seite beschützt. Im Gegensatz zu seinem früheren Leibwächter Miro Pereira, einem verlogenen Aufschneider, der zuviel redete, war Alcebíades schweigsam, aufmerksam und höflich, wie es die besten Leibwächter sind. Er nahm nie einen Fluch in den Mund. Ihn konnte Ilídio in seinem Haus verkehren lassen, er würde seine Frau und Kinder nicht mit Flegeleien und ordinären Ausdrücken beleidigen.

»Wir sollten in zwei Wagen fahren«, sagte Alcebíades. »Sie im zweiten Wagen, Senhor.«

»Das ist nicht nötig. Dieser Dreckskerl, der hinter mir her war, ist abgekratzt. Die anderen werden alle von mir geschmiert. Allesamt. Vom einfachen Wachtmeister bis zum Chef. Wenn ich nicht wäre, könnten sich die Frauen und Töchter von den meisten zum Geburtstag kein neues Kleid kaufen.«

»Entschuldigen Sie, Seu Ilídio, aber Vorsicht und Hühnerbrühe haben noch keinem geschadet.«

»Glaub mir, Alcebíades. Es besteht keine Gefahr.«

Ilídios Chauffeur kam mit dem Packard seines Chefs.

Ilídio hatte nur einen kleinen Koffer mit ein paar Unterhosen in die Klinik mitgenommen. Oberhemden oder Hosen mehrere Tage nacheinander zu tragen, das störte ihn nicht; aber seine Unterhose mußte er mindestens zweimal täglich wechseln. Er ekelte sich vor dem Geruch der sogenannten Schamteile.

Alle drei stiegen in den Packard. Der Chauffeur und Alcebíades vorn. Alcebíades hatte gesagt: »Es wäre besser, wenn ich hinten neben Ihnen säße.« Doch Ilídio war der Meinung, ein großer Lotterieboß dürfe in seinem Packard nicht neben seinem Leibwächter sitzen.

Auf halber Strecke stellte sich ein Chevrolet vor Ilídios Packard quer. Alcebíades konnte noch seinen Revolver ziehen und auf die Insassen des Chevrolet schießen, wurde aber durch einen Kopfschuß getötet. Derselbe Mann, der den Leibwächter erschossen hatte, traf auch den Chauffeur tödlich. Die Aktion hatte sich sehr schnell abgespielt. Während der Schießerei war kein Auto vorbeigefahren.

Als der Schußwechsel begann, hatte Ilídio sich unten ins Auto gekauert.

Er wurde am Kragen gepackt und aus dem Auto gezerrt. Ein Mann legte ihm Handschellen an.

»Murilo, du fährst mit ihrem Wagen zu der Höhle beim Bach. Ich komme hinterher.«

Murilo packte die Toten aus dem Packard nach hinten in den Wagen. Dann stieg er vorn ein, ließ den Motor an und fuhr los.

Ilídio wurde von dem Mann, der ihm die Handschellen angelegt hatte, in den Chevrolet gestoßen.

Der Chevrolet fuhr dem Packard nach.

»Weißt du, wo ich heute nacht war? Im Leichenschauhaus. Bei meinem Freund Mattos und seinem Mädchen, die sie auf deinen Befehl abgeknallt haben«, sagte der Mann am Steuer des Chevrolet.

»Das war ich nicht, ich schwöre bei meinem Augenlicht, ich war's nicht.«

»Daß du Mattos umbringen läßt, weil er dir in den Hintern getreten hat, das verstehe ich ja noch. Aber warum mußte die Kleine auch dran glauben?«

»Meine Mutter soll auf der Stelle tot sein, wenn ich es war. Hören Sie, Doktor, ich gebe Ihnen alles, was Sie wollen, wenn Sie mich laufenlassen.«

»Du weißt, wer ich bin?«

»Sie sind Kommissar Pádua.«

»Dann dürftest du auch wissen, daß ich von einem Lotterieboß kein Geld annehme.«

»Ich bin unschuldig, das schwöre ich Ihnen.«

»Und was ist mit Turco Velho?«

»Den Auftrag habe ich abgesagt. Seu Andrade und Seu Moscoso wollten, daß ich ihn absage, und das habe ich getan. Aber ich habe Turco Velho nicht mehr rechtzeitig ausfindig gemacht. Fragen Sie die beiden.«

»Ich rede nicht mit Lotteriebossen.«

»Dem Kommissar ist nichts passiert.«

»Da hast du einen anderen engagiert. Wer hat das gemacht? Wir wissen, daß es ein Schwarzer war, eine Nachbarin von Mattos hat ihn gesehen, als er aus der Wohnung kam. Ich will wissen, wie er heißt.«

»Woher soll ich das wissen? Ich war's nicht.«

Die beiden Wagen standen jetzt auf einem einsamen Waldweg in der Nähe der Höhle am Bach.

Murilo kam zum Chevrolet. Alle drei Männer setzten sich auf den Rücksitz.

»Ich tue keinem gern etwas an, stimmt's, Murilo? Aber ich schlag dir alle deine Zähne aus, jeden einzeln, die vorn zuerst, versteht sich, bis du sagst, wer das mit Mattos und dem Mädchen gemacht hat.«

Pádua nahm ein Staubtuch aus dem Handschuhfach, wickelte es sich um die Finger, spannte seine Armmuskeln an und versetzte Ilídio die ersten Schläge auf den Mund.

Ilídio stöhnte so laut auf, daß es fast durch den Wald hallte.

Pádua zog ein Taschentuch aus der Tasche. »Hast du noch ein Taschentuch, Murilo?«

Murilo holte sein Taschentuch heraus und gab es Pádua.

»Ich schenke dir ein neues. Und jetzt stopf sie dem Schwein in den Mund«, sagte Pádua.

Murilo stopfte Ilídio die beiden Taschentücher in den blutenden Mund.

Wieder schlug Pádua auf den Lotterieboß ein.

Jetzt klang sein Stöhnen heiser und erstickt.

Ilídio suchte verzweifelt in seinem Gedächtnis nach dem Namen eines Schwarzen, den er Pádua nennen konnte, aber vor Nervosität konnte er sich an keinen erinnern, obwohl er viele kannte. Als der nächste schwere Schlag seinen Mund traf, fiel ihm ein Name ein. Er nickte wie wild mit dem Kopf.

Pádua nahm Ilídio die blutigen Taschentücher aus dem Mund.

»Wie heißt er?«

Ilídio mußte nach Luft schnappen, ehe er sprechen konnte. Zuerst spuckte er die ausgeschlagenen Zähne aus. »Sebastião Mendes alias Feijoada Completa.«

»Kennst du den, Murilo?«

»Es gibt einen Feijoada Completa, der arbeitet im Hafen für die Schmuggler.«

»Ist er das?«

Ilídio spuckte Blut, während er ächzend nickte.

»Hättest doch gleich sagen können, wie der Kerl heißt. Wär nicht nötig gewesen, uns so viel Arbeit zu machen. Du bist ein Dickschädel, Seu Ilídio. Aber jetzt hat dein Leiden ein Ende.«

Pádua zog den Revolver aus dem Halfter. Er setzte den Lauf Ilídio ins Genick. »Du hast Glück, denn Unsere Liebe Frau zum Gütigen Tod beschützt dich.«

Ilídio zuckte kurz zusammen, als sich der Schuß aus Páduas Waffe löste.

Pádua hob den Lotterieboß an den Beinen an, Murilo packte ihn unter den Armen, dann trugen sie ihn zum Packard und setzten ihn zu den anderen Toten.

»Sollte man die Handschellen nicht besser abnehmen?« fragte Murilo.

»Nein, laß sie dran. Die Freunde von diesem Schwein sollen wissen, daß es jemand von uns war, der das besorgt hat. Damit sie kapieren, daß sie einen Polizisten nicht so ohne weiteres umbringen können.«

Sie gingen zum Chevrolet zurück. Unterwegs fragte Murilo, wann sie Feijoada Completa festnehmen wollten.

»Übermorgen, am Samstag. Wenn es Feijoada zu essen gibt.«

Die Stadt erlebte einen ruhigen Tag. Der Umsatz des Handels wurde vom Einzelhandelsverband des Bundesdistrikts als sehr gut bezeichnet. Auch die Behörden, Banken, Fabriken und Büros arbeiteten normal. Die Kinos verzeichneten einen großen Besucherandrang, mehr als üblich an einem Donnerstag.

Die tausendsiebenhundert Touristen, die von dem Schiff *Santa Maria* an Land gegangen waren, besuchten die wichtigsten Sehenswürdigkeiten der Stadt, und alle sagten begeistert, Rio werde zu Recht als »Wunderbare Stadt« bezeichnet.

Die fünfte Gruppe von Teilnehmern der vom Touring Club do Brasil organisierten Bildungsreise nach Europa bereitete sich auf die Abreise in den ersten Septembertagen vor. Die Touristen sollten mit dem Schiff *Augustus* fahren und die wichtigsten Städte in Frankreich, Spanien, Portugal, Italien und der Schweiz besuchen. Alle waren wegen der bevorstehenden Reise sehr aufgeregt.

In der Geburtsklinik São José in Rio de Janeiro – und auch in den übrigen Geburtskliniken des Landes und bei Hausgeburten mit Hilfe von Hebammen – wurden an diesem Tag mehr Mädchen als Jungen geboren. Die Jungen bekamen eine hellblaue Babyausstattung und die Mädchen eine rosa. Die meisten Eltern der Neugeborenen hatten sich schon für einen Namen entschieden. Für die Jungen wurde als häufigster Name José gewählt. Für die Mädchen der Name Maria.

Es war ein milder, sonniger Tag. Zur Nacht ging die Temperatur leicht zurück. Das Maximum lag bei 30,6 Grad, das Minimum bei 17,2. Mäßige Winde aus Südost.